EVANGELISMO

CB021148

EVANGELISMO

COMO COMPARTILHAR O EVANGELHO DE MODO EFICAZ E FIEL

JOHN MACARTHUR

COM OS PASTORES E MISSIONÁRIOS DA GRACE COMMUNITY CHURCH

TRADUÇÃO
Giuliana Niedhardt

THOMAS NELSON
BRASIL
2017

Título original
Evangelism
Copyright © 2011 por John F. MacArthur
Edição original por Thomas Nelson, Inc. Todos os direitos reservados.
Copyright da tradução © Vida Melhor Editora, S.A., 2017.
Todos os direitos desta publicação são reservados por Vida Melhor Editora, S.A.

Publisher	*Omar de Souza*
Gerente editorial	*Samuel Coto*
Editor	*André Lodos Tangerino*
Assistente editorial	*Marina Castro*
Copidesque	*Gisele Corrêa Múfalo*
Revisão	*Francine Ferreira de Souza*
Capa	*Rafael Brum*
Diagramação	*Julio Fado*

Os pontos de vista desta obra são de responsabilidade de seus autores, não refletindo necessariamente a posição da Thomas Nelson Brasil, da HarperCollins Christian Publishing ou de sua equipe editorial.

CIP-BRASIL. CATALOGAÇÃO NA PUBLICAÇÃO
SINDICATO NACIONAL DOS EDITORES DE LIVROS, RJ

M113e

MacArthur, John, 1939-
Evangelismo : como compartilhar o evangelho de modo eficaz e fiel / John MacArthur ; tradução Giuliana Niedhardt. - 1. ed. - Rio de Janeiro : Thomas Nelson, 2017.

Tradução de: Evangelism
ISBN 9788578609740

1. Evangelização. 2. Missões - Doutrina bíblica. I. Niedhardt, Giuliana. II. Título.

17-42726 CDD: 266
CDU: 266

Thomas Nelson Brasil é uma marca licenciada à Vida Melhor Editora S.A.
Todos os direitos reservados à Vida Melhor Editora S.A.
Rua da Quitanda, 86, sala 218 — Centro
Rio de Janeiro, RJ — CEP 20091-005
Tel.: (21) 3175-1030
www.thomasnelson.com.br

Sumário

Seção 3: Evangelismo na prática

Seção 4: Evangelismo na Igreja

Introdução

Redescoberta do evangelismo bíblico

John MacArthur e Jesse Johnson

"Evangelismo é quando um mendigo conta a outro onde obter pão"

—D. T. Niles (líder de igreja e educador no Sri Lanka, 1908-1970)

Praticamente todos sabem que a palavra *evangelho* significa "boas-novas", e todo cristão verdadeiro compreende que o evangelho de Jesus Cristo é a melhor notícia de todos os tempos e de toda a eternidade.

Quando alguém recebe boas-novas, sua inclinação natural é a de querer contar para todo mundo. No caso de a notícia ser especialmente boa, o impulso talvez seja o de proclamá-la o mais alto possível, para que todos ouçam. Se pensarmos com cuidado na mensagem do evangelho – ponderando sobre seu significado, suas implicações, sua simplicidade, sua gratuidade e a eterna bem-aventurança de quem o recebe – o ímpeto de transmiti-lo aos demais deveria ser esmagador.

É precisamente por isso que novos cristãos costumam ser os evangelistas mais apaixonados. Sem qualquer treinamento ou incentivo, é incrível como conseguem ser eficientes em levar outros a Cristo. Eles não são obcecados por técnicas nem bloqueados por medo de rejeição. A glória pura, magnífica, do evangelho enche-lhes o coração e a visão, e eles desejam falar com todos a respeito.

Infelizmente, a paixão pode diminuir – e, com frequência, diminui – com o tempo. O jovem cristão logo descobre que nem todos consideram o evangelho novas tão boas assim. Alguns reagem a ele como se fosse cheiro de morte (2Coríntios 2:16). Multidões desprezam a mensagem ou sentem-se ofendidas por ela, pois seu conteúdo punciona o orgulho humano. Muitos simplesmente amam tanto o próprio pecado, que não querem ouvir uma mensagem de redenção que os chame ao arrependimento. Encontros reiterados com indivíduos que rejeitam veementemente o evangelho podem amortecer o entusiasmo até mesmo do mais experiente evangelista.

Além disso, os cuidados deste mundo e as distrações da vida cotidiana competem por nosso tempo e nossa atenção. Conforme o discípulo se torna cada vez mais familiarizado com o evangelho, aquela profunda sensação inicial de fascinação e deslumbramento acaba minguando, de certa forma. O evangelho continua sendo boas-novas, é claro, mas começamos a considerá-las ultrapassadas, e o senso de urgência é perdido.

É, portanto, necessário lembrar-nos constantemente de como a tarefa do evangelismo é vital e de como a necessidade que este mundo caído tem do evangelho é desesperadora. O evangelismo não é apenas uma atividade acessória na vida da Igreja; é o dever mais urgente de que nós, como cristãos, fomos encarregados. Praticamente todas as outras práticas espirituais que realizamos em conjunto como membros do corpo de Cristo poderão ser feitas no céu – louvar a Deus, desfrutar da comunhão uns com os outros, saborear a riqueza da Palavra de Deus e celebrar a verdade. O agora, porém, é o único tempo de que dispomos para proclamar o evangelho aos perdidos e ganhar pessoas a Cristo. Precisamos seriamente remir o tempo (Efésios 5:16).

O cristão não precisa ter um chamado individual ou um dom especial para ser arauto das boas-novas; nós somos ordenados a ser testemunhas de Cristo e comissionados a treinar discípulos. Trata-se de uma obrigação individual, não só de uma responsabilidade coletiva da Igreja. Nenhum dever é mais importante nem gera fruto mais recompensador para a eternidade.

Ademais, os campos estão maduros para a colheita (João 4:35). A geração atual está tão pronta para a mensagem do evangelho quanto qualquer outra geração na história. Independentemente de qual aspecto da cultura contemporânea examinarmos, constataremos necessidades espirituais gritantes e almas sedentas e famintas da verdade. A resposta para esta fome espiritual na terra não é o despertar artificial de um sentimento religioso, mais ativismo político, melhores campanhas de relações públicas nem, de forma alguma, a adaptação da mensagem dos cristãos à cosmovisão secular predominante.

A tese central deste livro é a de que a verdadeira resposta é o evangelho puro – proclamado com clareza e poder, sem qualquer artifício, em toda a sua simplicidade eficaz. O evangelho é o instrumento do poder de Deus para a salvação dos pecadores (Romanos 1.16). A chave para o evangelismo bíblico não é estratégia ou técnica. Não se trata fundamentalmente de estilo, metodologia ou programas e pragmática. A preocupação preeminente em todos os nossos esforços evangelísticos deve ser o evangelho.

O apóstolo Paulo repudiava enfaticamente a astúcia, os artifícios, a eloquência, a sofisticação filosófica e a manipulação psicológica como ferramentas ao ministério do evangelho: "Eu mesmo, irmãos, quando estive entre vocês, não fui com discurso eloquente nem com muita sabedoria para lhes proclamar o mistério de Deus. Pois decidi nada saber entre vocês, a não ser Jesus Cristo, e este, crucificado" (1Coríntios 2:1-2).

Algo particularmente interessante no que diz respeito à determinada resolução de Paulo de pregar o evangelho puro é o reconhecimento imediato de que ele lutava com os mesmos sentimentos de apreensão e intimidação que todos nós enfrentamos quando contemplamos nosso dever de proclamá-lo. Ao refletir sobre seu ministério inicial em Corinto, ele o caracterizou da seguinte maneira: "E foi com fraqueza, temor e com muito tremor que estive entre vocês" (1Coríntios 2:3).

Apesar disso, não por causa de alguma técnica ou proficiência inata de Paulo, seu ministério foi uma poderosa "demonstração do poder do Espírito" (1Coríntios 2:4). Ele simplesmente lançou o evangelho em Corinto, e almas foram salvas. No início, em pequeno número e em meio a violenta oposição (Atos 18.1-8); mas, a partir destas pequenas origens, uma igreja foi fundada, e o evangelho difundiu-se ainda mais.

É isso o que queremos dizer com "evangelismo bíblico". Seu sucesso não é medido por resultados numéricos imediatos. Ele não tem de ser revisto nem completamente replanejado se, à primeira vista, não parecer funcionar. Seu foco permanece na cruz e na mensagem da redenção não diluída por interesses pragmáticos ou seculares. Ele nunca fica obcecado com a reação das pessoas, com o que podemos fazer para tornar a mensagem mais atraente ou com maneiras de apresentar o evangelho de modo a minimizar a ofensa da cruz. Em vez disso, preocupa-se com a verdade, a clareza, a precisão bíblica e (acima de tudo) Cristo. Sua mensagem diz respeito a Ele e ao que Ele fez para redimir os pecadores; não às necessidades do sofredor ou ao que este deve fazer para merecer a bênção de Deus.

Distinguir essas coisas é a chave para o evangelismo bíblico. Ao longo deste livro, seremos reiteradamente lembrados de tais princípios a partir de várias perspectivas bíblicas. Na seção 1, abordaremos a teologia do evangelismo, começando com o ensinamento de Cristo sobre o tema em Marcos 4. Algo que você verá claramente em nossa análise dos pressupostos teológicos e fundamentos bíblicos do evangelismo é a insensatez de se tentar ganhar o mundo para Cristo por meio de métodos seculares. Na seção 2, contemplaremos o evangelismo a partir de uma perspectiva pastoral e, na seção 3, discutiremos questões relacionadas ao evangelismo pessoal, face a face. A seção 4 une todos os pontos de vista com um olhar cuidadoso sobre como o ministério evangelístico se encaixa na vida e nas atividades da igreja local e as molda.

Acreditamos que você será abençoado e edificado ao estudar os princípios apresentados neste livro. Nossa oração é que você obtenha não apenas conhecimento teórico, mas uma paixão pelo evangelismo que esteja à altura de toda a premência e alegria das boas-novas que Cristo nos confiou.

Seção 1:

Teologia do evangelismo

1

Teologia do sono: Evangelismo segundo Jesus

John MacArthur

As instruções mais extensas e detalhadas nas Escrituras a respeito do evangelismo encontram-se em Marcos 4. Esta série de parábolas é a Magna Carta de nosso Senhor sobre o evangelismo, e a base deste ensinamento é parábola do semeador. A mensagem desta ilustração contraria grande parte do pensamento evangelístico atual ao indicar que nem o estilo do evangelista nem sua adaptação da mensagem exercem, em última análise, impacto nos resultados de seus esforços. A percepção de Jesus sobre o evangelismo é uma enfática repreensão a quem supõe que as roupas do pastor, seu estilo ou a música o ajudam a alcançar determinada cultura ou grupo e que a diluição do evangelho a fim de torná-lo mais aceitável produz conversões verdadeiras. A realidade é que o poder de Deus vem por meio da mensagem, não do mensageiro.

Os discípulos estavam confusos. Eles haviam deixado casa, terra, família e amigos para trás (Marcos 10:28). Tinham virado as costas à antiga vida a fim de seguir Jesus, o qual acreditavam ser o tão esperado Messias. Além disso, esperavam ver outros israelitas fazendo sacrifícios semelhantes e crendo em Jesus também. Em lugar de uma conversão nacional, entretanto, os discípulos depararam-se com muita animosidade. Os líderes judaicos odiavam Jesus e seus ensinamentos, e muitos nas multidões estavam interessados apenas em sinais e prodígios. Poucos estavam arrependidos de fato, e os doze começaram a ser tomados por dúvidas.

O problema não estava na capacidade de Jesus de atrair público. Ao viajar pela Galileia ensinando, as multidões que o seguiam eram enormes, muitas vezes chegando às dezenas de milhares. Os discípulos viviam sendo pressionados por elas. Em algumas ocasiões, Jesus precisava entrar em algum barco e afastar-se para o meio do lago com o propósito único de fugir da pressão esmagadora daqueles que estavam desesperados por milagres.

No entanto, por mais fascinante e impressionante que fosse a cena, ela não estava produzindo crentes verdadeiros. As pessoas não estavam genuinamente se arrependendo e aceitando Jesus como Salvador. Nem mesmo as expectativas dos próprios discípulos estavam sendo concretizadas. As profecias de Isaías 9 e 45 falavam de um dia em que o Reino do Messias seria global e sem fim. Na época dos acontecimentos de Marcos 4, o ministério do Senhor já era público havia dois anos, e a ideia de que ele estivesse estabelecendo esse tipo de reino parecia estar muito distante da realidade. Por conseguinte, poucas pessoas o seguiam com sinceridade. O Antigo Testamento descreve o Messias como aquele que traria a Israel tanto salvação nacional quanto supremacia internacional. Logo, as enormes multidões estavam interessadas apenas em milagres, curas e alimentos – não na salvação do pecado.

Assim, não surpreende que os discípulos tivessem perguntas. Se Jesus era verdadeiramente o Messias, por que tantos seguidores eram superficiais àquele ponto? Como o tão aguardado Messias poderia vir a Israel e ser rejeitado pelos líderes religiosos da nação? E por que ele não fazia uso de poder e autoridade para estabelecer o reino prometido, com o cumprimento de tudo o que fora garantido nas alianças com Abraão e Davi, bem como na nova aliança?

A questão era esta: Jesus pregava uma mensagem difícil, que exigia sacrifício radical de seus seguidores. Por um lado, seguir a Cristo era muito interessante, pois oferecia liberdade do labirinto formado pelas regras humanas opressivas, impostas pelos fariseus (Mateus 11:29-30; cf. 17:25-27). Por outro lado, seguir a Cristo era intimidador, pois exigia entrar pela porta estreita, negar a si mesmo e obedecê-lo até à morte (Mateus 7:13-14; Marcos 8:34). Seguir a Jesus exigia o reconhecimento de que ele era divino e que, fora dele, não há salvação nem meio algum de reconciliação com Deus (João 14:6). Segui-lo também significava abandonar completamente o judaísmo, o qual tinha como foco a prática religiosa em vez do coração penitente voltado para Deus.

Muitos judeus esperavam um Messias que os libertasse da ocupação romana, mas Jesus recusou-se a fazê-lo. Em vez disso, ele pregava uma mensagem de arrependimento, submissão, sacrifício, devoção extrema e exclusividade. As multidões eram atraídas a ele por causa dos milagres que realizava e do poder que possuía; os discípulos, entretanto, reconheciam que tal abordagem, por mais poderosa e verdadeira que fosse, não estava transformando os curiosos em convertidos. Quando os discípulos perguntaram: "Senhor, serão poucos os salvos?", esta foi uma dúvida sincera, motivada pela realidade daquilo que estavam vivenciando (Lucas 13:23). É possível até mesmo imaginar os discípulos cogitando a ideia de que talvez a mensagem de Jesus devesse ser alterada, mesmo que ligeiramente, a fim de manipular a reação das pessoas.

O mensageiro não é o meio

De muitas maneiras, o evangelismo atual também é desvirtuado neste sentido. Com frequência, tenho observado que o mito dominante quanto à evangelização é que o sucesso do cristianismo depende de sua popularidade.[1] A instrução parece ser a de que, se quisermos que o evangelho continue sendo relevante, o cristianismo deve, de alguma forma, adaptar-se às tendências culturais mais recentes e atraí-las.

Esse tipo de raciocínio costumava estar limitado aos grupos que têm como meta agradar os interessados, mas recentemente passou a estar presente em círculos mais reformados. Há movimentos inteiros que concordam com as verdades da predestinação, da eleição e da depravação total, mas que, inexplicavelmente, exigem que os pastores ajam mais como estrelas do rock do que como pastores humildes. Influenciadas pela retórica emocional de teologias ruins, as pessoas toleram a ideia de que a sagacidade cultural do pastor determina o grau de sucesso de sua mensagem e a influência de sua igreja. A metodologia atual para o crescimento de igrejas afirma que, se o evangelista deseja "alcançar a cultura" (seja lá o que isto signifique), ele deve simulá-la de alguma forma. Porém, tal abordagem contraria o paradigma bíblico. O poder do Espírito no evangelho não está no mensageiro, mas na mensagem. Portanto, a motivação por trás da mentalidade de agradar ao público pode até ser nobre, mas está gravemente equivocada.

Qualquer esforço no sentido de manipular o resultado do evangelismo alterando a mensagem ou estilizando o mensageiro consiste em erro. A ideia de que um número maior de pessoas se arrependerá se tão somente o pregador for mais legal ou mais engraçado faz, invariavelmente, com que a igreja apresente um desfile ridículo de figuras engravatadas agindo como se seu carisma pudesse atrair pessoas a Cristo.

Tal erro conduz ao pensamento nocivo de que a conduta e o discurso do pastor devem ser determinados pela cultura à qual ele ministra. Se estiver tentando alcançar uma cultura "desigrejada", alguns argumentam que ele deve falar e agir como tal, mesmo se o comportamento do grupo for impuro. Esse tipo de lógica apresenta muitos problemas, mas o principal deles é o falso pressuposto de que o pastor pode fabricar conversões genuínas por meio de determinado comportamento ou aparência. O fato é que somente Deus está no controle da conversão de pecadores em decorrência de uma pregação.

Na realidade, as duras verdades do evangelho não cooperam com o aumento de sua popularidade e influência na sociedade secular. Infelizmente, entretanto, muitos pregadores almejam tanto a aceitação cultural, que chegam ao ponto de alterar a mensagem divina de salvação e o padrão de santidade a fim de conquistá-la. O resultado é, naturalmente, outro evangelho que nada tem a ver com o verdadeiro.

Tais transigências nada fazem para aumentar o testemunho da Igreja na cultura. Pelo contrário, causam o efeito oposto. A criação de um evangelho sintético colabora para que a igreja fique cheia de pessoas que não se arrependeram de seus pecados. Em vez de tornar o mundo parecido com a Igreja, estes esforços conseguem apenas tornar a Igreja mais parecida como o mundo. É precisamente isto o que o ensinamento de Jesus em Marcos 4 tinha a intenção de evitar.

Parábola do semeador

Os discípulos, com a preocupação genuína de que os outros cressem, estavam perplexos diante do fato de que as multidões não se arrependiam.

Deve ter havido momentos em que eles questionaram a mensagem acusadora, severa e exigente que Jesus pregava.

O Senhor respondeu a esta maré de dúvidas contando aos discípulos uma série de parábolas e provérbios sobre evangelismo. Um ano antes de proferir a grande comissão, ele utilizou esta série de parábolas como base para sua instrução a respeito do assunto (Marcos 4:1-34). Marcos dedica mais espaço a ela do que a qualquer outro ensinamento em seu Evangelho, e o ponto focal é a primeira parábola, sobre um agricultor cultivando sementes:

> Ouçam! O semeador saiu a semear. Enquanto lançava a semente, parte dela caiu à beira do caminho, e as aves vieram e a comeram. Parte dela caiu em terreno pedregoso, onde não havia muita terra; e logo brotou, porque a terra não era profunda. Mas, quando saiu o sol, as plantas se queimaram e secaram, porque não tinham raiz. Outra parte caiu entre espinhos, que cresceram e sufocaram as plantas, de forma que ela não deu fruto. Outra ainda caiu em boa terra, germinou, cresceu e deu boa colheita, a trinta, sessenta e até cem por um (Marcos 4:3-8).

Essa ilustração é uma explicação paradigmática de como o evangelismo deveria ser. Seu objetivo é responder a uma dúvida básica que todos os evangelistas se perguntam em algum momento: por que algumas pessoas reagem ao evangelho e outras não? A resposta esclarece a essência do evangelismo.

O semeador ausente

A parábola do semeador começa com um agricultor. O que surpreende a seu respeito é como ele tem pouco controle sobre o crescimento das safras. Não há adjetivos descrevendo seu estilo ou suas habilidades, e, em uma parábola subsequente, nosso Senhor retrata inclusive um semeador que planta, volta para casa e vai dormir:

> Ele prosseguiu dizendo: "O Reino de Deus é semelhante a um homem que lança a semente sobre a terra. Noite e dia, estando ele dormindo ou acordado, a semente germina e cresce, embora ele não saiba como.
>
> A terra por si própria produz o grão: primeiro o talo, depois a espiga e, então, o grão cheio na espiga. Logo que o grão fica maduro, o homem lhe passa a foice, porque chegou a colheita" (Marcos 4.26-29)

Jesus afirma que o agricultor ignora como a semente se transforma em uma planta madura. Após semear, "estando ele dormindo ou acordado, a semente germina e cresce, embora ele não saiba como".

Tal desconhecimento não é exclusivo deste agricultor em especial; em vez disso, aplica-se a todo aquele que semeia. O crescimento da semente é um mistério que nem mesmo os agricultores mais experientes podem explicar, e esta realidade é a chave da parábola. Jesus explica que a semente representa o evangelho, e o agricultor representa o evangelista (v. 26). O evangelista espalha a semente – isto é, explica o evangelho às pessoas – e algumas creem e recebem a vida. A maneira como isto acontece é um mistério divino para o evangelista. Porém, uma coisa é clara: embora ele seja o meio humano, o processo não depende dele. A poder do evangelho está na obra do Espírito, não no estilo do semeador (Romanos 1:16; 1Tessalonicenses 1:5; 1Pedro 1:23). É o Espírito de Deus que traz almas da morte para a vida, não os métodos ou as técnicas do mensageiro.

O apóstolo Paulo compreendia esse princípio. Quando levou o evangelho a Corinto, ele plantou a igreja e deixou-a aos cuidados de Apolo. Mais tarde, descreveu a experiência da seguinte maneira: "Eu plantei, Apolo regou, mas Deus é quem fez crescer" (1Coríntios 3:6). Foi Deus quem atraiu os pecadores a si mesmo, transformou o coração deles e santificou-os. Paulo e Apolo foram fiéis, mas certamente não eram a explicação para a vida e o crescimento sobrenaturais. Esta verdade fez com que Paulo afirmasse: "de modo que nem o que planta nem o que rega são alguma coisa, mas unicamente Deus, que efetua o crescimento" (1Coríntios 3:7).

Jesus destaca intencionalmente o fato de que o agricultor não exerceu influência alguma no crescimento das sementes. Ele inclusive salienta que o agricultor, após plantar, foi para casa e adormeceu. Isto é diretamente análogo ao evangelismo. A fim de que uma pessoa seja salva, o Espírito de Deus tem de atraí-la e regenerar sua alma (João 6:44; Tito 3:5). Isto vai contra a noção de que os resultados do evangelismo podem ser influenciados pelo guarda-roupa do pastor ou pelo tipo de música tocada antes da mensagem. O agricultor poderia ter um saco de sementes feito de estopa ou caxemira, e, em nenhum dos dois casos, isto teria qualquer efeito sobre o crescimento das sementes. O pastor que acredita no poder de um jeans de marca para deixar sua mensagem mais palatável é semelhante a um agricultor que investe em um saco de sementes de grife para que o solo se torne mais receptivo às sementes.

Não confunda essa ideia com uma apologética a favor de ternos azuis. Jesus não está dizendo que o evangelista deve limitar-se a usar gravata e cantar hinos. Ao contrário, a parábola está transmitindo a mensagem de que, no que diz respeito ao evangelismo, simplesmente não importa como o evangelista se veste ou arruma o cabelo. As aparências não são aquilo que faz a semente crescer. Se alguém argumenta que o pastor que imita o comportamento de um segmento específico da cultura está mais capacitado a alcançá-la, é porque não captou a mensagem de Jesus.

Tudo o que o agricultor pode fazer é semear, e tudo o que o evangelista pode fazer é proclamar. Como pregador, se eu achasse que a salvação de alguém dependesse de minha adesão a algum aspecto sutil da cultura, nunca conseguiria dormir. Todavia, sei que o "Senhor conhece quem lhe pertence" (2Timóteo 2:19). Não é coincidência o fato de o Novo Testamento nunca responsabilizar os evangelistas pela salvação de alguém. Em vez disso, após proclamar a mensagem fielmente, somos chamados a descansar na soberania de Deus.

Evidentemente, o fato de o agricultor ter ido dormir não é desculpa para preguiça. É errado pensar que o estilo do evangelista determina quem e quantos serão salvos. Contudo, é um erro igualmente grave usar a soberania de Deus como desculpa para não evangelizar. Com frequência chamado de hipercalvinismo, este ponto de vista supõe incorretamente que, uma vez que os evangelistas não são capazes de regenerar alguém, então o próprio evangelismo é desnecessário.[2]

Tal perspectiva também perde de vista aquilo que Jesus transmitiu em seu ensinamento. O agricultor foi dormir, mas somente após semear com diligência. Aquele que pensa: "Não posso fazer com que a semente cresça, então por que plantar?" não será agricultor por muito tempo.

A verdade é que a descrição que Jesus faz do agricultor fornece o modelo para o evangelismo. O evangelista deve plantar a semente do evangelho, sem a qual ninguém pode ser salvo (Romanos 10:14-17). Em seguida, deve confiar a Deus os resultados, visto que somente o Espírito pode conceder vida (João 3:5-8).

Semente desperdiçada

Além de o estilo do agricultor ser irrelevante para o sucesso das safras, Jesus também não sugere que ele deve modificar a semente a fim de facilitar seu crescimento. A parábola do semeador retrata seis resultados da semeadura, mas, em nenhum momento, eles dependem da habilidade do semeador.

A ausência de discussão sobre a semente também tem correspondência no evangelismo. Jesus espera que os cristãos evangelizem com a verdadeira semente: o evangelho. Modificar a mensagem não é uma opção. Os crentes são advertidos contra qualquer adulteração da mensagem (Gálatas 1:6-9; 2João 9-11). A única variável na parábola é o solo. Se o evangelista frustrado percebe como sua tarefa é difícil ou como a cultura parece estar fechada ao evangelho, o problema não está neste nem naquele. O problema reside na natureza do solo sobre o qual a verdadeira semente cai.

Jesus descreve diferentes tipos de solo onde as sementes são lançadas – alguns não produzem o fruto da salvação, mas outros produzem. Todos os seis solos retratam respostas inevitáveis ao evangelismo, pois representam as diversas condições do coração humano.

Semeadura no caminho

O primeiro tipo de solo não é nada receptivo. Mateus 13:4 descreve algumas sementes caindo "à beira do caminho". Os campos em Israel não eram cercados nem murados; em vez de cercas, havia caminhos que os cruzavam, formando fronteiras. Uma vez que o clima em Israel é árido e quente, os caminhos – que não eram cultivados de propósito, servindo de estradas – eram endurecidos pelos pés de quem os percorria. Quando a semente caía sobre eles, as aves que vinham após o semeador desciam para apanhá-la.

Jesus relaciona o furto da semente à atividade de Satanás. O solo compacto do caminho representa o coração endurecido no qual o evangelho não penetra; a semente, então, permanece sobre a superfície e acaba servindo de alimento para as aves. Esta é uma imagem daqueles que, por serem servos de Satanás, não têm interesse na verdade. Por terem rejeitado o evangelho, seu coração endurecido fica cada vez mais calejado. Quanto mais o agricultor percorre o caminho, embora esteja sempre semeando, mais duro o solo se torna.

Talvez você pense que este solo descreve o coração dos piores pecadores, dos ímpios mais ultrajantes que podemos imaginar. Porém, Jesus refere-se aos líderes religiosos de Israel que eram intensamente dedicados à moralidade externa, à cerimônia religiosa e às formas tradicionais de culto. Por terem rejeitado o Messias, entretanto, eles também estavam totalmente perdidos. Aqueles homens eram a prova de que ser "religioso" não é uma indicação de um coração sensível. Quanto mais o coração estiver enraizado na religião humana, mais impenetrável ele se torna. Em tais casos, a única esperança é romper o solo rígido à força, tal como aconteceu na destruição das fortalezas de pedra mencionada por Paulo em 2Coríntios 10:3-5:

> Pois, embora vivamos como homens, não lutamos segundo os padrões humanos. As armas com as quais lutamos não são humanas; ao contrário, são poderosas em Deus para destruir fortalezas. Destruímos argumentos e toda pretensão que se levanta contra o conhecimento de Deus e levamos cativo todo pensamento, para torná-lo obediente a Cristo.

Semeadura em terreno pedregoso

O segundo tipo de solo é comparado a um "terreno pedregoso, onde não havia muita terra" (Marcos 4:5; veja também 4:16). Antes de semear, os agricultores removiam todas as rochas detectáveis, o que não era tarefa fácil. Alguns rabinos costumavam dizer que, quando Deus foi distribuir as pedras sobre a terra, ele largou a maioria em Israel. Porém, abaixo do alcance do arado, costumava haver um leito de pedra calcária.[3] É a isto que Jesus estava se referindo.

Ao cair sobre este tipo de solo, a semente estabelecia-se na terra rica e fofa lavrada pelo arado. Com a presença de água, ela se desenvolvia e se aprofundava, começando, assim, a disseminar raízes e a crescer. Todavia, as novas raízes não conseguiriam sustentar a planta porque, em pouco tempo, atingiriam o calcário. O vegetal processava imediatamente os nutrientes do solo e aumentava em estatura. Ao germinar em direção à luz do sol, porém, havia a necessidade de mais umidade. Visto que as raízes não podiam penetrar no calcário para obter nutrientes, a frágil planta secava ao sol.

Jesus comparou este solo à pessoa que ouve o evangelho e reage imediatamente com alegria (Mateus 13:20). A rápida reação pode enganar o evangelista, levando-o a achar que a conversão foi genuína. No começo, o "convertido" demonstra uma mudança dramática ao absorver e aplicar toda a verdade ao seu redor. No entanto, assim como a semente que murcha rapidamente, a vida aparente é superficial e temporária. Por não haver profundidade alguma na reação emotiva ou egocêntrica do pecador, é impossível que haja fruto.

A verdadeira natureza desta falsa conversão é logo revelada sob o calor do sofrimento, da abnegação e da perseguição. Tais dificuldades são intensas demais para um coração raso.

Semeadura em meio a espinhos

O terceiro tipo de solo é repleto de espinhos (Marcos 4:7,18). Ele é enganador. Foi lavrado e parece ser fértil, mas, por baixo da superfície, esconde-se uma rede de raízes selvagens prontas para produzir uma infestação de ervas daninhas. Quando a boa semente é forçada a competir pela vida contra estes espinhos e cardos ocultos, as safras são sufocadas. Cedo ou tarde, as ervas daninhas roubam a umidade da semente e encobrem a luz solar, e, como consequência, a boa semente morre.

A palavra que Jesus utiliza para *espinhos* vem da palavra grega ἄκανθα (akantha), um tipo específico de erva espinhosa comum no Oriente Médio e frequentemente encontrada em solo cultivado. Ela é a mesma palavra empregada em Mateus 27:29 em referência à coroa de espinhos colocada sobre a cabeça de nosso Senhor. Tais plantas indesejadas eram comuns e perigosas para as safras.

Jesus compara o solo cheio de ervas daninhas às pessoas que ouvem o evangelho, "mas, quando chegam as preocupações desta vida, o engano das riquezas e os anseios por outras coisas sufocam a palavra, tornando-a infrutífera" (Marcos 4:19). Se o solo rochoso indicava emoções superficiais, e o caminho representava a ilusão religiosa motivada por amor e interesse próprios, o solo espinhoso descreve uma pessoa de ânimo dobre. Quando o coração está cativo às coisas do mundo, a contrição pelo pecado não é legítima. Ele fica dividido entre os prazeres terrenos, temporais, e as realidades celestes, eternas. Estas coisas, entretanto, são mutuamente excludentes.

Os espinhos correlacionam-se com as "preocupações desta vida", e esta expressão poderia até mesmo ser traduzida como "distrações da época" (Marcos 4:19). O coração espinhoso é ocupado pelas coisas do mundo que monopolizam a atenção da cultura. Este é o coração que ama o mundo e todas as coisas que nele estão, e, portanto, o amor de Deus não está nele (veja 1João 2:15; Tiago 4:4).

Aqueles que procuram evangelizar adaptando-se à cultura não têm como escapar deste tipo de solo. A semente pode até cair de um jeito bom, mas, à medida que crescer, o amor ao mundo revelará no que a aparente profissão de fé de fato consiste: mais uma ação temporária, superficial, de um coração que ainda está subordinado ao mundo.

A semente do evangelho cai sobre ouvintes do tipo "beira do caminho", "terreno pedregoso" e "solo espinhoso". Em cada um destes casos, ela é rejeitada. Ao apresentar essa clara e poderosa analogia, o Senhor nunca declara que a culpa pela reação negativa deve recair sobre o agricultor. O problema não é o evangelista que não foi esperto ou cativante o suficiente. O problema é o solo. Os pecadores rejeitam o evangelho porque odeiam a verdade e amam o pecado. É por isso que o evangelho, fielmente proclamado, pode ser levado embora por Satanás, extinto pelo amor-próprio ou sufocado pelo mundo.

Semeadura em solo bom

Há corações que rejeitam a salvação, mas Jesus também descreve aqueles que recebem o evangelho. Somos encorajados quando ele diz: "Outra ainda caiu em boa terra, germinou, cresceu e deu boa colheita, a trinta, sessenta e até cem por um" (Marcos 4:8). O solo bom é profundo, fofo, rico e limpo. Nem Satanás, nem a carne nem o mundo podem superar o poder do evangelho quando é plantado neste tipo de coração.

Praticamente todas as parábolas de Jesus contêm um elemento surpreendente e inesperado, e a parábola do semeador não é uma exceção. Até agora, esta analogia agrícola havia soado familiar para os discípulos e para qualquer israelita. Eles viviam da lavoura, e a terra era repleta de campos de grãos. Aqueles homens compreendiam o perigo que aves, rochas e espinhos representavam. Tudo isso era muito comum. Contudo, Jesus abandona as questões conhecidas descrevendo um resultado que ninguém esperava: uma colheita de trinta, sessenta e até de cem por um. Uma safra típica era de seis por um, e uma safra que produzia dez por um era considerada uma experiência única. Portanto, quando Jesus disse que apenas uma semente do agricultor poderia produzir o cêntuplo, os discípulos devem ter ficado chocados.

Caso você não seja proveniente de uma sociedade agrária, talvez não perceba o absurdo presente no fato de Jesus descrever uma semente produzindo 10.000%. Todas as ilustrações perdem a validade em determinado ponto, e é precisamente aqui que a analogia agrícola deixa de aplicar-se ao evangelismo. Ao descrever uma colheita tão próspera, Jesus está dizendo que o evangelho pode produzir vida espiritual em quantias possíveis somente pelo próprio poder de Deus.

O preparo do coração para o evangelho é obra do Espírito Santo. Somente ele convence (João 16:8-15), regenera (João 3:3-8) e justifica (Gálatas 5:22-23). O trabalho no coração é domínio de Deus:

> Aspergirei água pura sobre vocês e ficarão puros; eu os purificarei de todas as suas impurezas e de todos os seus ídolos.
>
> Darei a vocês um coração novo e porei um espírito novo em vocês; tirarei de vocês o coração de pedra e, em troca, darei um coração de carne.
>
> Porei o meu Espírito em vocês e os levarei a agir segundo os meus decretos e a obedecer fielmente às minhas leis (Ezequiel 36:25-27; cf. Jeremias 31:31-33)

Conforme Salomão perguntou retoricamente, "Quem poderá dizer: 'Purifiquei o coração; estou livre do meu pecado?'" (Provérbios 20:9). A resposta é, obviamente, ninguém.

Embora existam explicações para a rejeição do evangelho – tanto satânicas quanto humanas – o verdadeiro arrependimento é sobrenatural. Em nenhum lugar esta verdade é vista com mais clareza do que na conversão do ladrão na cruz (Lucas 23:39-43; cf. Mateus 27:38-44). Sua conversão não poderia ter sido mais improvável, uma vez que ocorreu em um momento quando Jesus parecia ser um fracasso descomunal. O Senhor parecia fraco, derrotado, vitimado e destituído de poder para salvar a si mesmo – muito menos outra pessoa. Ele estava desonrado, seus inimigos estavam triunfantes, e seus seguidores estavam ausentes. A opinião pública estava contra ele, e o sarcasmo – proferido pelo primeiro ladrão – era a reação mais adequada e compreensível.

Deus direcionou sua capacidade de salvação sobrenatural ao segundo ladrão, e, contra as expectativas da razão, este se arrependeu e creu. Por que este rebelde, à beira da morte, aceitou como Senhor um homem crucificado e ensanguentado? A única resposta é um milagre da graça e resultado da intervenção divina. Antes dos acontecimentos sobrenaturais – terremotos, trevas e túmulos abertos – o homem creu porque a semente do evangelho havia caído em solo fértil, preparado pela mão de Deus. Sua conversão testifica o fato de que não é o estilo ou a força do homem que salva, mas o poder de Deus.

Visto que Deus é quem produz tal mudança no coração, o resultado será evidente em cada vida transformada, embora em graus diferentes – e muito além do que os discípulos poderiam ter sonhado. Em breve, o evangelho explodiria em uma safra espiritual, começando no Pentecostes e aumentando exponencialmente até ao último dia do reino terreno de Cristo. O poder desta multiplicação é sobrenatural, mas o meio é o testemunho fiel de crentes verdadeiros.

A maravilha do evangelho é o fato de ele ser obra de Deus. Nós semeamos, compartilhando o evangelho e vamos dormir; o Espírito, então, age por intermédio dele para conceder vida. Não controlamos quem é salvo, pois o Espírito vai aonde quer (João 3:8). Nem sequer sabemos como isso acontece, tal como o agricultor desconhece como uma semente no solo transforma-se em alimento. Nosso trabalho não é conceder vida; apenas lançar a semente. Após termos feito isso, podemos descansar no poder soberano de Deus.

Aplicação ao evangelismo

A verdade dessa parábola deveria causar um efeito profundo na maneira como vemos o evangelismo. Ela deveria fazer-nos evangelizar com estratégia, humildade, obediência e confiança.

Com estratégia

Jesus ensina que determinados tipos de solo possibilitam à semente crescer com alegria antes de murchar ou ser sufocada. Este fato deveria ser indicação suficiente de que direcionar o evangelho apenas às emoções é insensatez. É provável que não exista um indicador menos confiável da fé legítima do que as emoções, uma vez que nem a alegria nem a tristeza apontam necessariamente para um verdadeiro arrependimento (veja 2Coríntios 7:10-11). Quando o evangelista mira nos sentimentos do pecador ou fundamenta a certeza da salvação em uma experiência emocional, ele está direcionando o evangelho a corações rasos. Tal abordagem talvez pareça impressionante no início, já que solos rasos têm boa aparência durante um breve período. Porém, ela não resulta em conversões duradouras.

O evangelismo também não deve manipular a vontade recorrendo aos desejos naturais do pecador. É normal que os pecadores desejem coisas melhores para si, tais como saúde, riqueza, sucesso e realização pessoal. Contudo, o evangelho nunca oferece aquilo que o coração descomprometido, impuro, quer. Somente falsos mestres utilizam o orgulho e as concupiscências da carne para obter uma reação positiva das pessoas. O verdadeiro evangelho oferece algo que é incongruente com o desejo humano natural. Conforme Jesus disse aos discípulos,

> Não pensem que vim trazer paz à terra; não vim trazer paz, mas espada.
>
> Pois eu vim para fazer que o homem fique contra seu pai, a filha contra sua mãe, a nora contra sua sogra; os inimigos do homem serão os da sua própria família.

> Quem ama seu pai ou sua mãe mais do que a mim não é digno de mim; quem ama seu filho ou sua filha mais do que a mim não é digno de mim; e quem não toma a sua cruz e não me segue, não é digno de mim.
>
> Quem acha a sua vida a perderá, e quem perde a sua vida por minha causa a encontrará (Mateus 10:34-39).

O verdadeiro arrependimento e a fé em Cristo rejeitam os anseios perversos da vontade humana.

> Digo verdadeiramente que, se o grão de trigo não cair na terra e não morrer, continuará ele só. Mas, se morrer, dará muito fruto.
>
> Aquele que ama a sua vida a perderá; ao passo que aquele que odeia a sua vida neste mundo a conservará para a vida eterna.
>
> Quem me serve precisa seguir-me; e, onde estou, o meu servo também estará. Aquele que me serve, meu Pai o honrará (João 12:24-26)

Se nem a emoção pura nem o desejo racional são indicadores confiáveis da fé verdadeira, então o que é? Segundo a observação acertada de Jonathan Edwards, um indicador confiável é o "amor humilde, quebrantado, por Deus".[4] Ele escreveu o seguinte:

> Os desejos dos santos, embora intensos, são humildes; sua esperança é humilde; sua alegria, mesmo quando indizível e cheia de glória, é um sentimento humilde e quebrantado que deixa o cristão mais pobre em espírito, mais semelhante a uma criança, mais disposto a uma submissão universal de comportamento.[5]

De acordo com Edwards, o evangelismo não deve ter como objetivo influenciar as emoções ou manipular a vontade – estas coisas, além de serem conseguidas com facilidade, são sinais nada confiáveis de conversão. Em vez disso, "uma vida santa é o principal sinal de graça."[6] A vida santa flui de um coração santo, o qual produz sentimentos santos direcionados àquele que é Santo. Isto só é possível quando a mente do pecador é convencida a olhar para o seu pecado como ele realmente é e ver o evangelho como única solução.

Com humildade

A verdade é que o poder do evangelho está nas mãos de Deus, não nas nossas. Dessa forma, devemos evangelizar com humildade. Com "humildade", não queremos dizer incerteza, tolerância ecumênica ou qualquer outra distorção pós-moderna do termo. O que queremos dizer é a humildade no sentido bíblico de tremer diante de Deus e sua Palavra (Isaías 66:2), evitando qualquer ideia arrogante que nos leve a ser insolentes a ponto de modificar sua mensagem ou soberbos a ponto de levar o crédito pela obra.

O poder do evangelho reside em sua verdade imutável, e uma semente mutável produz uma safra mutável. Além disso, o evangelista não deve tentar tornar Jesus atraente para os pecadores. Jesus já é atraente por si. No entanto, as pessoas estão cegas aos seus atributos por causa do pecado. Não basta incentivá-las a colocar em prática seus desejos egoístas ou despertar suas emoções instáveis. Em vez disso, elas devem ser chamadas a lamentar por seu pecado a ponto de arrepender-se verdadeiramente. Por esta razão, explicar a profundidade do pecado e o castigo que ele merece é parte essencial do evangelismo bíblico. O pecador deve ouvir que seu pecado o condena porque ofende a Deus, e somente o Espírito de Deus poderá levar a verdade dos ouvidos do pecador ao seu coração.

É exatamente esse tipo de evangelismo o primeiro a sofrer quando se deseja atrair mais pessoas para Jesus. Na tentativa de tornar a mensagem mais popular e obter resultados mais visíveis, os evangelistas, com muita frequência, recorrem às emoções e aos desejos em vez de focar-se na mente.

Quando, entretanto, o verdadeiro evangelho é pregado à mente – uma mensagem que inclui o difícil chamado ao discipulado, a natureza radical da conversão e a obra gloriosa de Cristo – a semente correta é lançada aos corações. Estes, por sua vez, serão receptivos a ela se estiverem divinamente preparados.

Com obediência

Quando terminou de explicar a parábola do semeador, Jesus perguntou aos discípulos: "Quem traz uma candeia para ser colocada debaixo de uma vasilha ou de uma cama? Acaso não a coloca num lugar apropriado?" (Marcos 4:21). Ele estava dizendo aos discípulos que, após sua morte e ressurreição, eles receberiam a posse de uma grande luz. Ela seria a "luz do evangelho da glória de Cristo, que é a imagem de Deus" (2Coríntios 4:4). Essa luz deve ser pregada fielmente pelos servos de Cristo (v. 5), mas os resultados estão sob o poder soberano de Deus da mesma forma que a criação original: "Pois Deus, que disse: 'Das trevas resplandeça a luz', ele mesmo brilhou em nossos corações, para iluminação do conhecimento da glória de Deus na face de Cristo" (2Coríntios 4:6).

Nosso Senhor continuou o ensinamento com o seguinte axioma: "Porque não há nada oculto, senão para ser revelado, e nada escondido, senão para ser trazido à luz" (Marcos 4:22). Este truísmo comunica o fato de que todo segredo tem o momento adequado para ser revelado. O objetivo de se manter um segredo é não torná-lo conhecido no presente. No caso dos discípulos, eles ainda não haviam sido comissionados e enviados ao mundo. Porém, quando o momento chegasse, deveriam ir e falar com ousadia. Isto tem a ver com a ordem frequente do Senhor para que eles não falassem sobre ele ou seus milagres antes de sua morte e ressurreição (Mateus 8:4; 9:30; 12:16; 17:9; Marcos 1:44; 3:12; 5:43; 7:36; 8:30; 9:9; Lucas 4:41; 8:56; 9:21). Um motivo evidente para tal restrição era esclarecer que a mensagem a ser difundida pelos seus seguidores não era a de seu papel como médico ou libertador político, mas como salvador que morrera e ressuscitara dentre os mortos.

A utilidade do agricultor está relacionada à quantidade de sementes que ele semeia. Quanto mais semear, isto é, quanto mais sementes espalhar, mais provável será que algumas delas caiam em solo bom. A fim de explicar esta responsabilidade, Jesus fez uma promessa bem clara após os provérbios de Marcos 4:21-22: "Com a medida com que medirem, vocês serão medidos; e ainda mais acrescentarão para vocês" (v. 24). Esta é a linguagem das recompensas eternas, a qual concede grande motivação para proclamarmos o evangelho de maneira ativa e precisa. Embora não possamos controlar os resultados, somos chamados a difundir a mensagem. E, mesmo que sejamos rejeitados pelos ouvintes, nossos esforços fiéis serão recompensados pelo Senhor algum dia.

Há tanto falsos cristãos quanto falsos evangelistas, e o Senhor julgará a ambos. No entanto, os verdadeiros cristãos são obedientes e sempre evangelizam quando há a oportunidade, lembrando-se de que a obediência produz bênçãos divinas tanto aqui quanto na vida futura.

Com confiança

Saber que o evangelismo é estimulado pelo poder de Deus nos dá confiança para aguardar resultados divinos.

É exatamente por isso que Marcos concluiu este longo trecho sobre evangelismo com uma última parábola descrevendo o reino de Deus: "É como um grão de mostarda, que é a menor semente que se planta na terra. No entanto, uma vez plantado, cresce e se torna uma das maiores plantas, com ramos tão grandes que as aves do céu podem abrigar-se à sua sombra" (Marcos 4:31-32).

Lembre-se de que os discípulos estavam preocupados com a possibilidade de as promessas do Antigo Testamento, a respeito do estabelecimento de um reino, não se concretizarem com Jesus. Ele havia pregado por dois anos e, mesmo assim, parecia haver pouquíssimas pessoas que realmente criam. Os doze apóstolos estavam prestes a perder a esperança. Contudo, Jesus disse que, se a semente fosse espalhada, o evangelho cresceria, e o reino viria. Com isso, ele quis dizer que o reino começaria pequeno, mas se expandiria a ponto de os pássaros das nações descansarem à sua sombra (Ezequiel 31:6). O evangelho seria espalhado por todo o globo, e isto sucederia por intermédio daqueles preocupados discípulos.

Foi exatamente isso o que aconteceu. Depois da ressurreição, havia apenas 120 seguidores de Jesus, mas, após o dia do Pentecostes, este número saltou para 3 mil (Atos 1:13; 2:41). Em pouco tempo, a quantia passou para 5 mil (Atos 4:4) e, em alguns meses, havia mais de 20.000 seguidores. O poder do Evangelho estava virando o mundo de cabeça para baixo. Após 2 mil anos, inúmeras pessoas foram salvas e, agora, fazem parte ora da Igreja militante na terra, ora da Igreja triunfante no céu. Um dia, Cristo voltará e estabelecerá seu Reino milenar sobre a terra. Mesmo depois disso, o evangelho continuará chamando pecadores ao arrependimento.

A mensagem da salvação mantém-se em movimento por meio daqueles que semeiam, produzindo vida espiritual e fruto genuíno em solo bom. Ela somente o faz, entretanto, porque é estimulada por Deus – o que significa que a popularidade ou a persuasão do mensageiro humano nada tem a ver isso.

O evangelismo é um chamado privilegiado. Fazemos o que podemos para difundir o evangelho onde for possível. Depois, voltamos para casa e adormecemos. Se tivermos trabalhado arduamente, poderemos dormir bem, sabendo, como o agricultor, que o crescimento não depende de nós.

2

Meta global de Deus: O poder da grande comissão

Jesse Johnson

A grande comissão é certamente a ordem mais importante dirigida aos cristãos. Algumas variações dela finalizam cada um dos quatro evangelhos, e as últimas palavras de Jesus na terra registradas no livro de Atos são outra expressão desta incumbência. Apesar das repetições, a natureza radical da ordem para o evangelismo global costuma ser negligenciada. Logo em Gênesis 3, Deus indicou que estava enviando um salvador ao mundo, mas só permitiu que os crentes percorressem o mundo com esta mensagem após a crucificação e ressurreição. Entender o "porquê" da grande comissão ajuda a liberar seu poder.

Uma das incumbências mais sóbrias e inquietantes aos pastores em relação ao evangelismo encontra-se nas palavras finais de Paulo a Timóteo. Em 2Timóteo, o apóstolo advertiu seu discípulo e colega a estar pronto para dias de impiedade. "Pois virá o tempo", escreveu ele, "em que não suportarão a sã doutrina" (2Timóteo 4:3). Paulo queria que Timóteo se preparasse para a rejeição (v. 4), e até mesmo para sofrimentos como os dele (v. 5).

A solução, segundo Paulo disse a Timóteo, era aceitar a suficiência das Escrituras. Somente isto pode tornar o homem de Deus "apto e plenamente preparado para toda boa obra" (2Timóteo 3:17). À luz disto, o apóstolo tinha uma grave exortação a fazer ao pupilo: "Na presença de Deus e de Cristo Jesus, que há de julgar os vivos e os mortos por sua manifestação e por seu Reino, eu o exorto solenemente: Pregue a palavra!"

(2 Timóteo 4:1-2a). Perceba quão sério é este mandamento. Paulo fala tais palavras (1) na presença de Deus, (2) na presença de Cristo Jesus e (3) à luz do julgamento dos vivos e dos mortos. É difícil imaginar como ele poderia dar à sua exortação um tom ainda mais grave.

Contudo, Paulo não havia terminado. Timóteo não deveria apenas pregar; o apóstolo também escreve: "seja moderado em tudo, suporte os sofrimentos, faça a obra de um evangelista, cumpra plenamente o seu ministério" (v. 5). Timóteo poderia pregar o quanto quisesse, mas, caso negligenciasse a obra de evangelista, não estaria cumprindo a vontade de Deus.

Esta verdade – que a obra do evangelismo deve ser central em qualquer ministério – não está limitada ao serviço de um pastor. Todos os cristãos são chamados a ser fiéis à ordenança de nosso Senhor quanto a levar o evangelho a todas as pessoas. Porém, é impressionante a frequência com que o mandamento de evangelizar fica relegado ao segundo plano na vida cristã. Alguns chegam a negligenciar a ordenança de evangelizar durante longos períodos, e eu já ouvi até mesmo pessoas dizendo que evangelismo é algo para o qual Deus não as chamou.

A realidade é que evangelismo é central à missão de Cristo e o ponto focal da obra de Deus na criação. Se alguém não entende a importância do evangelismo, perde completamente de vista o objetivo do ministério de Jesus, pois "o Filho do homem veio buscar e salvar o que estava perdido" (Lucas 19:10). Evangelismo não é apenas uma das coisas que os cristãos são chamados a fazer; é sua tarefa principal. Todas as outras são intermediárias.

Por exemplo, os cristãos buscam santificação em todas as áreas da vida a fim de que seu testemunho seja crível para o mundo exterior. Quando proclamamos as riquezas de Cristo, precisamos estar aptos a mostrar ao mundo incrédulo que nós mesmos valorizamos Cristo acima deste mundo. Nós nos recusamos a roubar, porque o prazer de Deus vale mais do que qualquer coisa na qual possamos colocar as mãos. Nós nos recusamos a mentir, porque confiamos na soberania de Deus mais do que em qualquer ficção que poderíamos inventar. Nós oramos, porque sabemos que nada de valor é possível nesta vida sem a bênção de Deus. Toda a nossa santificação tem o efeito de tornar crível nossa alegação de que Jesus tem um valor insuperável.

Além disso, o ministério pastoral não é um fim em si mesmo. Em uma igreja saudável, os pastores pregam sermões expositivos, as pessoas os ouvem e aplicam na vida, e a igreja amadurece. No entanto, tudo isso não representa a importância final. O objetivo é que a igreja saudável entenda o evangelho com mais clareza e esteja apta para proclamá-lo com mais poder. As igrejas desenvolvem oportunidades de comunhão e cuidado das necessidades uns dos outros para que o mundo conheça o amor de Deus ao observar como os cristãos se amam (João 13.34-35). Tudo está ligado à meta de propagar a glória de Deus a cada vez mais pessoas por meio do evangelismo (2Coríntios 4:15).

A negligência ao evangelismo indica que há falta de entendimento quanto ao propósito de Deus no mundo e no plano de salvação. Desde a criação do homem, o plano de Deus sempre incluiu o alcance global. Todavia, não foi senão depois de Jesus ressurgir da sepultura que os seguidores de Deus receberam a ordem de ir pelo mundo e espalhar as novas sobre ele. De fato, uma das maneiras mais efetivas de aumentar a paixão pelo evangelismo é entender como ele se encaixa na obra de Deus no mundo. Este sempre foi seu objetivo, mas, antes que a Igreja começasse, Deus não tinha dado ao povo ordem para marchar (juntamente com seu Espírito) e levar o evangelho a toda tribo, língua e nação.

George Peters explica que o chamado ao evangelismo faz parte do próprio cerne das Escrituras:

> A grande comissão não é uma ordem isolada, arbitrariamente imposta sobre o cristianismo. É um somatório lógico e a desembocadura natural do caráter de Deus revelado nas Escrituras; do propósito missionário e impulso divino desvelados no Antigo Testamento e historicamente encarnados no chamado de Israel; da vida, teologia e obra salvífica de Cristo manifestas nos Evangelhos; da natureza e obra do Espírito Santo preditas por nosso Senhor e manifestas no Pentecostes e depois deste; e da natureza e do desígnio da Igreja de Jesus Cristo apresentados em Atos dos apóstolos e nas epístolas.[1]

Em outras palavras, para que nossas igrejas redescubram o evangelismo bíblico, precisamos lidar com as prioridades de Deus conforme estabelecidas nas Escrituras. Conforme Pedro afirma, de maneira tão acertada, a grande comissão não é simplesmente mais um mandamento nas Escrituras a ser obedecido; é o mandamento que dá vida a todos os outros mandamentos à Igreja.

Evangelismo no Antigo Testamento

Desde as páginas iniciais das Escrituras, o cenário já estava preparado para o drama da redenção. Deus criou pessoas sem pecado; todavia, elas pecaram. O pecado trouxe inimizade entre Deus e sua criação, mas Gênesis 3 mostra que ele reconciliaria as pessoas a si. Enquanto Adão e Eva se escondiam de Deus, ele já havia ordenado os meios para tirar a humanidade de seu esconderijo e colocá-la em um relacionamento adequado com ele novamente. Esse é o protoevangelho (evangelho antecipado), o qual revela o coração evangelístico de Deus.

A própria promessa é envolta em mistério. Deus disse que haveria uma semente, uma descendência de Adão, que esmagaria a cabeça de Satanás (Gênesis 3:15; Apocalipse 12:9). Mesmo que esta semente fosse ferida por Satanás, a esperança permaneceria. Alguém, em algum momento, em algum lugar no futuro, derrotaria Satanás e restauraria a paz entre Deus e sua criação.[2]

Quem exatamente esta pessoa seria permaneceu um mistério. Eva aparentemente pensou que fosse Abel, ou mesmo Sete (Gênesis 4:25). O pai de Noé achou que poderia ser Noé (Gênesis 5:29). O mistério, entretanto, é agravado pelos acontecimentos de Gênesis 11. Antes de Babel, era concebível que Deus enviasse o filho de Adão ao mundo para derrotar Satanás, e todos saberiam disto. Contudo, após os acontecimentos na torre de Babel, Deus separou nações e confundiu línguas. Ao espalhar as nações por todo o mundo e confundir as línguas, Deus certificou-se de duas coisas: as nações não poderiam se comunicar com facilidade e seguiriam, cada uma, o próprio caminho (Atos 14:16).

Após Gênesis 11, a questão deixou de ser: "Quem será o redentor prometido?" e passou a ser: "Como os outros ficarão sabendo?" Os teólogos referem-se a esta última pergunta como o problema da universalidade de Deus.[3] Se Yahweh é o Deus de todas as nações, mas escolhe revelar-se apenas a uma nação, como esta nação contará a todas as outras quem é o redentor?[4] Esta questão de como espalhar as boas-novas de Yahweh é a base do mandamento divino para missões.[5] As pessoas ficaram imaginando como o futuro Messias se comunicaria com aqueles que não falavam sua língua nem seguiam suas leis ou esperavam sua vinda.

Para complicar as coisas ainda mais, Deus escolheu um homem, Abrão, e prometeu que ele seria o começo de outra nação.[6] Quando a poeira da torre de Babel baixou, Deus já havia mudado o foco redentor para esta nova nação, a qual, diferentemente das outras, não era proveniente de Babel, mas da aliança de Deus com Abraão. Esta futura nação teria um propósito especial no mundo: deveria mostrar às outras nações o caminho de volta para Deus (Isaías 42:6; 51:4).[7]

Por meio dela, "todos os povos da terra serão abençoados" (Gênesis 12:3). Deste modo, o evangelismo era a base da nação de Israel. O objetivo final de Deus e o desejo de seu coração nestas promessas – feitas a Adão, Eva, Abrão – era que o mundo inteiro recebesse suas bênçãos. Este tema global está tão presente em Gênesis, que a bênção universal é reiterada cinco vezes ao longo do livro (Gênesis 12:3; 18:18; 22:18; 26:4; 28:14).

A identificação de Israel como nação que geraria o Messias marcou uma nova fase na missão de Deus ao mundo.

Luz para o mundo

Israel era a nação escolhida de Deus. Embora houvesse muitas razões para que ele escolhesse uma nação – gerar o Messias (Romanos 9:5), ser dispenseira da lei (Romanos 9:4) e revelar uma nova aliança (Hebreus 8:6) – uma razão se destaca no contexto do evangelismo: Deus escolheu uma nação para servir como farol ao mundo. Deus falou a Israel, por meio de Isaías: "Eu, o Senhor, o chamei para justiça; segurarei firme a sua mão. Eu o guardarei e farei de você um mediador para o povo e uma luz para os gentios" (Isaías 42:6). O propósito de Deus sempre foi que as nações do mundo tomassem conhecimento de sua glória e colocassem a confiança nele. O plano para a nação de Israel era que ela carregasse seu nome e ilustrasse sua glória como testemunho para o mundo.[8]

O chamado de Abrão não identificava precisamente quem seria o redentor prometido. Em vez disso, a promessa foi transmitida aos patriarcas no Egito. Durante a época em que estiveram no Egito, os israelitas cresceram como uma nação separada, e Deus os conduziu à terra prometida de forma dramática, o que serviu como testemunho do poder e da superioridade de Yahweh. Porém, antes de entrarem na terra, eles receberam a lei, a qual explicava como deveriam levar as novas da glória de Deus ao mundo.

É nesse sentido que os israelitas deveriam ser luz para o mundo. Deus concedeu-lhes sabedoria na forma da Torá, e eles deveriam colocá-la em prática.[9] Moisés explicou isto antes de cruzarem o Jordão:

> Eu lhes ensinei decretos e leis, como me ordenou o SENHOR, o meu Deus, para que sejam cumpridos na terra na qual vocês estão entrando para dela tomar posse. Vocês devem obedecer-lhes e cumpri-los, pois assim os outros povos verão a sabedoria e o discernimento de vocês. Quando eles ouvirem todos estes decretos dirão: "De fato esta grande nação é um povo sábio e inteligente".
>
> Pois, que grande nação tem um Deus tão próximo como o SENHOR, o nosso Deus, sempre que o invocamos? (Deuteronômio 4:5-7)

A lei era tão gloriosa que, se os israelitas a guardassem, as nações do mundo tomariam conhecimento dela e ficariam maravilhadas. Assim, os povos que haviam seguido o próprio caminho depois de Babel aprenderiam sobre Deus e sua infinita sabedoria ao testemunhar como os israelitas guardavam a Torá.

Christopher Wright explica que, "como a missão última de Deus é promover a bênção das nações, conforme prometido Abraão", Deus escolheu fazê-lo "pela existência de uma comunidade no mundo que seria ensinada a viver segundo os caminhos do Senhor, em retidão e justiça (ética)".[10] Os judeus deveriam viver diferentemente das outras nações, e o objetivo de tal distinção era evangelístico.[11]

Essa função evangelística de Israel explica por que, imediatamente antes de transmitir a lei, Yahweh disse que a tornaria "um reino de sacerdotes" (Êxodo 19:6). Tal exclusividade não significa que todas as outras nações da terra seriam rejeitadas, mas, que Israel seria o meio pelo qual elas receberiam o caminho de volta a Deus.[12] Assim, "este conceito de sacerdócio nacional tem uma dimensão essencialmente missionária, pois confere a Israel um duplo papel em relação a Deus e às nações e dá-lhe a função sacerdotal de ser o agente abençoador".[13] Em outras palavras, as nações seriam abençoadas pelo fato de Deus ser revelado por intermédio da nação de Israel.

Obviamente, grande parte da lei mosaica tinha a função de diferenciar os israelitas das nações vizinhas, o que salientava o aspecto único de seus mandamentos. As leis alimentares, as leis sabáticas, as leis territoriais, a circuncisão e até mesmo as leis que baniam a idolatria – todas elas intencionalmente diferenciavam Israel de seus vizinhos com o propósito de evangelismo.[14]

Para Israel, evangelismo significava guardar a Torá. Deste modo, todo o livro de Deuteronômio pode ser visto como "um chamado urgente à lealdade para com a aliança [...] executada em obediência ética prática [...] com uma visão da repercussão disto às nações".[15]

Curiosamente, os israelitas nunca receberam ordem para sair pelo mundo pregando o evangelho.[16] Eles não deveriam ser missionários no sentido neotestamentário do termo.[17] Antes, deveriam permanecer em Israel e dar testemunho ao mundo guardando a Torá. Obediência à aliança era sua forma de evangelismo.

Podemos dizer que os israelitas tinham a própria grande comissão (Deuteronômio 4), mas se tratava de um chamado para ficar e obedecer, em vez de ir e proclamar. Os teólogos referem-se a isto como "missão centrípeta".[18] O termo transmite a ideia de que, em lugar de se disseminar pelo mundo, como os missionários modernos fariam, os israelitas deveriam ficar e atrair o mundo para si. Em vez de disseminação global, os israelitas deveriam demonstrar ajuntamento global atuando como luz para as nações. Os povos ao redor ouviriam falar sobre a grandeza das leis dos israelitas e seriam atraídos para Israel. Quando fossem investigar a fonte da sabedoria que os israelitas possuíam, veriam que ela era proveniente, em última instância, de Yahweh. Em suma, Israel, como reino de sacerdotes e luz para as nações, formava "a essência do Antigo Testamento".[19]

Por esse motivo, como observou Wright, "A obediência à lei não era apenas para benefício de Israel. É uma característica marcante do Antigo Testamento o fato de que Israel vivia em um cenário muito público [...]

e esta visibilidade era parte de sua identidade e seu papel teológicos como sacerdote de YHWH em meio às nações".[20]

Entretanto, com a possível exceção da rainha de Sabá (1Reis 10), não há nenhum exemplo veterotestamentário de gentios sendo atraídos a Israel por causa de sua obediência à aliança. Em vez disso, o Antigo Testamento chega ao fim com Israel deslocado, o templo destruído e o mistério ainda sem solução – quem seria o redentor, e como ele atrairia o mundo para si?

Messias prometido

Somente por meio do advento do Messias é que Israel teria a possibilidade de cumprir sua missão para com as nações. Em Isaías 49:6, Deus descreve a missão do Messias à terra da seguinte maneira: "luz para os gentios, para que você leve a minha salvação até os confins da terra". Em outras palavras, Deus prometeu que o Messias viria e seria esta luz para as nações presas às trevas do pecado, e João chama Jesus especificamente de "luz do mundo", conforme as profecias (João 8:12; 9:5; veja também João 1:9; 3:19; 12:46).

Jesus, é claro, veio como o cumprimento dessa profecia messiânica. Curiosamente, ele não cumpriu *todas* as profecias. Há algumas promessas que se relacionam à atual identidade nacional e política de Israel que ainda serão cumpridas (por exemplo, Salmos 72:8-14; Isaías 9:6-7; Jeremias 23:5; Zacarias 14:4-21). Não obstante, Jesus declarou que ele era, sim, aquele de quem as Escrituras falavam (Mateus 11:3-5; Lucas 4:2; João 4:26).

Surpreendentemente, Jesus não mandou seus seguidores levarem as novas a todo o mundo. Em vez disso, ordenou o oposto. Por exemplo, após curar um leproso, Jesus disse ao homem: "Olhe, não conte isso a ninguém" (Mateus 8:4). Mesmo após os discípulos finalmente perceberem que ele era de fato o Filho de Deus e a semente que esmagaria Satanás e restauraria Israel, Jesus "advertiu a seus discípulos que não contassem a ninguém que ele era o Cristo" (Mateus 16:20).

Em alguns casos, o pedido de silêncio acontecia nas circunstâncias mais impossíveis. Consideremos o milagre em Decápolis. Ali, uma grande multidão levou a Jesus um homem surdo-mudo conhecido por todos. Jesus tomou o homem à parte e curou tanto sua audição quanto sua fala; então, ordenou à multidão "que não o contassem a ninguém" (Marcos

7:36). É claro que, como Marcos indica, "quanto mais ele os proibia, mais eles falavam" (v. 36b).

Outro exemplo, encontrado no livro de Lucas, é particularmente espantoso. O evangelista conta a história de um líder da sinagoga bem conhecido, sem dúvida um judeu influente cujos assuntos familiares deviam ser públicos. Ele caiu aos pés de Jesus e implorou-lhe que curasse sua filha de doze anos. Jesus começou a caminhada rumo à casa do homem, e uma grande multidão seguiu-o. No meio do percurso, chegou a notícia de que a menina havia morrido, e, quando Jesus e a procissão chegaram à casa do líder, já havia até mesmo pranteadores profissionais no local.

Jesus tirou todos da casa, com exceção dos pais. Então, levou Pedro, Tiago e João para dentro e ressuscitou a menina dentre os mortos. Ele "lhes ordenou que não contassem a ninguém o que tinha acontecido" (Lucas 8:56) e caminhou de volta para a multidão. Jesus partiu com os discípulos, deixando aos pais o desafio de pensar em algo para dizer aos presentes que estavam do lado de fora.[21]

Quando as testemunhas de milagres impossíveis eram instruídas a manter silêncio, isto ia contra seus impulsos. Afinal de contas, se Jesus era o Messias, por que ele não mandou os discípulos levar a mensagem de seus sinais e maravilhas a todo lugar? Jesus explicou, entretanto, por que não queria que as pessoas espalhassem as novas de seus milagres: eles simplesmente não eram o conteúdo da mensagem. Mesmo após algo tão profundo quanto a transfiguração, Jesus ordenou que os discípulos permanecessem em silêncio, pois "é necessário que o Filho do homem sofra muitas coisas e seja rejeitado pelos líderes religiosos, pelos chefes dos sacerdotes e pelos mestres da lei, seja morto e ressuscite no terceiro dia" (Lucas 9:22). Em outro lugar, ele os proibiu de contar às pessoas sobre os milagres que fizera "até que o Filho do homem tivesse ressuscitado dos mortos" (Marcos 9:9).

Grande comissão

O evangelho não consiste no fato de que Jesus é o Messias; se assim fosse, Jesus teria enviado seus discípulos muito antes. O evangelho consiste na mensagem de que Jesus é o Messias que foi crucificado em lugar dos pecadores e ressurgiu dentre os mortos ao terceiro dia. Assim, após a crucificação e a ressurreição, as restrições aos discípulos foram retiradas. Eles foram instruídos a aguardar a autorização por parte do Espírito Santo e, então, iniciar um movimento global que seria difundido por todas as nações. Não há palavras para expressar como o conceito desta comissão na história da redenção é radical.

Ilustrando a importância da ordem para evangelismo, todos os quatro evangelhos terminam com alguma variação da grande comissão (Mateus 28:18-20; Marcos 16:15; Lucas 24:46-47; João 20:21).[22] As próprias palavras finais de Jesus na terra foram, mais uma vez, sobre a incumbência aos discípulos: "e serão minhas testemunhas em Jerusalém, em toda a Judeia e Samaria, e até os confins da terra" (Atos 1:8).

Nunca antes Deus ordenara a todos seus seguidores que vivessem uma vida voltada à propagação das novas da redenção aos confins do mundo. Os discípulos estavam esperando que Jesus restaurasse o reino a Israel (Atos 1:6), e, contudo, foi-lhes dito para esperar por isto. Todavia, enquanto aguardavam, deveriam levar o Reino de Deus a todas as criaturas.

Em lugar de chamar os cristãos a construir uma nação por meio da obediência à aliança com o propósito de atrair as nações do mundo a Deus, seguindo sua lei com sabedoria, o Novo Testamento dá a seguinte ordem aos cristãos: "Vão pelo mundo todo e preguem o evangelho a todas as pessoas" (Marcos 16:15). Em contraposição ao mandamento de Deus para a nação de Israel de ficar e obedecer, Cristo mandou que a Igreja saísse para o mundo e proclamasse, com a finalidade de formar um novo corpo composto por pessoas de todas as nações.

Em lugar de usar a obediência de uma nação como meio para atrair o mundo a Deus, a Igreja é chamada a atrair pessoas a Deus por meio do evangelho. Por este motivo, Paulo diz que não foi enviado para batizar, "mas para pregar o evangelho" (1Coríntios 1:17). Ele não considerava uma mensagem de obediência a um conjunto de leis como um meio de transformação global, como Moisés em Deuteronômio 4. Antes, Paulo saiu pregando apenas a Cristo e o significado de sua crucificação (1Coríntios 1:23; 2:2).

Israel devia usar a obediência à Torá para criar uma bela cultura que atraísse pessoas à salvação pela fé em Yahweh e sua glória. A Igreja, em contrapartida, devia usar o viver sacrificial para custear uma invasão global de proclamadores do belo evangelho que atrai pessoas à salvação pela fé no Deus glorioso.[23] O fim é o mesmo, mas o método da missão é diferente.[24]

Esse era o plano de Deus desde o começo (1Pedro 1:20). Desde a promessa inicial no jardim, de que Adão e Eva teriam uma descendência que esmagaria Satanás, passando pela dispersão das nações em Babel, pelo chamado de Abraão e pela odisseia de Israel, Deus estava direcionando a história redentora para o momento em que enviaria seu Filho como a luz do mundo. Agora, seu povo deve tomar tal luz e levá-la a todos os incrédulos do planeta.

Implicações da grande comissão no evangelismo

A apatia quanto ao evangelismo é inexplicável pela seguinte razão: a grande comissão não é apenas um dos muitos mandamentos, mas assinala uma mudança na história redentora. Dizer que a morte e a ressurreição de Jesus são o ponto focal de toda a história está correto, mas é apenas metade da verdade. O corolário é que o propósito da vida, daquele momento em diante, é glorificar a Deus contando ao maior número de pessoas possível a verdade sobre seu Filho.

É exatamente essa a paixão descrita no Novo Testamento. Tão logo a Igreja é inaugurada, a narrativa de Atos traça o curso de seu crescimento e expansão. Cristãos em todo lugar cresciam na fé e tornavam-se ávidos por disseminar o evangelho. Após Paulo se converter, ele e Barnabé viram-se pregando em Antioquia para quase a cidade inteira, incluindo gentios e judeus. Lucas escreve que Paulo e Barnabé tomaram coragem e disseram à multidão: "Pois assim o Senhor nos ordenou: 'Eu fiz de você luz para os gentios, para que você leve a salvação até aos confins da terra'" (Atos 13:47). Paulo enxergava a si mesmo como destinatário da grande comissão e também via o lugar dela na história redentora. O resultado deste ousado evangelismo é impressionante: "Ouvindo isso, os gentios alegraram-se e bendisseram a palavra do Senhor; e creram todos os que haviam sido designados para a vida eterna" (Atos 13:48).

Em outro lugar, Paulo descreve o cristão como alguém que é "constrangido" pelo amor de Cristo a exortar outros a ter fé em Jesus (2Coríntios 5:14,20). Paulo toma emprestada a linguagem de Babel e compara-se a um embaixador, enviado por Deus, com o propósito de reconciliar nações alienadas (2Coríntios 5:18-20). Ele passou a vida suportando sofrimentos e aflições, tudo com o propósito de levar o nome de Jesus a lugares onde este ainda precisava ir (Romanos 15:20).

O impulso evangelístico evidente em Paulo não era exclusividade dele; é uma marca de qualquer cristão que entende corretamente seu lugar na obra redentora de Deus. Por esse motivo, Pedro explicou que o propósito da santificação é que o cristão esteja pronto para evangelizar em qualquer momento. Ele escreve: "Santifiquem Cristo como Senhor em seu coração. Estejam sempre preparados para responder a qualquer pessoa que lhes pedir a razão da esperança que há em vocês" (1Pedro 3:15).

Saber que toda a história redentora é voltada à grande comissão resulta em um entendimento de como a proclamação do evangelho é imperativa e de como deve haver paixão pelo evangelismo. Somente quando os crentes são obedientes às ordens para evangelizar é que verdadeiramente imitam o coração de Deus em relação ao mundo.

3

Caso comum de incredulidade: Perspectiva bíblica sobre os incrédulos

Jonathan Rourke

Com frequência, o treinamento evangelístico enfatiza a necessidade dos cristãos de encontrar algo em comum com os incrédulos a fim de testemunhar com eficácia. No entanto, como os incrédulos têm poucas características idênticas, a busca por um ponto de partida compartilhado costuma ser equivocada. Todos os incrédulos, entretanto, apresentam alguns aspectos distintivos: um engano em comum, um destino em comum e um libertador em comum. Em suma, sofrem de um caso comum de incredulidade. Entender estas implicações torna o evangelista mais compassivo e coloca a glória do evangelho no centro da conversa.

O que lhe vem à mente ao ouvir a palavra *pagão*? Para muitos, esta palavra pode evocar imagens de selvagens nus em devassidão desenfreada. É um termo usado negativamente que implica absoluta falta de moralidade.

Contudo, tal palavra nem sempre teve conotações religiosas ou morais. Ser pagão já significou ser alguém que vivia em uma aldeia ou fora dos limites do centro urbano. O vocábulo *pagão* era, na verdade, uma palavra latina empregada pelos romanos para descrever um soldado incompetente. Ela só passou a ter um significado religioso no século 2 d.C., quando Tertuliano adotou-a para referir-se a qualquer um que não fosse um soldado fiel de Cristo.[1] Agora, esta palavra é frequentemente utilizada pelos cristãos para descrever pessoas às quais a Bíblia simplesmente se refere como *incrédulos* (Lucas 12:46; 1Coríntios 6:6).

O modo como falamos sobre os perdidos influencia nossa postura em relação a eles. Se os enxergamos como inimigos selvagens, estamos menos propensos a sentir compaixão. Se olhamos para eles como almas perdidas que precisam de resgate, estamos mais propensos a ajudá-los.

O propósito deste capítulo é identificar características comuns aos incrédulos. Compreendidas corretamente, estas semelhanças devem levar os cristãos a ser mais fiéis no evangelismo. Elas se aplicam a ateus, idólatras e até mesmo agnósticos. Em suma, quem não está em Cristo sofre de um caso comum de incredulidade, identificado por um engano em comum, um destino em comum e um libertador em comum.

Engano em comum

Sun Tzu, em *A Arte da Guerra*, disse: "Toda guerra é engano",[2] e Satanás é um especialista quando se trata de desinformação. Ele é o pai da mentira (João 8.44), e o mundo todo está debaixo de seu poder (Efésios 2:2). Contudo, quando as pessoas deixam de reconhecer sua existência e suas intenções malignas, o perigo é mascarado. Para algumas, ele é muito mais poderoso do que de fato é; para outras, bem menos maligno. Outras, ainda, negam sua existência completamente. Em todos os casos, o resultado é o mesmo. Satanás conseguiu acumular um exército de seguidores iludidos, desviados da verdade, e capacitou-os a alistar outros indivíduos.

O Evangelho de João registra um diálogo intenso entre Jesus e uma multidão desregrada. No confronto, ele traçou a genealogia de todos os incrédulos ao próprio diabo. Quando a multidão estava pronta para negar Jesus como Cristo, ele diagnosticou corretamente que aquela negação era fruto de tal linhagem. O intento assassino dos incrédulos na multidão correspondia à natureza assassina de seu pai espiritual. Aquelas pessoas haviam sido enganadas por Satanás e viraram as costas para Cristo (João 8:39-47).

Tragicamente, muitos ouvirão a verdade do evangelho e se recusarão a crer, pois foram influenciados pela desinformação do ateísmo, da falsa religião ou da justiça própria. A Bíblia deixa claro que tudo isso representa uma supressão voluntária da verdade (Romanos 1:18). Rejeição ao evangelho é a manifestação externa da corrupção interna de um entendimento induzido por Satanás. Independentemente da clareza com que o evangelho é apresentado ou da paixão do pregador, aquele que o ouve não é capaz de conhecer a verdade. Isto acontece porque, segundo Paulo, "o que de Deus se pode conhecer é manifesto entre eles, porque Deus lhes manifestou" (Romanos 1:19). Em outras palavras, todas as pessoas conhecem a verdade sobre Deus, e, contudo, os incrédulos simplesmente escolhem rejeitá-la.

Eles o fazem porque foram enganados pelo mundo, por eles mesmos e por Satanás (1João 2:16). Por conseguinte, voluntariamente "suprimem a verdade pela injustiça" (Romanos 1:18). Paulo deixa claro que não é falta de evidência ou razão o que impede alguém de crer. Antes, "os atributos invisíveis de Deus, seu eterno poder e sua natureza divina, têm sido vistos claramente, sendo compreendidos por meio das coisas criadas, de forma que tais homens são indesculpáveis" (Romanos 1:20).

Um dos grandes mistérios da existência humana não é a existência de Deus, mas a existência daqueles que o rejeitam. Como é possível que as pessoas tenham uma clara visão da natureza e dos atributos de Deus e, ainda assim, se recusem a adorá-lo? É porque foram enganadas por Satanás. Em outro lugar, Paulo escreve que, "se o nosso evangelho está encoberto, para os que estão perecendo é que está encoberto. O deus desta era cegou o entendimento dos descrentes" (2Coríntios 4:3-4).

Paulo explica que, como resultado de suprimirem a verdade sobre Deus, os incrédulos estão presos em um ciclo sem fim de confiança na própria sabedoria. Um descrente "não aceita as coisas que vêm do Espírito de Deus, pois lhe são loucura" (1Coríntios 2:24). Em vez de crer no que sabe ser verdade, o incrédulo recebe do pecado e de Satanás confiança em sua própria carne para rejeitar a Deus e substituí-lo com alguma outra coisa. Não é ignorância quanto a Deus, mas ódio contra Deus, oriundo de uma tola cosmovisão que se opõe a ele.

Algumas pessoas são levadas a crer que sua religião é verdadeira. O argumento de Paulo em Romanos 1 é que, quando rejeitam a Deus, elas não apenas o substituem com uma mentira, mas com uma cosmovisão logicamente insustentável. Elas chegam ao absurdo de adorar ídolos, crendo em algo claramente insensato em detrimento da verdade a respeito de Deus.

Outros rejeitam Deus e o substituem por seus próprios padrões, os quais nem sequer conseguem atingir. Lealdade a este sistema não é uma atitude intelectual, mas produto de engano.

Tal engano é sobrenatural e demoníaco. No presente momento, Satanás é o príncipe do poder do ar (Efésios 2:2) e está trabalhando nos filhos da desobediência. Isto significa que ele recebeu acesso limitado, porém direto, ao mundo e aos que nele habitam e que usa este acesso para infligir sofrimento e dor à humanidade.

O Novo Testamento mostra como Satanás aflige as pessoas com enfermidades e doenças (Marcos 9:17-29), testa os cristãos com provações (Lucas 22:31), possui incrédulos (Lucas 22:3) e procura levar pessoas a uma vida de tagarelice e inutilidade (1Timóteo 5:13-15). Sua obra não se limita aos incrédulos. Satanás pode ganhar espaço para operar na vida de cristãos ao promover falta de perdão (2Coríntios 2:10-11) e pode erguer um muro entre cônjuges quando eles não cumprem suas responsabilidades íntimas (1Coríntios 7:5). O poder de sua influência na Igreja primitiva pode ser constatado quando levou o coração de Ananias a mentir contra o Espírito Santo (Atos 5:3). Satanás, de algum modo, impediu Paulo de ir à Tessalônica e até mesmo liberará o anticristo durante a tribulação para que opere milagres a fim de convencer a humanidade perdida de que ele é o Messias (1Tessalonicenses 2:18). Satanás vem como um anjo de luz (2Coríntios 11:14), determinado a manter sua verdadeira identidade em segredo, seus motivos, ocultos e suas vítimas, cegas.

Apesar de toda esta atividade, a parte mais pesada do poder de Satanás é enganar as pessoas para que rejeitem Deus.

A tarefa do evangelista não é amarrar Satanás, mas quebrar o ciclo de engano introduzindo a verdade. A frutificação dos esforços é deixada à vontade de Deus. A Bíblia diz que a maioria das pessoas continuará rejeitando a verdade até o juízo final e que Deus, muitas vezes, as deixará entregues a si mesmas.

O evangelho é o gracioso alerta de Deus à raça humana enganada a respeito da destruição global vindoura. Em muitos casos, a mensagem cai em ouvidos surdos, e a verdade é arrancada deles assim como o diabo leva embora a semente na parábola do semeador (Marcos 4:15). Outros chegam a um acordo intelectual com os fatos, mas, quando confrontados com perseguição, voltam-se para a vida antiga, ficando ressecados como a planta no solo raso, queimada pela adversidade (Marcos 4:16-17). Outros, ainda, acreditam no que leem e sabem que o julgamento está vindo; mas, quando consideram deixar tudo para trás – casa, bens, família e amigos – para fugir do julgamento, o custo lhes parece alto demais, e a sedução do mundo prevalece. Eles são como a planta sufocada pelos cuidados do mundo (Marcos 4:18-19). Poucos são capazes de dar atenção ao aviso, vencer a perseguição, resistir às tentações, permanecer firme nas crenças e fugir da vida pregressa. São estes os poucos que creem e que geram fruto como prova disto (Marcos 4:20).

Satanás cegou os olhos dos incrédulos. Ele rouba a semente do evangelho antes que ela crie raízes, persegue os que demonstram aceitação superficial dela e tenta os demais com as coisas fúteis deste mundo, de modo a levá-los a abandonar sua fé artificial.

Gênesis 19 conta a história da destruição de Sodoma. Anjos chegaram à cidade para resgatar Ló e sua família e deram-lhe a oportunidade de avisar os entes queridos sobre a destruição vindoura (Gênesis 19:12-13). Contudo, quando foi até seus familiares e suplicou que fugissem, eles acharam que Ló estava brincando (v. 14). Apesar dos eventos sobrenaturais, da presença de anjos e da súplica de Ló, eles escolherem ficar em Sodoma, e, como consequência, foram destruídos.

Este é o retrato dos não convertidos. Aqueles que rejeitam o evangelho ignoram o aviso, tomam residência permanente na cidade da destruição e sofrem o julgamento por tal escolha.

Destino em comum

Hebreus 9:27 é perfeitamente claro: "O homem está destinado a morrer uma só vez e depois disso enfrentar o juízo". Isto é tão direto quanto verdadeiro. Vimos que todos os incrédulos são enganados por Satanás e carecem da verdade. Estes são os que "tropeçam, porque desobedecem à mensagem; para o que também foram destinados" (1Pedro 2:8). O resultado final de tal tropeço e rejeição de Deus é o inferno. Os incrédulos vão para lá. Todos eles têm um destino comum.

Ninguém no Novo Testamento fala mais sobre o inferno do que Jesus. A palavra γεέννα (geenna, Geena) aparece 12 vezes no Novo Testamento, e 11 delas foram proferidas por Jesus. Apesar disso, as pessoas ainda objetam a existência do inferno.

A Bíblia, entretanto, é inequívoca. Em 1Tessalonicenses 5:3 está escrito que os incrédulos enfrentarão repentina destruição. Isto não significa que o inferno será breve, mas que virá de repente. Na parábola de Lázaro e do rico, o vilão é atormentado pelas chamas e busca alívio desesperadamente (Lucas 16:23-24). Mesmo no estado eterno, a combustão gera fumaça ininterrupta (Apocalipse 14:9-11), implicando uma queima perpétua.

A Bíblia simplesmente não fala sobre a descontinuação da existência após a morte. Na verdade, ela fala especificamente sobre a natureza contínua do tormento a ser infligido, chamando-o de "destruição eterna" (2Tessalonicenses 1:9). Ademais, o termo *destruição* é apenas uma das nada menos do que cinco ilustrações empregadas para descrever o inferno. Elas incluem escuridão, fogo, "choro e ranger de dentes" e punição – tudo isso além de morte e destruição (Mateus 8:12; 25:30; veja também Mateus 13:42,50).

Em Apocalipse 19:20, a besta e o falso profeta, ambos agentes humanos controlados por Satanás durante a tribulação, são "lançados vivos no lago de fogo que arde com enxofre". Longe de serem aniquilados nesta cena, Apocalipse 20:7-10 explica que eles sofreram por mil anos, e, mesmo depois, o tempo deles não estará terminado. Em vez de obter liberdade, eles serão acompanhados pelo diabo e "atormentados dia e noite, para todo o sempre" (Apocalipse 20:10).

Por mais pavoroso que seja imaginar o inferno, Deus é justo em mandar incrédulos para lá. Os humanos são culpados de crimes contra Deus. O inferno é horrível não apenas porque a punição é proporcional ao crime, mas porque a punição é proporcional à grandeza daquele que foi ofendido pelos crimes. Não é apenas o que o pecador fez, mas contra quem ele o fez. Uma vez que pecamos contra um Deus infinitamente santo, não é injusta a punição de sofrermos por toda a eternidade. Se um jogador de hóquei briga com outro jogador, ele tem de passar cinco minutos na caixa de penalidade. Se briga com o árbitro, recebe suspensão de vários jogos; e Deus é infinitamente mais elevado do que um árbitro.

O selamento final do destino dos não salvos acontecerá à morte. A morte é a travessia para o juízo, e este juízo final é descrito em Apocalipse 20:11-15. A cena do juízo final começa com uma descrição impressionante da sentença dos ímpios. O veredito será proferido nesta morte, e os indivíduos presentes no terrível confinamento do mar, da morte e do Hades receberão sua sentença final.

Quando os que morreram em incredulidade forem introduzidos à presença de Deus, serão confrontados com a ausência absolutamente desnorteante de um universo material. O único ponto de referência fixo será o ameaçador trono do julgamento. Isto constituirá o fim da ordem do mundo presente, e tudo o que restar da terra e do universo – antes aparentemente infinito – será a alma condenada dos incrédulos mortos. Eles serão assolados pela absoluta falta de esperança em sua situação e subjugados pela certeza de seu destino.

Eles encontrarão Jesus assentado em um trono, exercendo seu poder soberano. O trono será branco, indicando a pureza e retidão dos julgamentos que dele procedem. O destino dos incrédulos neste momento estará determinado. Nada haverá no processo do juízo ou no resultado dele que, de alguma forma, diminua a equidade do veredito.

Deus é um Deus compassivo. Ele mostra misericórdia aos que a pedem com fé. Ele é rápido em perdoar e reservou o céu para seus filhos, a fim de demonstrar sua compaixão para com eles por toda a eternidade. Contudo, sua compaixão não ameniza o inferno. Amor e ira coexistem em Deus, e isso é parte de sua glória. É impossível escolher um dos atributos de Deus e sugerir que um diminua o outro. Santidade e justiça são mandatórios e essenciais, existindo em infinitos graus em um ser com atributos que não funcionam independentemente. Um juiz humano que deixasse, por compaixão, um criminoso condenado ser liberto, certamente mereceria ser afastado dos tribunais. Deus, em sua glória, demonstrará tanto sua compaixão quanto sua ira. Aqueles que morrerem sem aceitar seu evangelho enfrentarão, de modo justo, a punição, e a glória de Deus será manifesta. Esse é o destino que eles têm em comum.

No entanto, tal destino não está inteiramente reservado para o futuro. Os incrédulos são expostos à ira ainda em vida. Eles vivem todos os dias na mira do julgamento divino, separados do inferno a todo o momento por nada além da misericórdia de um Deus paciente – porém ofendido e irado. Por esta razão, os cristãos deveriam ter compaixão dos incrédulos. Eles têm um destino horrível à frente e, contudo, vivem suprimindo esta verdade, escolhendo rejeitar qualquer esperança de escape.

O evangelista deve não apenas alertar as pessoas quanto ao destino delas, mas também oferecer-lhes um escape. Isso não é feito minimizando os efeitos do pecado nem dizendo que, se elas crerem no evangelho, a punição será anulada. Em vez disso, é preciso explicar que Jesus levou o castigo em lugar dos que creem.

Em 1791, nos Estados Unidos, um imposto foi aplicado às bebidas destiladas a fim de ajudar no pagamento da dívida nacional. Os destiladores protestaram, tomando as ruas no oeste da Pensilvânia. Eles rapidamente formaram uma rebelião armada, denominada de Rebelião do Uísque, e o presidente George Washington chamou cerca de 13 mil tropas provenientes de diversas milícias estaduais para abafar a oposição. Determinado a enfatizar a autoridade de um governo incipiente, os líderes dos "rebeldes do uísque" foram acusados de traição.

Nos meses seguintes, muitos foram libertos e perdoados, mas outros ficaram para enfrentar julgamento. Dois homens foram condenados por traição e sentenciados à morte por enforcamento. Entretanto, pela primeira vez na história norte-americana, George Washington perdoou criminosos condenados. Em um ato de bondade imerecida, eles tiveram a sentença removida.[3]

Não é isso o que acontece no evangelho. O que Deus Pai faz pelos pecadores que se arrependem é diferente. Ele não oferece clemência, não troca a sentença nem perdoa o ofensor. Ele mantém a sentença de morte em sua totalidade, mas lança-a sobre outra pessoa. O Senhor Jesus sofreu o juízo completo por nosso pecado e, portanto, a sentença não foi trocada, mas transferida. O mais surpreendente e ultrajante é que Jesus declara que os que creem no evangelho são não apenas perdoados, mas, de fato, justos.

Expandindo levemente a ilustração, seria como se George Washington não apenas perdoasse os rebeldes do uísque, mas fosse, ele mesmo, executado pelos crimes após conceder-lhes a Medalha de Honra do Congresso e ordenar a construção de um monumento na capital para homenageá-los.

A compaixão e o perdão que Deus mostra àqueles que se arrependem não devem ser confundidos com absolvição. Clemência é mansidão, e o evangelho não é manso. Deus não mostrou clemência àqueles que perdoaria; ele derramou, com força total, a ira que mereciam sobre o único substituto que poderia suportá-la. Esta ira será derramada para o julgamento do pecado, quer sobre a pessoa de Jesus Cristo na cruz, quer sobre o indivíduo no inferno para sempre.

Libertador em comum

Há uma pintura de Ludolf Backhuysen na Galeria Nacional de Arte dos Estados Unidos intitulada *Ships in Distress Off a Rocky Coast* [Navios em perigo em uma costa rochosa]. É uma paisagem marítima poderosa que retrata três navios holandeses lutando contra uma terrível tempestade e beirando à destruição em uma praia rochosa. Os porões dos navios mercantes eram grandes o bastante para carregar uma quantidade considerável de carga adquirida durante a jornada em terras distantes. Três navios estão danificados, e a tempestade destruiu um quarto navio.

Este é um gênero de arte chamado *vanitas*, pois representa a futilidade das ações humanas. Do mesmo modo, todos os incrédulos cruzam o mundo com sua carga de pecados e falsas esperanças e, no fim, simplesmente são despedaçados na rocha do juízo divino. Sua única esperança, como a desses navios, é um libertador.

Todos os incrédulos estão sob um engano comum e têm um destino comum. Todavia, o mais importante de tudo é que todos eles também têm um libertador comum. Há apenas um nome debaixo dos céus pelo qual homens e mulheres pecadores podem ser salvos. Isto significa que todos os salvos são salvos pela mesma pessoa. É isto o que Paulo quis dizer quando descreveu Jesus como "o Salvador de todos os homens" (1Timóteo 4:10).

Um dos conceitos mais desafiadores na discussão sobre os não cristãos é a noção de incrédulos eleitos. Com isto, quero dizer que há aqueles que foram escolhidos antes da fundação do mundo para salvação, cujo nome está escrito no livro da vida e cujo lugar no céu está assegurado; contudo, sua vida, neste momento, não mostra estas evidências. Bastar lembrar de sua vida antes de ser salvo por Deus, e você encontrará esta pessoa.

Esse é um forte incentivo evangelístico. Nada estimula o evangelismo com mais eficácia do que saber que a mensagem de esperança será recebida por alguns. Em Atos 18:9-10, Paulo recebe uma promessa: "Certa noite o Senhor falou a Paulo em visão: 'Não tenha medo, continue falando e não fique calado, pois estou com você, e ninguém vai lhe fazer mal ou feri-lo, porque tenho muita gente nesta cidade'". Esta é uma declaração impressionante. O Senhor tinha almas na cidade de Corinto as quais tencionava salvar e desejou usar Paulo para este exato propósito. Paulo reagiu à promessa estabelecendo-se ali por um ano e seis meses, tempo que passou ensinando a Palavra de Deus (Atos 18:11).

Houve, com certeza, pessoas que foram salvas no último mês do ministério de Paulo que, durante os 17 meses anteriores, viveram em aberta rebelião contra Deus. Contudo, quando o Senhor estava pronto, ele as salvou. O resgate perfeito de Cristo foi efetivado naquelas vidas.

É importante entender que o libertador pagou um preço pelos pecados dos eleitos suficiente para justificar a ira de Deus. Há um libertador comum para todos os que creem. Quando lemos, em 1Timóteo 2:6, que Jesus "se entregou a si mesmo como resgate por todos", esta passagem deve ser explicada pela declaração direta de Jesus em Mateus 20:28, quando ele diz que sua missão no mundo não era ser servido, mas servir "e dar a sua vida em resgate de muitos". Neste caso, o muito deve esclarecer o "todos" de 1Timóteo 2:6. Ele não morreu para pagar a pena pelos pecados daqueles que nunca haveriam de crer; se assim fosse, a punição que sofreriam para sempre no inferno seria injustificável.

No entanto, 1Timóteo 2:6 oferece esperança para o evangelista. Como não sabemos quem são os eleitos, podemos proclamar com ousadia a verdade de que, se alguém abandonar seus pecados e crer no evangelho, Jesus será o resgate desta pessoa. De fato, após chamar Jesus de resgate por todos, Paulo explica que este resgate "foi o testemunho dado em seu próprio tempo" (1Timóteo 2:6). Em outras palavras, Jesus é um resgate para as pessoas no sentido de que o evangelho pode ser pregado a elas. No tempo determinado por Deus, um testemunho pode ser dado a qualquer pessoa, em qualquer lugar, de que Jesus é seu resgate se tão somente abandonar seus pecados e crer no evangelho.

O fato de haver apenas um nome debaixo do céu pelo qual alguém deva ser salvo deve encorajar os cristãos ao evangelismo. Isto significa que todo incrédulo, independentemente do tipo de pecado ou rebeldia em que esteja envolvido ou da religião que siga, tem a mesma solução à sua disposição. Aqueles que se qualificam como religiosos não serão salvos, a menos que coloquem sua fé no Salvador ressurreto. Da mesma forma, uma pessoa abertamente imoral, seja qual for a lista de pecados que a oprima com culpa, tem a mesma esperança. Se invocar o nome de

Jesus, ela será salva (Atos 2:21; Romanos 10:13). A ressurreição de Cristo oferece ao mundo esperança de escapar da morte eterna (João 11:25). O evangelho oferece salvação a todas as pessoas (Romanos 10:13), e o Pai as convida a vir (1Timóteo 2:3-4).

A realidade é que mesmo os cristãos têm algo profundo em comum com os incrédulos. Toda pessoa nasceu à imagem de Deus. Os seres humanos foram projetados por Deus para exibir a glória dele por meio de sua própria vida de um modo que anjos, animais e árvores não conseguem. Se não fosse permitido a Satanás desvirtuar a raça humana, ela teria permanecido em perfeita obediência a Deus, desfrutando de comunhão com ele e magnificando sua glória. Mas, por causa do pecado, este relacionamento está rompido. Esta é mais uma razão por que os cristãos devem ter compaixão dos incrédulos. Eles estão vivendo sem saber que foram feitos com um propósito, que é magnificar a glória de Deus com a própria vida. Esta é outra maneira de dizer que, por causa do engano, eles nem mesmo sabem por que estão vivos.

É normal que o pai tenha um relacionamento com seus filhos. No mundo espiritual, foi o incrédulo que rompeu este relacionamento. Todos – mesmo os cristãos – enfrentam a primeira morte. Porém, o não salvo também enfrenta uma segunda morte. Por Jesus haver morrido em lugar dos pecadores, entretanto, eles têm esperança. E, por meio do evangelho, podem ter o relacionamento com Deus restaurado. "Pois também Cristo sofreu pelos pecados uma vez por todas, o justo pelos injustos, para conduzir-nos a Deus. Ele foi morto no corpo, mas vivificado pelo Espírito" (1Pedro 3:18).

No canto superior esquerdo da pintura mencionada anteriormente, há um tom dourado nas bordas das nuvens de tempestade. Isto pretendia simbolizar o fim da tempestade e o despertar da esperança. O que não sabemos é se a tempestade termina antes ou depois de os navios serem destruídos. De forma semelhante, o cristão tem o privilégio de compartilhar com o incrédulo o despertar da esperança que existe no Filho. Um dos maiores privilégios do cristão é a oportunidade de compartilhar, com um mundo condenado, a verdade radical de um Salvador divino. A atitude amorosa a ser tomada é apresentar, com precisão, as horríveis consequências de se rejeitar o Salvador, e, então, rogar ao incrédulo que se converta enquanto ainda há tempo.

4

A palavra da verdade em um mundo de engano: Fundamentos da apologética prática

Nathan Busenitz

A apologética não é uma forma de filosofia reservada a profissionais ou acadêmicos. Quando compreendida corretamente, ela é uma ferramenta para que os evangelistas ajudem pessoas a ver com clareza a verdade sobre o evangelho. A apologética não se preocupa principalmente em ganhar discussões, mas em ganhar almas. Portanto, a base da apologética é a Bíblia. Ela é uma tentativa de defender as Escrituras usando as próprias Escrituras. Estes nove fundamentos ajudarão o evangelista a entender falsas cosmovisões, bem como a utilizar passagens que conduzem pessoas a Cristo.

A *apologética* é definida de diversas maneiras como "resposta do cristão aos ataques do mundo contra as reivindicações de verdade das Sagradas Escrituras";[1] "ramo da teologia cristã que procura fornecer fundamento racional às alegações de verdade do cristianismo";[2] "defesa da filosofia de vida cristã contra as diversas formas de filosofia de vida não cristã";[3] "defesa racional da religião cristã";[4] e "arte da persuasão, disciplina que considera formas de aprovar e defender o Deus vivo às pessoas que não têm fé".[5]

Derivada da raiz grega apolog- (ἀπολογ-), a palavra significa literalmente "defesa legal" ou "resposta a uma acusação formal". Para os primeiros cristãos, a apologética incluía um elemento claramente jurídico, pois os líderes da igreja fizeram diversos apelos a imperadores romanos hostis e a outras autoridades governamentais. No entanto, estes antigos apologistas estavam igualmente preocupados com "uma demonstração filosófica, teológica e histórica da veracidade do cristianismo".[6] Desta forma, eles se assemelham aos apologistas de hoje, como pessoas comprometidas de todo o coração a "defender a fé cristã".[7]

Os estudiosos cristãos contemporâneos geralmente concordam com a definição básica de apologética, embora difiram amplamente em sua aplicação. Embora afirmem universalmente que o cristão é chamado a defender a fé, eles discordam quanto à melhor forma de fazê-lo. Como consequência, surgiram várias escolas apologéticas, como a clássica, a evidencial e pressuposicionalista.[8] Embora diferentes na abordagem, estes sistemas compartilham o mesmo objetivo: demonstrar e defender a veracidade da mensagem cristã em meio a um mundo antagônico.

No entanto, os cristãos devem olhar para a Palavra de Deus como a autoridade final a fim de avaliar os méritos comparativos de qualquer abordagem apologética. Tal é a implicação necessária do princípio protestante de *sola scriptura*, isto é, somente a Escritura é a autoridade final para fé e prática. Os cristãos compartilham desta convicção com os reformadores e os pais da Igreja, mas, em última instância, apegam-se a ela por ser a alegação da própria Escritura.[9] Como autorrevelação de Deus, a Escritura reflete seu caráter perfeito (João 17:17) e carrega sua plena autoridade (Isaías 66:2). Ela é "o poder de Deus" (1Coríntios 1:18), a "palavra de Cristo" (Colossenses 3:16) e a "espada do Espírito" (Efésios 6:17). Obedecer à Palavra é obedecer a seu Autor. Portanto, procuramos ser bíblicos em tudo o que fazemos (Salmos 119:105).

Para o evangelista, o esforço voltado a entender a apologética vale a pena porque ela é uma ferramenta valiosa no testemunho a outros sobre Cristo. Quando a apologética é aplicada biblicamente, o evangelismo é fortalecido. E, a fim de sermos verdadeiramente bíblicos na aplicação da apologética, devemos basear nossa abordagem na Palavra de Deus. Como Scott Oliphint analisa,

> A Bíblia deve ser central em qualquer discussão sobre apologética. É da Bíblia que precisamos, e é ela que temos de abrir, ao pensar sobre a apologética e ao prepararmo-nos para fazê-lo. Combater a batalha do Senhor sem a espada do Senhor é loucura. Deixar de usar a única arma capaz de perfurar o coração é lutar uma batalha perdida.[10]

Em outro lugar, Oliphint e Lane Tipton acrescentam este ponto importante:

> A apologética cristã é, na raiz, uma disciplina bíblica. Para alguns, isto pode soar óbvio e redundante. Para outros, entretanto, é uma proposição fortemente contestada. Uma apologética reformada só é reformada na medida que seus dogmas, princípios, metodologia e assim por diante são formados e reformados pelas Escrituras.[11]

Quando buscamos nosso método apologético na Palavra de Deus, buscamos o próprio Deus.

Nove fundamentos para a apologética prática

Com isso em mente, o objetivo deste capítulo é desenvolver nove princípios bíblicos fundamentais para a apologética que possibilitarão o evangelismo. Estes fundamentos não pretendem ser exaustivos, mas propõem uma estrutura inicial baseada nas Escrituras para considerar nossa abordagem evangelística. Embora uma crítica aprofundada dos diversos sistemas apologéticos esteja fora dos limites deste estudo, espera-se que os princípios apresentados auxiliem aqueles que estão refletindo sobre tais questões.

Autorização: a defesa da verdade é ordenada por Deus

Em um mundo de tolerância e ambiguidade pós-modernas, que direito os cristãos têm de rejeitar as reivindicações de outras cosmovisões e, ao mesmo tempo, afirmar a verdade absoluta da mensagem do evangelho? A autorização para fazer isso vem do próprio Deus. Nós somos aqueles que afirmam "a supremacia de Cristo como verdade em um mundo pós-moderno, moribundo, apodrecido, decaído e ferido. Por isso, devemos aceitá-la e proclamá-la com paixão, confiança e sem cessar, pois, afinal, é por esta razão que estamos aqui."[12] O senhorio de Cristo obriga-nos e comissiona-nos a confrontar as falsas ideologias da cultura.

A todos os crentes, e especialmente àqueles em posições de liderança espiritual, é ordenado defender a fé, contender pela doutrina correta e compartilhar as Boas-novas com os outros, não importando quão impopular a mensagem possa ser. Somos chamados a derrubar o que se levanta contra a verdade (2Coríntios 10:5), a estar prontos para explicar a esperança que está em nós (1Pedro 3:14-16) e a contender pela fé de uma vez por todas entregue aos santos (Judas 3-4). Quando as filosofias seculares ameaçam a Igreja, o apologista expõe-nas como realmente são: expressões de tolice (Romanos 1:22; 1Coríntios 1:20). Quando a perseguição surge, como certamente acontecerá às vezes (Marcos 13:9; 2Timóteo 3:12), o apologista está preparado com uma defesa inabalável (Lucas 21:12-15). Quando falsos profetas introduzem heresias destrutivas na Igreja, o apologista denuncia o erro (Tito 1:9-11) e protege a verdade do evangelho (Atos 20:28; 1Timóteo 6:20; 2Timóteo 1:14).

Com que direito ele faz essas coisas? Ele está autorizado a fazê-lo pelo comando expresso de Deus. Os demais podem rotulá-lo de orgulhoso e julgador – afinal, alega conhecer a verdade absoluta e condena os pontos de vista alternativos –, mas o apologista fiel entende que a verdadeira arrogância seria negar o mandato de Deus. A submissão à Palavra de Deus é, de fato, a essência da genuína humildade (Isaías 66:2).

Na época do Novo Testamento, os apologistas defendiam o cristianismo contra cosmovisões antagônicas, como a filosofia grega (Atos 17:16-31; Colossenses 2:8), a seita nascente do gnosticismo que buscava o conhecimento oculto (1Timóteo 6:20; 4:2,3), o legalismo (Gálatas 2:15-21; Colossenses 2:20-23) e os ensinamentos de vários hereges (2Pedro 2:1; Judas 4). Isto aconteceu em uma época de intensa perseguição (2Timóteo 1:8; ver Apocalipse 2:2,3), quando as tentações para abandonar a fé foram intensificadas pela ameaça de violência (Hebreus 10:32-39).

Hoje, os cristãos também defendem a fé contra cosmovisões antagônicas, como o ateísmo naturalista, o humanismo secular, outras religiões mundiais e seitas cristãs. Embora não enfrentemos a mesma ameaça de perseguição (pelo menos nas sociedades ocidentais), vivemos em um mundo hostil ao evangelho. O espírito pós-moderno de tolerância pode tentar-nos a silenciar ou, pelo menos, suavizar a mensagem.[13] Porém, não podemos ser silenciosos nem brandos. Fomos autorizados a proclamar aquilo que é antitético na sabedoria de nossa época. Como observa David Wells, "A verdade bíblica contradiz a espiritualidade cultural [pós-moderna]. [...] A verdade bíblica desaloja-a, recusa-se a aceitar suas suposições operacionais e declara sua falência".[14] O evangelho nunca foi popular. Contudo, recebemos nossas ordens para marchar de uma autoridade superior à opinião popular. Como os apóstolos disseram aos líderes religiosos da época, "É preciso obedecer antes a Deus do que aos homens!" (Atos 5:29).

Objetivo: glorificar a Deus alcançando os perdidos

O objetivo final da apologética é trazer glória a Deus (1Coríntios 10:31; 2Coríntios 5:9) defendendo a verdade e lutando pela fé. No entanto, a apologética não é simplesmente defensiva. Como Robert Reymond explica,

> No sentido mais amplo, [a apologética] é a defesa e a justificação da fé cristã contra todos os ataques dos céticos e incrédulos, o que inclui a apresentação positiva da razoabilidade das alegações de verdade do cristianismo e sua total suficiência para satisfazer as necessidades espirituais da humanidade. Portanto, a apologética, neste sentido, não é apenas uma disciplina defensiva, mas também uma disciplina ofensiva, a ser empregada não apenas em defesa do evangelho, mas também em sua propagação.[15]

Ao "apresentar argumentos positivos a favor das alegações cristãs de verdade",[16] a apologética deve ser decididamente evangelística. Nas palavras de Francis Schaeffer, "o lado positivo da apologética é a comunicação do evangelho à geração presente de forma que ela possa entendê-lo".[17] O objetivo não é simplesmente rejeitar o erro, mas trazer os pecadores ao arrependimento (2Timóteo 2:25). Mesmo que a verdade possa sempre triunfar sobre o erro em um debate, o objetivo do apologista não é apenas ganhar na argumentação – o mais importante é ganhar almas. Assim, "o apologista deve estar sempre pronto para apresentar o evangelho. Ele não deve ficar tão emaranhado em argumentos, provas, defesas e críticas a ponto de deixar de dar ao incrédulo o que este mais precisa".[18]

Embora apologética e evangelismo sejam conceitos distintos, os dois não podem ser separados um do outro. É ordenado aos cristãos que se engajem em ambos: proclamar o evangelho e defender a fé. O Senhor instruiu seus seguidores a fazer "discípulos de todas as nações" (Mateus 28:19a), mas também os advertiu a estar de guarda contra falsos mestres (Mateus 7:15). Paulo ordenou a Timóteo que fizesse "a obra de um evangelista" (2Timóteo 4:5), mas também explicou a Tito que os líderes da igreja devem ser capazes "de encorajar outros pela sã doutrina e de refutar os que se opõem a ela" (Tito 1:9). Pedro encorajou esposas de incrédulos a conquistar o cônjuge para Cristo por meio de seu comportamento piedoso (1Pedro 3:1). Alguns versículos à frente, ele uniu a instrução evangelística a este mandamento: "Antes, santifiquem Cristo como Senhor no coração. Estejam sempre preparados para responder a qualquer que lhes pedir a razão da esperança que há em vocês" (1Pedro 3:15). A ordem de Judas para que seus leitores "batalhassem pela fé de uma vez por todas confiada aos santos" (Judas 1:3) foi semelhantemente equilibrada com esta esperançosa exortação: "Tenham compaixão daqueles que duvidam; a outros, salvem-nos, arrebatando-os do fogo; a outros ainda, mostrem misericórdia com temor, odiando até a roupa contaminada pela carne" (Judas 1:22-23).

Essas passagens enfatizam a dupla responsabilidade de cada cristão no que diz respeito a alcançar o mundo a seu redor. Somos chamados a ser apologistas e evangelistas. Devemos ser protetores e proclamadores, defensores e disseminadores, advogados e embaixadores. Estes papéis não são exatamente iguais e, ainda assim, não podem ser separados. Confrontar o erro é proclamar a verdade e vice-versa. Pregar o evangelho é destruir "argumentos e toda pretensão que se levanta contra o conhecimento de Deus" ao mesmo tempo em que "levamos cativo todo pensamento, para torná-lo obediente a Cristo" (2Coríntios 10:5).

Se a glória de Deus é nosso objetivo final, não podemos nos contentar apenas em ganhar um debate. Nosso desejo é ganhar os perdidos (1Coríntios 9:20-23). Conforme John Piper observa com razão, "As missões não são o objetivo final da Igreja. A adoração, sim. As missões existem porque não existe adoração".[19] Nossos esforços, tanto na apologética quanto no evangelismo, são alimentados pelo desejo de ver Deus adorado e glorificado por aqueles que atualmente o rejeitam. "A adoração, portanto, é o combustível e o objetivo das missões. Ela é o objetivo das missões porque, por meio delas, pretendemos simplesmente trazer as nações para o gozo intenso da glória de Deus".[20] Como a apologética é uma parte intrínseca do esforço missionário, ela compartilha do mesmo objetivo.

Resposta: nossa apologética deve apontar para Cristo

Uma vez que o objetivo da apologética é evangelístico, sua mensagem deve centrar-se na pessoa e obra de Jesus Cristo. Ele é a resposta para todos os sofrimentos sociais e para cada coração que busca. "Nós, porém, pregamos a Cristo crucificado", explicou Paulo aos coríntios, "o qual, de fato, é escândalo para os judeus e loucura para os gentios" (1Coríntios 1:23). Ele igualmente disse aos colossenses: "Nós o proclamamos [a Cristo], advertindo e ensinando a cada um com toda a sabedoria, a fim de que apresentemos todo homem perfeito em Cristo" (Colossenses 1:28). Munido com o lema "Viver é Cristo" (Filipenses 1:21), Paulo confrontou o mundo como seu embaixador, dizendo a seus ouvintes: "Por amor a Cristo lhes suplicamos: reconciliem-se com Deus" (2Coríntios 5:20). Ele nunca fez uma afirmação apologética que não apontasse para Cristo. Quer no Areópago, a Colina de Marte (Atos 17), quer em julgamento diante do governador romano (Atos 26), a defesa da fé feita por Paulo sempre se centrou no evangelho (1Coríntios 15:3-4).

Uma apologética que fica aquém de apresentar todo o evangelho deixa os pecadores no mesmo lugar em que já se encontram: perdidos. Enquanto os pecadores não confessarem Jesus como Senhor e crerem que Deus o ressuscitou do túmulo, permanecerão mortos em seus pecados (Romanos 10:9). A eternidade deles depende do que fazem com Jesus Cristo. À pergunta: "Que devo fazer para ser salvo?", Jesus é a única resposta (Atos 16:30-31). Para o problema do pecado, ele é a única solução. Conforme João Batista disse acerca de Jesus, "Quem crê no Filho tem a vida eterna; já quem rejeita o Filho não verá a vida, mas a ira de Deus permanece sobre ele" (João 3:36).

Não devemos nos contentar com uma abordagem apologética que minimiza ou negligencia o evangelho. Afinal, nosso objetivo último não é apenas converter ateus ao teísmo ou evolucionistas ao criacionismo, mas chamar incrédulos (ateístas ou teístas, evolucionistas ou criacionistas) a receber Jesus Cristo. Argumentos a favor do teísmo e do criacionismo são importantes, mas a apologética cristã está incompleta se culmina nisto e é interrompida antes de apresentar o evangelho.

A título de ilustração, alguns cristãos deram bastante destaque à conversão do renomado ateu britânico Antony Flew ao teísmo. Flew documentou sua mudança de mentalidade no livro *Deus existe*, no qual admitiu que os argumentos sobre o design levaram-no a "aceitar a existência de uma mente infinitamente inteligente".[21] No final do livro, Flew observa que poderia estar aberto ao cristianismo, mas não reconhece qualquer compromisso pessoal com Cristo. Ele se identifica como deísta.[22]

Como avaliamos tal conversão? Por um lado, podemos ficar felizes com o fato de um ateu renomado renunciar publicamente a seus erros anteriores. Podemos ser gratos pelos esforços de quem o ajudou a ver a falência filosófica do sistema ateísta. Por outro lado, entretanto, não podemos estar plenamente satisfeitos com o resultado, uma vez que o professor Flew não se tornou cristão.

Quando o apóstolo Paulo enfrentou oposição na Colina de Marte ou diante de Félix e Festo, ele não se contentou em simplesmente convencer seus ouvintes da existência de Deus. Na verdade, eles já eram teístas. Mesmo assim, precisavam desesperadamente ser reconciliados com Deus, razão pela qual a mensagem de Paulo centrou-se no evangelho de Jesus Cristo. Em uma época na qual o ateísmo naturalista está ganhando aprovação popular, pode ser tentador achar que a defesa da existência de Deus deve ser nosso objetivo principal. Mas, se deixarmos de lado a mensagem evangélica centrada em Cristo, nossa tarefa apologética ficará incompleta.[23] Fomos comissionados a fazer discípulos de nosso Senhor (Mateus 28:18-20), não apenas a fazer teístas. Devemos pregar Cristo, e este crucificado, a todas as pessoas, quer aleguem acreditar em Deus, quer não.

Autoridade: a Palavra é o padrão máximo da verdade

Por ser a Palavra de Deus, a Bíblia carrega a própria autoridade de Deus, e não há padrão de verdade maior do que ele mesmo. Nossa abordagem e nossos argumentos devem ser estabelecidos na autoridade da Escritura, mesmo que as evidências extrabíblicas sejam usadas como afirmações secundárias. Isto decorre da convicção de que Jesus é o Senhor e que sua Palavra é nosso padrão final. John Frame observa:

> O senhorio de Jesus é nossa pressuposição final. Um pressuposto final é um compromisso básico do coração, uma confiança final. Uma vez que cremos nele com mais certeza do que cremos em qualquer outra coisa, ele (e, portanto, sua Palavra) é o critério, o padrão supremo da verdade. Que padrão mais elevado poderia existir? Que padrão teria mais autoridade? Que padrão seria-nos mais claramente conhecido (ver Romanos 1:19-21)? Que autoridade, em última instância, valida todas as outras autoridades?[24]

Em outro lugar, Frame reitera esse ponto:

> Quando ele [Deus] fala, devemos ouvir com o mais profundo respeito. O que ele diz é mais importante do que qualquer outra palavra que possamos ouvir. Na verdade, suas palavras julgam todas as questões dos seres humanos (João 12:48). A verdade de suas palavras, então, deve ser nossa convicção mais fundamental, nosso compromisso mais básico. Podemos também descrever este compromisso como nosso mais fundamental *pressuposto*, pois trazemo-lo a todos os nossos pensamentos, procurando dispor todas as nossas ideias em conformidade com ele. O pressuposto é, portanto, nosso critério definitivo de verdade. Medimos e avaliamos todas as outras fontes de conhecimento por ele. Trazemos todo pensamento cativo à obediência de Cristo (2Coríntios 10:5).[25]

Assim, a Palavra de Deus é central à tarefa apologética. Se Deus deve estar à frente e no centro de nossa apologética, sua autorrevelação deve ocupar o lugar de preeminência.

Isso não quer dizer que as evidências da revelação geral e da experiência humana não tenham lugar legítimo na apologética. Jesus indicou seus milagres àqueles que o criticavam (João 5:36; 10:38); Paulo apelou à criação (Atos 14:15-17; Romanos 1:20), à consciência (Romanos 2:15) e até à confusão cultural (Atos 17:22-30); Pedro observou o poder apologético do comportamento cristão (1Pedro 3:1,14-16). No entanto, os apelos à revelação geral e à experiência humana podem ir somente até este ponto na tarefa apologética. É necessária uma revelação especial para explicar e interpretar a revelação e a experiência gerais (Salmos 19:1-10; 2Pedro 1:19-21).[26]

A prioridade, então, deve ser dada à Palavra de Deus, a fonte oficial de verdade absoluta. "A tua lei é a verdade", escreveu o salmista. "A verdade é a essência da tua palavra, e todas as tuas justas ordenanças são eternas" (Salmos 119:142,160). O próprio Senhor orou: "Santifica-os na verdade; a tua palavra é a verdade" (João 17:17). Os apóstolos também entendiam que as Escrituras eram "a palavra da verdade" (2Timóteo 2:15; Tiago 1:18) e que o evangelho da salvação era "a palavra da verdade" (Efésios 1:13; ver também Colossenses 1:5). Como palavra inspirada do Deus vivo, "toda a Escritura é inspirada por Deus e útil para o ensino, para a repreensão, para a correção e para a instrução na justiça, para que o homem de Deus seja apto e plenamente preparado para toda boa obra" (2Timóteo 3:16-17). O verdadeiro conhecimento de Deus revelado em suas páginas, por meio do poder divino, "nos deu todas as coisas de que necessitamos para a vida e para a piedade" (2Pedro 1:3).

A autoridade e suficiência das Escrituras tornam-na uma ferramenta apologética essencial. Somente a "palavra de Deus é viva e eficaz, e mais afiada que qualquer espada de dois gumes; ela penetra ao ponto de dividir alma e espírito, juntas e medulas, e julga os pensamentos e intenções do coração" (Hebreus 4:12). Se nosso objetivo é transformar verdadeiramente o coração dos outros, devemos empregar as Escrituras em nossos esforços.

Agência: a mensagem recebe poder do Espírito Santo

A razão pela qual a Escritura é um componente tão crítico na apologética cristã é que ela recebe seu poder do Espírito de Deus. Ela é sua Palavra (1Pedro 1:11; 2Pedro 1:21; cf. Zacarias 7:12; Atos 1:16) e sua espada (Efésios 6:17; cf. Hebreus 4:12). Somente o Espírito Santo pode convencer o incrédulo do pecado (João 16:6-15), abrir os olhos cegos para a verdade (1Coríntios 2:6-16), regenerar o coração (João 3:5-8; Tito 3:3-7) e, subsequentemente, produzir os frutos da justiça (Gálatas 5:22-23). O Espírito empoderou o testemunho dos cristãos na Igreja primitiva (Atos 1:8), permitindo-lhes anunciar "corajosamente a palavra de Deus" (4:31). Como Paulo disse aos tessalonicenses, "Nosso evangelho não chegou a vocês somente em palavra, mas também em poder, no Espírito Santo e em plena convicção" (1Tessalonicenses 1:5).

A menos que o Espírito abençoe o uso de sua Palavra para convencer o coração do pecador, nenhuma discussão pode persuadir alguém a verdadeiramente aceitar Cristo.[27] Concordamos com as palavras de Francis Schaeffer: "É importante lembrar, antes de mais nada, que não podemos separar a verdadeira apologética da obra do Espírito Santo, nem de um relacionamento vivo em oração com o Senhor por parte do cristão. Devemos entender que, ao final, a batalha não é apenas contra a carne e o sangue".[28]

O apologista cristão deve depender de modo constante do Espírito de Deus em oração, confiando que ele usará sua Palavra para realizar a obra. Com certeza, fazemos nosso melhor para apresentar a mensagem com clareza e precisão; mas, em última instância, descansamos no fato de que só Deus pode transformar o coração. Seu Espírito é o agente divino de mudança.

Compreender essa verdade possibilita ao apologista permanecer focado na apresentação da mensagem do evangelho (e na confiança em Deus com respeito aos resultados) em vez de desviar-se para argumentos insignificantes sobre questões secundárias. Conta-se a história de um evangelista em um campus universitário que estava testemunhando a um jovem no dormitório. Ao encontrar-se com o homem, o aluno apresentou imediatamente o que achava ser uma objeção insuperável: exigiu que o evangelista provasse que Jonas havia sido engolido por um peixe gigante e sobrevivido. O evangelista não desanimou e respondeu, com sabedoria:

— Sabe, podemos conversar sobre isso mais tarde, mas primeiro deixe-me falar sobre Cristo.

Quando o evangelista compartilhou o evangelho, o Espírito tocou no coração do jovem. Ele foi convencido do pecado, arrependeu-se e entregou sua vida ao Salvador. Depois, o evangelista perguntou se ele ainda queria falar sobre Jonas. O jovem, com o coração agora transformado, respondeu com palavras de simples fé:

— Não, não há necessidade. Se isso é o que a Bíblia diz, eu creio.

O Espírito abriu-lhe os olhos para a verdade, eliminando todas as objeções que tinha anteriormente.

Podemos vencer na argumentação porque a verdade pode sempre triunfar sobre o erro. Mas, mesmo que respondamos a todas as perguntas e objeções, não podemos forçar a fé. Somente o Espírito Santo pode transmitir a fé salvífica ao coração escravizado pelo pecado. Um apologista bíblico reflete esta realidade.

Postura: devemos ser caracterizados por uma humildade confiante

Saber que a Palavra de Deus é verdadeira dá-nos certa confiança. Saber que somente o Espírito Santo pode mudar o coração mantém-nos humildes.[29] Recordar que, se não fosse por sua graça (Efésios 2:4-9), ainda estaríamos mortos em nossos pecados (Efésios 2:1-3) capacita-nos a confrontar o perdido com amor e cuidado. Assim, proclamamos a verdade sem concessões, mas não sem compaixão. Embora a mensagem em si seja uma ofensa (1Coríntios 1:23), o apologista deve tomar cuidado para não servir como obstáculo sendo petulante ou contencioso. "Afinal, embora o evangelho possa ser ofensivo em alguns aspectos (visto que, antes de mais nada, ele parte do pressuposto de que todos os seres humanos são pecadores), aqueles que pregam e defendem o evangelho não devem ser ofensores."[30]

Ao mostrar amor às pessoas perdidas, imitamos o exemplo de Cristo que, "ao ver as multidões, teve compaixão delas, porque estavam aflitas e desamparadas, como ovelhas sem pastor" (Mateus 9:36; cf. Marcos 6:34). A resposta imediata de Jesus foi evangelística: "Então disse aos seus discípulos: 'A seara é grande, mas os trabalhadores são poucos. Peçam, pois, ao Senhor da seara que envie trabalhadores para a sua seara'" (Mateus 9:37-38).

O apóstolo Paulo deu instruções semelhantes a Timóteo quanto a confrontar o erro na igreja:

> Ao servo do Senhor não convém brigar mas, sim, ser amável para com todos, apto para ensinar, paciente. Deve corrigir com mansidão os que se lhe opõem, na esperança de que Deus lhes conceda o arrependimento, levando-os ao conhe-

> cimento da verdade, para que assim voltem à sobriedade e escapem da armadilha do diabo, que os aprisionou para fazerem a sua vontade. (2Timóteo 2:24-26)

O apóstolo Pedro também instruiu seus leitores a estar sempre preparados para explicar sua esperança "com mansidão e respeito" (1Pedro 3:15-16). Em ambas as passagens, a abordagem apologética é marcada por uma disposição graciosa, respeitosa e paciente, com vistas à mudança de coração do incrédulo.

Ao mesmo tempo, deve-se notar que há uma distinção bíblica entre aqueles que são meramente enganados (e devem ser tratados com compaixão) e aqueles que estão ativamente enganando outros (e devem ser denunciados com convicção). Os autores do Novo Testamento condenaram abertamente os falsos mestres, admoestando os cristãos a manter-se longe dos que praticavam o erro. Jesus advertiu seus discípulos com estas palavras: "Cuidado com os falsos profetas. Eles vêm a vocês vestidos de peles de ovelhas, mas por dentro são lobos devoradores" (Mateus 7:15). Paulo disse aos gálatas: "Ainda que nós ou um anjo do céu pregue um evangelho diferente daquele que lhes pregamos, que seja amaldiçoado!" (Gálatas 1:8). Pedro descreveu os falsos mestres da seguinte maneira: "Confirma-se neles que é verdadeiro o provérbio: 'O cão voltou ao seu vômito' e ainda: 'A porca lavada voltou a revolver-se na lama'" (2Pedro 2:22). Judas também os descreveu como aqueles que "difamam tudo o que não entendem; e as coisas que entendem por instinto, como animais irracionais, nessas mesmas coisas se corrompem" (Judas 1:10). João advertiu seus leitores a evitar qualquer associação com falsos mestres: "Se alguém chega a vocês e não trouxer esse ensino, não o recebam em casa nem o saúdem. Pois quem o saúda torna-se participante das suas obras malignas" (2João 1:10-11).

Desse modo, o Novo Testamento estabelece uma clara distinção entre compaixão e transigência. Embora procuremos ganhar pecadores apresentando-lhes a verdade em amor, devemos evitar qualquer adaptação voltada aos falsos mestres, mesmo em nossos esforços para sermos gentis. O Novo Testamento nunca equipara o amor verdadeiro à noção pós-moderna de tolerância. O amor bíblico alegra-se na verdade (1Coríntios 13:6), abomina o que é mau (Romanos 12:9) e caminha nos mandamentos de Cristo

(2João 6). Por esta razão, o apologista cristão aspira a equilibrar uma compaixão bíblica por aqueles que estão perdidos e uma justa indignação com aqueles que desviam os demais.

Pressuposto: os incrédulos já sabem que Deus existe

A Bíblia ensina que os incrédulos já conhecem certas realidades espirituais, embora suprimam "a verdade pela injustiça" (Romanos 1:18). O apologista cristão tem razão em pressupor que os incrédulos já estão cientes de certas verdades, mesmo que as neguem. Por exemplo, os incrédulos sabem, por natureza, que há um Deus, "pois o que de Deus se pode conhecer é manifesto entre eles, porque Deus lhes manifestou" (Romanos 1:19; cf. 1:21). Assim, embora os ateus afirmem não crer em Deus, a Bíblia afirma que Deus não crê em ateus. Ele se revelou de tal modo que, ao negá-lo, "tais homens são indesculpáveis" (Romanos 1:20).

Deus deu aos incrédulos um testemunho externo de sua glória por meio da criação (Romanos 1:20). Assim, "os céus declaram a glória de Deus; o firmamento proclama a obra das suas mãos" (Salmos 19:1); "o mundo e tudo o que nele há" apontam para o Criador (Atos 17:24), as estações dão testemunho de seu cuidado providencial (14:15-17), e até mesmo o corpo humano é um maravilhoso lembrete de seu gênio criativo (Salmos 139:13-14). A ordem e o desígnio do mundo natural, incluindo sua própria existência, levam o incrédulo à inevitável conclusão de que há um Deus. Apenas o tolo diz "em seu coração: 'Deus não existe'" (Salmos 14:1; cf. Romanos 1:22), mas suas razões para fazê-lo são morais, não lógicas (como o restante do salmo 14 deixa claro).

Deus também deu aos incrédulos um testemunho interno de sua lei moral na consciência. O apóstolo Paulo diz que "as exigências da lei estão gravadas em seus corações" (Romanos 2:15), porque eles conhecem "o justo decreto de Deus" (Romanos 1:32), mesmo que o desobedeçam. Junto com o mundo criado ao redor delas (revelando a verdade de que Deus é Criador, Sustentador, Provedor e Projetista), a consciência dentro das pessoas testemunha a verdade de uma ordem moral transcendente, da qual Deus é o supremo Padrão e Juiz (Eclesiastes 12:14). Além disso, os seres humanos receberam uma percepção do eterno, pois Deus "pôs no coração do homem o anseio pela eternidade" (Eclesiastes 3:11).

O evangelista é imensamente ajudado em sua missão por tais testemunhos de Deus. O incrédulo está, por natureza, consciente do fato de que Deus – o Criador, Sustentador e Juiz do universo – existe. Os incrédulos já sabem da eternidade e sentem culpa por ter violado a própria consciência. O testemunho da revelação geral de Deus tornou estas verdades evidentes.

Certamente, a revelação especial da Escritura é necessária para explicar os detalhes de quem é o Criador e o que ele espera. A mensagem do evangelho é essencial para que o incrédulo compreenda plenamente sua condenação diante de Deus e sua necessidade da obra salvífica de Cristo. Além disso, os efeitos do pecado e da depravação fazem com que os incrédulos raciocinem erroneamente e sufoquem a verdade (Romanos 1:18-22). No entanto, o evangelista pode supor, de modo correto, que os incrédulos já estão cientes de certas verdades fundamentais sobre Deus, porque Deus deixou estas verdades evidentes.[31]

Em termos práticos, isso significa que não precisamos nos envolver em discussões intricadas sobre o que os incrédulos já sabem (por exemplo, se Deus existe ou não). Em vez disso, podemos partir do que Deus já evidenciou, confiando que o Espírito Santo usará a Palavra para realizar sua obra.[32]

Antecipação: não seremos populares

Apesar de a fé que defendemos ser absolutamente verdadeira e de o evangelho que proclamamos consistir nas boas-novas da reconciliação, a realidade é que nossa mensagem será, com frequência, rejeitada e desprezada. Vivemos em um mundo antagônico ao cristianismo. Filmes populares e programas de televisão zombam da história bíblica e ridicularizam os valores cristãos. Os livros mais vendidos promovem o ateísmo com orgulho e desprezam de modo escancarado aqueles que creem em Deus. Mesmo a educação pública, especialmente universitária, tornou-se inimiga declarada de uma cosmovisão bíblica. Embora nossa moeda traga a frase "Deus seja louvado", todas as coisas na cultura popular sugerem que nossa nação é qualquer coisa, menos verdadeiramente cristã.

Tais hostilidades não devem nos surpreender. O próprio Jesus advertiu seus seguidores: "Se o mundo os odeia, tenham em mente que antes odiou a mim. [...] Se me perseguiram, também perseguirão vocês" (João 15:18,20). O apóstolo Paulo encaminhou a advertência a Timóteo: "Todos os que desejam viver piedosamente em Cristo Jesus serão perseguidos" (2Timóteo 3:12). Ele disse aos coríntios que "a mensagem da cruz é loucura para os que estão perecendo" (1Coríntios 1:18), observando que "quem não tem o Espírito não aceita as coisas que vêm do Espírito de Deus, pois lhe são loucura; e não é capaz de entendê-las" (1Coríntios 2:14). No que lhe dizia respeito, Paulo estava feliz por ser considerado louco por causa de Cristo (1Coríntios 4:10). Depois de pregar o evangelho no Areópago, alguns ouvintes "dele zombaram" (Atos 17:32). Em sua defesa diante de Festo, o apóstolo foi acusado com as seguintes palavras: "Você está louco, Paulo! As muitas letras o estão levando à loucura!" (Atos 26:24).

Se o ministério de Cristo e dos apóstolos enfrentaram resistência e rejeição, não devemos esperar ser tratados de forma diferente. Jesus ensinou que nem todo solo receberia a semente da Palavra de Deus (Marcos 4:3-20). Seu ministério foi rejeitado por muitos na época (João 12:37-40), a ponto de seus inimigos procurarem sua morte (João 11:53). Como o apóstolo João explica, ele "veio para o que era seu, mas os seus não o receberam" (João 1:11). Os apóstolos também sofreriam muito pelo evangelho. A maioria deles seria martirizada, incluindo o apóstolo Paulo que, no final da vida, encontrou-se abandonado em um cárcere romano (2Timóteo 4:9-14). No entanto, apesar das muitas dificuldades que enfrentou (2Coríntios 11:23-28), ele permaneceu fiel ao evangelho, cuja defesa lhe havia sido comissionada (2Timóteo 4:7).

A mensagem do evangelho é antitética com relação às filosofias corrompidas dos homens, o que significa que os cristãos fiéis raramente são populares. Os apologistas cristãos devem evitar a armadilha de desejar respeitabilidade intelectual à custa da fidelidade bíblica. Crer no Deus da Bíblia e em seu Filho, Jesus Cristo, tem consequências sociais, visto que tomamos diariamente nossa cruz, negamos a nós mesmos e o seguimos (Marcos 8:34). Porém, há alegria na perseguição (Atos 5:40,41; cf. Lucas 6:22-24), e devemos aceitar o escárnio e a rejeição em seu nome (Colossenses 1:24; cf. 2Coríntios 4:17). Isso não significa que promovemos o anti-intelectualismo ou enterramos a cabeça na areia; como representantes de Cristo, devemos buscar a excelência em qualquer campo de estudo. No entanto, devemos também lembrar que o evangelho ao qual nos apegamos é uma mensagem inerentemente impopular e não podemos comprometer a verdade apenas para obter um falso respeito.

Avaliação: o êxito da apologética é definido por Cristo

Uma última questão a ser considerada é a seguinte: como podemos avaliar o sucesso de nossos esforços apologéticos? Ao considerar a questão, talvez nos perguntemos se a eficácia apologética é medida em termos de debates ganhos, argumentos bem articulados, pessoas convertidas ou elogios recebidos. Tais critérios podem indicar algo sobre nossa credibilidade filosófica ou talento retórico, mas muito pouco nos dizem se fomos bem-sucedidos no único sentido que realmente importa.

Como tudo mais na vida cristã, o sucesso da apologética é avaliado por um padrão mais elevado do que qualquer coisa nesta terra. O número de adversários confundidos ou de descrentes convertidos não é uma medida real de como nos saímos. Se assim fosse, o profeta Jonas teria sido um sucesso avassalador (com toda a cidade de Nínive reagindo à sua pregação), ao passo que o profeta Jeremias teria sido um fracasso total (com seu ministério produzindo praticamente nenhum fruto visível). Contudo, do ponto de vista de Deus, a obediência fiel de Jeremias fez de seu ministério um verdadeiro sucesso, e a resistência rebelde de Jonas tornou-o um fracasso decepcionante.

Ao nome de Jeremias, poderíamos acrescentar muitos dos outros profetas do Antigo Testamento, homens sobre os quais o autor de Hebreus escreveu:

> Alguns foram torturados e recusaram ser libertados, para poderem alcançar uma ressurreição superior. Outros enfrentaram zombaria e açoites, outros ainda foram acorrentados e colocados na prisão, apedrejados, serrados ao meio, postos à prova, mortos ao fio da espada. Andaram errantes, vestidos de pele de ovelhas e de cabras, necessitados, afligidos e maltratados. O mundo não era digno deles. Vagaram pelos desertos e montes, pelas cavernas e grutas. (Hebreus 11:35-38; cf. Mateus 23:29-37)

Esses corajosos servos de Deus – homens como Elias, Eliseu, Isaías e Ezequiel – perseveraram em meio à rejeição, perseguição e aflição porque estavam muito mais preocupados em ser fiéis do que em ser populares. Em sua época, eles costumavam ser vistos como marginais excêntricos e fracassados. Mas, do ponto de vista celestial, eles foram um exemplo do verdadeiro sucesso.

Conforme observado na seção anterior, o Novo Testamento já espera que a mensagem do evangelho, corretamente proclamada, seja recebida com rejeição e desprezo de modo geral. Logo, popularidade e aclamação são falsas medidas de sucesso. Quando o apóstolo Paulo estava naquele calabouço romano no final da vida, suas circunstâncias pareciam extremamente sombrias. Ele estava abandonado e sozinho, acusado falsamente e aguardando execução, sem fama, fortuna ou mesmo sua capa (2Timóteo 4:13). Como os profetas do Antigo Testamento, Paulo era visto como um fracasso pela sociedade de seu tempo. Depois de décadas de um ministério carregado de dificuldades, sua vida estava prestes a terminar em tragédia e obscuridade. Todavia, do ponto de vista de Deus, Paulo foi um sucesso. Embora tivesse enfrentado repetidas provações e tentações, ele permanecera fiel. Sua vida havia sido dedicada à honra de seu Senhor (2Coríntios 5:9; Filipenses 1:21). Ele havia concluído seu ministério com diligência (2Timóteo 4:7); mesmo nas últimas horas, havia proclamado o evangelho sem transigência (2Timóteo 4:17); e, em breve, veria Cristo e receberia sua recompensa (2Timóteo 4:8).

Quando estivermos diante de Cristo para prestar contas de nossa vida (Romanos 14:9-12; 2Coríntios 5:10), os elogios e reconhecimentos deste mundo não terão significado. Naquele momento, o valor aparente das obras de madeira, feno e palha será rapidamente destruído (1Coríntios 3:11-15). As únicas palavras que nos interessarão serão estas: "Muito bem, servo bom e fiel! [...] Venha e participe da alegria do seu senhor!" (Mateus 25:21,23). A fidelidade, não a fama temporal ou a frutificação visível, é a medida divina de sucesso; e, no final, a avaliação de Deus é a única que importa.

Sabendo disso, o apologista cristão preocupa-se primordialmente em ser fiel ao Mestre (a quem ama e serve), fiel à mensagem (a qual defende e proclama) e fiel ao ministério (ao qual foi chamado). Nosso sucesso não é determinado pela forma como o mundo reage a nós nesta vida – seja com animosidade, indiferença ou aplauso –, mas pela maneira como Cristo nos avaliará na vida futura. Assim, dizemos com o apóstolo Paulo: "Temos o propósito de lhe agradar [...]. Pois todos nós devemos comparecer perante o tribunal de Cristo" (2Coríntios 5:9b–10a).

5

Cristo, o Salvador: Evangelismo como pessoa

Rick Holland

Grande parte do evangelismo moderno tornou-se institucionalizado. Sistemas, passos e resumos de como compartilhar o evangelho tomaram o lugar da simples apresentação de Jesus às pessoas. Embora o evangelismo bíblico deva ter seriedade teológica, é essencial que o plano não ofusque a pessoa. O evangelista deve sempre se lembrar de que a essência da mensagem é a pessoa de Jesus Cristo.

Uma vez que o voo estava lotado, todos os assentos deveriam estar ocupados. Quando me sentei à janela no British Airways 747, fiquei surpreso ao constatar que os dois assentos próximos a mim estavam vagos. Em meu egoísmo, eu já acalentava a ideia de que aqueles dois lugares permanecessem vazios e já fazia planos de como transformá-los em uma cama *king size*.

Tal esperança evaporou-se quando um casal britânico de idosos aproximou-se dos assentos assim que as portas se fecharam. Trocamos saudações formais e voltamos nossa atenção ao conhecido procedimento de apertar os cintos. Quando a apresentação do vídeo terminou, fui instantaneamente tomado por um forte ímpeto de compartilhar o evangelho com eles.

Com algumas décadas de experiência no ministério pastoral e estudo semanal das Escrituras, eu não deveria ter problema algum em começar uma conversa sobre o evangelho. Mas a verdade é que eu estava tendo dificuldades em conduzir o diálogo para o âmbito espiritual.

Após uma hora ou mais de conversas triviais, tentando rumá-las para o evangelho, eu finalmente – e de um jeito estranho – soltei a pergunta:

— Vocês são crentes?

— Crentes no quê? — respondeu a mulher.

Passei os três minutos seguintes apresentando o plano da salvação. Quando terminei, parabenizei-me por dentro pela clareza, brevidade e coragem evangelística. No entanto, minha comemoração durou pouco. Para meu desapontamento, eles não tinham interesse algum em falar sobre o céu nem sobre perdão dos pecados. Na verdade, o homem interrompeu a conversa com uma resposta ofendida:

— Não estamos interessados em falar sobre religião com o senhor.

As próximas onze horas que passei sentado à janela foram bem esquisitas.

Pensei muito sobre aquele encontro ao longo das semanas e dos meses seguintes. Na realidade, ainda penso nele. Por que alguém não estaria interessado no perdão dos pecados, em esperança nesta vida, na garantia do céu e nos milhares de outros benefícios da salvação? Quanto mais eu pensava sobre isto, mais a reação daquele homem indicava-me a resposta: eu estava me perguntando por que alguém rejeitaria os benefícios da salvação; não por que alguém rejeitaria o Salvador da salvação. Acho que ele estava certo. Minha apresentação do evangelho soou mais como uma oferta de venda de uma nova religião do que como a apresentação do Salvador vivo e ressurreto, Jesus Cristo.

A salvação é um plano?

Desde a infância, escuto a expressão "plano de salvação". Livros, panfletos evangelísticos e pregadores organizaram os fatos sobre o evangelho e as respostas a ele em formato de plano. Sistematizar os elementos essenciais do evangelho em uma progressão lógica é certamente proveitoso. Os cristãos que desejam ver outros sendo salvos costumam aprender algum tipo de apresentação, tais como as *Quatro Leis Espirituais*, ou assistir a aulas como as do *Evangelismo explosivo*.[1] Tais abordagens podem oferecer um guia excelente para a explicação do evangelho. Elas garantem que os fatos essenciais e a teologia necessária estejam presentes quando esclarecermos como um pecador pode ser justificado perante Deus. No entanto, por si mesmas, estas abordagens podem criar um equívoco não intencional.

Acredito que isto explique a reação do casal no avião. Ao lembrar a forma como expliquei o evangelho, posso ver que a ênfase estava na veracidade do evangelho, nas implicações teológicas do plano de Deus para salvar pecadores e nos benefícios da salvação. Contudo, havia algo em segundo plano que deveria ter estado em primeiro, algo marginal que deveria ter sido central, algo mencionado que deveria ter sido preeminente. Este algo é Alguém: Jesus.

Toda apresentação do evangelho explica Jesus: quem ele é, o que ele fez na cruz, como podemos buscá-lo como salvador; estas são marcas registradas de todos os verdadeiros planos do evangelho. Todavia, quando o evangelho é explicado e entendido como um plano, a reação pode ser filosófica e estéril. Em contrapartida, quando o evangelho é explicado e entendido como uma Pessoa a ser conhecida, a reação é pessoal. Por favor, não reaja de forma exagerada a esta mudança na ênfase. Contar a um pecador o plano de salvação não é errado, mas estou convencido de que um exame cuidadoso das Escrituras reorientará nossas abordagens evangelísticas, levando-a de dados a serem cridos para um Salvador a ser contemplado. A salvação diz respeito à pessoa de Jesus Cristo, não meramente a um plano.

Colaborar com Deus

Em seu encontro final com os discípulos, Jesus disse-lhes que, quando o Espírito Santo viesse, glorificaria o Filho indicando o Messias às pessoas (João 16:14). O Espírito Santo convence corações, abre olhos espirituais, afirma a veracidade da Escritura e regenera almas para que se voltem a Cristo para a salvação. O alvo final é ter pessoas prostradas diante de Jesus Cristo como Senhor e Salvador nesta vida, a fim de que não precisem submeter-se involuntariamente na eternidade.

Deus Pai está consumido pela mesma ocupação que o Espírito Santo – glorificar seu Filho. Ele expressou seu prazer em Jesus quando este foi batizado (Mateus 3:13-17). Ele declarou sua afirmação a Pedro, Tiago e João no monte da transfiguração (Mateus 17:1-13; Lucas 9:35). Não se esqueça do fato de que os milagres que Jesus realizou – aqueles pelos quais ficou mais conhecido durante seu ministério – eram expressões do desejo do Pai de glorificar o Filho. Em certa ocasião, quando soube que Lázaro estava doente, Jesus disse: "Essa doença não acabará em morte; é para a glória de Deus, para que o Filho de Deus seja glorificado por meio dela" (João 11:4). O mesmo ocorreu no casamento em Caná depois que Jesus transformou a água em vinho e "revelou assim a sua glória" (João 2:11).

O Espírito Santo glorifica o Filho ao direcionar o olhar das pessoas a Jesus; Deus Pai glorifica o Filho ao afirmar que ele é o único Redentor que experimentou morte, ressurreição, ascensão e coroação. E, quando proclamamos as glórias de Jesus, juntamo-nos a Deus Pai e ao Espírito Santo em sua preocupação. Eles são inabaláveis em sua devoção de glorificar a Jesus, e nós somos privilegiados pela ordem de fazer o mesmo.

Texto crítico

O fundamento do evangelismo é descrito de forma concisa em 1Pedro 2:9. Esse versículo é o sólido alicerce que dá suporte aos nossos esforços evangelísticos.

Pedro escreveu essa breve carta pouco antes da primeira onda de perseguições severas tomar os cristãos de Roma. Alguns anos depois, o imperador romano Nero enlouqueceu a ponto de assistir metade de sua capital ser queimada. Quando os romanos reagiram com ira ao incêndio de sua querida cidade, Nero encontrou o bode expiatório perfeito para seu crime: os cristãos.[2] Contudo, a Igreja no Império Romano não estava pronta para enfrentar a fúria de Nero. Ela não a merecia nem tinha como antecipá-la.

Com seu coração de pastor, Pedro desejava ajudar esses cristãos a pensar com clareza sobre as tribulações iminentes. Alguns sofrimentos pelos quais estavam prestes a passar seriam tão severos, que muitos seriam levados para o céu. Pedro estava determinado a encorajar os cristãos que logo ficariam temerosos quanto à própria vida. Então, à medida em que as chamas cercavam os cristãos sob o domínio romano, o apóstolo calmamente lembrou-os de sua grande salvação (1Pedro 1:1-12).

Talvez você espere que a epístola seja repleta de consolo e encorajamento para as provações. Embora ofereça tais incentivos (1Pedro 2:21-25; 4:12-19), Pedro enfatiza que os cristãos foram salvos para "anunciar as grandezas daquele que os chamou das trevas para a sua maravilhosa luz" (1Pedro 2:9).

Em face a uma perseguição sem precedentes, Pedro chamou-os à tarefa do evangelismo. Ele os lembrou da salvação, do Salvador e da necessidade de representar Jesus, não importando o que acontecesse (1Pedro 1:17). Não estamos apenas promovendo o evangelho de Jesus, mas o próprio Jesus. Não estamos meramente explicando a Palavra de Cristo, mas a Pessoa de Cristo. Estamos abordando pessoas com conversas sobre o que Deus fez por meio de seu Filho. Estamos chamando pessoas a comprometer-se em um novo relacionamento com o Deus vivo, encarnado em Jesus. Nós existimos para glorificar a Cristo e, quando o fazemos, estamos imitando o Espírito Santo e Deus Pai.

Excelências que proclamamos

Pedro lembrou a Igreja no Império Romano que parte de ser cristão é viver de modo a erguer figuradamente bandeiras para o mundo, bandeiras nas quais estejam inscritas as virtudes de Jesus. Os cristãos não devem ficar intimidados nem perturbados (1Pedro 3:14), mas, em vez disso, devem proclamar com amor e reverência a esperança que têm em Jesus Cristo. Uma vez que aqueles recém-convertidos estavam determinados a cumprir os ensinamentos de Pedro, o apóstolo deu-lhes as bandeiras que deviam erguer.

Jesus: a pedra angular humana (1Pedro 2:6-7)

A analogia da pedra angular é intrigante. Esta pedra funcionava como lugar de encontro de dois muros que se uniam em uma esquina, um ângulo, daí o termo *pedra angular*. Ela era o ponto inicial do projeto de uma construção e a pedra mais importante de qualquer casa. Se fosse posicionada de modo inadequado, a estrutura inteira seria afetada. Pedro empregou-a como ilustração da proclamação do evangelho, mostrando que, no viver dos cristãos, é necessário que Jesus seja a pedra angular. Vivendo assim, eles permanecem eternamente estáveis e não são abalados. No evangelismo, os cristãos proclamam as excelências da pedra angular para todo aquele que ouvir.

Jesus: a pedra viva (1Pedro 2:4-5)

Para Pedro, o evangelismo era simples: pregar Jesus Cristo. É exatamente isto o que ele faz ao apresentar Jesus como pedra viva. Por exemplo, Pedro escreve sobre "a palavra de Deus, viva e permanente" (1Pedro 1:23), e então descreve Jesus como a "pedra viva" (1Pedro 2:4). Há um maravilhoso paralelo entre a Palavra escrita de Deus e a Palavra encarnada, Jesus. Pelo fato de o próprio Jesus ser o autor e a substância da Escritura, ele também é o objeto de sua revelação.

Logo após sua ressurreição, Jesus foi de Jerusalém a Emaús (um pequeno vilarejo a cerca de onze quilômetros de Jerusalém) e, no caminho, encontrou dois discípulos. À medida que a conversa se desenrolava em torno dos acontecimentos do final de semana, Jesus logo a direcionou para si mesmo, explicando seu sofrimento, sua ressurreição e a exultação de "todas as Escrituras" (Lucas 24:27). Pedro aprendeu esta lição, e está claro que ele via Jesus como o objetivo das Escrituras. Assim, lembrou seus companheiros cristãos de que Cristo é o objeto, o alvo, o prêmio, o atrativo, a fonte, o desejo e a doçura da fé, cujas raízes estão nas Escrituras.

Chamar Jesus de pedra viva traria memórias boas e más para Pedro. Apenas 13 anos atrás, Jesus perguntava a seus discípulos: "Quem os homens dizem que o Filho do homem é?" (Mateus 16:13). Após algumas respostas conhecidas, Pedro foi corajoso o suficiente para articular a opinião dos discípulos: "Tu és o Cristo, o Filho do Deus vivo" (16.16). Em resposta, Jesus chamou-o de "pedra" (ver 16:18). Isto assinalou a mudança de seu nome de Simão para Pedro.

Apesar disso, ao escrever para os cristãos que temiam pela própria vida, Pedro chamou Jesus de Rocha, e não a si mesmo. Jesus, entretanto, não é uma pedra qualquer. Por causa da ressurreição, ele é a "pedra viva". Somente ele oferece esperança para a morte, tendo-a vencido pessoalmente. Ele é a pedra que tudo define, vital para o fundamento da vida cristã, a qual somos chamados a viver e proclamar.

Jesus: a pedra rejeitada (1Pedro 2:7)

Além de ser a pedra viva, Cristo suportou a tragédia de ser a pedra rejeitada. Pedro segue dizendo que ele é uma "pedra rejeitada pelos homens"

(1Pedro 2:4). No ponto baixo da história humana, as pessoas rejeitaram o fato de Jesus Cristo ser o Messias, negaram que ele fosse o Salvador e atacaram suas reivindicações de deidade.

A rejeição de Jesus havia sido profetizada no Antigo Testamento (Isaías 8:14), predeterminada por Deus (Salmos 118:22-23) e testemunhada por Pedro (Atos 4:1-12). Esta rejeição ocorreu ao longo de toda sua vida, mas encontrou expressão máxima na crucificação. A cruz foi o clímax da rejeição de Jesus por parte do homem. E, ainda ao escrever essas palavras, Pedro percebia que tal rejeição continuava.[3] De fato, mesmo hoje, quando proclamamos as excelências de Cristo, alguns consideram-nas tolice. Para tais pessoas, ele continua sendo uma pedra de tropeço.

Isaías profetizou a rejeição de Jesus cerca de 700 anos antes de ele nascer (Isaías 8:14). Citando Isaías, Pedro explica que sempre haverá os que são "desobedientes" (1Pedro 2:7,8; 3:20) e os que escolhem não edificar a vida sobre a pedra angular. Por causa desta recusa, tais indivíduos olham para Jesus como "pedra de tropeço e rocha que faz cair" (1Pedro 2:8). Até mesmo nisto as belezas de Jesus são vistas; ele é a pedra angular da qual ninguém pode fugir. Ninguém pode rodeá-lo.

A mensagem do evangelho é o fato determinante na vida de cada pessoa. O evangelismo confronta as pessoas com as excelências de Cristo e convida-as a ver que, no centro de seu destino eterno, está o evangelho e que, no centro do evangelho, está Jesus Cristo. Cristo é o Grande Inevitável. Nós ora o conhecemos em sua graça agora, ora o conheceremos ao final da jornada da vida. Naquele dia, ele não será uma pedra, mas um muro impenetrável e incontornável. O pastor Leonhard Goppelt expressa da seguinte maneira:

> Cristo cruza o caminho da humanidade em seu curso rumo ao futuro. No encontro com ele, toda pessoa é mudada: uma para salvação, outra para destruição. [...] Não se pode simplesmente passar por cima de Jesus ou seguir com a rotina diária e ignorá-lo na construção do futuro. Todo aquele que o encontra é necessariamente transformado: ou o vê e torna-se "uma pedra viva" ou tropeça como um cego em Cristo e é arruinado.[4]

Para os que se recusam a crer que Jesus está no caminho, ele é uma inconveniência, uma obstrução, uma frustração, um objeto de desdém e até motivo de raiva. As pessoas rejeitam Cristo ao desobedecer a Palavra que aponta para Jesus como Senhor e Salvador. Elas caem sobre a pedra de tropeço.

A rejeição que Cristo suportou é um padrão a ser seguido por aqueles que são desprezados por causa da fé e rejeitados pelas pessoas, mas que serão, ao final, vindicados pela ressurreição em seu poder. Somente aqueles que não rejeitam Jesus experimentarão a promessa de ressurreição de Cristo e estarão qualificados a tornar-se "pedras vivas".

Jesus: uma pedra escolhida e preciosa (1Pedro 2:6)

Após mostrar como o mundo rejeita Jesus, Pedro mostra, em contraste, como Deus vê seu próprio Filho. Enquanto as pessoas rejeitam Jesus, ele permanece sendo uma pedra escolhida e preciosa para Deus. Ao chamá-lo de pedra escolhida, Pedro indica que Deus selecionou e apontou Jesus especificamente para trazer salvação aos pecadores. Ao chamá-lo de precioso, Pedro mostra que Jesus era, de fato, querido e precioso para o Pai, mais amado por Deus do que qualquer pecador salvo, ainda que Deus o tenha sacrificado para a redenção dos pecadores – algo que jamais conseguiremos entender.

Eu tenho três filhos e amo cada um deles imensamente, mas o Pai tem Jesus como precioso em um nível infinito. Apesar da reação antagônica do mundo a Jesus, Deus enviou seu Filho para morrer em favor daqueles que o rejeitam.

Pedro encoraja-nos a considerar Jesus precioso, a valorizar Cristo, pois nossa fé nele não será em vão. Ele menciona o profeta Isaías para reforçar tal promessa. Isaías escreve: "Por isso diz o Soberano, o SENHOR: Eis que ponho em Sião uma pedra, uma pedra já experimentada, uma preciosa pedra angular para alicerce seguro; aquele que confia, jamais será abalado" (Isaías 28:16). Pedro aplicou esta promessa aos cristãos do primeiro século, garantindo, assim, que nós jamais seremos desapontados.[5] A implicação é a de que os cristãos devem ser ousados e destemidos quando se trata da proclamação das excelências de Cristo. Não devemos ter vergonha nem agora nem no futuro. Na morte, nossa fé será vindicada.

É possível amar as coisas que envolvem Cristo sem amar o próprio Jesus. Alguém pode amar doutrinas, sistemas teológicos e até mesmo o ministério sem amar Cristo. Mas, para aqueles que são verdadeiramente seus, ele é precioso. É por isso que o evangelista proclama Cristo e não a modificação comportamental. É por isso que nossa santificação depende de nosso amor por Cristo, não de nossa própria justiça.

Jesus, nossa ressurreição

Jesus e os cristãos têm algo em comum: Pedro chama-nos de "pedras vivas", ativamente edificadas para o louvor de Cristo. Ele descreve nossa nova natureza com a mesma palavra que empregou para descrever a natureza de Cristo: nós e ele somos "vivos". Jesus está "vivo" porque levantou-se do sepulcro, e nossa natureza – embora antes estivesse morta em pecado – agora está viva por meio da vida de Cristo.

A vida que Pedro atribui aos cristãos advém da ressurreição de Jesus. Por haver se levantado do sepulcro, Jesus preparou o caminho para a ressurreição daqueles que creem nele. A morte foi derrotada. Para nós, a morte não é o fim, mas o corredor que leva à eternidade com nosso Salvador. Isto é o que torna Jesus tão atraente – apesar de ter sido morto, ele ainda vive. Sua ressurreição é uma fonte constante de esperança para nosso maior medo: a morte. E, se tal medo foi removido, devemos viver como Jesus viveu: sem medo. Isso muda tudo – nossos valores, nossas decisões, nossos objetivos, nossos relacionamentos, nossos significados e nosso evangelismo. Estamos aguardando a redenção do corpo, não maximizando seu prazer. Jim Elliot estava certo quando disse: "Não é tolo aquele que dá o que não pode manter a fim de ganhar aquilo que não pode perder".[6] Eu me lembro claramente de, há muitos anos, ter sido questionado: "O que você tem que o dinheiro não pode comprar e que a morte não pode tirar?" A resposta é Jesus e a ressurreição que ele oferece. Nossa ressurreição está garantida; logo, devemos evangelizar como quem crê nisso.

Cristo morreu e ressuscitou dentre os mortos. Este se torna o fundamento de nosso evangelismo. Todo o evangelho repousa sobre o fato de Jesus ter ou não ressuscitado dentre os mortos. Paulo desenvolve esta teologia em sua carta à atribulada igreja em Corinto, uma cidade cheia de ideias filosóficas que considerava a ressurreição fantástica demais. Em 1Coríntios

15, Paulo determinou que, se a ressurreição é impossível, Cristo ainda está morto. Se isto for verdade, nossa pregação é fútil, nossa fé é sem valor, nosso arrependimento é inválido, nosso Deus é mentiroso, os cristãos mortos pereceram para sempre, nosso futuro é digno de pena, e a morte do espírito é certa. Mas "de fato Cristo ressuscitou dentre os mortos, sendo as primícias dentre aqueles que dormiram" (1Coríntios 15:20). Ele ressurgiu, e é isto o que pregamos. Nós proclamamos que a morte não é o fim. Somos testemunhas pessoais, confiantes e santas de que Cristo ressurgiu, vencendo a morte e libertando-nos do pecado. O maior medo que aprisiona o homem foi destruído, e agora todos os cristãos podem dizer: "Onde está, ó morte, a sua vitória? Onde está, ó morte, o seu aguilhão?" (1Coríntios 15:55).

O veneno da morte é neutralizado pela ressurreição de Cristo. Esta é a essência da excelência de Cristo.

Sacerdócio de adoradores

Qualquer um que vivesse em Israel durante a vida de Jesus conhecia o templo de Herodes, em Jerusalém, que servia como ponto central das orações, dos sacrifícios e da comunhão dos judeus com Deus.

Todos tinham conhecimento de sua beleza e seu esplendor e entendiam seu significado e sua importância. Assim, Pedro empregou esta vívida imagem como metáfora de Cristo, da Igreja e do papel dos cristãos.

O templo sempre teve um sacerdócio de simples responsabilidade: representar Deus para o povo e o povo para Deus. Mas, na nova aliança, os cristãos é que são o sacerdócio santo. Nós representamos Deus às pessoas por meio do evangelismo e representamos as pessoas a Deus por meio da oração. Somos o local da presença de Deus e seus sacerdotes. Somos habitados pelo Espírito de Deus. Nossa prática diária espiritual é oferecer "sacrifícios espirituais aceitáveis a Deus, por meio de Jesus Cristo" (1Pedro 2:5). Os sacrifícios espirituais que oferecemos são nosso serviço de adoração, que é a adoração de Cristo (Romanos 12:1). A maior necessidade de qualquer coração humano é ser aceitável diante de um Deus santo, poderoso e irado. Somos aceitos quando oferecemos nosso sacrifício para o Salvador e por seu intermédio.

A mensagem do evangelho que proclamamos é dominada por esse pensamento. Nós somos feitos para a adoração e, em nosso evangelismo, oferecemos às pessoas um novo objeto de adoração. Chamamo-las a deixar seus ídolos, os quais podem apenas oferecer satisfação temporária, e a substituí-los pela adoração ao Deus triúno, cuja presença é repleta de alegria e prazer eternamente (Salmos 16:11). As pessoas esforçam-se muito para transformar a vida terrena em céu, mas ela nunca o será. Ídolo algum trará o céu à terra. O evangelismo dá-nos a oportunidade de entrar no mundo do descrente e oferecer-lhe um vislumbre do céu por meio de um relacionamento com Jesus. A cruz é o que possibilita tal vislumbre a todo aquele que crê. Somos sacerdotes santos oferecendo adoração santa por intermédio da cruz para o prazer de Jesus.

Martinho Lutero destacou a doutrina do sacerdócio dos cristãos neste texto. Ele acreditava corretamente que todos os cristãos têm igual acesso a Deus como sacerdotes.[7] Porém, com o privilégio de acesso sacerdotal, vem a responsabilidade de sermos evangelistas e intercessores. Estamos proclamando nosso Deus ao povo à nossa volta. Estamos unindo duas partes hostis e implorando aos rebeldes para que aceitem os termos de paz do rei contra o qual cometeram traição. Nós demonstramos o atrativo desta oferta de paz ressaltando a beleza do Autor da Paz, o próprio Cristo. Ele é o Príncipe da Paz (Isaías 9:6) que se tornou nossa paz pessoal (Efésios 2:14). Por sua cruz, fomos adotados à raça santa. Estas são suas excelências, e esta é nossa mensagem. Ele é nossa mensagem.

Adotados por toda a vida

A adoção é um dos atos mais bondosos e compassivos de que uma pessoa é capaz. Os pais que adotam são admiráveis, e as pessoas respeitam-nos por seu sacrifício. De fato, no Império Romano, os cristãos frequentemente adotavam crianças que eram "expostas". Crianças indesejadas, principalmente meninas, eram deixadas pelos pais em encostas e em frente a portas, e quem desejasse poderia pegá-las. A maior parte era adotada por prostitutas, donos de escravos ou treinadores de gladiadores para ganho financeiro.[8] Os cristãos, então, começaram a resgatar essas crianças, e, ao adotarem-nas, criavam-nas no conhecimento do Senhor. Até hoje esta tradição permanece, enraizada na mensagem do evangelho de que fomos adotados por Deus.

Paulo diz que Deus "nos predestinou para sermos adotados como filhos" (Efésios 1:5), e João escreve que, "aos que o receberam, aos que creram em seu nome, deu-lhes o direito de se tornarem filhos de Deus" (João 1:12). Esta é a imagem que Pedro quer instilar na mente dos leitores. Seu objetivo era confortar e encorajar os cristãos assustados, os quais sentiam que seus direitos romanos haviam sido tomados após a conversão; o apóstolo lembra-os de que foram escolhidos por Deus para a eternidade, mesmo que a vida estivesse, naquele momento, cheia de dor e sofrimento.

Os cristãos são o povo escolhido de Deus. Lembre-se de que Pedro escreveu a um grupo misto de cristãos, tanto de judeus quanto de gentios. Contudo, ele emprega uma linguagem maravilhosa, extraída da intimidade de Deus com Israel, para falar sobre o relacionamento de Deus com eles. Este é um forte eco de Isaías 43, onde Deus anuncia que ele mesmo é o salvador de Israel e declara que libertaria os israelitas do cativeiro babilônico. Deus diz: "Eu o chamei pelo nome; você é meu" (43:1).

Porém, mais do que isso, a linguagem que Pedro emprega transporta-nos à época do êxodo na história de Israel. De modo mais específico, ela nos transporta à época em que Deus fez uma aliança com Israel, chamando os israelitas de povo da aliança se o obedecessem continuamente. Em Êxodo 19:5–6, Moisés registrou a promessa de Deus para Israel:

> Agora, se me obedecerem fielmente e guardarem a minha aliança, vocês serão o meu tesouro pessoal dentre todas as nações. Embora toda a terra seja minha, vocês serão para mim um reino de sacerdotes e uma nação santa. Essas são as palavras que você dirá aos israelitas.

Pedro tomou essa promessa e aplicou-a ao seu público, lembrando-o de que estava incluso no povo escolhido de Deus. Assim, aquelas pessoas eram uma nação santa, ordenada a atuar como sacerdócio real mediando Deus, em Cristo, às nações.

Propriedade de Deus

Não somos meramente sacerdotes e povo escolhido; somos uma "nação santa" também (1Pedro 2:9). A Igreja consiste no povo santo de Deus, estabelecida como luz neste mundo. Os cristãos são cidadãos de outro mundo, um mundo de retidão e santidade, e nosso Rei chama-nos à obediência e fidelidade. Paulo induz os filipenses a esta mentalidade ao lembrá-los de que "a nossa cidadania, porém, está nos céus, de onde esperamos ansiosamente um Salvador, o Senhor Jesus Cristo" (Filipenses 3:20).

Nossa proclamação inclui um chamado à santidade e estabelece o processo de santificação. Um viver santificado é a única prova de uma alma salva. Devemos desenvolver nossa salvação com temor e tremor (Filipenses 2:12), buscando conformidade com a imagem de Cristo, à qual fomos predestinados (Romanos 8:29). Devemos morrer para o pecado e viver em retidão. Este era um vívido propósito para o sofrimento de Jesus na cruz (1Pedro 2:24). Nossa mensagem é simples: Deus garantiu-nos tudo aquilo de que precisamos para a vida e a piedade (2Pedro 1:3), e este tipo de vida é o resultado natural de toda pessoa que pertence a Deus (1Pedro 2:9).

Que linda imagem – pertencer a Deus! Mais uma vez, Pedro transporta-nos de volta ao Antigo Testamento, à época de Oseias, quando Deus prometeu: "tratarei com amor aquela que chamei 'Não amada'. Direi àquele chamado 'Não meu povo': Você é meu povo; e ele dirá: 'Tu és o meu Deus'" (Oseias 2:23).

Entenda bem como você é precioso para Deus como crente em seu Filho. Você agora é filho de Deus. Se abriu mão do bem mais precioso por você, ele certamente proverá tudo o mais de que vier a precisar como filho (Romanos 8:32). Deus não se envergonha de ser chamado de seu Deus (Hebreus 11:16), e Jesus não se envergonha de nos chamar de irmãos (Hebreus 2:11), tudo isto porque somos sua propriedade. É isto o que precisamos pregar a um mundo em busca de companhia e aceitação. Que melhor amigo há do que Jesus?

Vasos de misericórdia

Disciplina faz parte da maioria das famílias. Não deveria surpreender que, com frequência, meus filhos precisam de disciplina. Mas, vez ou outra, em lugar de mostrar justiça por meio da disciplina, eu ofereço-lhes misericórdia. Eles gostam mais de misericórdia do que de disciplina; assim, quando chega o momento da disciplina, eles costumam pedir: "Por favor, papai, tenha misericórdia!" Em menor escala, esta é uma figura do clamor de cada coração diante de um Deus santo. As Boas-novas da salvação são que, por causa de Jesus, Deus mostra misericórdia em vez de justiça.

Misericórdia é o oposto de graça. A graça dá-nos aquilo que não merecemos, ao passo que a misericórdia não nos dá aquilo que merecemos. Todos os benefícios descritos anteriormente são possíveis apenas por causa da misericórdia que recebemos. Pedro começou sua carta bendizendo a Deus pela misericórdia estendida aos pecadores (1Pedro 1:3). Ele prosseguiu referindo-se à bondade do Senhor e usou-a como convite para irmos a Jesus (1Pedro 2:3).

Ao destacar a misericórdia de Deus, Paulo afirmou que ele era rico neste aspecto (Efésios 2:4). Deus não é parcimonioso ao derramar misericórdia sobre os que precisam dela. Pelo contrário, Paulo chamou-o de "Pai das misericórdias" (2Coríntios 1:3). Esta misericórdia não acaba na salvação; ela continua ao longo de toda a vida cristã. É por isso que o autor de Hebreus encoraja-nos: "Assim, aproximemo-nos do trono da graça com toda a confiança, a fim de recebermos misericórdia e encontrarmos graça que nos ajude no momento da necessidade" (4:16). Deus é um Deus de misericórdia, a ponto de irradiá-la de onde quer que se encontre. E esta é a misericórdia que proclamamos, pois ela afetou radicalmente nossa identidade.

Há uma imensa transformação na identidade da pessoa que entrega a vida a Cristo. Seu destino muda – do inferno ao céu. Sua natureza muda – de filha da ira a filha de Deus. Seu propósito muda – de viver para si a viver para o Senhor. Reconhecemos que, por mera misericórdia, fomos chamados das trevas para sua maravilhosa luz. Fomos arrancados do pecado, de Satanás e do inferno e colocados em um reino de paz, luz e retidão. Ademais, estamos a caminho do céu. Isto fornece tanto a motivação quanto o conteúdo de nosso evangelismo. Podemos contar aos outros o que Deus fez em nossa vida. A misericórdia de Deus estende-se a indivíduos, é pessoal. Ele me escolheu; ele me santificou; ele me salvou. O evangelho é uma mensagem pessoal porque a misericórdia de Deus é pessoal. Tudo relacionado à cruz clama misericórdia. Ela nos transforma em vasos redimidos da misericórdia de Deus.

O evangelho é uma pessoa

Tudo se resume a uma única coisa: nossa mensagem é uma pessoa. Nós proclamamos uma pessoa, não um dogma, uma regra, nem mesmo uma religião. Nossa mensagem é uma conversa em cujo centro se encontra um indivíduo. Falamos sobre Jesus. Louvamos Jesus. Exaltamos Jesus.

Em Colossenses 1:28, Paulo resume o propósito de seu ministério nesta simples afirmação: "o qual nós anunciamos" (ARA). Enfaticamente, o autor colocou o pronome no começo de sua declaração, reforçando a importância de Jesus em sua mensagem evangelística. Se você não está proclamando a beleza de Cristo em sua apresentação do evangelho, está negligenciando o ponto central. O evangelho diz respeito a uma pessoa e um relacionamento com esta pessoa. Rejeitar o evangelho é rejeitar uma pessoa (Mateus 7:21-23).

Sempre que começamos uma conversa evangelística, estamos pedindo às pessoas que considerem Jesus (ver Hebreus 3:1, ARA). Quando compreendido de modo adequado, o evangelismo é simplificado. Dizer que o evangelismo fiel nada mais é do que explicar todas as excelências de Jesus e o que ele fez por aqueles que creem não é torná-lo simplório. O plano de salvação é a pessoa de Jesus Cristo. Devemos apresentar os pecadores àquele que morreu para salvá-los de seus pecados. A única esperança que temos a oferecer é o evangelho. E Jesus Cristo é o evangelho.

6

Abrir mão para ganhar: Tudo para com todos

John MacArthur

A instrução de Paulo aos evangelistas em 1Coríntios 9 chama os cristãos a abrir mão de liberdades por causa de seu testemunho ao mundo. Embora o mantra da contextualização os convide a conformar-se com o mundo para que o evangelho soe relevante, o verdadeiro evangelismo requer uma separação disciplinada. Enraizados no amor, os cristãos devem abandonar seus próprios desejos com o propósito de ganhar almas.

Grande parte do treinamento para o evangelismo moderno concentra-se erroneamente em técnica. Existe uma tendência a um evangelho reducionista, como se ele fosse pouco mais do que um pequeno conjunto de proposições básicas e levasse pessoas a concordar com aquelas que são aceitáveis. Desenvolvem-se aulas, livros e cursos contendo meros métodos conversacionais e monólogos memorizados. A ideia subjacente é a de que podemos nos tornar melhores evangelistas ao aprender determinada técnica ou ter uma fórmula definida na mente.

Sem dúvida, o abuso mais óbvio dessa abordagem errada ao evangelismo constata-se naqueles que pensam que o evangelista precisa viver como a cultura a fim de conquistá-la. Este é o pior tipo de reducionismo, pois não apenas coloca responsabilidades demais sobre o mensageiro, como invariavelmente distorce a mensagem. Aqueles que acreditam que a chave para o evangelismo bem-sucedido é a familiaridade com o mundo inevitavelmente reduzem a mensagem ou turvam sua clareza a fim de torná-la mais palatável ao mundo que estão tentando imitar.

Muito pelo contrário, os evangelistas na Bíblia eram contraculturais. Eles não se tornavam parte da cultura; antes, faziam o oposto do que ela exigia. João Batista é, sem dúvida, o maior exemplo de alguém radicalmente diferente, mas outros profetas também exemplificam esta tradição. Eles se vestiam de outra forma, muitas vezes comiam alimentos alternativos, comportavam-se de maneira estranha e eram absolutamente diferentes do mundo que os cercava. A bem da verdade, segundo o modelo do Novo Testamento, os cristãos devem ser marcados pela santidade, a qual os torna diferentes da cultura de todas as formas, não idênticos a ela (2Coríntios 6:7).

Paulo: o evangelista-modelo

O exemplo mais excelente de evangelista no Novo Testamento é o apóstolo Paulo. Evangelismo era o que fazia seu coração bater. Ao final de seu ministério, o evangelho havia estabelecido igrejas gentílicas em todo o Império Romano, e praticamente todos os gentios convertidos podiam traçar a origem da mensagem do evangelho que tinham ouvido à pregação de Paulo. O que o tornou tão eficaz na evangelização dos perdidos? Há, ao menos, sete explicações para sua eficácia.

Mensagem certa

Paulo era um evangelista eficaz porque se mantinha firme na mensagem correta. De fato, 2Timóteo 4:17 diz que o Senhor fortaleceu Paulo de modo que, em seu evangelismo, o evangelho fosse "plenamente" proclamado. Paulo claramente se apegava à verdade e não tolerava variação alguma na mensagem do evangelho (2Coríntios 11:4 Gálatas 1:7). Uma das razões pelas quais as pessoas não são eficazes no evangelismo é a falta de certeza sobre o conteúdo do evangelho.

Motivo premente

Paulo sabia que, no fim, todos comparecerão perante o tribunal de Cristo para prestar contas das coisas feitas nesta vida. Ele entendia que as pessoas seriam recompensadas por sua fidelidade na vida cristã (2Coríntios 5:10).

Em outras palavras, sabia que seria responsável pelo registro de sua vida e de seu serviço. É por isso que ele disse que o amor de Cristo o constrangia a passar a vida buscando os perdidos (2Coríntios 5:14). Observe que, imediatamente após descrever este julgamento de galardões, Paulo escreveu que, à luz disto, faria com que o objetivo de sua vida fosse "persuadir os homens" da verdade sobre Jesus (2Coríntios 5:11). Ele foi motivado a ser um evangelista quando compreendeu que seria recompensado pelo modo como vivia.

Chamado divino

Paulo exclamou: "Ai de mim se não pregar o evangelho!" (1Coríntios 9:16). Ele sabia que Deus o chamara para proclamar o evangelho aos outros e, por isso, a necessidade fora colocada sobre ele. Deus havia comissionado Paulo a levar o evangelho aos gentios, e ele, então, tinha uma percepção do chamado divino para evangelizar.

Ousadia diligente

Ao examinar-se, Paulo concluiu: "Não me envergonho do evangelho, porque é o poder de Deus para a salvação de todo aquele que crê" (Romanos 1:16). Esta tremenda ousadia levou-o a proclamar: "Para mim o viver é Cristo e o morrer é lucro" (Filipenses 1:21). Ele tinha confiança em seu Salvador, e esta confiança instilou ousadia em seu evangelismo.

Vida no Espírito

Paulo era dependente do poder e da direção do Espírito Santo. Ele sabia o que era ser continuamente cheio do Espírito (Efésios 5:18). Ele experimentou a realidade de ter a mente repleta do conhecimento da vontade divina (Colossenses 1:9). Não havia um padrão constante de falta de arrependimento na vida de Paulo que extinguisse ou entristecesse o Espírito, pois ele se submetia à vontade de Deus (1Tessalonicenses 5:19). Por andar no Espírito, ele experimentou o poder de Deus em sua vida. Começando em Atos 13:2, onde o Espírito Santo disse: "Separem-me Barnabé e Saulo para a obra a que os tenho chamado", até seu martírio final, Paulo experimentou constantemente o poder do Espírito Santo.

Estratégia deliberada

A estratégia de Paulo pode ser vista em Atos 18, texto que descreve sua chegada a Corinto. Primeiro ele foi à sinagoga porque era judeu e, assim, seria aceito. Com sua pregação ali, alguns se converteram a Cristo, e isto produziu uma equipe de coevangelistas para alcançar a comunidade gentia. Ele utilizou este padrão – primeiro os judeus, depois os gentios – com frequência e eficácia. Algumas pessoas acham que ser dependente do Espírito significa não ter estratégias ou planos. Contudo, Paulo abordava o evangelismo com deliberação e estratégia.

Desejo inabalável

Paulo viveu como se estivesse em dívida com todos os incrédulos; ele sentia como se lhes devesse algo, pois sabia do que eles tão desesperadamente precisavam. Ele via os incrédulos como pessoas em um caminho que leva à destruição e conhecia a mensagem que poderia mudar seu destino. O apóstolo devia-lhes, pelo menos, a proclamação da salvação. Paulo evangelizava como um homem em dívida.

Essas sete breves explicações captam aquilo que fez de Paulo um evangelista eficaz. Porém, por trás dessas razões, há um princípio de vital importância que o apóstolo ensinou aos coríntios e que governou seu método: ele decidiu sacrificar tudo e qualquer coisa em sua vida que o impedisse de ganhar mais pessoas para Cristo. Em suma, Paulo estava disposto a abrir mão de tudo para alcançar os perdidos.

O capítulo 9 de 1Coríntios é uma espécie de defesa da razão pela qual Paulo era tão apaixonado pelo evangelismo; ali, ele expressou suas intenções evangelísticas em quatro frases específicas. Ele declarou que faria sacrifícios a fim de "ganhar o maior número possível de pessoas" (v. 19), "ganhar os judeus", "ganhar os que estão debaixo da lei" (v. 20) e "ganhar os fracos" (v. 22).

Enquanto discipulava cristãos, edificava igrejas e capacitava líderes, seu objetivo de ver pessoas convertidas a Cristo estava no cerne de tudo – e este objetivo era governado pelo princípio de sacrificar qualquer coisa que impedisse o verdadeiro impacto do evangelho.

Foi disso que Paulo tratou em 1Coríntios, onde explicou que estava disposto a fazer os sacrifícios necessários para alcançar diferentes tipos de pessoa com o evangelho. Ele escreveu:

> Porque, embora seja livre de todos, fiz-me escravo de todos, para ganhar o maior número possível de pessoas. Tornei-me judeu para os judeus, a fim de ganhar os judeus. Para os que estão debaixo da lei, tornei-me como se estivesse sujeito à lei, (embora eu mesmo não esteja debaixo da lei), a fim de ganhar os que estão debaixo da lei. Para os que estão sem lei, tornei-me como sem lei (embora não esteja livre da lei de Deus, mas sim sob a lei de Cristo), a fim de ganhar os que não têm a lei. Para com os fracos tornei-me fraco, para ganhar os fracos. Tornei-me tudo para com todos, para de alguma forma salvar alguns. (1Coríntios 9:19-22)

Às vezes, esses versículos são usados para defender um tipo de evangelismo que aborda os incrédulos por meio de métodos moralmente questionáveis. Ouço este princípio ser mal empregado por pessoas que o utilizam para justificar a atitude de tornar-se igual ao mundo para que as pessoas venham a Cristo. Líderes de louvor dizem que a música precisa soar como a música do mundo para que possam ganhar pessoas. Pastores dizem que seus sermões precisam usar ilustrações da cultura popular a fim de que o evangelho soe relevante para os que estão imersos na cultura. Alguns até mesmo usam esta passagem para justificar a adoção de qualquer cosmovisão pagã da cultura que estão tentando alcançar.

Ironicamente, tais práticas são exatamente o oposto do princípio que Paulo propõe em 1Coríntios 9. Paulo acreditava que o amor limita nossa liberdade, não a expande. O apóstolo não estava ensinando que os fins justificam os meios, como se os métodos carnais (ou um abuso das liberdades cristãs) devessem ser utilizados para criar um terreno comum com os incrédulos. Em vez disso, ele alegava restringir o uso de suas liberdades cristãs, se necessário, a fim de alcançar aqueles cuja consciência era excessivamente rígida (e, portanto, mais fraca que a dele). Como observa um comentarista, Paulo "recusava-se a permitir que suas próprias liberdades impedissem outros de seguir os caminhos de Cristo".[1] Ao fazê-lo, "ele evitava tornar-se antinomista e cuidava para não transgredir os eternos princípios morais de Deus".[2]

Tanto no contexto dessa passagem quanto no de outros ensinamentos do apóstolo, fica inequivocamente claro que Paulo jamais sancionaria o uso de conduta (1Tessalonicenses 4:3-7), imagens (Filipenses 4:8), humor (Efésios 5:3-5) ou discursos carnais (Colossenses 3:8; Tito 2:6-8) a fim de construir pontes para alcançar os perdidos. Ao lado de outros autores do Novo Testamento (Tiago 1:27; 4:4; 2Pedro 1:4; 2:20; 1João 2:15-17), Paulo constantemente exortava seus ouvintes a não aceitar a corrupção da cultura, mas, antes, a se distanciar dela (por exemplo, Romanos 8:13; 1Coríntios 6:9,18; Gálatas 5:19,20; Colossenses 3:5; 2Timóteo 2:22; Tito 2:12). Paulo defendia a abnegação, não a autoindulgência.

Ele explicou isso claramente em 1Coríntios 9:19: "Embora seja livre de todos, fiz-me escravo de todos, para ganhar o maior número possível de pessoas". Ele faria absolutamente qualquer sacrifício necessário a fim de ganhar pessoas para Cristo.

Os coríntios não sabiam ao certo se o cristão era livre para fazer o que acreditava ter liberdade para fazer, e Paulo disse que não. Eles talvez tivessem liberdade para fazer algumas coisas discutíveis, mas, com isto, arriscariam fazer outros tropeçar. Então, Paulo disse simplesmente que o evangelista deve limitar sua liberdade por causa do amor às pessoas.

De fato, 1Coríntios 9:19-22 é um exemplo do quanto Paulo sacrificou sua liberdade cristã para alcançar aqueles que não a haviam experimentado. Grande parte do capítulo mostra exemplos específicos de Paulo limitando sua liberdade. Ele tinha o direito de casar, mas abriu mão disto (1Coríntios 9:5). Tinha o direito de ser pago pelas igrejas, mas continuou trabalhando para sustentar o próprio ministério (1Coríntios 9:6-16). Na verdade, no capítulo 8, o apóstolo disse que o cristão tem liberdade até mesmo para comer carne oferecida aos ídolos, mas que muitas vezes é uma atitude sábia abster-se disto (1Coríntios 8:4-5).

Paulo era livre para fazer o que quisesse, mas tornou-se escravo de todos para ganhá-los. Por meio de algo que pode ser descrito como sacrifício premeditado, ele decidiu abandonar sua liberdade a fim de ganhar outros para Cristo. A lição a ser aprendida não é que devemos nos tornar iguais às pessoas do mundo fazendo o que elas fazem, mas que devemos limitar nossa liberdade de modo a evitar que elas sejam desnecessariamente dissuadidas de seguir Jesus.

Tal entendimento do evangelismo não é popular porque envolve abnegação. Isto não seria um problema se fôssemos chamados a abster-nos de coisas que não desejamos. Contudo, Paulo está pedindo aos cristãos que limitem sua liberdade, que exerçam abnegação e que estejam dispostos a abandonar sua liberdade por causa do evangelho.

O apóstolo tornou-se voluntariamente um escravo de todos (ἐδούλωσα edoulōsa [v. 19]).[3] Isto pode soar paradoxal. Afinal, se ele estava "livre de todos os homens", como poderia ser um escravo novamente? Uma ilustração deste paradoxo vem de Êxodo 21:1-6, passagem em que Moisés transmite regulamentos a respeito da escravidão em Israel. Após seis anos de serviço, o escravo hebreu seria liberto de seu mestre e teria o direito de seguir seu próprio caminho. Todavia, também teria o direito de voltar e dizer: "Não quero ser liberto. Eu amo você, e meu serviço é muito mais um ato de amor do que um ato de obediência. Posso ficar?" Se o escravo permanecesse, o mestre o levaria até a entrada, colocaria sua orelha contra a porta e a furaria. Este buraco visível era um sinal a todos de que aquele indivíduo servia por amor. Em outras palavras, ele seria escravo por vontade própria, não por obrigação. Ele tinha sua liberdade, mas a rejeitava pela alegria de continuar sendo escravo.

Os cristãos também têm um furo na orelha, espiritualmente falando. Eles têm liberdade para viver como quiserem, mas escolhem tornar-se escravos dos não salvos para que possam ganhar alguns deles para Cristo. Mais uma vez, isto não significa que os cristãos viverão como os incrédulos, mas que se absterão de fazer coisas ofensivas aos incrédulos. Trata-se de abrir mão da liberdade para proteger o evangelho.

Esse princípio não é exclusivo de Paulo. Foi Jesus quem o ensinou: "Quem quiser ser o primeiro deverá ser escravo de todos" (Marcos 10:44). É exatamente isto o que Jesus era, como se lê no versículo seguinte: "Pois nem mesmo o Filho do homem veio para ser servido, mas para servir e dar a sua vida em resgate por muitos" (v. 45). Paulo aplicou este princípio à própria vida, tornando-se escravo de todas as pessoas com quem tinha contato.

Mas por que ele faria isso? Ele vivia desse modo a fim de ganhar mais pessoas para Cristo. Paulo escreveu:

> Lembre-se de Jesus Cristo, ressuscitado dos mortos, descendente de Davi, conforme o meu evangelho, pelo qual sofro a ponto de estar preso como criminoso; contudo a palavra de Deus não está presa. Por isso, tudo suporto por causa dos eleitos, para que também eles alcancem a salvação que está em Cristo Jesus, com glória eterna. (2Timóteo 2:8-10)

Paulo era aprisionado regularmente ao fazer sacrifícios que pudessem ganhar ouvintes ao evangelho.

Começando no versículo 20 de 1Coríntios 9, Paulo fez algumas ilustrações práticas dessa postura e mostrou como elas se aplicam ao evangelismo. Ele lembrou os coríntios de que havia se adaptado aos costumes dos judeus para ganhá-los. Qualquer coisa que a lei cerimonial ditasse, Paulo fazia. Se fosse importante comer determinada refeição de determinada maneira, ele o fazia. Se fosse importante guardar determinado dia de determinada forma, ele o fazia. Se fosse importante seguir determinado costume, ele também o fazia. Por quê? Para que eles ouvissem o evangelho.

Paulo não estava dizendo que os cristãos deveriam conquistar pessoas para Cristo acomodando-se à falsa religião delas, mas que ganhariam o direito de falar a verdade abrindo mão de liberdades e, assim, evitariam ofensas em questões de costume e de tradição. Se o cristão ofende desnecessariamente alguém, ele pode perder o direito de ser ouvido.

Abrir mão para ganhar em Atos 15

O princípio não se originou com Paulo, mas com os apóstolos em Atos 15. O concílio de Jerusalém estava reunido para decidir o que fazer com os convertidos gentios, pois havia alguns novos convertidos que ainda mantinham a tradição judaica e queriam que os cristãos gentios se tornassem judeus em seus costumes. Ao discutir o assunto, o concílio optou por não incomodar os gentios que haviam se voltado para Deus exigindo que vivessem de acordo com os regulamentos judaicos (Atos 15:19).

Eles agora eram salvos. Tinham se voltado para Deus e recebido o Espírito Santo. Logo, nada mais havia a ser alcançado por meio de cerimônias. Contudo, os apóstolos prosseguiram dizendo: "Devemos escrever a eles, dizendo-lhes que se abstenham" das coisas que ofendem os judeus

(Atos 15:20). Esta é uma questão sutil, mas com profundas implicações. A maneira como os cristãos gentios aplicavam este princípio não era participando de cerimônias, mas abstendo-se de certas liberdades. Eles não deveriam viver como judeus para conquistar judeus. Eles deveriam abster-se de escandalizar judeus para conquistar judeus. Eles deveriam limitar sua liberdade por causa do evangelho. Isto é abrir mão para ganhar.

Em primeiro lugar, eles deveriam abster-se das coisas contaminadas por ídolos (Atos 15:20). Isto significava que deveriam ficar longe da carne oferecida aos ídolos. Esta carne era não apenas um obstáculo para os convertidos gentios, como também ofensiva para o povo judeu (1Coríntios 8:4-7). Este é um exemplo óbvio de liberdade. Uma vez que "o ídolo não significa nada" (v. 4), comer o alimento oferecido ao ídolo é, portanto, um ato completamente indiferente (1Coríntios 8:4,7). Apesar disso, os apóstolos pediam aos cristãos gentios que abrissem mão desta liberdade porque os judeus desprezavam a idolatria pagã e acreditavam que comer carne sacrificada a ídolos era errado e motivo de escândalo. Assim, o objetivo era evitar ofender tanto os novos cristãos gentios quanto os incrédulos judeus.

Em segundo lugar, eles deveriam permanecer longe da fornicação. A maioria das pessoas talvez pense que isto é óbvio, mas, neste contexto, a fornicação tem um significado amplo. Ela se refere a qualquer tipo de pecado sexual, e a adoração pagã gentílica estava geralmente associada ao pecado sexual. Os apóstolos não queriam que os cristãos gentios tivessem relação alguma com as oferendas idólatras ou com os cultos gentílicos onde estes pecados ocorriam.

O concílio de Jerusalém também aconselhou os cristãos gentios a evitar carne abatida por estrangulamento. Os gentios costumavam matar os animais desta maneira, mas os judeus o faziam por degola – a lei judaica proibia a ingestão de animais cujo sangue não tivesse sido drenado.

Em terceiro lugar, por causa dos judeus, eles deveriam ficar longe de sangue. Esta seria a mais difícil de todas as solicitações, porque muitas cerimônias gentílicas incluíam beber sangue. Por que, afinal, eles impuseram tais restrições aos cristãos? A razão dada foi: "Pois, desde os tempos antigos, Moisés é pregado em todas as cidades, sendo lido nas sinagogas todos os sábados" (Atos 15:21). Em outras palavras, havia fortes comunidades judaicas nas cidades gentílicas. Se os judeus vissem os cristãos fazendo coisas que lhes eram profundamente ofensivas (embora neutras para os gentios), ficaria solidificado em sua mente que o cristianismo não era para eles. Para os gentios, abrir mão destas liberdades custaria apenas sua preferência, mas, se insistissem em exercê-las, os judeus se recusariam a ouvir a pregação do evangelho. Eles deveriam evitá-las de modo a não perder a oportunidade de obter ouvintes para o evangelho.

Abrir mão para ganhar em 1Coríntios 9

Talvez Paulo tenha aprendido a lição sobre abrir mão de liberdades em prol do evangelho com o concílio de Jerusalém, narrado em Atos 15. Independentemente de onde tenha aprendido, ele viveu segundo este princípio e queria que os coríntios fizessem o mesmo. Em 1Coríntios 9, ele disse que viera para "os que estão debaixo da lei [...] como se estivesse sujeito à lei" (v. 20). Em outras palavras, quando estava com pessoas que se colocavam debaixo da lei (os judeus), embora já não estivesse sob a lei, o apóstolo seguia alguns de seus costumes.

Paulo não estava comprometendo a verdade. Ele estava seguindo certas práticas de natureza cerimonial que eram indiferentes a Deus, da mesma forma que carne oferecida aos ídolos era indiferente. O apóstolo fazia isso para conseguir adentrar no coração e na mente dos judeus e, assim, levar o evangelho a eles.

Um exemplo disso era o sábado. Paulo escreveu:

> Há quem considere um dia mais sagrado que outro; há quem considere iguais todos os dias. Cada um deve estar plenamente convicto em sua própria mente. Aquele que considera um dia como especial, para o Senhor assim o faz. Aquele que come carne, come para o Senhor, pois dá graças a Deus; e aquele que se abstém, para o Senhor se abstém, e dá graças a Deus. (Romanos 14:5-6)

Algumas pessoas pensavam que as leis judaicas alimentares eram importantes, outras discordavam. Algumas achavam que o sábado ainda deveria ser observado; outras, não.[4] A ênfase de Paulo era que, em última análise, isto não deveria ser um problema. Não é uma questão de certo ou errado; e, se o cristão pode aceitar a preferência de outros para ganhar ouvintes ao evangelho, então, como Paulo dizia, o amor triunfa sobre a liberdade.

A limitação da liberdade não era apenas por causa dos judeus. Também havia casos em que, por causa dos gentios, Paulo abstinha-se da liberdade que tinha em Cristo. Ele escreveu: "Para os que estão sem lei, tornei-me como sem lei (embora não esteja livre da lei de Deus, mas sim sob a lei de Cristo), a fim de ganhar os que não têm a lei" (1Coríntios 9:21). Quando estava com os gentios, Paulo preferia não fazer coisas que pudessem ofendê-los. Ele provavelmente evitava algumas observâncias judaicas que, em outras circunstâncias, teria guardado. Por exemplo, quando esteve em Jerusalém, o apóstolo seguiu os costumes judaicos, mas, quando foi a Antioquia, comeu com os gentios do jeito deles (Gálatas 2:1-14).

Há um terceiro grupo que também exigia a limitação da liberdade: "Para com os fracos tornei-me fraco, para ganhar os fracos" (1Coríntios 9:22a). Os fracos eram cristãos excessivamente escrupulosos, imaturos na fé. Eram cristãos bebês que não entendiam sua liberdade em Cristo. Por exemplo, na comunidade judaica, havia cristãos novos que ainda queriam guardar o sábado, frequentar o templo, manter alguma ligação com os rabinos e dar continuidade a certos costumes e festas em casa. Eles não haviam entendido sua liberdade. Entre os gentios, havia indivíduos salvos da idolatria que não queriam relação alguma com carne oferecida aos ídolos nem com atividades na comunidade que estivessem, de alguma forma, relacionadas a deuses pagãos.

Esses crentes novos logo se tornaram um grupo de cristãos ultrassensíveis e legalistas. Quando estava com eles, Paulo comportava-se da mesma maneira: ele não se tornava legalista, mas deixava de lado suas liberdades a fim de evitar conflitos desnecessários. Ele era sensível às pessoas que se ofendiam com facilidade para, assim, ganhar os fracos fortalecendo a posição deles em Cristo.

Assim, para o judeu, Paulo era como judeu, e, para o gentio, Paulo agia como gentio. Para o irmão fraco, Paulo era como um irmão fraco. Ele declarou a razão pela qual fez tudo isso: "Tornei-me tudo para com todos, para de alguma forma salvar alguns" (1Coríntios 9:22). Estaria Paulo apenas fazendo concessões? Não; há uma grande diferença entre fazer concessões e limitar a liberdade. A diferença aqui é entre o que é opcional e o que não é opcional. Limitar uma liberdade é colocar-se no nível de alguém e deixar de lado uma ação opcional. Fazer concessões é deixar de lado a verdade ou aceitar falsos ensinamentos.

Paulo não era um homem que tentava agradar (Gálatas 1:10). Ele não alterava a mensagem para torná-la mais palatável. Se o indivíduo sendo evangelizado por Paulo fosse ofendido pela cruz ou pelas verdades da Escritura, isto não o preocupava. Todavia, se alguém fosse ofendido pelo comportamento de um cristão (especialmente por um comportamento não obrigatório), isto passava a ser problema de Paulo. É por isso que o evangelista fiel segue o modelo do apóstolo e abre mão da liberdade a fim de ganhar ouvintes.

É preciso notar que o princípio de Paulo – de abrir mão para ganhar – aplica-se a situações culturais e não a verdades proposicionais. Ele agia de uma forma com os judeus, de outra com os gentios e de outra com os cristãos mais vulneráveis. Isto não era hipocrisia, visto que seus motivos derivavam de um coração puro e amoroso. Também não era descuido, pois as mudanças não estavam relacionadas a verdades bíblicas, mas a questões culturais.

O público deve afetar a mensagem?

A pergunta que surge é como a cultura deve afetar a mensagem. O evangelista deve alterar a mensagem adaptando-a para o grupo com o qual está falando? Ao dedicar todos os esforços para apresentar a mensagem com excelência e eficácia ao mundo ao nosso redor, devemos ter o cuidado de fazê-lo de uma forma que seja fiel ao evangelho bíblico e permaneça dentro dos limites bíblicos da propriedade moral. "Relevância" não é desculpa para diluir o evangelho em uma tentativa de alcançar os que estão fora da igreja. Tampouco a "contextualização" é uma justificativa válida para tolerar condutas ou discursos pecaminosos a fim de nos identificarmos com certas culturas ou subculturas. Mesmo em alguns círculos reformados,[5] tornou-se comum ostentar as liberdades cristãs, enfatizar o humor grosseiro e alardear temas sexuais, tudo em nome de alcançar os perdidos.

Essa mentalidade é tão perigosa no sentido espiritual quanto, em última instância, ineficaz. Nunca devemos fazer os demais serem tentados a pecar, não importa a cultura ou o contexto. Diluir ou distorcer o evangelho é pregar outro evangelho (Gálatas 1:6-8). Utilizar métodos carnais para alcançar os perdidos é uma atitude autodestrutiva que traz vergonha ao nome puro do Salvador que proclamamos (2Coríntios 10:3-5; 1Timóteo 3:7; 4:12; Tito 2:8). O evangelismo cristão não tem relação com inteligência (1Coríntios 1:17), mas com fidelidade, à medida que expomos a cultura a nosso redor à verdade imutável de Cristo (Efésios 5:6-14). A ordem para "ser santo" aplica-se a todos os esforços evangelísticos (1Pedro 1:15).

Como, então, o público deve afetar nossa mensagem? O exemplo do apóstolo Paulo é particularmente instrutivo nesse sentido. Dois de seus maiores sermões foram de natureza apologética. Em um deles, direcionado aos filósofos gentios na Colina de Marte, em Atos 17, o apóstolo começou apontando para a criação (v. 22-29). No outro, em Atos 26, direcionado ao rei Agripa, um homem familiarizado com a fé judaica, Paulo começou com as promessas do Antigo Testamento (v. 7-8) e seu próprio testemunho pessoal (v. 8-23). Embora os pontos de partida tenham sido diferentes para os dois públicos, a essência da mensagem era idêntica. Em ambos os casos, ele logo passou a falar sobre Cristo (17:31; 26:15), a ressurreição (17:31; 26:23) e a necessidade dos homens de se arrepender (17:30; 26:20). Embora o contexto do apóstolo tenha mudado, a mensagem do evangelho não mudou. Podemos também apontar que Paulo não fez uso de artifícios teatrais para estabelecer pontos em comum com o público. Ele tampouco recorreu a um comportamento escandaloso a fim de prender a atenção. Em vez disso, explicou com clareza, precisão e reverência a verdade de modo apropriado a cada um dos públicos. Nenhuma outra "contextualização" foi necessária.

Papel do autocontrole

O tipo de abnegação do evangelista, exemplificado por Paulo, sempre envolverá autocontrole. Paulo explica que, se alguém realmente quiser limitar sua liberdade, isto exigirá disciplina. O evangelista terá de renunciar a algumas liberdades das quais, em outra situação, não gostaria de abrir mão, e viver de modo a ser limitado pelos desejos dos outros. Isto não é fácil, e foi por esta razão que Paulo empregou uma metáfora atlética para ilustrar a questão: "Vocês não sabem que dentre todos os que correm no estádio, apenas um ganha o prêmio? Corram de tal modo que alcancem o prêmio" (1Coríntios 9:24).

Os coríntios estavam familiarizados com essa imagem. Desde os dias de Alexandre, o Grande, o atletismo dominava a sociedade grega. Duas das competições atléticas mais famosas eram os Jogos Olímpicos e os Jogos Ístmicos, que aconteciam em Corinto a cada dois anos. Os coríntios entendiam que os competidores corriam para vencer. A fim de participar das finais, os atletas dos Jogos Ístmicos tinham de apresentar provas de treinamento extensivo e, nos últimos trinta dias antes do evento, todos tinham de estar na cidade e treinar diariamente no ginásio.[6] Somente quando todas estas condições eram cumpridas, eles podiam competir. Quando concluíam as competições, os atletas eram imortalizados, sendo a honra e o louvor mais elevados dados ao vencedor.

O que Paulo está dizendo é que o atleta tem liberdade de comer sobremesa, mas abre mão dela quando está treinando. Não seria errado comer de forma imprudente antes de correr, mas também não seria inteligente. O cristão tem o direito de comer alimento oferecido aos ídolos, mas não o faz para ganhar os judeus ou os cristãos mais vulneráveis.

Os coríntios estavam tão ocupados apegando-se a seus direitos, que começaram a perder o galardão. Em vez de alcançar o objetivo, que era ganhar almas, eles estavam correndo ao mesmo tempo em que se aferravam aos seus direitos. Como consequência, corriam o risco de ser desqualificados. Eles estavam maculando seu testemunho e indispondo seu campo missionário por liberdades irrelevantes.

Isso não é minimizar os sacrifícios que os evangelistas são obrigados a fazer. Pelo fato de o objetivo ser digno, o sacrifício exigido é imenso. Isto não acontece só com o evangelismo. É impossível haver sucesso acadêmico, espiritual ou atlético sem disciplina e abnegação proporcionais à grandeza do objetivo. A ênfase de Paulo é que as pessoas não podem obter sucesso em aspecto algum a menos que paguem um alto preço, e o objetivo do evangelismo certamente vale o sacrifício.

Devemos ser capazes de eliminar qualquer coisa em nossa vida que nos esteja impedindo de alcançar pessoas com o evangelho. Os atletas recusam muitos prazeres lícitos a fim competir, e esta escolha é com vistas a um prêmio efêmero (1Coríntios 9:25). Quanto mais dignos são os sacrifícios que os cristãos fazem a fim de ganhar outros para Jesus?

Uma vez que compreendermos que a vida será cheia de sacrifícios por causa do evangelismo, nosso alvo ficará claro, e nossa vontade, fortalecida. Isto produz confiança e clareza. É por isso que Paulo declarou: "Não corro como quem corre sem alvo" (1Coríntios 9:26). Um indivíduo sem objetivo não está competindo, e esta ausência de meta não requer esforço algum. No entanto, o cristão maduro conhece seu objetivo e corre com confiança e clareza.

Os atletas têm resistência mental e disciplina física. Eles estão no controle de seus desejos e desejam vencer. Paulo evangelizava de maneira semelhante. Ele sabia qual era seu objetivo e estava disposto a fazer os sacrifícios necessários para chegar lá; então, submetia seu corpo a disciplinas espirituais. Concupiscências do mundo, paixões, a carne – qualquer que fosse a batalha espiritual capaz de roubar-lhe a coroa –, ele subjugava estes desejos para que pudesse ser escravo dos não salvos.

Por que alguém deveria submeter o corpo e a vontade a tão rigorosa disciplina? A resposta de Paulo é: "Para que, depois de ter pregado aos outros, eu mesmo não venha a ser reprovado" (1Coríntios 9:27). Esta é uma metáfora proveniente dos Jogos Ístmicos. Quando eles começavam, um arauto saía e uma trombeta era tocada a fim de chamar a atenção de todos. Então, o arauto anunciava o evento, apresentava os competidores e definia as regras. O atleta que violasse qualquer uma das regras era imediatamente desqualificado.[7] Paulo era o arauto nesta analogia, proclamando o evangelho a outros. Quão humilhante seria se o arauto fosse desqualificado? Paulo temia desqualificar-se caso não abrisse mão das liberdades a fim de alcançar outros.

Há uma tendência moderna de usar 1Coríntios 9 para justificar indulgências culturais ultrajantes em nome de "tornar-se todas as coisas para todos" (ver v. 22). Como já foi dito, isso não poderia estar mais longe do argumento de Paulo. Ele descreveu os evangelistas como indivíduos prontos a desistir de liberdades, não a explorá-las. Os atletas não comem cachorro-quente para identificar-se com os admiradores, e os cristãos não são indulgentes com a carne para misturar-se com o mundo. Eles exercem o autocontrole por causa do testemunho do evangelho.

Infelizmente, há muitos no serviço cristão que começaram a servir ao Senhor, mas que não subjugaram a carne e foram desqualificados. Os coríntios imprudentes e indisciplinados achavam que podiam entregar-se a suas liberdades enquanto o apóstolo dedicado levava uma vida de abnegação e autocontrole com o objetivo de inculcar o evangelho no coração dos demais. Paulo corrigiu-os, chamando-os a abandonar sua liberdade em amor, pelo bem dos outros. Esse é um modelo de como devemos viver.

Evangelistas eficazes não surgem do nada. Eles são os que fazem os sacrifícios necessários para ser instrumentos de Deus.

7

Evangelismo nas mãos de pecadores: Lições do livro de Atos

John MacArthur

O livro de Atos não somente mostra o nascimento da Igreja, como também descreve o evangelismo na Igreja primitiva. Contrária à noção moderna de que a Igreja deve esforçar-se para deixar os incrédulos confortáveis, a Igreja em Atos enfatizava a pureza. De fato, a maior ameaça à evangelização na Igreja primitiva não foi a perseguição, mas a tolerância ao pecado. Ainda que o primeiro pecado registrado na Igreja (a hipocrisia de Ananias) tenha afastado temporariamente os incrédulos, o Senhor usou-o para trazer a Igreja de volta ao seu foco: o evangelismo fundamentado em um testemunho de santidade, estimulado pela perseguição.

O Novo Testamento apresenta um simples truísmo: quem ama Jesus Cristo importa-se com o evangelismo. Os cristãos são chamados a transmitir continuamente o evangelho ao mundo. Quando ascendeu ao céu, Jesus deixou os discípulos em Jerusalém. Sua obra salvífica na cruz estava completa, e o castigo pelo pecado estava pago. No entanto, ainda havia trabalho a ser feito, e os discípulos foram deixados na terra para isto. Jesus comissionou seus seguidores a sair pelo mundo pregando o evangelho a toda criatura e ser testemunhas não apenas em Jerusalém, mas até aos confins da terra.

Haveria muita oposição. Os líderes judeus, embora frustrados pela ressurreição de Jesus, iriam opor-se ao cristianismo. Os apóstolos seriam presos; Estêvão e Tiago, martirizados; e os convertidos, condenados ao ostracismo. Além disso, os gentios tratariam a mensagem como loucura, e os cristãos seriam relegados à segunda classe da sociedade.

O fato é que nenhum desses obstáculos barrou o evangelismo. Pelo contrário, quanto mais oposição havia, mais o evangelho se espalhava. No entanto, havia e ainda há um perigo forte o bastante para, de fato, restringir o evangelismo: o pecado tolerado dentro da Igreja.

O livro de Atos descreve uma das revoluções culturais mais notáveis da história. Jesus deixou seu grupo misto de seguidores perplexo e confuso, olhando para o céu. Ele lhes deu algo que só poderia ser definido como uma tarefa impossível: levar as novas de sua morte e ressurreição a todo o mundo. Não obstante, ao fim do livro de Atos, este grupo inicial havia sido transformado e expandido. Igrejas foram estabelecidas na Etiópia, em Roma, na Ásia e por todo lugar entre estas regiões. No final do capítulo 2 de Atos, a Igreja reunia-se no pórtico de Salomão, fora do templo. O centro da oposição a Cristo tornou-se um local de ajuntamento para milhares de cristãos.

É por isso que nenhum livro nas Escrituras ilustra o poder do evangelismo com tanta clareza quanto o livro de Atos. Quando o Espírito Santo inaugurou a Igreja e deu poder aos discípulos, seus membros foram transformados em poderosos pregadores, evangelistas e mesmo mártires. Enquanto davam a vida pela nova Igreja, ela crescia e florescia. Ao fim de Atos 1, havia 120 seguidores de Jesus. Já ao fim do capítulo 2, a Igreja somara 3 mil convertidos em um único dia, e seu crescimento tinha apenas começado. Mais pessoas eram salvas a cada dia (Atos 2:47).

A primeira oposição ao crescimento veio de fora. Os líderes judeus não olhavam favoravelmente para os cristãos. Eles já haviam tomado medidas extraordinárias para eliminar Jesus e seus ensinamentos, e agora os ajuntamentos públicos da Igreja mostravam claramente que seus esforços tinham fracassado. Eles retaliaram prendendo e espancando alguns dos apóstolos, com a esperança de silenciá-los. Mas, apesar dos ataques, a Igreja continuou crescendo. A perseguição fez apenas com que o testemunho dos apóstolos fosse mais poderoso e com que o evangelismo fosse promovido – ela não o oprimiu.

O poder do pecado para frear o evangelismo

Se a perseguição externa à Igreja impulsionou o evangelismo, Atos 5 descreve o efeito oposto: o pecado dentro da Igreja teve o poder de destruí-lo.

A liderança da Igreja havia acabado de enfrentar prisões, espancamentos e proibições, e nada disso havia desacelerado o movimento. Porém, no momento em que o pecado entrou ali, o Senhor voltou sua atenção para a realidade de que o maior perigo da Igreja não é a perseguição externa, mas a iniquidade interna.

A trágica história de Ananias e Safira (Atos 5:1-11) é bem conhecida. Os detalhes são claros: marido e esposa venderam suas terras com o propósito de doar os rendimentos à igreja e, assim, ajudar os pobres. Eles se comprometeram publicamente em dar toda a quantia aos apóstolos de modo voluntário, sem qualquer coerção. No entanto, quando a venda foi concretizada, guardaram metade do dinheiro para si. Diante da igreja, eles colocaram o dinheiro aos pés dos apóstolos, de forma dramática, declarando publicamente que haviam doado todo o produto da venda. Tratava-se de um orgulho mentiroso, disfarçado de humildade pecaminosa e egoísta. Pela primeira vez, o foco da Igreja mudou de evangelismo externo para hipocrisia interna.

A despeito da natureza pecaminosa dessa transação, ela, na verdade, começou bem. A Igreja estava cheia de compaixão, e os cristãos demonstravam o amor de Cristo cuidando uns dos outros. Este sacrifício abnegado preparou o caminho para o evangelismo. Além de amar-se mutuamente, eles sabiam que não poderiam dar testemunho eficaz de Cristo aos necessitados fora da Igreja se os necessitados dentro dela estivessem sendo ignorados.

Assim, a Igreja primitiva iniciou a prática de compartilhar sua riqueza como forma de suprir as necessidades dos membros. O resultado foi que, "da multidão dos que creram, uma era a mente e um o coração. Ninguém considerava unicamente sua coisa alguma que possuísse, mas compartilhavam tudo o que tinham" (Atos 4:32). Isso foi ilustrado de modo vívido pelo sacrifício de um homem chamado José, o qual vendeu sua casa e publicamente deu o dinheiro à Igreja para aliviar as necessidades de outros cristãos (Atos 4:36-37). Por causa de tal generosidade, "com grande poder os apóstolos continuavam a testemunhar da ressurreição do Senhor Jesus, e grandiosa graça estava sobre todos eles" (Atos 4:33). Os membros da Igreja eram generosos uns com os outros e, assim, seu evangelismo era particularmente poderoso.

Foi nesse contexto que Ananias vendeu um pedaço de sua propriedade e fingiu colocar todo o dinheiro aos pés dos apóstolos. Ele estava claramente imitando José, mas ao contrário deste, Ananias mentiu e reteve parte do lucro para si com pleno conhecimento da esposa. O pecado deles não foi deixar de dar tudo à Igreja. Deus nunca ordenara a ninguém que vendesse ou doasse todo o lucro de determinada venda. Ananias não recebera ordem de dar coisa alguma. O pecado foi o engano, enraizado no orgulho. Aquele homem queria que as pessoas pensassem que ele havia doado tudo.

Em uma única palavra, tal atitude foi hipocrisia. Havia um amor explosivo na Igreja primitiva, e as pessoas ofereciam não quantias insignificantes, mas o produto da venda de casas e terras. Alegria e devoção espiritual eram evidentes a todos, e Ananias e Safira queriam um pouco deste prestígio. Desejando beneficiar-se da oportunidade de ser admirados, eles desfilaram na frente da Igreja dando a entender que haviam doado tudo o que receberam pela venda de sua casa. Eles buscavam ganhar a fama de piedosos, abnegados e generosos. Queriam aplausos pelo sacrifício e, ao mesmo tempo, reter um pouco do dinheiro.

Uma vez que a perseguição, inspirada pelo maligno, claramente falhara (Atos 3), Satanás mudou sua abordagem. Em lugar de atacar a Igreja apenas exteriormente, ele a atacou por dentro. A hipocrisia tornou-se a arma escolhida por Satanás para corrompê-la. Uma vez que a Igreja estava crescendo, em grande parte, por causa da forma como os cristãos atendiam suas necessidades mútuas, Satanás entrou em cena para deturpar este comportamento sacrificial.

As ações de Ananias são o primeiro pecado que a Bíblia narra na vida da Igreja. O primeiro ataque demoníaco interno à Igreja de Jesus Cristo foi a hipocrisia – o uso da religião para inflar o ego em vez de servir a Igreja. As coisas não mudaram muito nos últimos 2 mil anos. Até hoje, esta é a principal arma de Satanás contra o evangelho. Ela é a melhor maneira de extinguir a chama do evangelismo. Deus odeia toda forma de pecado, mas nenhum pecado é tão feio como aquele que tenta pintar o orgulho de modo a fazê-lo parecer beleza espiritual. Quando tais pessoas entram na igreja, elas a corrompem. Quando entram na liderança da igreja, podem até mesmo matá-la.

Exposição do pecado

Como esperaríamos de um Deus que odeia o pecado, o engano da hipocrisia de Ananias deu lugar à percepção espiritual da liderança de Pedro (Atos 5:3). Pedro, que só poderia ter conhecido a verdade por trás das ações de Ananias por revelação direta de Deus, confrontou-o: "Ananias, por que Satanás encheu seu coração para mentir ao Espírito Santo?" Pedro reconheceu que Satanás estava por trás do pecado e que um ataque à Igreja de Jesus era também um ataque ao Espírito Santo.

Deus confirmou publicamente a verdade da acusação de Pedro ao fulminar Ananias. Palavras não são suficientes para descrever como isso deve ter sido chocante à Igreja primitiva. Os cristãos estavam obtendo uma vitória espiritual atrás da outra, e seu número havia subido, de 120 em Atos 1, para muitos milhares em Atos 5. O Senhor estava fortalecendo-os por meio da perseguição e abençoando seu evangelismo. Parecia que nada poderia interromper seu crescimento. Mas, então, Ananias caiu e expirou em frente a toda a congregação. Deus chocou a Igreja ao tirar-lhe a vida.

Lucas descreve as consequências desse julgamento com um eufemismo próprio de seu estilo: "Grande temor apoderou-se de todos os que ouviram o que tinha acontecido" (Atos 5:5). O medo foi além da congregação, alcançando aqueles que estavam fora da Igreja e ouviram a notícia. Se havia alguma ilusão quanto à natureza da Igreja cristã, ela fora aniquilada naquele momento. Seu propósito não era diversão e brincadeira, pois o Deus da Igreja é sério em relação ao pecado. Aquele não era exatamente o que se chamaria de um ambiente "amigável aos que buscam" e, com certeza, não era um ambiente amigável ao pecado. Há um único que "busca" de verdade na Igreja – o Senhor, que busca salvar – e Ele não é amigável à presença do pecado.

A mensagem que os cristãos devem enviar ao mundo não é a de que a Igreja tolera o pecado e os pecadores, mas que Deus odeia o pecado. Quando o mundo entende que Deus julgará o pecado, passa a estar preparado para compreender que ele também providenciou perdão completo por meio de sua graça. Esta é a mensagem do evangelho. O mundo precisa saber que o pecado mata, mas que Deus perdoa.

Uma vez que os judeus não praticavam o embalsamento, Ananias foi logo levado e sepultado. Três horas depois, sua esposa chegou, sem fazer ideia do que acabara de acontecer (Atos 5:7). Pedro perguntou-lhe se eles haviam vendido a terra pelo preço alegado pelo marido, e ela – talvez achando que aquele seria o momento de ser elogiada por sua generosidade – respondeu: "Sim, por tal preço" (v. 8).

"Pedro disse-lhe, 'Por que vocês entraram em acordo para testar o Espírito do Senhor? Veja! Estão à porta os pés dos que sepultaram seu marido, e eles a levarão também'" (v. 9). Então, ela imediatamente caiu morta a seus pés e expirou. Os moços entraram, e encontrando-a morta, levaram-na e a sepultaram ao lado do marido (Atos 5:10).

Deus não brinca de igreja. A morte de Safira é uma poderosa ilustração adicional de que Deus odeia o pecado de seus santos, por mais triviais que possam parecer. Os pecados dos cristãos são o aspecto mais hediondo da Igreja, pois permitem sutilmente que Satanás destrua sua credibilidade e sufoque o evangelismo. Se alguém entra e ensina uma doutrina falsa, isto é fácil de resolver. Se alguém entra e desconsidera a realidade da trindade ou ataca a pessoa de Jesus Cristo, é fácil combatê-lo porque estes erros são reconhecíveis. São os enganos sorrateiros que reinam no coração das pessoas o que se torna um câncer invisível na Igreja, até que sejam expostos e removidos.

Como o pecado foi exposto, o Senhor usou o acontecimento para voltar o foco da Igreja à sua tarefa de evangelismo. Após os sepultamentos, a igreja estava novamente reunida, e "todos os que creram costumavam reunir-se no Pórtico de Salomão" (Atos 5:12). Este é um contraste à situação de poucos momentos antes, quando o pecado causara desunião na igreja. Ananias e Safira haviam mentido ao Espírito Santo e contaminado a comunhão, mas Deus purificou a igreja ao extirpar os pecadores a fim de que o testemunho fosse restaurado.

Evangelismo enraizado em pureza

O evangelismo eficaz é capacitado por uma igreja pura. As pessoas talvez suponham que a igreja que lida seriamente com o pecado afasta os visitantes, não os atrai. Até certo ponto, isto é verdade. Lucas explica que, apesar de os apóstolos realizarem sinais e maravilhas publicamente, "ninguém ousava juntar-se a eles, embora o povo os tivesse em alto conceito"

(Atos 5:13). Os cristãos reuniam-se publicamente, e ninguém se juntava por impulso; as pessoas sabiam que não deveriam se tornar cristãs a menos que concordassem em ter a vida exposta. O mundo sabia que quem não fosse um cristão verdadeiro dentro da igreja corria o risco de ser fulminado por Deus, logo, aqueles que não estavam preparados para este tipo de compromisso não se uniam ao grupo.

A igreja que se recusa a lidar com o pecado, como tantas igrejas hoje em dia, torna-se um terreno fértil tanto para cristãos pecadores quanto para falsos convertidos. As pessoas fazem falsas profissões de fé e ficam livres para viver esta mentira, uma vez que não há exposição alguma de seu pecado. Disseram-me, inúmeras vezes, que igrejas que praticam a disciplina destroem o evangelismo e que pregar sobre santidade afasta as pessoas. O mantra do movimento "sensível ao visitante" é que os incrédulos devem sentir-se confortáveis na igreja; caso contrário, o evangelismo não obterá êxito. Todavia, na Igreja primitiva, as pessoas tinham conhecimento do espetáculo de Ananias e Safira, e duas vezes Lucas escreveu: "Grande temor apoderou-se de todos [...] que ouviram falar desses acontecimentos" (Atos 5:5,11). O mundo estava ciente de que a Igreja tratava o pecado, e as pessoas não se juntavam a menos que fossem sinceras em seu propósito. Havia uma barreira de curto prazo para os que estavam apenas curiosos.

Tal relutância, entretanto, não sufocou o evangelismo a longo prazo. A parte mais impressionante de toda a história é que, embora as mortes punitivas de Ananias e Safira tenham impedido os pecadores de se juntar à Igreja pelos motivos errados, o resultado final foi que, "em número cada vez maior, homens e mulheres criam no Senhor e lhes eram acrescentados" (Atos 5:14). O mundo sabia que a Igreja era pura, o mundo sabia que Deus tratava o pecado, e o mundo sabia que o pecado era exposto e julgado. Ele também sabia, entretanto, que o evangelho oferecia perdão para o pecado. Como resultado da pureza, a Igreja que leva o pecado a sério é eficaz em seu testemunho ao mundo.

A razão disso é que, com a pureza, vem o poder de Deus para alcançar os perdidos. Após o pecado ter sido tratado, Lucas escreve que "os apóstolos realizavam muitos sinais e maravilhas entre o povo" (Atos 5:12). A fim de confirmar seu evangelismo, eles realizavam milagres. Mais à frente, Lucas relata estes sinais:

> De modo que o povo também levava os doentes às ruas e os colocava em camas e macas, para que pelo menos a sombra de Pedro se projetasse sobre alguns, enquanto ele passava. Afluíam também multidões das cidades próximas a Jerusalém trazendo seus doentes e os que eram atormentados por espíritos imundos; e todos eram curados. (Atos 5:15-16)

As pessoas criam no poder do apóstolo e eram atraídas para a Igreja. Tal poder atraía-as porque a pureza da Igreja era consistente com sua mensagem. Deus se movia na Igreja. Ainda que os dons de cura e milagres de Pedro não sejam encontrados da mesma maneira hoje, o princípio de que Deus abençoa igrejas puras com poder evangelístico permanece verdadeiro.[1] Deus continua realizando milagres por meio de igrejas puras, e o mais poderoso de todos os milagres é o novo nascimento.

Evangelismo, pureza e perseguição

Inevitavelmente, uma igreja pura, ativa no evangelismo, atrairá a ira do sistema secular. Uma vez que o governante deste século é Satanás (João 14:30), qualquer um que foge do mundo buscando refúgio em Cristo torna-se inimigo do diabo e passa a enfrentar oposição do sistema.

O mundo opera por princípios de concupiscência, pecado e rebeldia de modo que, quando a Igreja começa a crescer, ela perturba este sistema. Quando pessoas são salvas, Satanás reage, e a perseguição começa. O mundo não gosta quando as igrejas causam interferências na cultura. Com seu testemunho de santidade, as igrejas puras confrontam os pecados cometidos na cultura. Ironicamente, a perseguição resulta no crescimento da Igreja. A igreja que tolera o pecado, entretanto, mina seu próprio evangelismo. Afinal de contas, por que o mundo perseguiria uma igreja que tolera o pecado amado pelo mundo?

Imediatamente após o tratamento de Ananias e Safira, houve um avivamento na igreja em Jerusalém. O resultado de sua pureza foi um testemunho maior, e o sistema secular reagiu atacando-a. Lucas registra que, a medida em que o evangelho avançava, o sumo sacerdote e os saduceus "ficaram cheios de inveja" (Atos 5:17).

Os saduceus eram líderes religiosos que colaboravam com os ocupantes romanos para manter a paz na Judeia. Embora fossem uma minoria pequena de judeus, eles eram ricos e influentes. Esses homens consideravam o cristianismo uma ameaça ao seu controle. Milhares e milhares de pessoas estavam proclamando o nome de Jesus Cristo, milagres de cura estavam sendo realizados, e ninguém podia negar que o poder de Deus estava agindo na igreja.

Em resposta, os saduceus encheram-se de raiva, prenderam os líderes da igreja e lançaram-nos na prisão (Atos 5:18). Mas Deus – como sempre – tornou o desígnio maligno de Satanás em bem. Ele enviou um anjo que "abriu as portas do cárcere, [e] levou-os para fora" (v. 19). O senso de humor de Deus é visto nesse tipo de milagre desafiador. Os saduceus tinham duas doutrinas teológicas que os diferenciavam: não acreditavam em ressurreição nem em anjos. Ironicamente, quando prenderam os discípulos por pregarem sobre a ressurreição, Deus enviou um anjo para libertá-los.

Uma vez mais, Deus usou a perseguição voltada a uma igreja pura a fim de encorajar o evangelismo. O anjo disse aos apóstolos: "Dirijam-se ao templo e relatem ao povo toda a mensagem desta vida" (Atos 5:20).

Jesus veio ao mundo para dar vida a pessoas espiritualmente mortas (João 5:21; Romanos 4:17). Por estarem mortas em seus pecados, elas são escravas dos princípios deste mundo. O evangelho que os discípulos declaravam mostrava-lhes como obter libertação do pecado e herdar a vida eterna.

É evidente que os saduceus não cederam; contudo, quando ficaram sabendo da fuga da prisão, os apóstolos já estavam novamente pregando no templo. Eles, então, os convocaram (mais uma vez) e os interrogaram. Pedro, sem se deixar desanimar pela noite na prisão, disse: "É preciso obedecer antes a Deus do que aos homens" (Atos 5:29).

Surpreendentemente, o apóstolo não considerou esta segunda prisão em 24 horas como um contratempo, mas como uma oportunidade a mais para pregar o evangelho. Ele disse aos líderes: "O Deus de nossos antepassados ressuscitou Jesus, a quem os senhores mataram, suspendendo-o num madeiro. Deus o exaltou, colocando-o à sua direita como Príncipe e Salvador, para dar a Israel arrependimento e perdão de pecados" (Atos

5:30-31). Observe que Pedro falou-lhes sobre a ressurreição – justamente o tema sobre o qual lhe fora proibido pregar.

Pedro não aceitava "não" como resposta quando se tratava de evangelismo. Ele não se intimidou com a rejeição dos líderes judeus ao evangelho, mas persistiu em proclamar as Boas-novas de Jesus Cristo. A perseguição não produziu timidez, mas persistência. Ele oferece, diz Pedro, "arrependimento e perdão de pecados" (Atos 5:31). Apesar da perseguição e das ameaças de espancamento e prisão, Pedro e os apóstolos ainda afirmavam com confiança: "Nós somos testemunhas destas coisas" (Atos 5:32).

Resultado de um testemunho puro

O testemunho de uma igreja pura, poderosa, perseguida e persistente produz convicção de pecado no coração dos ouvintes incrédulos. Isto não seria possível com Ananias e Safira ocupando a função de evangelistas. Alguém que está vivendo em pecado não tem credibilidade para chamar outros a fugir da ira vindoura e ser transformados em justos por Jesus Cristo.

No entanto, em Atos 5, após haver lidado com o pecado da hipocrisia, a igreja experimentou crescimento, perseguição e mais crescimento. Lucas registra como os saduceus reagiram à pregação do evangelho: ficaram "furiosos e queriam matá-los" (Atos 5:33). O testemunho de Deus terá um efeito semelhante sobre as pessoas. Hebreus 4:12 diz: "Pois a palavra de Deus é viva e eficaz, e mais afiada que qualquer espada de dois gumes; ela penetra ao ponto de dividir alma e espírito, juntas e medulas, e julga os pensamentos e intenções do coração". Ela é uma espada e lacera pessoas. Ela declarou a culpa dos líderes judeus, os quais reagiram com uma conspiração para matar os apóstolos.

Ao passo que o evangelismo de Pedro no templo produziu convertidos, seu evangelismo aos saduceus, não. A salvação não é garantida, mas a convicção da culpa, sim. Quando o evangelho é claramente proclamado e acompanhado pelo testemunho de uma igreja pura, as pessoas são confrontadas com a realidade do pecado em sua própria vida. É isto o que convicção de culpa significa. Quando as pessoas percebem que amam o pecado, elas ou se arrependem ou continuam vivendo nele e suprimindo sua convicção. O evangelho é, para alguns, aroma de "vida para vida" e, para outros, de "morte para morte" (2 Coríntios 2:16). Nem toda convicção conduz à salvação, mas a convicção é necessária para a salvação. E, a fim de produzir qualquer convicção, a mensagem deve ser respaldada por um testemunho puro.

A verdadeira convicção é mental, e não meramente emocional. Pedro não evangelizou contando histórias sentimentais que geravam tristeza superficial e culpa temporária. Esse tipo de convicção é raso e inútil. Em vez disso, Pedro pregou claramente sobre um Cristo que havia sido enviado por Deus para perdoar pecados – um Cristo a quem o povo crucificara. Ele disse, aos que evangelizou, que estavam vivendo em rebelião contra Deus e, então, ofereceu-lhes salvação se tão somente se arrependessem. Em lugar de arrepender-se, aqueles aos quais Pedro evangelizou ficaram enfurecidos com a exposição de seu pecado, indicando que a mensagem do evangelho havia produzido convicção.

Toda a narrativa de Ananias e Safira está entremeada com lições sobre evangelismo. Uma igreja que tolera o pecado corrompe seu próprio testemunho e torna o evangelismo ineficaz. Porém, quando o pecado é removido, a igreja é capacitada a pregar o evangelho com autoridade. A perseguição continuará, mas até isto contribuirá para difundir a mensagem do evangelho.

Embora tenham sido espancados, presos e ordenados a não falar no nome de Jesus, os apóstolos saíram alegres e testemunhando (Atos 5:41-42). Como Paulo, em Gálatas 6:17, eles levavam as marcas de Jesus no corpo. Aqueles golpes eram destinados a Jesus. Os apóstolos tomaram seu lugar, recebendo os golpes intentados contra ele.

Muitos cristãos veteranos de umas poucas escaramuças evangelísticas procuram uma quitação honrosa. Outros buscam aumentar o evangelismo projetando uma igreja que faça os incrédulos sentirem-se confortáveis e bem-vindos. Contudo, o padrão da Igreja primitiva fornece um modelo diferente. Seus membros amavam-se de modo sacrificial e recusavam-se a tolerar o pecado na comunhão. Além disso, enfrentavam com coragem, se necessário, a perseguição por causa do evangelho. Este é o tipo de igreja que continua a virar o mundo de cabeça para baixo (Atos 17:6).

Seção 2:

Evangelismo do púlpito

8

Escola dominical: O papel do evangelismo no culto

Rick Holland

O dever primário do pregador é chamar pessoas à fé no evangelho. O fato de que a humanidade é pecadora e que Deus é glorioso em sua provisão de salvação precisa ser central em todo sermão fundamentado na cruz. Como cristãos, rogamos às pessoas, em nome de Cristo, que se reconciliem com Deus. A falta de eficácia na aplicação das verdades do evangelho ao coração do pregador anula a pregação evangelística.

No aniversário de sua conversão, Charles Wesley escreveu o amado hino *Mil línguas eu quisera ter*. Esse é um de meus hinos favoritos, por causa da rica verdade do evangelho nele contida. O segundo verso diz: "Meu gracioso Mestre e meu Deus, ajude-me a proclamar, espalhar por toda a terra as honras de seu nome".

Se os pregadores tivessem o costume de ouvir música antes de pregar, assim como os atletas se aquecem para as competições, esse hino estaria na *playlist*. Que letra grandiosa – um apelo à assistência divina para proclamar as honras do nome de Deus por toda a terra. Nesses quatro versos, Wesley expressa sua dependência de Deus buscando seu poder para espalhar o evangelho para a honra de Deus a pessoas que não o conhecem. Quer expresso de forma escrita ou não, isso deveria fazer parte da declaração da missão de toda igreja. Isso é evangelismo.

Qual é o papel desempenhado pelo evangelismo no culto dominical? Pergunte à maioria dos pregadores, e eles provavelmente responderão: "É muito importante!" No entanto, um exame mais minucioso da prática talvez não reflita essa mesma convicção. Para aqueles comprometidos com a pregação expositiva, especialmente a exposição consecutiva, há uma armadilha na pregação do evangelho.

Todo aquele que se preocupa com a salvação de almas deve preocupar-se com a pregação evangelística. Não me refiro tanto aos sermões evangelísticos – isto é, sermões que são, do começo ao fim, uma explanação e um apelo aos incrédulos para que se arrependam e creiam no evangelho – mas a pregações que sempre revelam a ligação da passagem ou do tópico com o evangelho. Os pregadores devem, certamente, pregar sermões evangelísticos. Contudo, minha sugestão é que toda pregação deve ter uma nota evangelística em sua melodia.

A história da Igreja ensina-nos a seguinte lição: onde o evangelho é pregado com frequência, pessoas são convertidas, comunidades são transformadas e nações são abaladas. O poder onipotente de Deus reside nas Boas-novas de que Jesus é Senhor e Salvador (Romanos 1:16; 1Coríntios 1:18,24). Da mesma forma, ao redor de púlpitos que se afastaram de um testemunho fiel do evangelho na história, encontramos igrejas morrendo e sociedades em declínio.

O evangelismo é responsabilidade e privilégio de todo cristão. Todavia, os pregadores têm uma responsabilidade maior na missão de evangelizar. Basta procurarmos a palavra *pregar* (κηρύσσω kēryssō) no Novo Testamento para constatar que, com muita frequência, ela se refere a um evento público evangelístico.[1] Na verdade, o que passamos a conhecer como pregação assemelha-se mais à descrição neotestamentária de ensino e exortação (1Timóteo 4:13). Pregadores fiéis devem ser não apenas expositores da Escritura Sagrada, mas também evangelistas.

Uma vez que Deus dotou alguns de forma especial para o evangelismo (Atos 21:8; Efésios 4:11-13), os pregadores logo pensam que esta é uma tarefa para especialistas. No entanto, Paulo instruiu Timóteo a fazer "a obra de um evangelista" (2Timóteo 4:5). Isto é bem diferente de dizer: "Torne-se um evangelista talentoso". A tarefa de evangelizar não deve ser confundida com o dom de evangelizar.[2] Para o pastor, o evangelismo é uma ordem a ser obedecida, um trabalho a ser feito, uma responsabilidade a ser cumprida e uma alegria a ser desfrutada. O evangelismo deveria não apenas ocupar um lugar à mesa aos domingos, mas sentar-se à cabeceira.

Evangelismo e pregação

Quando compreendida e ministrada de modo apropriado, a pregação simplesmente não tem como deixar de ser evangelística em tom e natureza. Pregação cristã é a proclamação de Jesus, e ela inerentemente lembra as pessoas de que Jesus é o único que pode salvar do pecado. Ele é o que integra o evangelismo a toda a nossa pregação. Pregar sobre Jesus é ser evangelístico, e ser evangelístico é pregar sobre Jesus.

Paulo fornece sua descrição mais definitiva da própria pregação em 1Coríntios 2:1-5. O apóstolo havia sido criticado por seu estilo de pregar e sua lógica insensata. Sua réplica, em cinco versículos, mostra que a pessoa de Jesus era a centralidade integrante de sua proclamação:

> Eu mesmo, irmãos, quando estive entre vocês, não fui com discurso eloquente nem com muita sabedoria para lhes proclamar o mistério de Deus. Pois decidi nada saber entre vocês, a não ser Jesus Cristo, e este, crucificado. E foi com fraqueza, temor e com muito tremor que estive entre vocês. Minha mensagem e minha pregação não consistiram de palavras persuasivas de sabedoria, mas consistiram de demonstração do poder do Espírito, para que a fé que vocês têm não se baseasse na sabedoria humana, mas no poder de Deus.

Isso não significa que Paulo pregava apenas sermões sobre a vida e a crucificação de Jesus nem que se limitava a fazer exposições dos quatro evangelhos. Qualquer leitura das cartas de Paulo logo mostra que ele pregava e fornecia instrução sobre todo o espectro do viver cristão. Contudo, todo assunto abordado era ancorado em Cristo e na verdade do evangelho. D. A. Carson explica que Paulo "não consegue falar muito sobre a alegria cristã, a ética cristã, a comunhão cristã, a doutrina cristã de Deus ou qualquer outra coisa sem associá-las à cruz".[3]

J. C. Ryle estende a centralidade de Cristo para a Bíblia toda, além de Paulo:

> Peço que todo leitor [...] se pergunte, com frequência, o que a Bíblia significa para ele. Ela é apenas um livro onde

> você nada mais encontra do que princípios de boa moral e conselhos sóbrios? Ou é um livro onde "Cristo é tudo"? Caso não seja, digo-lhe com franqueza que, até aqui, você deu à Bíblia pouca utilidade. Você é como um homem que estuda o sistema solar e deixa o sol de fora, o centro de tudo. Não admira que considere a Bíblia um livro monótono![4]

Ainda mais importante, John Jennings desafia:

> Deixemos Cristo ser o assunto de nossa pregação. Mostremos a dignidade e a amabilidade de sua pessoa como "Deus manifesto na carne"; desvelemos seu serviço medianeiro, a ocasião, o propósito e o significado de seu grande empreendimento; lembremos nossos ouvintes das particularidades de sua encarnação, vida, morte, ressurreição, ascensão e intercessão; apresentemos suas características de profeta, sacerdote e rei, de pastor, capitão, advogado e juiz. Demonstremos a suficiência de sua satisfação, o teor e a excelência da aliança confirmada com ele e por ele, nossa justificação por sua retidão, a adoção por meio de nossa relação com ele, a santificação pelo seu espírito, nossa união com ele como nosso cabeça e nosso salvo-conduto pela sua providência; [mostremos] como perdão, graça e glória advêm para o eleito por meio de sua fiança e seu sacrifício e como estes são dispensados por sua mão. Declaremos e expliquemos suas santíssimas leis, em seu nome, e ensinemos às pessoas quaisquer deveres ordenados por ele para com Deus, nosso próximo e nós mesmos; despertemos os santos para o dever, elevemos suas esperanças, edifiquemos e confortemos sua alma pelas extraordinariamente grandes e preciosas promessas do evangelho, que nele são "sim e amém".[5]

Jennings está certo. Jesus deve ser o assunto de nossa pregação. Há valor suficiente na pessoa de Jesus para preencher todos os sermões de todos os pregadores em todos os domingos por toda a eternidade.

No entanto, isso suscita uma questão com a qual todo pregador luta: como enfatizar Jesus se ele não está no texto sendo pregado? Obviamente este não será um problema se o sermão for sobre um dos quatro evangelhos ou um texto cristológico. Mas, e se o tema da passagem não for Jesus nem as Boas-novas da salvação?

Alguns solucionam o dilema fazendo uso de criatividade, materializando Jesus em tais textos. Hipertipologia, alegoria, espiritualização e analogia são empregadas para mostrar que Jesus está realmente presente – basta procurar com atenção. Sim, as Escrituras falam de Jesus (Lucas 24:27; João 5:39). Sim, ele é o foco e objetivo de toda a Palavra escrita de Deus. Contudo, interpretar cada versículo, parágrafo e perícope de modo a fazer referência específica a Cristo e o evangelho é mergulhar nas águas da hermenêutica de Orígenes. Orígenes via múltiplas camadas de significado por trás da simples leitura da Escritura[6] e, com muita frequência, relacionava tudo a uma conexão alegórica com Jesus. Nem toda passagem, entretanto, é sobre Jesus. Encontrá-lo em lugares nos quais ele não está equivale a desconsiderar a intenção autoral – tanto do autor humano quanto do Autor divino.

Como, então, pregaremos sobre Jesus com base em textos nos quais ele não é o referente direto? Dizendo de outra forma, Jesus deveria estar em todo sermão, mas ele não está em todos os textos. Há uma diferença imensa entre transitar de um texto para a verdade do evangelho e encontrar o evangelho em um texto onde ele não está explicitamente referenciado. A maioria conhece a famosa frase de C. H. Spurgeon: "Eu pego o texto e traço uma linha reta dele em direção à cruz".[7] Quanto a isto, concordo de coração com o Príncipe dos Pregadores. Encontrar uma rota para o evangelho a partir do texto pregado é bem diferente de brincar de esconde-esconde com o evangelho em um texto que não o contém. As Boas-Novas de que Deus providenciou um Salvador deveriam ser uma centralidade integradora em nossos sermões, sem adulterarmos a intenção autoral.

Há abordagens diferentes para se conectar um sermão ao evangelho, dependendo do texto. Por exemplo, alguns textos têm temas que conduzem ao evangelho com razoável clareza, os quais podem passar despercebidos por um leigo. Em 1Samuel 14, Jônatas é sentenciado à morte por quebrar uma ordem de Saul. Entretanto, os soldados de Israel resgatam Jônatas das mãos de Saul, algo que poderiam fazer por haverem guardado perfeitamente a lei (v. 45). A ideia é que o pecado de alguém pode ser perdoado por um indivíduo que se coloca em seu lugar, e isto funciona apenas se a pessoa que paga o resgate estiver sem pecado diante da lei. Há um caminho curto entre esta passagem e o evangelho, e exemplos desse tipo são abundantes no Antigo Testamento.

Outros textos têm implicações evangelísticas mais amplas. Por exemplo, se você estiver ensinando 1 e 2Reis, um tema comum nestes textos é que o pecado traz julgamento e que o arrependimento traz perdão. Outro tópico é o modo como a linhagem de Davi recusa-se a viver à altura das promessas davídicas, mas Deus, apesar disto, é fiel a elas. Os exemplos disto são numerosos e fornecem uma conexão simples à mensagem do evangelho.[8]

O ponto principal é que todo texto/tópico/passagem, hora ou outra, volta ao assunto da pecaminosidade do homem e da glória de Deus. Conforme essas questões surgem no sermão, não é difícil explicar e oferecer o evangelho, seja em apresentações curtas ou longas. Na verdade, é imperativo.

Ai de mim

Em nenhum lugar o dever de pregar o evangelho é mais bem personificado do que em 1Coríntios 9:16. Com um senso de responsabilidade eterno e perscrutador, Paulo exclama: "Ai de mim se não pregar o evangelho!" Em outras palavras, Paulo diz: "Que eu seja maldito, condenado e execrável se não proclamar as boas-novas de que Jesus é o Salvador". Com uma linguagem ainda mais intensa, o apóstolo conta aos romanos que preferia ser amaldiçoado a ver seus companheiros judeus perecendo sem Cristo:

> Digo a verdade em Cristo, não minto; minha consciência o confirma no Espírito Santo: tenho grande tristeza e constante angústia em meu coração. Pois eu até desejaria ser amaldiçoado e separado de Cristo por amor de meus irmãos, os de minha raça, o povo de Israel. Deles é a adoção de filhos; deles é a glória divina, as alianças, a concessão da Lei, a adoração no templo e as promessas. Deles são os patriarcas, e a partir deles se traça a linhagem humana de Cristo, que é Deus acima de todos, bendito para sempre! Amém. (Romanos 9:1-5)

Não há paixão mais forte, mais ardente, mais pessoal pelas almas do que estar disposto a sacrificar a própria alma pela salvação eterna delas. Será que Paulo estava realmente considerando trocar sua salvação pela dos outros? Não, ele estava apenas utilizando a ilustração mais hiperbólica possível para expressar seu desejo intenso de que outros viessem à fé em Cristo.

Como pregadores, esse é o tipo de anseio que devemos ter pela salvação de almas. O evangelismo deveria ser um objetivo pessoal, apaixonado e motivador toda vez que o pregador abre a boca. O puritano Thomas Brooks escreveu: "A salvação de almas é aquilo que deveria ocupar o primeiro e mais importante lugar aos olhos de um ministro e a posição mais próxima e cálida em seu coração".[9] Muitos pregadores acham mais fácil focar-se na questão de os ouvintes apreciarem seus sermões do que na questão de as almas aceitarem a salvação.

Os pregadores precisam aceitar o fato de que o sermão não é um fim em si. Ele é um meio para atingir alguns fins, tais como fortalecer a fé, encorajar os santos e confrontar pecados. Certamente uma das principais finalidades é a salvação de almas. Os pastores deveriam compreender o fato de que o domingo não é apenas uma oportunidade para pregar sermões, mas, mais importante do que isto, para que almas sejam convertidas.

Orgulhoso demais para implorar?

Além do próprio Senhor, é difícil imaginar um evangelista mais talentoso, fiel e destemido do que o apóstolo Paulo. Uma vez que suas cartas são teologicamente profundas, poderíamos ser tentados a imaginá-lo como um intelectual teológico, esotérico, ministrando em uma lendária torre de marfim. Nada poderia estar mais longe da verdade. Paulo empregava seu dom divino e seu talento teológico na persuasão evangelística. Ele explicou aos coríntios:

> Portanto, somos embaixadores de Cristo, como se Deus estivesse fazendo o seu apelo por nosso intermédio. Por amor a Cristo lhes suplicamos: Reconciliem-se com Deus. Deus tornou pecado por nós aquele que não tinha pecado, para que nele nos tornássemos justiça de Deus (2Coríntios 5:20-21).

Há muito conteúdo para pregadores nesse versículo.

Em primeiro lugar, perceba que Paulo identifica a si e à sua equipe como "embaixadores de Cristo". Ele se via como alguém promovendo a Cristo, não a si mesmo. O apóstolo queria que o louvor ao seu ensino fosse direcionado a Jesus. A fiel representação de Cristo vai contra o forte vento de autopromoção que sopra no púlpito. A. E. Garvie expõe essa tentação com palavras penetrantes dirigidas ao pregador, a respeito de sua própria pregação:

> O próprio chamado traz consigo um perigo secreto e sutil ao pregador no desejo de louvor dos homens. O aplauso humano pode significar mais do que aprovação divina. A popularidade pode assemelhar-se ao céu, e a obscuridade, ao inferno. Uma falsa estimativa do valor da pregação permanece. O pregador atrai? Ele agrada? Seus ouvintes o louvam? Estas são as perguntas feitas, não as seguintes: Ele proferiu a verdade plena, destemidamente? Ofereceu a graça de Deus com ternura e sinceridade? Chamou os homens ao arrependimento, à fé e à santidade de modo eficaz? Mesmo que o pregador escape da degradação de ajustar as velas segundo a brisa da popularidade, mesmo que o conteúdo e propósito de seus sermões permaneçam corretos, ainda assim, ao pregar, ele pode facilmente pensar mais na habilidade que está exibindo e na reputação que está adquirindo do que na glória de Deus e no ganho de homens.[10]

Desejar mais o louvor dos homens do que a aprovação divina é uma rebentação ministerial cuja ressaca é mortal para o pregador (Tiago 4:6). Enquanto se procura direcionar o foco congregacional a Deus, existe um constante sussurro de orgulho que audaciosamente tenta roubar a glória do Senhor (Isaías 42:8). Este é o epítome da hipocrisia ministerial, combatido quando a salvação de almas é colocada como alvo da pregação, em lugar do aplauso dos ouvintes.

Em segundo lugar, Paulo continua a metáfora identificando o referente de sua representação: o próprio Deus. Ele lembra os coríntios de que é "como se Deus estivesse fazendo o seu apelo por nosso intermédio". Deus envia seus representantes com as condições de paz contidas no evangelho. É dever e privilégio do embaixador representar fielmente o rei com perspicuidade e paixão.

Em terceiro lugar, Paulo revela sua atitude na pregação evangelística: ele implora. O apóstolo escreve: "Por amor a Cristo lhes suplicamos". Isto mostra o cuidado e a preocupação intensos de Paulo em favor dos perdidos. A palavra grega para "implorar" (δέομαι deomai) tem uma gama de significados, incluindo desejo intenso, rogo veemente e até mesmo súplica emocional.[11] Será que somos orgulhosos demais para implorar, chorar e suplicar? Somos orgulhosos demais para rogar que o incrédulo considere Jesus (Hebreus 3:1)? As famosas palavras de Spurgeon sempre ressoam em meus ouvidos: "Ó, meus irmãos e irmãs em Cristo, se os pecadores haverão de ser condenados, que ao menos pisem sobre nosso cadáver rumo ao inferno; e, se vão perecer, que pereçam com nossos braços ao redor de seus tornozelos, implorando-lhes que fiquem e que não se destruam insensatamente."[12]

Que nunca seja dito, nem mesmo subentendido, que somos orgulhosos demais para implorar às pessoas que se aproximem da cruz a fim de receber perdão dos pecados.

Obstáculos à pregação do evangelho

Lucas 11 descreve uma tarde em que Jesus almoçava na casa de um fariseu. Ali, ele reprovou a hipocrisia dos fariseus e mestres da lei, e o resultado foi o previsível: "Quando Jesus saiu dali, os fariseus e os mestres da lei começaram a opor-se fortemente a ele e a interrogá-lo com muitas perguntas, esperando apanhá-lo em algo que dissesse" (Lucas 11:53-54). Em meio a tanta hostilidade, enquanto milhares se pisoteavam na tentativa de ouvir cada palavra de Jesus, ele voltou-se aos discípulos e encorajou-os a ser evangelistas destemidos.

Os discípulos haviam testemunhado provocações e importunações ao Mestre. Eles se encontravam cercados por uma multidão cujo coração estava determinado a assassiná-lo. Era inevitável, portanto, que ficassem aterrorizados. Se as multidões não gostavam de Jesus e do que ele dizia, que esperança tinham os discípulos em sua pregação?

O fato de a rejeição parecer tão certa é uma das principais razões pelas quais somos relutantes em compartilhar a mensagem vivificante de Jesus Cristo. Se reduzirmos todas as nossas razões e desculpas a um denominador comum, resta o medo. Este é exatamente o mesmo obstáculo paralisante enfrentado pelos discípulos. Nós temos medo; medo de sermos rejeitados, ridicularizados, rotulados, perseguidos, demitidos, rebaixados, preteridos, ignorados, abandonados, desprezados, desafiados com questões que não conseguimos responder ou, simplesmente, envergonhados. Curiosamente, o medo não nos deixa proclamar a verdade de que o evangelho dissipa todos os medos.

Enquanto fitava os olhos amedrontados dos discípulos, Jesus forneceu um mapa para que eles navegassem através de seus medos enquanto pregavam o evangelho. Tais percepções são um encorajamento para nós na pregação evangelística. Em vez de temer a ameaça do homem, deveríamos temer a ameaça de Deus. Lucas registra as palavras de Jesus naquele momento de tensão: "Eu lhes digo, meus amigos: Não tenham medo dos que matam o corpo e depois nada mais podem fazer. Mas eu lhes mostrarei a quem vocês devem temer: temam aquele que, depois de matar o corpo, tem poder para lançar no inferno. Sim, eu lhes digo, esse vocês devem temer" (Lucas 12:4-5).

Jesus nunca garantiu proteção à vida física de seus discípulos. Na verdade, a maioria deles seguiu os passos de João Batista e também morreu martirizada. Ainda assim, Jesus convocou-os ao mesmo nível de comprometimento e lembrou-os de que a ousadia do pregador no evangelismo está enraizada em seu entendimento da realidade do inferno. Deus é o autor da vida, o soberano sobre a morte e o juiz de todos. Somente ele tem autoridade para determinar quem serão os moradores do inferno.

O inferno é descrito como um lugar de tormento ardente, onde "o seu verme não morre, e o fogo não se apaga" (Marcos 9:44), como "fogo eterno" (Mateus 18:8), como "enxofre ardente" (Apocalipse 14:10; 20:10; 21:8) e "fornalha de fogo" (Mateus 13:42,50 ACF). Jesus pregou sobre o inferno mais do que qualquer um na Bíblia. Mesmo assim, alguns teólogos procuram extinguir o fogo do inferno. O teólogo Clark Pinnock expressa, de modo sucinto, a perspectiva liberal da doutrina do inferno:

> Permita-me dizer, desde o início, que considero uma doutrina ultrajante o conceito de inferno como tormento infindável do corpo e da alma. [...] Como é possível que cristãos projetem uma deidade de tamanha crueldade e disposição para vingança, cujos caminhos incluem infligir tortura eterna sobre suas criaturas, por mais pecaminosas que possam ter sido? Com certeza, um Deus que faz tal coisa está mais próximo de ser Satanás do que Deus.[13]

É precisamente por isso que os pastores são chamados a pregar o evangelho – para que possam participar da graça de Deus em manter pessoas fora do inferno. Compare a citação de Pinnock com as palavras de William Nichols e veja qual das duas teologias conduzem a um evangelismo diligente: "O calor do fogo haverá de atormentá-los eternamente, e o forte cheiro do enxofre irritará seus sentidos, enquanto a escuridão das trevas irá apavorá-los. [...] Para os condenados que habitarem naquele lugar de ira eterna, o inferno será a verdade aprendida tarde demais."[14]

Nos sermões dominicais, os pregadores não devem negligenciar os horrores do inferno nem a catastrófica consequência de se rejeitar Cristo. Ao deixar de pregar sobre o inferno, ignoramos a ênfase das epístolas no juízo vindouro, somos obrigados a pular grandes porções do ensino de Jesus nos evangelhos e podemos muito bem arrancar Apocalipse da Bíblia.

Alguns negligenciam o ensino sobre inferno, ao passo que outros minimizam seus tormentos. Subestimar a realidade do inferno leva à crença em uma espécie de purgatório que oferece uma segunda chance após a morte, fazendo, deste modo, com que as pessoas achem que há tempo de sobra para "acertar-se com Deus". O inferno é dor física, solidão, escuridão que intensifica o medo, arrependimento, separação de Deus e ausência de uma segunda chance. Deus envia-nos como embaixadores para implorar às pessoas que se reconciliem com ele. Não seja enganado; a realidade do inferno é essencial à pregação da mensagem do evangelho.

Assim como o medo é um obstáculo ao evangelismo, a familiaridade também o é. A familiaridade pode turvar o ânimo evangelístico. Informalidade em relação ao sagrado leva à complacência. Uma postura descuidada quanto à Palavra de Deus e sua grande comissão tira o foco da glória de Deus na salvação de almas e coloca-o na mudança de comportamento e no ensino legalista.

Convicções calvinistas irresponsáveis também podem atrapalhar a pregação evangelística. Um entendimento desequilibrado da soberania de Deus, que enfatize sua vontade soberana na eleição e atenue os meios pelos quais Deus traz o perdido ao seu Reino, pode promover um fervor enfraquecido pela pregação evangelística. John Frame descreve esta tentação, a qual é exclusiva aos pregadores calvinistas, e sua cura:

> Ouço calvinistas dizerem que nosso alvo na pregação deveria ser apenas disseminar a palavra, não gerar conversões, uma vez que este último é trabalho de Deus. O resultado costuma ser um tipo de pregação que abrange conteúdo bíblico, mas que, contrário ao que ordena a Bíblia, deixa de rogar aos pecadores para que se arrependam e creiam. Sejamos claros neste ponto: o alvo da pregação evangelística é a conversão. E o alvo de toda pregação é uma resposta sincera de arrependimento e fé. O hipercalvinismo, na verdade, desonra a soberania de Deus porque sugere (1) que o esforço humano vigoroso, determinado, nega a graça soberana de Deus e (2) que tal esforço vigoroso não pode ser o meio escolhido por Deus para levar pessoas à salvação. O propósito soberano de Deus é salvar pessoas por meio do testemunho de outras.[15]

Lembrar que somos os meios escolhidos soberanamente por Deus para levar salvação ao mundo é o antídoto para o uso da soberania divina como desculpa para limitar o evangelismo (cf. Romanos 10:14-15).

Por fim, presumir que todos os presentes nos cultos dominicais já são salvos pode atrapalhar os sermões evangelísticos. Paulo chama todo cristão a examinar sua postura na fé regularmente. Ele ordena aos coríntios: "Examinem-se para ver se vocês estão na fé; provem-se a si mesmos. Não percebem que Cristo Jesus está em vocês? A não ser que tenham sido reprovados! E espero que saibam que nós não fomos reprovados" (2Coríntios 13:5-6; ver também 1Coríntios 11:28-31).

Temos de fazer uma autoavaliação regular de nossa fé em Cristo. É responsabilidade do pregador proclamar o evangelho para que a congregação possa examinar-se. O apóstolo João reitera o mesmo princípio: "Sabemos que o conhecemos, se obedecemos aos seus mandamentos. [...] Aquele que afirma que permanece nele, deve andar como ele andou" (1João 2:3,6). O pregador nunca deve pressupor que seu público tem fé. Em vez disso, o padrão das expectativas bíblicas e a mensagem do evangelho devem ser apresentados semanalmente com a finalidade de autoexame e salvação.

Pregar o evangelho glorifica o Salvador, santifica o pregador, leva pecadores à salvação, renova os cristãos, focaliza a igreja e alimenta os esforços missionários. Em suma, a pregação do evangelho alvoroça o mundo (Atos 17:6). Nós temos uma missão e uma ordem: fazer discípulos (Mateus 18:18-20). Além disso, temos o lembrete semanal do evangelho, que funciona como catalisador para converter o não salvo. Por que um pregador negligenciaria a pregação do evangelho?

Horatius Bonar afirmou: "Homens viveram, e o pastor nunca lhes perguntou se haviam nascido de novo!"[16] Que isto nunca seja dito a respeito das pessoas em nossa congregação.

9

Capacitação de santos: Treinamento de cristãos para ganhar perdidos

Brian Biedebach

Os pastores têm a responsabilidade final de ensinar as ovelhas a evangelizar. Isto pode parecer assustador e intimidante, o que muitas vezes o torna uma tarefa negligenciada. No entanto, o processo é mais simples do que se imagina. O Novo Testamento mostra que o evangelismo – quando compreendido da maneira correta – está intimamente ligado ao trabalho regular da igreja local. Conforme a igreja em Atos 6 mostra, o pastor que se concentra em ensino e oração faz com que sua congregação tenha paixão por levar o evangelho aos perdidos.

Um dos principais objetivos do pastor é capacitar sua congregação a levar o evangelho ao mundo. Se é verdade que o evangelismo é a principal tarefa dos cristãos, e se é verdade que a principal tarefa do pastor é capacitar os santos a realizar a obra do ministério, então ensinar uma congregação a evangelizar é uma das maiores prioridades do líder.

Contudo, em um mundo antagônico ao evangelho e em uma Igreja que muitas vezes parece hesitante em relação a este dever, ele pode parecer um desafio assustador. Como um pastor pode capacitar seu rebanho a levar as Boas-novas a um mundo que odeia Cristo, é apático a respeito da vida após a morte e está pronto para rejeitar a revelação divina? A verdade é que a maioria dos pastores provavelmente gostaria de ter feito um trabalho melhor no treinamento de seus membros para ganhar os perdidos e, com frequência, constatariam que eles mesmos se sentem inadequados para a tarefa.

Para destacar essa fraqueza, não faltam programas oferecendo ajuda ao pastor em sua incumbência de evangelização. É comum que as igrejas apresentem seminários aos fins de semana, cursos após o culto, conferências e aulas na escola dominical, tudo com o objetivo de capacitar os santos ao trabalho do evangelismo. Porém, ainda que alguns programas de treinamento sejam úteis, talvez você se surpreenda ao saber que estes não são os principais recursos que Deus disponibiliza ao pastor para sua tarefa. A melhor maneira de tornar as ovelhas apaixonadas pelo evangelismo é quando o próprio pastor tem paixão pelo ministério.

O pastor é responsável por estudar, discipular, pregar, aconselhar, testemunhar, visitar, conduzir e quase tudo mais que acontece na igreja. Quando ele se dedica às responsabilidades certas, treinar os demais para o evangelismo é um subproduto natural do que já está sendo feito. Isto acontece quando se tem três princípios em mente: o evangelismo é mais do que testemunhar; o evangelismo é moldado por meio de pregação; e o evangelismo é motivado pela oração e pelo ministério da Palavra.

Evangelismo é mais do que testemunhar

Por haver crescido na igreja, viagens missionárias de curto prazo fizeram parte de minha adolescência. Foi nestas viagens que aprendi sobre evangelismo. Eu memorizei passagens importantes das Escrituras relacionadas à salvação e aprendi a compartilhar o evangelho citando trechos de Romanos:

1. A pessoa deve reconhecer seu pecado (Romanos 3:23).
2. Porque Deus é santo, os pecadores merecem punição eterna por violar sua lei (Romanos 6:23).
3. Para resolver o dilema da santidade de Deus e do pecado da humanidade, Jesus foi crucificado. Assim, os que confiam em sua obra sacrificial podem ser salvos (Romanos 5:8; 6:23).
4. Se a pessoa crê nisso, deve arrepender-se de seu pecado e confiar em Cristo como Senhor (Romanos 10:9-10).

Munido de algumas passagens sublinhadas na Bíblia, dos versículos que havia memorizado e dos passos-chave para a salvação, eu passei muitos dias falando sobre o evangelho aos outros. Eu batia de porta em porta ou aproximava-me de pessoas no parque e perguntava se poderia falar-lhes sobre Jesus Cristo. Na maioria das vezes, era gente que eu nunca havia visto antes e que provavelmente nunca mais veria.

Apesar de dezenas de portas terem sido literalmente batidas na minha cara, eu fiquei repleto de alegria porque muita gente deu ouvidos. Algumas pessoas até mesmo seguiram os passos apresentados e entregaram sua vida a Jesus Cristo. Embora eu seja grato por essas experiências e acredite que Deus pode ter usado as conversas para atrair pessoas a si, o esforço todo não foi "evangelismo" no sentido mais completo da palavra. Na melhor das hipóteses, aquela foi uma época de "testemunho", mas "testemunho" é apenas uma parte do "evangelismo".

No Novo Testamento, o evangelismo englobava mais do que a mera atitude de testemunhar. O conceito de testemunho vem da palavra grega μαρτυρέω (martureō), que significa simplesmente "testificar". Trata-se de um termo legal que pode referir-se a alguém testificando em um tribunal a respeito do que viu ou vivenciou. Por exemplo, em João 5:33, João Batista deu "testemunho" da verdade a respeito de Jesus. Todos os cristãos podem dar testemunho similar sobre Jesus aos outros simplesmente descrevendo como eles mesmos vieram a conhecer o evangelho (1João 1:2).

Testemunhar é responsabilidade de todo cristão verdadeiro – especialmente daqueles que têm o dom do evangelismo. No entanto, o evangelismo bíblico é mais do que testemunho. *Evangelismo* é um termo mais amplo que pode ser compreendido pelo que os "evangelistas" fizeram nas Escrituras.

Efésios 4:11-12 fornece um exemplo. Paulo escreveu que Deus "designou alguns para apóstolos, outros para profetas, outros para evangelistas, e outros para pastores e mestres, com o fim de preparar os santos para a obra do ministério". No contexto de Efésios 4, Paulo estava explicando não apenas como Deus edificaria a igreja, mas como ele manteria sua unidade por meio de vários dons divinamente concedidos (Efésios 4:7-16). Entre os dons que Deus deu à Igreja para crescimento e orientação, estão os de evangelistas e pastores.

Este é um indicador de que evangelistas, assim como pastores, estão conectados à igreja local. Ao passo que pastores são aqueles que ensinam regularmente (1Timóteo 5:17), evangelistas são os que proclamam as Boas-novas, mas também de modo regular. Os evangelistas concentram-se, em particular, em regiões que ainda não ouviram o evangelho, mas ao fazê-lo, estão focados no plantio e fortalecimento de igrejas. Por exemplo, em Atos 21:8, Filipe é chamado de evangelista. Todavia, dizer que proclamação (ou testemunho) é a única responsabilidade do evangelista não está correto.

Os evangelistas do Novo Testamento mais se assemelham aos missionários e fundadores de igrejas atuais do que àquilo que costumamos pensar ao ouvir a palavra *evangelista*. Cruzadas e reuniões de avivamento podem ter seu lugar, mas a figura bíblica do evangelista é a de alguém envolvido no plantio e fortalecimento de igrejas. John MacArthur diz o mesmo:

> O evangelista não é um homem com dez ternos e dez sermões que sai se apresentando por aí. Os evangelistas do Novo Testamento eram missionários e fundadores de igrejas [...] que iam aonde Cristo não era conhecido e conduziam pessoas à fé no Salvador. Eles, então, ensinavam a Palavra aos novos crentes, edificavam-nos e seguiam para novos territórios.[1]

A conexão mais clara que o Novo Testamento apresenta entre ministério pastoral e evangelismo é certamente 2Timóteo 4:5. Lá é dito a Timóteo que "faça a obra de um evangelista". O contexto desse encargo é pastoral; Timóteo sabia que a Bíblia é a Palavra de Deus (2Timóteo 3:16) e que devia dedicar-se a ela (3:17). Na presença de Deus, Cristo Jesus, e à luz do Reino vindouro, Timóteo devia pregar "a palavra" (4:2). Ele devia "repreender, corrigir, exortar" com paciência, porque era um ministro da Palavra de Deus. Essa longa descrição do ministério pastoral termina com a enfática incumbência a Timóteo de realizar "a obra de um evangelista", para que conseguisse cumprir seu ministério (4:5).

As instruções que Timóteo recebeu de Paulo tornam-no o exemplo perfeito de um evangelista bíblico. É obvio que, para Paulo e Timóteo, a obra do evangelismo estava intrinsecamente ligada a um ministério de pregação prolongado na igreja local. Isto significa que, se o pastor é fiel ao seu ministério pregando, corrigindo, aconselhando e combatendo erros, ele será um exemplo de evangelismo para sua igreja. Desta maneira, a pregação da Palavra pode capacitar uma congregação a evangelizar.

É crucial que o pastor entenda isso. Talvez a melhor coisa que ele pode fazer para fortalecer o evangelismo de sua congregação seja realizar com excelência as tarefas que Deus lhe atribuiu. Quanto mais vigor houver em sua pregação, mais pessoas ele discipulará, e quanto mais dedicado for à igreja, mais o evangelismo prosperará ali.

O evangelismo é moldado por meio de pregação

Eu me lembro claramente do momento em que me apaixonei pelo evangelismo. Era 1987, e eu estava passando o verão em Londres com outros adolescentes, falando às pessoas sobre Jesus Cristo.

Nessa viagem, conheci um homem que afirmou ser satanista. Quando o vi pela primeira vez, observei cruzes de cabeça para baixo costuradas na frente de sua jaqueta e os números 666 nas costas. Certo dia, enquanto conversávamos nas ruas de Londres, eu comecei a compartilhar versículos das Escrituras, e ele me disse que a Bíblia se contradizia. Ele citou algumas passagens que pareciam se desdizer e declarou que não havia possibilidade de a Bíblia ser verdadeira. Ao consultar os textos com ele, fiquei desconcertado e não consegui responder às suas objeções de imediato. Contudo, disse-lhe que, caso pudesse se encontrar comigo naquela mesma noite, eu descobriria como conciliar as passagens a fim de explicá-las.

Passei a tarde com meus companheiros de viagem estudando os textos e orando pela salvação do homem. Fiquei surpreso por ele ter aparecido à noite, ainda mais porque trazia chamas vermelhas pintadas no rosto. Ele estava convencido de que o inferno seria uma grande festa e que Satanás o recompensaria pelas más obras. Eu e o grupo compartilhamos tudo o que havíamos aprendido naquela tarde sobre as passagens questionadas, e isto foi o suficiente para ele dizer que queria conversar mais conosco.

O homem visitou-nos muitas vezes naquele verão. Leu as Escrituras, debateu e até orou conosco. Por fim, ele se arrependeu de sua rebeldia e entregou-se ao senhorio de Jesus Cristo. Eu me lembro da noite em que ele arrancou as cruzes invertidas da jaqueta. Durante aquelas breves semanas, nós o vimos transformar-se por dentro e por fora. Sua atitude era diferente, seus amigos eram diferentes, toda sua aparência mudou.

Em agosto daquele ano, eu retornei para a casa dos meus pais, na Califórnia, mas fui a Londres várias vezes depois disso. Visitei até mesmo a London City Mission, em Croydon, e procurei o membro da equipe que nos hospedara. Porém, nunca mais falei com aquele homem desde a viagem no verão de 1987, e não conheço ninguém mais que o tenha feito. Oro para que ele esteja fielmente servindo ao Senhor em algum lugar, mas simplesmente não sei se está. O que sei é que, naquela viagem missionária, eu não fui capaz de fazer o trabalho de um "evangelista" no sentido completo da palavra. O que aquele homem mais precisava depois de entregar verbalmente a vida a Jesus Cristo era ser pastoreado com a Palavra.

Em Efésios 4:11-12, Paulo descreve o papel fundamental que os pastores desempenham edificando cristãos para a obra do ministério. Esta passagem descreve diferentes funções na igreja e, por conseguinte, estabelece que pastores e evangelistas são pessoas diferentes. Homer Kent observou: "O pastor/professor descreve a pessoa cujas responsabilidades costumam ser locais, em contraste com o evangelista".[2] Em outras palavras, evangelistas e pastores têm muitas responsabilidades iguais, mas a diferença principal é que, geralmente, o evangelista tem um ministério contínuo de pregação em lugares onde Cristo não é conhecido, ao passo que o pastor tem um ministério contínuo de pregação onde já existe uma igreja estabelecida. Em ambos casos, pregação é o método de proclamação que predomina em seus ministérios.

A pregação é a principal ferramenta utilizada pelo pastor para pastorear o rebanho, e a Igreja primitiva mostra-nos que pregar também é a principal maneira que o pastor tem para evangelizar. O primeiro exemplo de evangelismo baseado dentro da igreja foi o sermão de Pedro em Atos 2, o qual serviu como fundamento da Igreja. Em Atos 7, Estêvão pregou sobre várias passagens do Antigo Testamento para proclamar Cristo aos judeus. Paulo também seguiu este padrão, e a primeira coisa que fazia ao chegar em uma cidade nova era pregar aos judeus na sinagoga e depois aos gentios.

Uma vez que Deus dá pastores à Igreja com o propósito de capacitar os santos à obra do ministério (Efésios 4:11-12) e que o principal ministério do pastor é apresentar as Escrituras à congregação, a pregação expositiva capacita as ovelhas à obra do ministério. Esta obra inclui o evangelismo. Evidentemente, evangelismo é diferente de simples pregação, mas a pregação adequada é um componente essencial para moldar o evangelismo. À medida em que obtêm uma compreensão mais profunda da Palavra de Deus, os membros da congregação tornam-se mais capacitados a testemunhar, discipular e ministrar a outros que não conhecem Jesus Cristo. O púlpito que expõe a Palavra de Deus com diligência, paixão e precisão naturalmente ajuda a motivar seus membros a fazer a obra à qual foram capacitados.

O evangelismo é motivado pela oração e pelo ministério da Palavra

Alguns anos atrás, quando eu pastoreava uma igreja na África do Sul, um crente novo fez uma pergunta que me levou a avaliar o que realmente motiva as pessoas a compartilhar Cristo com os perdidos.

— Pastor, – perguntou — o que é um missionário?

A princípio, pensei que a resposta era bem óbvia, mas perguntei por que ele queria saber. O moço explicou:

— É porque eu já conheci pessoas de todos os tipos aqui na África que se autointitulam missionários, mas não consegui descobrir o que todas elas têm em comum.

Era evidente àquele jovem sul-africano que muitos que se autodenominam missionários não estão diretamente envolvidos na proclamação do evangelho. Missionário é alguém enviado para ajudar na grande comissão (Mateus 28:19-20). A principal frase imperativa em Mateus 28:19-20 é: "façam discípulos". É este o cerne do que significa ser missionário. Em Mateus 28:19-20, os gerúndios "batizando" (βαπτίζοντες baptizontes) e "ensinando" (διδάσκοντες didaskontes) ajudam a descrever como alguém faz discípulos. Em última análise, a menos que tenha parte no batismo de novos crentes e no ensinamento de tudo o que Cristo ordenou, o indivíduo não está envolvido na totalidade da grande comissão.

Muitos dos que se denominam "missionários" distraem-se com questões sociais, trabalhando com órfãos portadores de Aids, alimentando famintos, formando profissionais e exercendo outros ministérios desta natureza. Embora sejam todas tarefas importantes, o modelo claro nas Escrituras é que estas boas obras não devem estar separadas do ministério da igreja local. Além disso, as igrejas locais precisam manter o foco em fazer discípulos batizando e ensinando, e este foco motiva as congregações a influenciar o mundo por Jesus Cristo.

A questão é: como um pastor pode evitar que sua igreja e seus missionários distraiam-se com questões sociais e, ao mesmo tempo, mantê-los preparados e motivados para influenciar o mundo por Cristo? Esta é a mesma questão enfrentada pela Igreja primitiva em Atos 6. Ela estava lidando com uma questão social (viúvas famintas), mas manteve-se focada no evangelismo. Tal provação é esclarecedora porque representa a primeira ocasião em que a Igreja potencialmente perdeu o foco da grande comissão para voltar-se ao ministério social. O modo como os pastores daquela igreja reagiram não apenas ensina-nos sobre a prioridade da pregação e da oração, mas também sobre como uma igreja pode permanecer focada no evangelismo enquanto seus membros são fiéis uns aos outros. Existem três marcas da Igreja primitiva que nos mostram sua motivação para o evangelismo: os cristãos estavam ansiosos para servir uns aos outros, a liderança estava focada nas coisas certas e seu testemunho seguia naturalmente.

Uma congregação onde uns servem aos outros

Atos 6 começa com um problema. No exato momento em que a igreja estava experimentando um crescimento exponencial, havia alguns ali com necessidades físicas sendo negligenciados. As viúvas de língua grega estavam sendo ignoradas e não recebiam cuidado adequado da liderança.

Não era segredo que muitos judeus palestinos desprezavam os judeus que falavam grego. Ao passo que estes eram provenientes de lugares diversos no império (Atos 2:9-11), aqueles de língua aramaica eram oriundos da Palestina. De acordo com a tradição judaica, havia uma doação semanal para os hebreus necessitados (feita todas as sextas-feiras, equivalente a uma quantia suficiente para catorze refeições).[3] Havia também uma distribuição diária para não residentes e transientes (que consistia de alimento e bebida). Ao que parece, durante todo o crescimento da Igreja, criou-se uma divisão entre esses dois grupos, e os cristãos judeus falantes de grego estavam sendo ignorados na distribuição diária de alimentos; já as viúvas nativas, não.

Observe como os apóstolos lidaram com essa questão: eles não interromperam a distribuição nem reagiram de modo a negligenciar o cuidado dos pobres na igreja. Em vez disso, aproveitaram o aparente anseio dos membros da igreja de cuidar uns dos outros. O que os apóstolos disseram foi: "Irmãos, escolham entre vocês sete homens de bom testemunho, cheios do Espírito e de sabedoria. Passaremos a eles esta tarefa" (Atos 6:3).

Atos 6:5 diz: "Tal proposta agradou a todos", e eles escolheram homens que amavam a igreja. O que motivou isso não foi o desejo dos apóstolos de ser politicamente corretos, mas de ver o evangelho funcionando como meio para seguir em frente. Como os membros da igreja ansiavam por cuidar uns dos outros, a igreja poderia permanecer focada na expansão. Recusando-se a ficar presas em um conflito político, as viúvas – bem como os homens – escolheram reagir com humildade. O resultado foi que a igreja pôde permanecer focada no evangelismo.

Assim, a liderança da Igreja primitiva (os apóstolos e esses primeiros diáconos) estava promovendo o evangelismo por meio de seu anseio em amar e servir uns aos outros. Este é um lembrete importante para os pastores que são tentados a enxergar qualquer ênfase interna da igreja como uma distração do foco evangelístico. Se a igreja não for harmoniosa internamente, o evangelismo torna-se impossível. Ao servir uns aos outros, a igreja manteve sua missão evangelística.

Liderança focada em prioridades

Anteriormente neste capítulo, eu escrevi sobre a responsabilidade do pastor de fazer o trabalho de evangelista sendo fiel em sua pregação. Visto que pregação e oração são os melhores meios de que ele dispõe para pastorear o rebanho, a forma ideal de demonstrar seu amor pelas ovelhas é orar por elas e ministrar-lhes a Palavra. Esta era a prioridade dos líderes da Igreja primitiva. Eles disseram: "E nos dedicaremos à oração e ao ministério da palavra" (Atos 6:4).[4]

Tal liderança torna-se nosso padrão. A fim de permanecer focados no evangelismo, os pastores se dedicavam à oração e pregação. Isso talvez pareça contraintuitivo, mas considere os cinco meios a seguir pelos quais a pregação do pastor pode motivar sua congregação a testemunhar e evangelizar:

1. Pregação do evangelho

   Se ele articular a mensagem do evangelho com clareza e consistência em cada sermão, a congregação aprenderá os fundamentos da mensagem da salvação e a maneira de explicá-la.

2. Admoestação

   Ao instruir a congregação a sair e compartilhar o que aprende semanalmente, ele desafia os membros que estão crescendo em entendimento sobre a verdade de Deus a proclamar o evangelho. Essas coisas motivam a congregação a ser ativa no testemunho, pois esta é a reação natural ao que ouve do púlpito.

3. Ilustrações evangelísticas

   Se, a título de ilustração, o pastor falar sobre as vezes em que testemunhou e as reações que recebeu, a congregação será encorajada a testemunhar aos outros também. Ele pode compartilhar o testemunho daqueles que vieram à salvação em Cristo após haverem compreendido certas passagens, o que encoraja os demais a utilizar os mesmos trechos no compartilhamento do evangelho com seus entes queridos.

4. Profundidade do evangelho

   Uma vez que a palavra *evangelho* (εὐαγγέλλιον euangellion) é encontrada no Novo Testamento mais de 90 vezes, o pastor terá muitas oportunidades para aprofundar seu significado no curso normal da pregação expositiva. Seria apropriado, às vezes, pregar um sermão inteiro sobre um único elemento do evangelho, como a crucificação ou a ressurreição de Cristo. O pastor poderia concentrar-se em temas específicos inerentes ao evangelho, como substituição, expiação ou justificação. Especialmente em pregações sobre os Evangelhos, muitos sermões poderiam ter aplicações que se relacionam com o evangelismo. Quanto mais as pessoas pastoreadas virem o evangelho na Bíblia, melhor o entenderão. O objetivo é que, quanto mais o entenderem, mais o amarão e mais desejosas estarão de contar aos outros a respeito.

5. Entusiasmo contagiante

O pastor que se entusiasma com a ideia de ver pessoas achegando-se a Cristo naturalmente encoraja a congregação a evangelizar. É difícil para o cristão deixar de compartilhar o evangelho quando aqueles ao seu redor prezam tanto por sua importância. Como Paulo exclamou, "ai de mim se não pregar o evangelho!" (1Coríntios 9:16). Ao destacar batismos, ao permitir que outros deem seu testemunho e ao debruçar-se sobre as conversões radicais mencionadas nas Escrituras, o pastor pode continuamente lembrar as pessoas da maravilha da salvação, levada aos outros por meio do evangelismo.

Esses são apenas cinco exemplos de como o pastor pode capacitar seu rebanho ao evangelismo melhorando algo que ele já faz: pregar a Palavra. Os cristãos entusiasmados com o que aprendem sobre a Palavra, por sua vez, naturalmente compartilham essas verdades com outros.

Uma congregação que testemunhou aos perdidos

O resultado de uma igreja cujos membros servem genuinamente uns aos outros e cujos pastores estão focados em suas prioridades é uma congregação que naturalmente testemunha aos perdidos. Se a liderança da igreja tem o foco correto, os membros da congregação não conseguem deixar de compartilhar com vizinhos e familiares as mudanças que estão ocorrendo em sua vida.

Há uma expressão peculiar em Atos 6:7 (NTLH) que capta essa ideia. Lucas escreve que a palavra de Deus "continuava a se espalhar". Não é apenas que a Palavra de Deus "se espalhou", mas "continuava a se espalhar" (continuamente, ativamente). Lucas está dizendo que a Palavra proclamada estava sendo pregada em regiões cada vez mais amplas da comunidade de Jerusalém, como consequência da decisão dos apóstolos de focar-se em oração e pregação. Quando a palavra de Deus é proclamada com clareza, e as sementes do evangelho caem em solo fértil, nada a impede de crescer e espalhar-se.

O aspecto maravilhoso do crescimento do evangelho é que ele se dá por meio dos recursos ordenados por Deus, a saber, pregação e oração. É um crescimento que não pode ser falsificado ou falsamente estimulado e, muitas vezes, produz resultados inesperados. Por exemplo, em Jerusalém, "um grande número de sacerdotes obedecia à fé" (Atos 6:7). Este grupo era, sem dúvida, o menos propenso a converter-se em Israel e, contudo, de uma maneira surpreendentemente, muitos deles foram salvos.

Esse tipo de salvação inesperada é subproduto da pregação fiel da Palavra de Deus, e ele acontece ainda hoje. À medida que os cristãos genuínos crescem na compreensão da Bíblia e do evangelho, naturalmente crescem em amor uns pelos outros e no desejo de alcançar os perdidos com as Boas-novas da salvação da ira de Deus.

Se o pastor deseja capacitar a congregação ao evangelismo, seu principal esforço deve ser no sentido de expor melhor os tesouros da verdade de Deus. A pregação bíblica imersa em oração moldará o evangelismo e capacitará os novos convertidos. Ela motivará a congregação a evangelizar da mesma forma que a congregação primitiva em Atos, cujos líderes tinham como foco a "oração e ministério da Palavra".

10

Falsa segurança: Consideração bíblica sobre a oração de conversão

Kurt Gebhards

Grande parte do evangelismo moderno é marcado pelo uso da conhecida oração de conversão: "Senhor, eu te amo e sei que sou pecador. Peço que entres em meu coração e me restaures [...]". Contrariando a crença popular, a linguagem na maioria das orações de conversão simplesmente não é bíblica. Seus resultados se traduzem em igrejas enfraquecidas, pessoas enganadas e falsas conversões incentivadas. Este capítulo explica a razão deste problema e oferece uma melhor abordagem para o evangelismo.

Em junho de 1988, eu era um típico garoto norte-americano de 16 anos concluindo o segundo ano do ensino médio. Eu havia ido à igreja três vezes em toda a minha vida – sempre levado por alguém. Por alguma razão, entretanto, durante o verão anterior ao terceiro ano escolar, decidi ir por conta própria. Juntei-me ao grupo de jovens para um passeio ao parque de diversões e, na viagem, fui sentado no banco da frente com o pastor. Enquanto dirigia a van da igreja, ele me falou sobre Jesus e o evangelho.

Desnecessário dizer que, na volta, eu preferi não me sentar no banco da frente. Fiquei grato pela ousadia do pastor, mas aquilo foi um pouco demais para mim, um novato espiritual.

O cristianismo era totalmente novo para mim naquela época, mas, apesar de minha hesitação inicial, agora percebo que Deus estava me atraindo poderosamente para si. Comecei a frequentar a igreja e o grupo de jovens toda semana. Em novembro daquele ano, fui abordado por um dos anciãos da igreja, o qual perguntou se eu havia me tornado cristão. Minha resposta refletiu tanta ignorância, que me envergonho dela até hoje:

— Não, — falei — vou esperar até o réveillon. Será um evento muito importante.

Eu havia planejado o momento da minha conversão, o qual incluía uma oração feita em um momento estratégico. No entanto, o ano novo chegou e passou – e eu me esqueci. No dia 3 de janeiro, percebi que não havia comparecido ao meu "horário marcado" com Deus. Então, ajoelhei-me às pressas junto à cama, pedi perdão e recitei a oração padrão que já tinha ouvido tantas vezes antes.

No entanto, havia um problema com aquela tentativa de oração pronta e vazia: eu não estava comprometido com Deus de forma alguma. Apesar de orar e estar presente na igreja, eu estava mergulhando cada vez mais no pecado e em seus prazeres. Somente meses depois, Deus misericordiosamente pôs fim à minha hipocrisia, livrando-me de meu pecado e superficialidade. Eu me arrependi do pecado, submeti minha vida a Deus, e ele me transportou do reino das trevas para o Reino de seu Filho amado (veja Colossenses 1:13). Em outras palavras, eu nasci de novo.

Minha história é comum. Muitas pessoas fazem a oração sem se converter. Apesar disso, em grande parte da comunidade evangélica, este tipo de oração é quase universalmente aceita como o caminho para se tornar cristão. Além disso, muitos cristãos só consideram seus encontros evangelísticos frutíferos se fizerem o incrédulo recitar a oração. Contudo, dada a importância crítica do assunto – isto é, a salvação –, devemos examinar seriamente o conceito da oração de conversão.

Essa oração é um exemplo de pressuposição incorreta que assola grande parte do evangelismo moderno. Ela provém da ideia equivocada de que a decisão de receber Cristo, tomada pelo pecador, é o fator determinante na salvação. A oração de conversão é uma ramificação do conceito de decisionismo e remove completamente a ideia de que é Deus quem atrai as pessoas a si. Por causa dessa pressuposição, grande parte do evangelismo moderno infere que, se as pessoas pedem para ser salvas, Deus é obrigado a fazê-lo. Isso inverte a descrição de Jesus sobre o novo nascimento proveniente de Deus (João 3:3-8) e representa uma séria distorção do evangelho. Embora Jesus tenha dito que ninguém pode ir ao Pai a menos que o Pai o atraia (João 6:44), a oração de conversão supõe que as pessoas são, em última análise, responsáveis por iniciar e selar a própria salvação. Logo, a oração de conversão é, na verdade, um obstáculo ao verdadeiro evangelismo.

A realidade é que, em nenhum lugar na Bíblia, há qualquer coisa que remotamente se pareça com essa oração. Em parte alguma, alguém convida Jesus a entrar em seu coração ou diz algo como: "Eu agora permito que tomes conta da minha vida". No entanto, se alguém perguntar a um evangélico o que é preciso fazer para se tornar cristão, é muito provável que ele responda com algo semelhante à oração de conversão. Eu já cheguei a aconselhar pessoas que estavam vivendo em pecado, sem pretensão alguma de santidade nem sombra de afeição pelo Senhor, as quais afirmavam ser cristãs. Por quê? Porque elas se lembram de ter feito a oração de conversão na juventude.

O interessante é que tal oração é muito conhecida, apesar de não haver justificativa bíblica. As Escrituras demonstram que é uma atitude imprudente e biblicamente ingênua determinar nosso posicionamento diante de Deus com base em uma única oração.

Advertências

Generalizações são perigosas. Nem todas as críticas aqui aplicam-se a todos os casos da oração de conversão. Os evangelistas fiéis comprometidos com o senhorio de Cristo na salvação, com o evangelho bíblico e com a pureza da igreja talvez tenham utilizado o método da oração por anos. Eu respeito os evangelistas fervorosos que difundem o evangelho com fidelidade. Não obstante, todos os métodos de evangelismo devem estar sujeitos ao escrutínio bíblico.

Além disso, minha crítica geral não tem a intenção de censurar a legitimidade da experiência de salvação pessoal de ninguém. Conheço muitos cristãos piedosos que traçam o momento de sua salvação à hora em que um pastor ou membro da família pediu-lhes que tomassem uma decisão por Cristo. Às vezes, a oração de conversão pode coincidir com o momento em que o pecador é salvo. No entanto, ainda devemos nos questionar se esse é um modelo proveitoso e bíblico.

Reconheço que muitas pessoas nunca consideraram uma alternativa à oração de conversão. Ela é tão comumente usada e aceita como técnica evangelística, que poucas pessoas consideram-na problemática. O objetivo deste capítulo não é fazer acusações, mas considerar essa oração à luz da Bíblia e incentivar um meio de evangelismo fiel à Palavra de Deus.

Exemplos de oração de conversão

Há muitas variações da oração. Uma rápida pesquisa na internet fornece dezenas de exemplos, incluindo o seguinte: "Senhor Jesus, eu creio que tu és o Filho de Deus. Obrigado por ter morrido na cruz por meus pecados. Por favor, perdoa meus pecados e dá-me o dom da vida eterna. Peço que entres em minha vida e em meu coração como Senhor e Salvador. Quero servir-te para sempre."[1]

Aqui está outro: "Querido Senhor Jesus, sei que sou um pecador e preciso do teu perdão. Creio que morreste por meus pecados. Quero abandoná-los. Eu agora te convido para entrar em meu coração e em minha vida. Quero confiar em ti e seguir-te como Senhor e Salvador. Em nome de Jesus. Amém."[2]

O que essas orações compartilham é um reconhecimento verbal do próprio pecado, da deidade de Cristo, da necessidade do perdão de Deus e um desejo de abandonar o pecado. Tudo isso é bom. E, no final, há um convite ou pedido para que Jesus entre no coração e na vida do pecador. A ideia de convidar Jesus para entrar no coração é parte fundamental da retórica evangélica americana. É possível que você também já tenha ouvido um linguajar semelhante, como: "Eu aceitei Cristo como meu Salvador" ou "Eu consagrei minha vida ao Senhor" ou "Eu fui até à frente quando fizeram o chamamento e fui salvo".

Embora os motivos por trás deste tipo de oração sejam geralmente bons, a oração de conversão pode, infelizmente, causar um grande dano espiritual porque não se encaixa nos exemplos, na teologia ou no vocabulário bíblicos. Antes de analisarmos as deficiências da oração, entretanto, consideremos a fonte de sua popularidade.

Popularidade da oração

Recebi recentemente um e-mail de um amigo não cristão, o qual já estava exposto ao cristianismo havia muitos anos. Ele tinha a impressão de que recitar determinada oração iria ajudá-lo a "oficializar" sua situação. Ele escreveu assim: "Quero tornar-me cristão oficialmente. 'Nascido de novo' é a expressão que ouço todo mundo usar, então eu estava me perguntando como fazer isso. Basta fazer uma oração específica ou preciso frequentar aulas e ser batizado primeiro?"

Felizmente, esse e-mail sincero deu início a uma relação de discipulado, e eu me encontrava com meu amigo para esclarecer o evangelho e os termos de Jesus quanto ao discipulado. Eu não queria confirmar seu pensamento de que algo precisava ser feito para oficializar as coisas. Ele entregou sua vida a Cristo, e eu o batizei três meses após o primeiro e-mail.

Como foi que esse método de evangelização tornou-se tão popular, a ponto de até os incrédulos o conhecerem? Em primeiro lugar, ele é exequível. É um ato concreto, específico e observável que costuma ser emocionalmente satisfatório tanto para o evangelista quanto para o ouvinte. Como seres humanos finitos com capacidade limitada de conhecimento, ansiamos por certeza e conclusões. Ao reduzir a salvação a um ato como a oração de conversão, simplificamos a questão de modo que a pessoa pode "ticar o item" cristianismo de sua lista e tocar a vida, com pouca ou nenhuma compreensão do que realmente significa viver em Cristo. Se alguém pergunta: "O que devo fazer para ser salvo?", a oração é uma resposta conveniente e fácil.

Em segundo lugar, a oração de conversão é reproduzível. É difícil e demorado ensinar a alguém o que significa seguir a Cristo, a verdade sobre o evangelho, o batismo e tudo o que Cristo ordenou (Mateus 28:19-20). É muito mais fácil encorajar alguém que quer se tornar cristão a fazer uma simples oração. Neste sentido, ela serve de atalho no evangelismo. Conhecer e ensinar o evangelho inteiro – a divindade e o senhorio de Cristo, a incapacidade absoluta do homem de agradar a Deus por si mesmo, a natureza do verdadeiro arrependimento, a obra substitutiva da cruz e a ressurreição – é essencial para um evangelismo eficaz. A oração de conversão, entretanto, fornece uma lição resumida. É o prato feito do evangelicalismo americano moderno.

Em terceiro lugar, a oração de conversão é mensurável. Em uma época de crescimento desenfreado da Igreja, os números são supostamente cruciais para a compreensão do sucesso. A oração de conversão fornece uma maneira fácil de alardear o sucesso evangelístico. Em muitos casos, a saúde e o crescimento dos convertidos são significativamente menos importantes do que o "número de decisões tomadas". Todavia, quando a contagem de decisões passa a ser a medida da eficiência de um ministério, existe a ideia latente de que a habilidade do evangelista ou a apresentação da igreja é o que leva pessoas a Cristo.

A oração de conversão diminui o impacto do evangelho

Embora a oração de conversão seja frequentemente usada por evangelistas bem-intencionados, a realidade é que ela diminui o evangelho a que deveria servir. Quase todos os princípios importantes dessa oração, de alguma forma, minimizam o poder do evangelho. Uma apresentação razoavelmente completa do evangelho pode ser organizada em quatro tópicos: (1) o caráter de Deus, (2) o pecado da humanidade, (3) Jesus Cristo, o Salvador, e (4) a resposta das pessoas. A oração de conversão distorce a verdade em cada uma destas categorias essenciais do evangelho.

Caráter de Deus

Em primeiro lugar, a oração de conversão representa mal Deus, revertendo seu papel e o da humanidade. Ela retrata Deus como um Salvador passivo em espera; descreve-o como um Deus exclusivamente misericordioso que se consome enquanto espera por alguma alma que o aceite. Esta não é uma representação precisa do Deus da Bíblia. Sim, ele é misericordioso, e, sim, ele se alegra com os pecadores que são achados (Lucas 15:6,9,20). Contudo, ele também está entronizado em poder (Salmos 103:19) e exaltado em esplêndida majestade (Isaías 45:5-7; Isaías 46:9-10). Ele governa o mundo e, no entanto, a típica oração de conversão coloca-o em uma função secundária, na qual observa e espera que o pecador responda.

Além disso, a apresentação de Deus na oração é exclusivamente de sua misericórdia, desconsiderando-o como Criador e Juiz. Assim, ao fazer a oração de conversão, as pessoas veem apenas metade de Deus. Por consequência, não o veem verdadeiramente. Se você vê o perdão de Deus, mas não conhece sua furiosa indignação, ou se vê sua misericórdia, contudo negligencia sua majestade, tem uma imagem incompleta diante de si.

Ademais, a própria ideia de Deus estar no céu, esperando que as pessoas respondam, leva precisamente ao tipo de vanglória que as Escrituras rejeitam. O resultado final é que o pecador se posiciona de modo a julgar Deus, e, mesmo que tenha feito a oração, isto ainda é uma elevação de um ser humano sobre Deus. Imagine convidar Deus para fazer qualquer coisa, como se ele precisasse de nossa permissão antes de poder agir! Esta simplesmente não é a representação bíblica da deidade.

O decisionismo expulsa Deus do trono de sua soberania, dando a entender que a salvação depende exclusivamente da escolha da humanidade. Este nítido foco na escolha e na ação da humanidade é perigoso porque pode facilmente afastar as pessoas da dependência de Deus. Tal dependência é necessária não apenas na salvação, mas também na caminhada cristã. Provérbios 1:7 diz que o temor de Deus é o princípio da sabedoria; e, apesar disso, bem no início da caminhada espiritual, a oração de conversão eleva o indivíduo acima do temor de Deus. Talvez seja por isso que Jesus nunca levou alguém a tomar uma decisão em seu evangelismo.

Pecado da humanidade

Em segundo lugar, uma relação correta com Deus começa com uma avaliação precisa de nossa necessidade e estado pecaminoso. Em Efésios 2:1-2, Paulo fala de modo poderoso sobre a pecaminosidade da raça humana, ensinando que os homens estão espiritualmente mortos e voltados para Satanás. Uma oração repetida soa quase como petulância em comparação à gravidade do problema da humanidade.

Quando alguém realmente percebe a profundidade de sua rebeldia, o resultado é um profundo sentimento de indignidade e desespero. É preciso ser levado a um lugar de falência espiritual quando se compreende o pecado (Mateus 5:3). Assim como o publicano que batia no peito e não ousava levantar os olhos ao céu, nós também devemos clamar a Deus por salvação (Lucas 18:13).

Convicção de pecado é bom para a alma. Na verdade, é um ministério essencial do Espírito Santo (João 16:8). Somos advertidos contra uma tristeza meramente secular e exortados ao verdadeiro arrependimento bíblico; desta maneira, nossa convicção não terminará em morte, mas em vida eterna (2Coríntios 7:8-11). Uma vez que a convicção de pecado é tão importante, é prejudicial aliviar a carga do pecador prematuramente. Assim como a perna quebrada não precisa de anestesia, mas de gesso, a alma é prejudicada se a convicção for negligenciada dando lugar a uma atadura aplicada às pressas. As pessoas devem sentir a crise da perdição a ponto de serem levadas a se esforçar em busca da salvação (Lucas 13:24).

Fazer uma oração de conversão provoca curto-circuito na obra de Deus dentro do coração oprimido. O coração oprimido que sofre por causa do pecado não precisa de uma oração formulada, do tipo "repita comigo". Em vez disso, ele deve clamar em indignidade a Cristo, apegando-se apenas à cruz. Sim, a salvação é urgente. Porém, sua urgência não deve tornar-nos desleixados ou levar-nos a fabricar métodos destrutivos.

Jesus Cristo, o Salvador

Em terceiro lugar, a oração de conversão rouba a glória de Jesus Cristo, focando na escolha humana a favor da salvação. Se as pessoas saem de um encontro evangelístico acreditando que sua escolha foi a razão de terem sido salvas, o poder e a autoridade de Jesus Cristo não são engrandecidos.

Isso suscita uma questão decisiva: quem, em última instância, toma a decisão de alguém ser salvo? Em última análise, a escolha é das pessoas que estão mortas em pecado ou de Deus, o Único interessado em redimir a humanidade? Quem é o principal responsável por agir na salvação?

A linguagem da oração de conversão concentra-se nas pessoas e, aparentemente, confere-lhes a capacidade de salvar-se. A morte e ressurreição de Cristo são minimizadas, pois são apresentadas como insuficientes para salvar alguém. A salvação é concedida unicamente pela graça de Deus, e, obviamente, é dever da humanidade responder a esta graça (Efésios 2:8-10). No entanto, na maioria dos encontros em que esta oração é feita, a ênfase é colocada quase exclusivamente na resposta da pessoa, não na graça irresistível de Deus. Tal desequilíbrio desperdiça a oportunidade de revelar o Salvador em Jesus Cristo.

No fim das contas, nenhuma simples oração salvou pecador algum; somente Deus salva. A questão não é se aceitamos a Cristo, mas se Cristo nos receberá. Jesus Cristo não é um adolescente ansioso, esperando ao lado do telefone da oração para que alguém o chame e o aceite. Ele é o Salvador, o Redentor, o Autor e Consumador de nossa fé (Hebreus 12:2).

Considere os vários termos passivos associados à salvação na Bíblia: as pessoas são resgatadas (Colossenses 1:13), sua dívida é cancelada (Colossenses 2:14), e elas são libertas dos pecados (Apocalipse 1:5). Ele nos salvou, Paulo escreve, e somos "justificados gratuitamente por sua graça" (Romanos 3:24;Tito 3:5). É evidente que a humanidade é responsável pelo modo como responde à mensagem do evangelho, e também é evidente que há uma tensão teológica e um mistério quanto a este assunto. Contudo, a oração de conversão evita o assunto e a tensão completamente, ensinando ao novo cristão uma visão minimizada da soberania de Deus. Quando Nicodemos perguntou como alguém nasce de novo, Jesus não lhe deu uma oração para recitar. Pelo contrário, afirmou que a salvação é uma obra do Espírito de Deus, que faz o que quer quando quer: "O vento sopra onde quer. Você o escuta, mas não pode dizer de onde vem nem para onde vai. Assim acontece com todos os nascidos do Espírito" (João 3:8). A salvação nunca está separada do ouvir o evangelho (Romanos 10:17; 1Pedro 1:23), mas somente pela escolha soberana de Deus.

Se Deus é o responsável por operar a salvação, por que a oração de salvação coloca tanta ênfase na escolha de uma pessoa? Se somos consolados pelo Deus rico em misericórdia e doador de salvação (Efésios 2:6), certamente podemos confiar o evangelismo a ele também. Se Deus começar uma obra dentro do coração, ele a completará (Filemom 6).

Resposta das pessoas

Aonde quer que o evangelho vá, também segue um chamado para que se responda a ele. As pessoas são moralmente responsáveis pela revelação de Deus dentro de si (Romanos 1:18-23) e o são ainda mais quando ouvem o evangelho e o mandamento de Deus para crer. A Bíblia não está em silêncio quanto à resposta a ser dada. O evangelho chama os pecadores a arrepender-se e crer.

O arrependimento é parte essencial da salvação. Jesus ordenou repetidamente a seus ouvintes: "arrependam-se" (Mateus 4:17; Lucas 13:3). Todos os homens e mulheres em todos os lugares devem arrepender-se (Atos 17:30). Arrependimento é o abandono do pecado e do eu, bem como a dedicação total ao serviço e à busca de Cristo. Geralmente, a oração de salvação não transmite uma noção de arrependimento real. A passagem de 2Coríntios 7:8-13 contém mais de uma dúzia de descrições de arrependimento verdadeiro que levam à salvação e adverte contra o falso arrependimento, que é simplesmente tristeza deste mundo. O evangelista fiel deve compreender a diferença e ajudar cuidadosamente o ouvinte a compreender o significado e a profundidade do verdadeiro arrependimento. Sem arrependimento não há evangelho (Atos 2:38).

Geralmente, a oração contém algum comentário como: "Senhor Jesus, eu creio em ti". É verdade que parte da salvação é crer no evangelho, mas aqueles que evangelizamos devem crer de forma diferente dos demônios, os quais até estremecem, mas nunca desfrutarão de Deus no céu (Tiago 2:19). Os demônios acreditam em fatos ortodoxos sobre Cristo, mas não têm uma aliança pessoal com ele. Diante do assentimento do pecador quanto aos fatos da vida de Jesus, alguns evangelistas agem como se isto fosse evidência de fé salvadora. Na realidade, entretanto, isto talvez não passe de uma fé superficial, como a de um demônio, e uma fé superficial – assim como um arrependimento superficial – é condenatória. A crença bíblica exige fé (2Coríntios 1:9), confiança (Provérbios 3:5-6) e submissão a Deus como criador. A crença real é o desejo de viver uma vida dependente de seu poder e dedicada a sua justiça (Romanos 10:9-11).

Mais uma vez, o problema não é que a oração de conversão chama o pecador a expressar crença em Deus. O problema é que a forma como a oração é estruturada dá uma falsa garantia com base em uma fé nebulosa. É claro que as pessoas devem acreditar em Deus e no evangelho, mas a simples confissão de uma crença genérica não deve gerar um sentimento de segurança.

A oração de conversão danifica o progresso de novos crentes

A oração de conversão não apenas falha em relação a esses componentes do evangelho, como também pode dificultar o progresso no coração. Isso ocorre porque a oração supõe que o relacionamento com Cristo está completo quando talvez não esteja, e o processo é interrompido antes de o pecador chegar ao ponto de submeter-se ao senhorio de Cristo e comprometer-se ao discipulado incondicional.

O primeiro dano ao progresso dos santos causado pela oração de conversão é o de não expor o senhorio de Cristo na salvação. O que é perdido com mais frequência no momento da oração para receber a Cristo é a necessidade ainda maior de que o pecador siga a Cristo como Senhor.

Será que os que são apresentados ao evangelho pela oração de conversão percebem que, ao abraçar o cristianismo, estão prometendo negar a si mesmos e tomar sua cruz (Lucas 9:23)? Aqui é necessário cuidado: há muitas advertências nas Escrituras sobre pessoas que "afirmam que conhecem a Deus, mas por seus atos o negam" (Tito 1:16; cf. Isaías 29:13). Sem um incentivo para que o custo do discipulado seja considerado, a oração de conversão produz, como consequência involuntária, pessoas que começam uma tarefa sem ter ideia dos requisitos para concluí-la (Lucas 14:28).

Em Mateus 7:21, Jesus diz a seus discípulos: "Nem todo aquele que me diz: 'Senhor, Senhor', entrará no Reino dos céus, mas apenas aquele que faz a vontade de meu Pai que está nos céus". Esta passagem ilustra claramente a verdade de que *muitas* pessoas afirmarão conhecer Cristo, mas, desse grande grupo, apenas uns *poucos* conhecerão verdadeiramente o Salvador e entrarão no Reino dos céus. A Escritura está cheia de exemplos de pessoas que experimentaram uma conversão falsa, dentre eles o povo descrito em 1João 2:19, Demas em 2Timóteo 4:10 e Judas Iscariotes, talvez o falso convertido mais conhecido de todos. Sem desafiar as pessoas a considerar o custo do discipulado, a oração de conversão resulta na adição de indivíduos como Demas à igreja. Elas querem seguir a Cristo e querem crer, mas ninguém contou-lhes sobre o sacrifício que isso implica.

Dessa forma, a oração de conversão danifica o progresso de novos crentes por não apresentar a necessidade de obediência. As exigências do discipulado são um aspecto essencial da verdadeira salvação e, entretanto, tal oração encobre-as completamente. Muitas vezes, ela serve como meio para converter alguém a Jesus, enquanto o Senhor está procurando fazer discípulos (João 8:31; 13:35).

Uma compreensão correta da salvação, incluindo sua importância e magnitude, faz-nos cuidadosos ao evangelizar. Aqueles que seguiam Jesus certamente entendiam isto: "aquele que não carrega sua cruz e não me segue não pode ser meu discípulo" (Lucas 14:27).

Jesus esperava que seus seguidores considerassem o custo do discipulado (Mateus 10:37-39). As técnicas evangelísticas modernas costumam ser tão precipitadas, que o único aspecto considerado é o número de decisões tomadas. A pregação de Jesus incluía advertências e desafios sérios àqueles que iam a ele em busca de salvação. Ele insistia em chamar as pessoas ao difícil caminho de segui-lo (Mateus 7:13-14). Tornar-se cristão foi e ainda é sinônimo de ser um discípulo obediente de Jesus (Mateus 28:19). A oração de conversão quase nunca apresenta tal realidade. A dura verdade do discipulado é deixada de lado para que a decisão seja feita da forma mais fácil e indolor possível.

Jesus enfatizou que a porta da salvação é difícil de ser encontrada (Lucas 13:24) e que o caminho amplo tem uma entrada fácil (Mateus 7:13). No entanto, para muitos defensores da oração de conversão, a porta da salvação não é difícil de se encontrar – muito menos difícil de se atravessar. Tal oração faz com que as pessoas pensem que salvação é tão fácil quanto repetir uma fórmula. Isto simplesmente não faz jus à gravidade da decisão.

À luz das muitas ameaças que a oração de conversão apresenta, afirmo enfaticamente que é inútil a evangelistas, conselheiros e pregadores oferecer uma oração que o não convertido pode repetir para "ser salvo". Somos ordenados a fazer discípulos e ensinar as pessoas a obedecer a todos os mandamentos de Cristo; não devemos reduzir a grande comissão a um simples "vão ao mundo e convençam o maior número possível de gente a repetir uma oração e virar cristã". Somos obrigados a ensinar os incrédulos sobre sua pecaminosidade, a graça, o poder e a ira de Deus, a cruz e a ressurreição.

A oração de conversão diminui a pureza da Igreja

Inúmeros cristãos hoje criticam o estado atual das igrejas evangélicas. Em alguns países, a igreja tem números crescentes e influência decrescente. Há igrejas apinhadas de pessoas, mas muitas delas absolutamente não vivem de maneira diferente do mundo.

Em uma época na qual o cristianismo evangélico mais desaponta do que encanta, deveríamos estar observando atentamente a porta de entrada.

O resultado de gerações acostumadas à oração de conversão são multidões de não convertidos sentados nos bancos, comprometendo a pureza da igreja. Com tantos não cristãos achando que são cristãos, é fácil entender por que a igreja americana moderna é tão ineficaz: ela tem em si milhões de "falsos começos", pessoas que carecem do Espírito Santo e, portanto, falham no básico do cristianismo. Trazer não convertidos à igreja resulta em um cristianismo "carnal", onde "recaídas" e "reconsagrações" vazias a Cristo não ajudam em nada.

Jesus advertiu sobre a presença de incrédulos na igreja ao contar a parábola do trigo e do joio (Mateus 13:24-30). A parábola declara que o joio brotaria em meio ao trigo, e o Senhor adverte-nos a estar atentos às falsas confissões. Grande parte dos problemas na igreja deve-se à presença daqueles que fizeram a oração de conversão e, apesar disso, permanecem sem conversão. Eles obstruem o testemunho da igreja, que deve ser como uma luz brilhante (Filipenses 2:15). O resultado é que ela passa a estar cheia de pessoas que servem ao cristianismo só de boca para fora, sem ter recebido a verdadeira conversão. Imagine alguém que vai à igreja, ouve a pregação do pastor e, depois, recebe seu convite para se comprometer com Jesus. O indivíduo reage positivamente e é levado a repetir a oração de conversão. Neste ponto, sua vida não é alterada, e, ainda que acredite em tudo que ouviu, não foi solicitado a arrepender-se ou a considerar o custo do discipulado e reconhecer Jesus como Senhor. Por não haver sido verdadeiramente regenerado e por não entender o verdadeiro discipulado, sua vida acaba prejudicando o testemunho da igreja. O discipulado real é trocado por uma decisão rápida, fácil e exterior.

A oração de conversão oferece falsa segurança

Muitos defensores da oração de conversão logo asseguram a salvação aos que a repetem. Lembro-me de ouvir um líder evangélico fazendo milhares de pessoas recitá-la em um estádio após uma cruzada evangelística. Ao terminar, disse-lhes:

— Vocês agora são cristãos, nasceram de novo. Não permitam que ninguém questione isso.

Aquelas pessoas não haviam ouvido uma palavra sequer sobre discipulado, arrependimento ou submissão da vida ao Senhor. Em vez disso, foram levadas a acreditar que estavam salvas simplesmente porque recitaram a oração. Imagine o horror de se viver uma vida carnal que desonra a Cristo, crer o tempo todo que se é salvo e, no fim, defrontar-se com o Salvador e ouvir as terríveis palavras: "Afastem-se de mim vocês, que praticam o mal!" (Mateus 7:23).

É trágico ver a carnificina da falsa conversão no cristianismo, e grande parte deste engano desnecessário surge como resultado da oração de conversão. Seria muito mais amoroso ajudar as pessoas a entender corretamente o que significa ser cristão do que dar-lhe falsa segurança em uma conversão inexistente. Fornecer às pessoas uma verdadeira compreensão do cristianismo faz com que elas considerem o custo do que realmente significa tomar a cruz, crer no evangelho e seguir a Cristo. Tal entendimento talvez resulte em menos confissões de fé imediatas, mas será fundamental para conversões genuínas. Esta introspecção é o que Paulo ordenou em 2Coríntios 13:5: "Examinem-se para ver se vocês estão na fé; provem-se a si mesmos. Não percebem que Cristo Jesus está em vocês? A não ser que tenham sido reprovados!" É absolutamente verdade que qualquer pessoa verdadeiramente regenerada é selada para sempre e mantida pelo poder de Deus (Efésios 1:14; 1Pedro 1:5). Mesmo assim, somos ordenados, em 2Coríntios 13:5, a examinarmo-nos para ver se estamos na fé. A questão não é que cristãos podem perder a salvação, mas que há muitas falsas profissões de fé (Tito 1:16; 1João 2:19) e que o coração, mais enganoso que "qualquer outra coisa" (Jeremias 17:9), às vezes pode levar as pessoas a crer que são cristãs, sendo que sua vida demonstra o contrário. A fim de combater isso, Paulo pede a seus leitores que se testem. O teste não consiste em uma oração momentânea, mas no comprometimento a um autoexame contínuo, por toda a vida. Nosso cristianismo não está fundamentado em uma decisão que tomamos anos atrás; ele está fundamentado em nossa atitude de permanecer em Deus agora e para sempre (João 15:1-5).

Uma vez que a falsa confissão era uma grande preocupação no Novo Testamento, os cristãos não podem estar tão prontos a assegurar a salvação de um pecador sem conhecimento real de seu verdadeiro estado. Em vez disso, o evangelista fiel deve imitar o evangelismo de Cristo e desafiar as pessoas a considerar o custo de segui-lo (Lucas 14:28).

O pecador oprimido não precisa de um pedaço de papel datado e assinado para ter certeza; ele precisa das promessas das Escrituras. Permita que o Espírito Santo forneça uma segurança baseada em obediência (1João 3:18-19) no lugar de uma oração repetida ou de uma resposta a um convite evangelístico.

Uma alternativa: a grande comissão

É possível que alguns perguntem: "Que abordagem devo usar em lugar da oração de conversão?" Eu recomendo o método de evangelismo mundial ensinado por Jesus: chamar os pecadores ao arrependimento a fim de receberem perdão (Lucas 24:47), fazer discípulos, ensiná-los e batizá-los (Mateus 28:19-20; Marcos 16:15-18; Atos 1:6-9). Fazer discípulos inclui ajudar pessoas a compreender a magnitude de seguir a Jesus (Lucas 14:25-33). Ensinar equivale à instrução perseverante. O batismo representa uma declaração pública de compreensão e fé no evangelho com o compromisso de seguir a Cristo devotadamente.

Já ouvi muitas pessoas defendendo a oração de conversão dizendo: "A quem Jesus chamou, ele chamou publicamente", como se o próprio Jesus tivesse usado a oração de conversão! É verdade que a maioria das pessoas chamadas por Jesus foi chamada publicamente. Também é verdade que os cristãos são chamados a fazer uma confissão pública de Jesus como Cristo. Contudo, a versão bíblica desta confissão pública é o batismo, não uma oração repetida. Ao elevar a oração a este nível, têm-se, como resultado, a minimização do batismo.

Considerando o fato de que nada parecido com a oração de conversão é encontrado nas Escrituras, e levando em conta os perigos de tal oração, simplesmente não parece razoável continuar a usá-la como se ela marcasse o ingresso à vida cristã. Em vez de sucumbir às fraquezas do sistema da oração de conversão, um encontro evangelístico voltado para a tomada de decisões deveria seguir a grande comissão e ensinar o evangelho a fim de que as respostas venham verdadeiramente do coração. Desafie os ouvintes a considerar o preço, encoraje-os até mesmo a orar. Apenas não os faça repetir uma oração, como se as palavras que você diz tivessem importância, e não o coração deles.

Se alguém disser que quer se tornar cristão, reaja com alegria. Incentive-o a ir à igreja, ler a Bíblia, orar e fazer mudanças na vida. Encoraje-o a permanecer firme em Jesus e em sua palavra e ajude-o a começar na vida cristã. A ideia de conduzir a pessoa em uma oração e depois dar-lhe uma falsa garantia de salvação, entretanto, é certamente contraproducente para o evangelismo da grande comissão.

Nosso evangelismo seria muito mais consistente, nosso fruto seria muito mais evidente, e a igreja seria muito mais saudável se nos concentrássemos no chamado rígido de Jesus para fazer discípulos, em vez de colocarmos nossa atenção em um substituto moderno e nocivo. Sigamos o modelo bíblico e veremos o fruto do Espírito: um evangelho poderoso, crentes em crescimento e uma igreja pura.

Seção 3:

Evangelismo na prática

11

Jesus como Senhor: Componentes essenciais da mensagem do evangelho[1]

John MacArthur

Por trás de todas as questões teológicas sobre o evangelismo está a seguinte: a fim de que uma pessoa tenha fé salvífica, o que exatamente precisa ser transmitido para que ela entenda a mensagem? Este capítulo trata dos pormenores da mensagem evangelística: quem é Deus, por que as pessoas estão afastadas dele, o que Cristo fez para realizar a mediação entre eles e como elas devem responder.

Ao compartilhar o evangelho com incrédulos, quais são os principais elementos que não devemos deixar de transmitir? É neste ponto que o livro torna-se prático. A verdadeira pergunta que estamos fazendo é: "Como devo evangelizar meus amigos, minha família e meus vizinhos?" Para os pais, uma questão ainda mais importante é: "Como devo apresentar o evangelho aos meus filhos?"

Segmentos mais modernos do cristianismo tendem a responder a essas questões de forma minimalista. Infelizmente, o desejo legítimo de expressar o cerne do evangelho com clareza deu lugar a um empreendimento menos saudável. Trata-se de uma campanha para destilar os fundamentos da mensagem nos termos mais reduzidos possíveis. O glorioso evangelho de Cristo, ao qual Paulo chamou de "o poder de Deus para a salvação de todo aquele que crê" (Romanos 1:16), inclui toda a verdade sobre Cristo. No entanto, o cristianismo evangélico americano tende a considerar o evangelho como um "plano de salvação". Reduzimos a mensagem a uma lista de fatos declarados com o mínimo possível de palavras – e, a cada dia que passa, menos ainda. Você provavelmente já viu estes "planos de salvação" prontos para uso: "Seis passos para ter paz com Deus", "Cinco coisas que Deus quer que você saiba", "Quatro leis espirituais", "Três verdades sem as quais você não pode viver", "Duas maneiras de viver" ou "Um caminho para o céu".[2]

Outra tendência, igualmente perigosa, é reduzir o evangelismo a uma conversa memorizada. Muitas vezes, o treinamento do evangelismo consiste em fazer com que os cristãos memorizem uma série de perguntas, sabendo que cada uma delas se enquadra em categorias para as quais já há respostas planejadas.

Todavia, o evangelho não é uma mensagem que pode ser encapsulada, resumida, embalada a vácuo e, então, oferecida como remédio genérico para todo tipo de pecador. Os pecadores ignorantes precisam ser instruídos quanto a quem Deus é e por que ele tem o direito de exigir obediência. Os pecadores moralistas precisam ter o pecado exposto pelas exigências da lei de Deus. Os pecadores indiferentes precisam ser confrontados com a realidade do juízo iminente de Deus. Os pecadores temerosos precisam ouvir que Deus, em sua misericórdia, providenciou uma forma de libertação. Todos os pecadores devem entender que Deus é completamente santo. Eles devem compreender as verdades básicas da morte sacrificial de Cristo e o triunfo de sua ressurreição. Precisam ser confrontados com a exigência de Deus para que se voltem do pecado e aceitem a Cristo como Senhor e Salvador.

Além disso, em todas as ocasiões nas quais Jesus e os apóstolos evangelizaram – tanto a indivíduos quanto a multidões – não houve duas vezes em que eles apresentaram a mensagem exatamente com a mesma terminologia. Eles sabiam que a salvação é uma obra soberana de Deus. Seu papel era pregar a verdade; o Espírito Santo haveria de aplicá-la individualmente ao coração dos eleitos.

A forma da mensagem varia conforme o caso. Não obstante, o conteúdo deve sempre enfatizar a realidade da santidade de Deus e da impotência do pecador. Depois, deve conduzir pecadores a Cristo como Senhor soberano, porém misericordioso, que comprou a expiação completa para todos os que se voltam a ele em fé.

Os cristãos de hoje costumam ser advertidos a não dizer muitas coisas aos perdidos. Certas questões espirituais são rotuladas de tabu diante deles: a lei de Deus, o senhorio de Cristo, o abandono do pecado, a renúncia, a obediência, o juízo e o inferno. Essas coisas não devem ser mencionadas para que não "acrescentemos algo à oferta do dom gratuito de Deus". Há alguns que levam esse evangelismo reducionista ao extremo. Aplicando erroneamente a doutrina reformada do *sola fide* ("somente pela fé"), eles tratam a fé como o único tópico admissível quando se fala a não cristãos sobre seu dever diante de Deus. Com isso, tornam a fé totalmente desprovida de significado por despojá-la de tudo, menos de seus aspectos teóricos. Isso, acreditam alguns, preserva a pureza do evangelho.

O que isso realmente faz é minar o poder da mensagem de salvação. Tal atitude também povoou a igreja com "convertidos" cuja fé é falsa e cuja esperança depende de uma falsa promessa. Alegando, sem qualquer sentimento, que "aceitaram Cristo como Salvador", eles descaradamente rejeitam sua legítima vindicação como Senhor. Prestando-lhe um culto volúvel da boca para fora, eles o desprezam completamente no coração (Marcos 7:6). Proclamando-o de modo leviano, eles deliberadamente o negam com suas ações (Tito 1:16). Dirigindo-se a ele superficialmente como "Senhor, Senhor", eles obstinadamente se recusam a cumprir suas ordens (Lucas 6:46). Tais pessoas encaixam-se na descrição trágica dos "muitos" em Mateus 7:22-23, que um dia ficarão aturdidos ao ouvi-lo dizer: "Nunca os conheci. Afastem-se de mim vocês, que praticam o mal!"

O que dizemos no evangelismo

Se não há uma descrição simples para uma conversa evangelística, então, o que o evangelista deve dizer quando proclama o evangelho? Há muitos livros proveitosos que oferecem diretrizes ao testemunho.[3] Neste capítulo, desejo concentrar-me em algumas questões cruciais relacionadas ao conteúdo da mensagem que somos chamados a compartilhar com os incrédulos. Especificamente, se quisermos apresentar o evangelho da forma mais precisa possível, quais são os pontos que precisamos deixar claros? O que segue é uma lista de verdades que o evangelista deve se esforçar para incluir em toda conversa evangelística. Elas não estão listadas em ordem cronológica; sua disposição não tem o objetivo de sugerir uma ordem, tendo apenas a finalidade de ser útil. A seguir, veja o que o evangelista deve transmitir em qualquer conversa evangelística.

Ensine-os sobre a santidade de Deus

"O temor do Senhor é o princípio da sabedoria" (Salmos 111:10; ver também Jó 28:28; Provérbios 1:7; 9:10; 15:33; Miqueias 6:9). Grande parte do evangelismo contemporâneo visa a despertar qualquer coisa, menos o temor de Deus, na mente dos pecadores. Por exemplo: "Deus ama você e tem um plano maravilhoso para sua vida" é a frase de abertura típica no apelo evangelístico atual. Este tipo de evangelismo está longe da imagem de um Deus que deve ser temido.

O remédio para tal pensamento é a verdade bíblica sobre a santidade de Deus. Deus é totalmente santo, e sua lei, portanto, exige perfeita santidade: "Pois eu sou o SENHOR Deus de vocês; consagrem-se e sejam santos, porque eu sou santo. [...] Sejam santos, porque eu sou santo" (Levítico 11:44-45); "Vocês não têm condições de servir ao SENHOR. Ele é Deus santo! É Deus zeloso! Ele não perdoará a rebelião e o pecado de vocês" (Josué 24:19); "Não há ninguém santo como o SENHOR; não há outro além de ti; não há rocha alguma como o nosso Deus" (1Samuel 2:2); "Quem pode permanecer na presença do SENHOR, esse Deus santo?" (1Samuel 6:20).

Até o evangelho requer esta santidade: "Sejam santos, porque eu sou santo" (1Pedro 1:16); "Sem santidade ninguém verá o Senhor" (Hebreus 12:14).

Por ser santo, Deus odeia o pecado: "Eu, o SENHOR teu Deus, sou Deus zeloso, que castigo os filhos pelos pecados de seus pais até a terceira e quarta geração daqueles que me desprezam" (Êxodo 20:5).

Os pecadores não podem permanecer diante dele: "Os ímpios não resistirão no julgamento, nem os pecadores na comunidade dos justos" (Salmos 1:5).

Mostre-lhes seu pecado

Evangelho significa "boas-novas". O que o torna verdadeiramente boas notícias não é apenas o fato de que o céu é gratuito, mas que o pecado foi vencido pelo Filho de Deus. Infelizmente, passou a estar em voga a apresentação do evangelho como algo diferente de um remédio para o pecado. A "salvação" é oferecida como a fuga do castigo, o plano de Deus para uma vida maravilhosa, um meio de realização, uma resposta aos problemas da vida e uma promessa de perdão gratuito. Todas estas coisas são verdadeiras, é claro, mas são subprodutos da redenção, não o principal objetivo do evangelho. Quando o pecado não é enfrentado, as promessas de bênçãos divinas desvalorizam a mensagem.

Na Escritura, a evangelização normalmente começa com um chamado ao arrependimento e à obediência.[4] O próprio Jesus pregou: "Arrependam-se e creiam nas boas-novas!" (Marcos 1:15). Paulo escreveu: "Se você confessar com a sua boca que Jesus é Senhor e crer em seu coração que Deus o ressuscitou dentre os mortos, será salvo" (Romanos 10:9). No Pentecostes, Pedro pregou: "Arrependam-se, e cada um de vocês seja batizado em nome de Jesus Cristo, para perdão dos seus pecados, e receberão o dom do Espírito Santo" (Atos 2:38). João escreveu: "Quem crê no Filho tem a vida eterna; já quem rejeita o Filho não verá a vida, mas a ira de Deus permanece sobre ele" (João 3:36). O escritor de Hebreus disse que Cristo "tornou-se a fonte de eterna salvação para todos os que lhe obedecem" (Hebreus 5:9). Tiago escreveu: "Portanto, submetam-se a Deus. Resistam ao diabo, e ele fugirá de vocês. Aproximem-se de Deus, e ele se aproximará de vocês! Pecadores, limpem as mãos, e vocês, que têm a mente dividida, purifiquem o coração" (Tiago 4:7-8).

Jesus e os apóstolos não hesitaram em usar a lei ao evangelizar.[5] Eles sabiam que a lei revela nosso pecado (Romanos 3:20) e conduz-nos a Cristo (Gálatas 3:24). Ela é o meio que Deus emprega para fazer com que os pecadores vejam a própria impotência. Paulo claramente viu um lugar fundamental para a lei nos contextos evangelísticos. Todavia, muitos hoje acreditam que a lei, com sua inflexível exigência de santidade e obediência, é contrária ao evangelho e incompatível com ele.

Por que devemos fazer distinções onde a Escritura não faz? Se a Escritura advertisse contra a pregação de arrependimento, obediência, justiça ou juízo dos incrédulos, tudo bem. Porém, ela não contém advertências do tipo. O oposto é verdadeiro. Por exemplo, quando um homem perguntou a Jesus como poderia obter a vida eterna, Jesus respondeu pregando a lei e o senhorio (Mateus 19:16-22). Se quisermos seguir um modelo bíblico, não podemos ignorar o pecado, a justiça e o juízo, porque estas são exatamente as coisas a respeito das quais o Espírito Santo convence os que não são salvos (João 16:8). Podemos omiti-las da mensagem e ainda chamá-la de evangelho?

O evangelismo apostólico inevitavelmente culminava em um apelo ao arrependimento (Atos 2:38; 3:19; 17:30; 26:20). Podemos dizer aos pecadores que eles não precisam se converter do pecado, e ainda chamar isso de evangelismo? Paulo ministrou aos incrédulos "dizendo que se arrependessem e se voltassem para Deus, praticando obras que mostrassem o seu arrependimento" (Atos 26:20). Podemos reduzir a mensagem a um simples "aceitar a Cristo" e ainda acreditar que estamos ministrando de modo evangelístico?

É de se perguntar que tipo de salvação está disponível àqueles que nem mesmo reconhecem seu pecado. Jesus disse: "Não são os que têm saúde que precisam de médico, mas sim os doentes. Eu não vim para chamar justos, mas pecadores" (Marcos 2:17). Oferecer salvação a alguém que nem sequer entende a gravidade do pecado é colocar Jeremias 6:14 em prática: "Eles tratam da ferida do meu povo como se não fosse grave. 'Paz, paz', dizem, quando não há paz alguma".

O pecado é o que impossibilita a verdadeira paz aos incrédulos

"Mas os ímpios são como o mar agitado, incapaz de sossegar e cujas águas expelem lama e lodo" (Isaías 57:20). Esse problema advém do fato de que o pecado traz consequências (o ladrão teme constantemente ser pego), mas também de uma vida separada de Deus (Efésios 4:18).

Todos pecaram

Paulo explica aos romanos que "não há nenhum justo, nem um sequer; não há ninguém que entenda, ninguém que busque a Deus" (Romanos 3:10-11). Ninguém pode afirmar que vai para o céu por ser uma boa pessoa.

O pecado torna o pecador digno de morte

"O pecado, após ter-se consumado, gera a morte" (Tiago 1:15); "Porque o salário do pecado é a morte" (Romanos 6:23).

Os pecadores nada podem fazer para ganhar a salvação

"Somos como o impuro – todos nós! Todos os nossos atos de justiça são como trapo imundo. Murchamos como folhas, e como o vento as nossas iniquidades nos levam para longe" (Isaías 64:6); "Ninguém será declarado justo diante dele [de Deus] baseando-se na obediência à lei" (Romanos 3:20); "Ninguém é justificado pela prática da lei [...] pela prática da lei ninguém será justificado" (Gálatas 2:16).

Os pecadores estão, portanto, em uma situação irremediável

"O homem está destinado a morrer uma só vez e depois disso enfrentar o juízo" (Hebreus 9:27); "Não há nada escondido que não venha a ser descoberto, ou oculto que não venha a ser conhecido" (Lucas 12:2); "Deus [vai] julgar os segredos dos homens, mediante Jesus Cristo" (Romanos 2:16); "Os covardes, os incrédulos, os depravados, os assassinos, os que cometem imoralidade sexual, os que praticam feitiçaria, os idólatras e todos os mentirosos – o lugar deles será no lago de fogo que arde com enxofre. Esta é a segunda morte" (Apocalipse 21:8).

Instrua-os sobre Cristo e o que ele fez

O evangelho é uma boa notícia a respeito de quem Cristo é e do que ele fez pelos pecadores culpados. Embora o chamado ao arrependimento de uma vida de pecado esteja em todas as partes da apresentação do evangelho, o arrependimento por si só não é a mensagem do evangelho. O cerne da mensagem do evangelho consiste em como Deus colocou uma ponte entre os pecadores e sua própria santidade. Isso é maravilhosamente visto na pessoa e na obra de Cristo.

Ele é eternamente Deus

"No princípio era aquele que é a Palavra. Ele estava com Deus, e era Deus. Ela estava com Deus no princípio. Todas as coisas foram feitas por intermédio dele; sem ele, nada do que existe teria sido feito. [...] Aquele que é a Palavra tornou-se carne e viveu entre nós. Vimos a sua glória, glória como do Unigênito vindo do Pai, cheio de graça e de verdade" (João 1:1-3,14); "Em Cristo habita corporalmente toda a plenitude da divindade" (Colossenses 2:9). Para entender o que Deus fez, o pecador precisa entender quem Cristo é.

Ele é Senhor de todos

"[Ele] é o Senhor dos senhores e o Rei dos reis; e vencerão com ele os seus chamados, escolhidos e fiéis" (Apocalipse 17:14); "Sendo encontrado em forma humana, humilhou-se a si mesmo e foi obediente até a morte, e morte de cruz! Por isso Deus o exaltou à mais alta posição e lhe deu o nome que está acima de todo nome" (Filipenses 2:8-9); "Jesus Cristo, Senhor de todos" (Atos 10:36).

Ele se tornou homem

"Embora sendo Deus, não considerou que o ser igual a Deus era algo a que devia apegar-se; mas esvaziou-se a si mesmo, vindo a ser servo, tornando-se semelhante aos homens" (Filipenses 2:6-7).

Ele é totalmente puro e sem pecado

"[Ele,] como nós, passou por todo tipo de tentação, porém, sem pecado (Hebreus 4:15); "Ele não cometeu pecado algum, e nenhum engano foi encontrado em sua boca" (1Pedro 2:22); "Ele se manifestou para tirar os nossos pecados, e nele não há pecado" (1João 3:5).

Aquele que é sem pecado tornou-se sacrifício por nosso pecado

"Deus tornou pecado por nós aquele que não tinha pecado, para que nele nos tornássemos justiça de Deus" (2Coríntios 5:21); "Ele se entregou por nós a fim de nos remir de toda a maldade e purificar para si mesmo um povo particularmente seu, dedicado à prática de boas obras" (Tito 2:14).

Ele derramou o próprio sangue como expiação pelo pecado

"Nele temos a redenção por meio de seu sangue, o perdão dos pecados, de acordo com as riquezas da graça de Deus, a qual ele derramou sobre nós com toda a sabedoria e entendimento. E nos revelou o mistério da sua vontade, de acordo com o seu bom propósito que ele estabeleceu em Cristo" (Efésios 1:7-9); "Jesus Cristo [...] nos ama e nos libertou dos nossos pecados por meio do seu sangue" (Apocalipse 1:5).

Ele morreu na cruz para providenciar uma forma de salvação aos pecadores

"Ele mesmo [Cristo] levou em seu corpo os nossos pecados sobre o madeiro, a fim de que morrêssemos para os pecados e vivêssemos para a justiça; por suas feridas vocês foram curados" (1Pedro 2:24); "E por meio dele [Cristo] reconciliasse consigo [Deus] todas as coisas, tanto as que estão na terra quanto as que estão no céu, estabelecendo a paz pelo seu sangue derramado na cruz" (Colossenses 1:20).

Ele ressuscitou triunfantemente dentre os mortos

Cristo "foi declarado Filho de Deus com poder, pela sua ressurreição dentre os mortos" (Romanos 1:4); "Ele [Cristo] foi entregue à morte por nossos pecados e ressuscitado para nossa justificação" (Romanos 4:25); "O que primeiramente lhes transmiti foi o que recebi: que Cristo morreu pelos nossos pecados, segundo as Escrituras, foi sepultado e ressuscitou ao terceiro dia, segundo as Escrituras" (1Coríntios 15:3-4).

Ele possibilitou a reconciliação com Deus

Os pecadores estão separados de Deus por causa do pecado. Eles não têm acesso a Deus por meio da oração (Isaías 1:15) e estão impedidos da comunhão desfrutada por aqueles que conhecem seu Pai celestial (Efésios

2:12). Porém, a morte e a ressurreição de Cristo possibilitam às pessoas reconciliar-se com Deus (1Pedro 3:18).

Diga-lhes o que Deus exige deles

Fé que leva ao arrependimento é a exigência. Não se trata meramente da "decisão" de confiar em Cristo para ter a vida eterna, mas de um completo abandono de tudo o mais em que confiamos e de uma entrega a Jesus Cristo como Senhor e Salvador. No núcleo da evangelização, está o chamado para que a pessoa deixe de ser escrava do pecado e torne-se serva de Deus.[6]

Arrepender-se

"Arrependam-se! Desviem-se de todos os seus males" (Ezequiel 18:30); "Pois não me agrada a morte de ninguém; palavra do Soberano SENHOR (Ezequiel 18:32); "Deus [...] agora ordena que todos, em todo lugar, se arrependam" (Atos 17:30); "Preguei [...] dizendo que se arrependessem e se voltassem para Deus, praticando obras que mostrassem o seu arrependimento" (Atos 26:20).

Seguir a Jesus

"Jesus dizia a todos: 'Se alguém quiser acompanhar-me, negue-se a si mesmo, tome diariamente a sua cruz e siga-me'" (Lucas 9:23); "Ninguém que põe a mão no arado e olha para trás é apto para o Reino de Deus" (Lucas 9:62); "Quem me serve precisa seguir-me; e, onde estou, o meu servo também estará. Aquele que me serve, meu Pai o honrará" (João 12:26).

Confiar nele como Senhor e Salvador

"Creia no Senhor Jesus, e serão salvos, você e os de sua casa" (Atos 16:31); "Se você confessar com a sua boca que Jesus é Senhor e crer em seu coração que Deus o ressuscitou dentre os mortos, será salvo" (Romanos 10:9).

Aconselhe-os a considerar o custo com atenção

A salvação é absolutamente gratuita. É como alistar-se no exército: você não precisa pagar para entrar; tudo aquilo de que vier a precisar é fornecido. No entanto, em um sentido – assim como alistar-se no exército – servir a Cristo lhe custará muito caro. Pode custar liberdade, família, amigos, autonomia e, possivelmente, a própria vida. O trabalho do evangelista – como o do recrutador no exército – é abrir o jogo com os potenciais alistados. É exatamente por isso que a mensagem de Jesus costumava ser tão cheia de exigências:

> Se alguém vem a mim e ama o seu pai, sua mãe, sua mulher, seus filhos, seus irmãos e irmãs, e até sua própria vida mais do que a mim, não pode ser meu discípulo. E aquele que não carrega sua cruz e não me segue não pode ser meu discípulo. Qual de vocês, se quiser construir uma torre, primeiro não se assenta e calcula o preço, para ver se tem dinheiro suficiente para completá-la? Pois, se lançar o alicerce e não for capaz de terminá-la, todos os que a virem rirão dele, dizendo: 'Este homem começou a construir e não foi capaz de terminar'. Ou, qual é o rei que, pretendendo sair à guerra contra outro rei, primeiro não se assenta e pensa se com dez mil homens é capaz de enfrentar aquele que vem contra ele com vinte mil? Se não for capaz, enviará uma delegação, enquanto o outro ainda está longe, e pedirá um acordo de paz. Da mesma forma, qualquer de vocês que não renunciar a tudo o que possui não pode ser meu discípulo. (Lucas 14:26-33)

O dilema "caro ou gratuito", "morte ou vida", é expresso nos termos mais claros possíveis em João 12:24-25: "Digo-lhes verdadeiramente que, se o grão de trigo não cair na terra e não morrer, continuará ele só. Mas se morrer, dará muito fruto. Aquele que ama a sua vida, a perderá; ao passo que aquele que odeia a sua vida neste mundo, a conservará para a vida eterna."

A cruz é central para o evangelho precisamente por causa de sua mensagem vívida, incluindo o horror do pecado, a profundidade da ira de Deus contra o pecado e a eficácia da obra de Jesus na crucificação do velho homem (Romanos 6:6). A. W. Tozer escreveu: "A cruz é a coisa mais revolucionária que já apareceu entre os homens".[7]

A cruz da época romana não fazia acordos nem concessões. Ela derrotava todos os argumentos matando seu adversário e silenciando-o para sempre. Não poupou a Cristo; assassinou-o como os demais. Ele estava vivo quando o penduraram naquela cruz e completamente morto quando o baixaram dela seis horas depois. Aquela foi a cruz que primeiramente apareceu na história cristã.

A cruz sempre consegue o que quer. Ela vence ao derrotar seu oponente e impor sua vontade sobre ele. Ela sempre domina. Ela nunca faz concessões, nunca negocia nem concede coisa alguma, nunca entrega um ponto por causa da paz. Ela não se importa com a paz; preocupa-se apenas em acabar com a oposição o mais rápido possível.

Com perfeito conhecimento de tudo isso, "Jesus dizia a todos: 'Se alguém quiser acompanhar-me, negue-se a si mesmo, tome diariamente a sua cruz e siga-me'" (Lucas 9:23). Assim, a cruz não somente deu fim à vida de Cristo, como também dá fim à primeira vida, à vida antiga, de cada um de seus verdadeiros seguidores. Ela destrói o velho padrão, o padrão adâmico, na vida do cristão, dando-lhe fim. Então, o Deus que ressuscitou a Cristo dentre os mortos levanta o cristão, e uma nova vida começa. Isso, e nada menos, é o verdadeiro cristianismo.

Impulsione-os a confiar em Cristo

"Uma vez que conhecemos o temor ao Senhor, procuramos persuadir os homens" (2Coríntios 5:11). Paulo explica, com firmeza:

> Deus em Cristo estava reconciliando consigo o mundo, não lançando em conta os pecados dos homens, e nos confiou a mensagem da reconciliação. Portanto, somos embaixadores de Cristo, como se Deus estivesse fazendo o seu apelo por nosso intermédio. Por amor a Cristo lhes suplicamos: Reconciliem-se com Deus. (2Coríntios 5:19-20)

"Que o ímpio abandone seu caminho, e o homem mau, os seus pensamentos. Volte-se ele para o SENHOR, que terá misericórdia dele; volte-se para o nosso Deus, pois ele perdoará de bom grado" (Isaías 55:7); "Se você confessar com a sua boca que Jesus é Senhor e crer em seu coração que Deus o ressuscitou dentre os mortos, será salvo. Pois com o coração se crê para justiça, e com a boca se confessa para salvação" (Romanos 10:9-10).

Chamado ao batismo

Em nenhum lugar do Antigo ou do Novo Testamento encontramos um convite para que os pecadores creiam agora e obedeçam depois. O chamado para confiar e obedecer é uma única convocação. A palavra *obedecer* é, às vezes, utilizada para descrever a experiência de conversão: "[Ele] tornou-se a fonte de eterna salvação para todos os que lhe obedecem" (Hebreus 5:9).

Alguém realmente supõe que seja possível crer, realmente compreender tudo o que Jesus fez ao sofrer e morrer pelos pecados? Poderia alguém aceitar a oferta de perdão de sua mão e, depois, se afastar sem exaltá-lo com a própria vida, chegando a ponto de desprezá-lo, rejeitá-lo e descrer dele, exatamente como aqueles que o mataram? Tal tipo de teologia é grotesco.

A verdade é que nossa rendição a Cristo nunca é mais pura do que no momento em que nascemos de novo. Naquele momento sagrado, ficamos inteiramente sob o controle soberano do Espírito Santo, unidos a Cristo e recebendo um novo coração. Então, mais do que nunca, a obediência é inegociável – e convertido genuíno algum desejaria que assim não fosse (Romanos 6:17).

O primeiro mandamento para cada cristão é o batismo. O batismo não é uma condição para a salvação, mas um passo inicial de obediência para o cristão. A conversão está completa antes do batismo; ele é apenas um sinal externo que atesta o que já ocorreu no coração do pecador. O batismo é uma ordenança, e é precisamente o tipo de "obra" que Paulo afirma que não pode ser meritória (compare com a circuncisão, Romanos 4:10-11).[8]

No entanto, não há como ler o Novo Testamento sem notar a forte ênfase que a Igreja primitiva colocava no batismo. Ela simplesmente cria que todo cristão verdadeiro embarcaria em uma vida de obediência e discipulado. Isso era inegociável. Portanto, aqueles crentes viam o batismo como um momento decisivo. Somente os que eram batizados eram considerados cristãos. É por isso que o eunuco etíope estava tão ansioso para ser batizado (Atos 8:36-39).

Infelizmente, a Igreja hoje leva o batismo muito menos a sério. Não é incomum encontrar pessoas que professam ser cristãs há anos sem nunca ter sido batizadas. Isto não acontecia na Igreja do Novo Testamento. Uma vez que nossa cultura evangélica minimiza a importância da obediência a Cristo, perdemos o foco neste ato cristão inicial.

Charles Spurgeon escreveu: "Se o convertido professo declara distinta e deliberadamente que conhece a vontade do Senhor, mas não pretende cumpri-la, não devemos acalentar suas presunções, mas assegurá-lo de que não é salvo".[9] Esse princípio, é claro, não proíbe aulas de novos convertidos, a escola bíblica dominical, nem mesmo um breve período entre a conversão e o batismo. Significa, entretanto, que, ao professar fé em Cristo, o novo convertido deve aprender sobre o batismo e desejar professar sua fé publicamente.

Jesus como Senhor

O primeiro credo da Igreja primitiva era "Jesus é o Senhor" (cf. Romanos 10:9-10; 1Coríntios 12:3). O senhorio de Cristo permeava a pregação apostólica e permeia o Novo Testamento. No primeiro sermão apostólico, a mensagem de Pedro no Pentecostes, o auge foi este:

> Deus ressuscitou este Jesus, e todos nós somos testemunhas desse fato. Exaltado à direita de Deus, ele recebeu do Pai o Espírito Santo prometido e derramou o que vocês agora veem e ouvem. Pois Davi não subiu ao céu, mas ele mesmo declarou: "O Senhor disse ao meu Senhor: Senta-te à minha direita até que eu ponha os teus inimigos como estrado para os teus pés". Portanto, que todo Israel fique certo disto: Este Jesus, a quem vocês crucificaram, Deus o fez Senhor e Cristo. (Atos 2:32-36)

O contexto não deixa dúvidas sobre o que Pedro queria dizer. Essa era uma mensagem sobre a autoridade absoluta de Cristo como bendito e único Soberano, Rei dos reis e Senhor dos senhores (1Timóteo 6:15-16).

Em todo o livro de Atos, o senhorio absoluto de Jesus é um tema recorrente. Quando Pedro iniciou o ministério do evangelho aos gentios na casa de Cornélio, ele novamente declarou: "Ele é o Senhor de todos" (Atos 10:36). A verdade de seu senhorio era a chave para a pregação apostólica. O senhorio de Cristo é o evangelho segundo os apóstolos.

T. Alan Chrisope, em seu maravilhoso livro *Jesus is Lord* [Jesus é o Senhor], escreve: "Não há qualquer elemento da pregação apostólica mais preeminente do que a ressurreição, a exaltação e o senhorio de Jesus".[10] Ele acrescenta:

> A confissão "Jesus é o Senhor" é a confissão cristã mais predominante no Novo Testamento. Ela aparece não apenas em várias passagens que enfatizam seu caráter singular como *a* confissão cristã (por exemplo, Filipenses 2:9-11; Romanos 10:9; 1Coríntios 12:3; 8:5-6; cf. Efésios 4:5), como também numerosas vezes sob a forma variante "nosso Senhor", uma designação de Jesus tão usada, que se tornou a confissão cristã distintiva e universalmente identificável, conhecida e reconhecida por todos os cristãos.[11]

A bem da verdade, ele escreve: "Todos os fatos básicos da história do evangelho estão implícitos nesta simples e breve confissão: 'Jesus é o Senhor'".[12]

O apóstolo Paulo disse: "Não nos pregamos a nós mesmos, mas a Jesus Cristo, o Senhor, e a nós como escravos de vocês, por amor de Jesus" (2Coríntios 4:5). Jesus como Senhor é a mensagem evangelística que trazemos a um mundo que está perdido sem ela.

12

Como iniciar a conversa: Abordagem prática do evangelismo na vida real

Jim Stitzinger III

Talvez a parte mais difícil do evangelismo seja direcionar as conversas ao ponto em que o evangelho possa ser explicado. Este capítulo fornece conselhos práticos sobre como iniciar relacionamentos com aqueles que o Senhor colocou ao nosso redor e, então, como direcioná-los a oportunidades evangelísticas.

Muitos cristãos estereotipam o evangelismo como uma atividade realizada em um tempo e lugar designados, por pessoas com o "dom" de evangelismo. Eles erroneamente consideram o evangelismo uma estratégia isolada de "telemarketing", na qual entram em contato com pessoas que nunca viram antes e que provavelmente nunca mais verão.

Embora conversas evangelísticas espontâneas devam fazer parte da vida de todo cristão, a maioria das apresentações do evangelho ocorre no âmbito de relacionamentos já existentes. A fim de cumprir a comissão de Cristo (Mateus 28:19-20), devemos estar sempre prontos para explicar o evangelho aos que nos rodeiam.

Por essa razão, a vida do cristão deve ser caracterizada por evangelismo. Dizendo de modo simples, levar o evangelho aos incrédulos deveria ser uma parte constante de nossa vida. Caso não seja, estamos negligenciando a razão de Deus ter nos deixado na terra. Embora seja verdade que há pessoas com o dom do evangelismo, todos os cristãos devem ser ativos em compartilhar o evangelho com o mundo ao seu redor (Atos 21:8, Efésios 4:11). Mesmo Timóteo, cujo dom era ser pastor, foi exortado a fazer "a obra de um evangelista" (2Timóteo 4:5). A questão é que as Escrituras não reconhecem um cristão que não proclama Cristo com constância, paixão e ousadia.

Como Paulo declarou claramente em 2Coríntios 5:20, nós somos embaixadores de Cristo. No mundo romano, o embaixador era enviado por um país mais poderoso para tecer e reparar boas relações com um país menor e alienado. Se o embaixador fosse resistido ou maltratado, provavelmente haveria punição imediata.[1] É isso o que Paulo quer dizer quando descreve os cristãos como embaixadores. Fomos enviados por Deus para reparar relacionamentos com um mundo alienado. Se nossa mensagem for rejeitada, Deus é nosso defensor e trará juízo àqueles que o desprezaram. Como seus embaixadores, nosso objetivo é levar fielmente a mensagem que nos foi confiada. Essa não é uma tarefa pesada, mas uma alegria, e não há como duvidar do privilégio que temos em proclamar a pessoa e a obra de Cristo.

Uma vez que o amor a Deus sempre se manifesta na obediência a Cristo, o evangelismo é uma das maneiras mais rápidas de verificar o pulso do nosso amor. Nunca devemos negligenciar os incrédulos que Deus soberanamente escolheu colocar em nossa vida. Sem uma compreensão adequada do "por que" e do "como" do evangelismo, temos a tendência de tornar-nos indiferentes e começar a falar dos incrédulos como se fossem inimigos a ser combatidos, em vez de indivíduos a ser buscados com o amoroso confrontamento do evangelho. Porém, quando entendemos que os pecadores estão separados de Deus, são escravos do pecado e não têm esperança neste mundo, temos compaixão deles. No momento em que percebemos que fomos deixados na terra para alcançá-los com as Boas--novas de restauração a Deus, ficamos ávidos por levar-lhes a mensagem.

O que queremos é um estilo de vida de evangelismo; não um foco esporádico, mas uma caminhada consistente que leva pessoas a um conhecimento crescente de Cristo. Ao alinhar nossos pensamentos sobre o assunto com a Escritura, começamos a mudar nossos padrões de vida. Charles Spurgeon disse certa vez: "Todo cristão aqui é ou um missionário ou um impostor!"[1] Ele prosseguiu:

> A salvação de almas – se o indivíduo alguma vez sentiu amor pelos pecadores que perecem e amor por seu bendito

> Mestre – será uma paixão que o absorverá completamente. Isso o fará perder tanto o controle, que quase se esquecerá de si mesmo na salvação dos outros. Ele será como o robusto e corajoso bombeiro, que não se importa com o fogo ou o calor contanto que possa resgatar a pobre criatura na qual a verdadeira humanidade colocou seu coração.[3]

O evangelista focado precisará de tempo para desenvolver um relacionamento com incrédulos, fazendo perguntas e estando ciente de questões que precedem uma conversa sobre o evangelho.

Prioridades

Viver de modo evangelístico não acontece naturalmente, mesmo para o cristão maduro. Afinal, o evangelho é uma mensagem louca (1Coríntios 1:25), e isso dificulta a tarefa. Ninguém se alegra em levar uma mensagem louca para as pessoas que, por natureza, já assumem uma posição de ódio contra Deus. Portanto, pode haver certa inquietação racional quando se trata de evangelismo. Contudo, essa inquietação pode ser superada quando organizamos a vida em torno de algumas prioridades básicas.

Prioridade da santidade pessoal

O evangelismo pessoal eficaz começa com uma vida transformada. Paulo escreveu o seguinte, para todos os cristãos: "Não se amoldem ao padrão deste mundo, mas transformem-se pela renovação da sua mente" (Romanos 12:2).

O modo como pensamos determina o modo como falamos e agimos (Provérbios 23:7; Lucas 6:45). Palavras e ações pecaminosas provêm de pensamentos pecaminosos; palavras e ações justas resultam de pensamentos justos. Mesmo que a mente do cristão tenha deixado de ser escravizada pelo pecado para ser submissa a Cristo, ele deve continuar renovando-a, meditando frequentemente na Palavra de Deus. O Espírito Santo opera por meio da Palavra implantada em nossa consciência (Salmos 119:9-11) a fim de ajudar a colocar nossa mente "nas coisas do alto" (Colossenses 3:2) e focá-la nas coisas que são verdadeiras, nobres, corretas, puras, amáveis e de boa fama (Filipenses 4:8).

O resultado de nossa oração e meditação é a influência cristã em um mundo incrédulo. Nosso estilo de vida deve legitimar a mensagem. Por sermos cristãos, nossa vida deve tornar "atraente, em tudo, o ensino de Deus, nosso Salvador" (Tito 2:10).

Pedro mostra a conexão entre nossa vida e o evangelismo com a seguinte exortação:

> Antes, santifiquem Cristo como Senhor em seu coração. Estejam sempre preparados para responder a qualquer pessoa que lhes pedir a razão da esperança que há em vocês. Contudo, façam isso com mansidão e respeito, conservando boa consciência, de forma que os que falam maldosamente contra o bom procedimento de vocês, porque estão em Cristo, fiquem envergonhados de suas calúnias. (1Pedro 3:15-16)

Esses versículos falam da pureza que deve caracterizar a vida de todo cristão. A pureza de vida surge a partir de uma consciência sã, continuamente orientada sob a autoridade da Escritura. Como cristãos, devemos velar pelo desafio de ser praticantes da Palavra e não meramente ouvintes que enganam a si mesmos (Tiago 1:22-26). Não basta conhecer precisamente os fatos do evangelho; devemos lutar por uma humildade semelhante à de Cristo.

A hipocrisia na vida do cristão destrói o evangelismo da mesma forma que o mofo destrói o pão. A eloquência e o discurso persuasivo não podem superar a natureza gritante do pecado impenitente. Devemos lembrar que, muito antes de ouvir o que dizemos, os incrédulos observarão o modo como vivemos. Assim como os incrédulos são identificados por suas obras (Gálatas 5:19-21), os cristãos também são identificados pelo seu "fruto" (Gálatas 5:22-23).

O exemplo que damos talvez seja o único vislumbre da vida cristã que muitos conhecerão. O pecado ainda faz parte de nossa vida, e, às vezes, os incrédulos para os quais testemunhamos serão afetados por nosso pecado. No entanto, mesmo nos momentos de fracasso, temos a oportunidade de demonstrar humildade buscando perdão e reconciliação tanto com Deus quanto com aqueles que ofendemos.

O cristão que vive como sal e luz em um mundo sombrio e decaído (Mateus 5:13-16) não prejudica a mensagem do evangelho, mas coloca Cristo em evidência enquanto o mundo o vê operando por seu intermédio. Cristo disse, em Lucas 6:45: "O homem bom tira coisas boas do bom tesouro que está em seu coração, e o homem mau tira coisas más do mal que está em seu coração, porque a sua boca fala do que está cheio o coração". O exemplo consistente de uma vida transformada é prova irrefutável de salvação.

Prioridade da oração incessante

O avanço na obra do evangelismo dá-se por meio da oração. Paulo disse aos tessalonicenses: "Orem continuamente" (1Tessalonicenses 5:17). Um componente desta vida de oração é interceder por aqueles que ainda não aceitaram a Cristo como Senhor e Salvador.

A oração evangelística suplica a Deus que seja glorificado ao atrair incrédulos para si. Vemos isso na vida de Paulo, conforme escreveu em Romanos 10:1 (ARA): "Irmãos, a boa vontade do meu coração e a minha súplica a Deus a favor deles são para que sejam salvos" (ver também 1Timóteo 2:1-4). Isto é coerente com o que Paulo pediu aos colossenses: "Orem também por nós, para que Deus abra uma porta para a nossa mensagem, a fim de que possamos proclamar o mistério de Cristo" (Colossenses 4:3).

A oração evangelística pede a Deus que proporcione oportunidades para apresentar o evangelho. Ela pede a Deus coragem e ousadia a fim de que ele seja honrado. Paulo pediu à igreja em Éfeso que orasse por ele "para que, quando eu falar, seja-me dada a mensagem a fim de que, destemidamente, torne conhecido o mistério do evangelho pelo qual sou embaixador preso em correntes. Orem para que, permanecendo nele, eu fale com coragem, como me cumpre fazer" (Efésios 6:19-20).

Ore de modo específico, sincero e incessante por aqueles em seu campo de missão soberanamente escolhido. Tenho notado, em minha própria vida, que, quanto mais oro por oportunidades evangelísticas, mais ocasiões tenho para compartilhar o evangelho. Não tenho certeza se a oração simplesmente abre meus olhos para oportunidades que, de outra forma, teria deixado passar ou se este aumento de chances é uma resposta direta à minha oração. Suspeito que seja um pouco de ambos. De qualquer maneira, a oração evangelística é prioridade na construção de uma vida que procura levar o evangelho a outros.

Prioridade da memória do evangelho

O evangelista só pode compartilhar o que sabe. Obviamente, se as pessoas não conhecem o evangelho, não podem explicá-lo. Assim, o evangelismo começa com os fatos e versículos que nos comprometemos a memorizar. Quanto reservamos tempo para memorizar e revisar regularmente a mensagem do evangelho, não apenas cooperamos com nossa própria santificação, como também nos tornamos cada vez mais claros e compreensíveis no evangelismo. Visto que a salvação é inteiramente obra de Deus, devemos estudar a Bíblia como obreiros que não têm do que se envergonhar (2Timóteo 2:15).

Isto é muito mais importante até mesmo do que nosso próprio testemunho. Embora a realidade da obra de Cristo em nossa vida seja importante, ela carece da autoridade encontrada somente nas palavras da Escritura (Hebreus 4:12). O testemunho é poderoso ao detalhar a obra de Cristo em sua vida, mas lembre-se de que é necessário expor Cristo – não perversidades ou realizações do passado.

Veja a seguir um simples esboço do evangelho para guardar na memória. Embora não seja completo, ele abrange os princípios básicos do que se deve saber para ser salvo.

Quem Deus é. A Bíblia explica que Deus nos criou e nos sustenta. Portanto, ele é a autoridade absoluta em nossa vida. Ele é perfeito, amoroso e exige que lhe obedeçamos totalmente.

1. Deus criou tudo e é dono de tudo, incluindo você (Gênesis 1:1; Salmos 24:1).
2. Deus é perfeitamente santo (Mateus 5:48).
3. Deus requer de você perfeita obediência à sua lei (Tiago 2:10).

Quem nós somos. Em vez de buscar Deus, todos vivem em rebeldia desobediente contra ele. A Bíblia chama a desobediência de "pecado", e as boas obras não conseguem apagar esta culpa. A penalidade pelo pecado é mais do que a morte física que todos experimentarão; é a separação eterna de Deus, no inferno. O homem merece esse julgamento por recusar-se a obedecer a Deus.

1. Você violou a lei de Deus (Romanos 3:10,23).
2. Você pagará o preço eterno pelo seu pecado (Romanos 6:23).
3. Você não pode salvar-se por suas boas obras (Tito 3:5).

Quem Jesus é. O grande amor e misericórdia de Deus oferecem perdão a todo pecador. Deus enviou seu Filho, Jesus Cristo, para morrer na cruz a fim de pagar o preço do pecado por todos os que creem. Em sua morte, Jesus suportou nosso castigo, satisfazendo a ira de Deus. Em sua ressurreição, Jesus provou que é Deus, declarando vitória sobre o pecado e a morte.

1. Cristo veio à terra como Deus e homem sem pecado (Colossenses 2:9).
2. Cristo demonstrou seu amor morrendo na cruz para pagar o preço pelo pecado (Romanos 5:8; 2Coríntios 5:21).
3. Cristo ressuscitou da sepultura e hoje está vivo (1Coríntios 15:4).

Nossa resposta. Deus ordena que você confesse seu pecado e arrependa-se dele. Você deve crer em Jesus Cristo como Senhor e Salvador. Deve submeter sua vida inteira a Jesus Cristo, obedecendo-lhe como Senhor e Salvador. Somente crendo em Cristo é que você pode ser perdoado.

1. Você deve arrepender-se de tudo o que desonra a Deus (Isaías 55:7; Lucas 9:23).
2. Você deve crer em Cristo como Senhor e Salvador (Romanos 10:9).

Conversa

Com o evangelho gravado na memória, o próximo passo é iniciar conversas com incrédulos. Conforme já mencionei, muitas pessoas veem o evangelismo como algo que ocorre predominantemente no contexto de completos estranhos. A realidade, entretanto, é que a maior parte de nosso evangelismo acontecerá no contexto daqueles que já conhecemos. Uma maneira prática de entender isso é fazer três listas:

1. *Todos os incrédulos com quem você interage regularmente, mas nunca teve nenhuma conversa sobre o evangelho.* É compreensível que esta lista seja bem grande. Portanto, limite-a apenas àqueles com os quais você se comunica com regularidade, como vizinhos, familiares, colegas de trabalho, amigos e assim por diante. Pense em pessoas que você vê regularmente (o carteiro, o atendente da padaria ou outros com quem interage com frequência).
2. *Todos os incrédulos com quem você já teve alguma conversa evangelística.* Com essas pessoas, você já conversou sobre trechos do evangelho, talvez melhorando a compreensão delas quanto a diversos componentes. Nesta lista podem estar as pessoas que você convidou para um estudo bíblico, que consolou em tempos difíceis, com as quais orou quando teve oportunidade, a quem respondeu a algumas perguntas sobre o evangelho e assim por diante.
3. *Todos os incrédulos com quem você já teve uma conversa prolongada sobre o evangelho.* As pessoas listadas aqui ouviram uma exposição completa do evangelho, talvez várias vezes. Elas receberam respostas às perguntas, e você suplicou para que se arrependessem e cressem em Cristo.

Muitos cristãos que fazem este exercício acham fácil preencher a primeira lista, têm um pouco mais de dificuldade para preencher a segunda e muito mais para elaborar a terceira. Isto revela uma triste realidade: enquanto falamos de evangelismo, muitas vezes nos satisfazemos com comentários e sugestões vagas, em vez de proclamarmos de modo estratégico e apaixonado.

Nosso objetivo é acompanhar e melhorar a compreensão de cada pessoa sobre o evangelho e, ao mesmo tempo, trabalhar cuidadosamente para edificar seu entendimento da mensagem salvífica de Cristo.

Ao olharmos para nossos conhecidos por este simples crivo, concentramo-nos mais atentamente no trabalho real do evangelismo. Em lugar de sermos fortuitos, tornamo-nos intencionais. Em lugar de ser um pensamento distante, o evangelho passa a ser a primeira preocupação em toda forma de contato. Tudo isso ajuda a orientar nosso pensamento em direção a uma maior persistência e precisão no ministério do evangelho àqueles que conhecemos e amamos.

Estratégia

Tanto faz se estamos testemunhando a alguém que conhecemos há apenas alguns minutos ou a um amigo de longa data – tudo começa com uma conversa.

Para muitos cristãos, a parte mais difícil do evangelismo é iniciar uma conversa sobre o evangelho. Assim como andar de bicicleta, uma vez que você tenha começado, o resto é fácil – acontece que o começo é a parte que pode deixá-lo com alguns arranhões e contusões. Achamos fácil conversar com nossos amigos sobre quase qualquer assunto, mas costumamos ter dificuldade para direcionar a conversa às questões espirituais. Como podemos preencher a lacuna entre os assuntos comuns da vida e a verdade eternamente valiosa da Escritura?

Há muitas "questões introdutórias" que são suscitadas por diferentes assuntos. Trabalho, esportes, política, notícias, atividades diárias – tudo pode ser a base para uma conversa sobre o evangelho. Pense em comentários que possam estimular os amigos a refletir sobre questões espirituais. Esta é uma habilidade adquirida, não um dom exclusivo de apenas alguns cristãos. A única exigência é que amemos as pessoas e desejemos glorificar a Deus sendo obedientes na evangelização do mundo.

Pense nas etapas a seguir como rodinhas de segurança para iniciar uma conversa com vistas ao evangelho.

Passo um: comece com uma conversa comum

Conhecer alguém é o início de um relacionamento. Demonstrar interesse pela vida de uma pessoa dá a ela um motivo para falar com você e ouvi-lo. Nosso objetivo é conversar em um nível mais pessoal do que o clima; talvez sobre a família da pessoa, trabalho, educação, música, passatempos ou animais de estimação. Ao descobrir o que interessa ao incrédulo, você o conhecerá e compreenderá, sendo capaz de identificar-se com seus sentimentos e ideias.

Comece aprendendo o nome das pessoas que Deus colocou à sua volta. A apresentação é um ponto de partida natural para qualquer conversa. Ao conhecer e usar o nome de alguém, transmitimos autenticidade e interesse verdadeiro. É simples aprender o nome do vizinho ou o nome das pessoas que encontramos regularmente. Sempre me espanta a quantidade de cristãos que querem ser mais evangelísticos, mas que nem sequer sabem quem são seus vizinhos.

Há todo tipo de desculpas para isso. Eu morava em um condomínio de apartamentos e, depois de uma longa viagem de volta para casa, eu só queria entrar e ver minha família. Eu poderia usar isso como desculpa para não falar com meus vizinhos, muitos dos quais acabava vendo várias vezes por semana. Contudo, a disciplina de ver o mundo como um campo missionário deve levar-nos a dar o passo básico de conhecer as pessoas que esperamos alcançar.

Assim que tiver conhecido os que o cercam, ouça atentamente o que eles dizem. Você obterá uma compreensão valiosa de seus sentimentos e modo de pensar. Um bom ouvinte perceberá questões ou acontecimentos que afligem os incrédulos. Um bom ouvinte observará temas que lhes são importantes e transmitirá preocupação e amor genuínos.

A capacidade de ouvir exige mais do que meros ouvidos. A linguagem corporal também é importante. Mantenha um bom contato visual, seja paciente e resista às distrações. O objetivo é transmitir verdadeiro interesse dando toda a sua atenção.

Ouvir é uma atitude que envolve parar de falar e passar a fazer perguntas.[4] Pergunte às pessoas onde elas trabalham e se elas gostam de lá. Descubra que escola frequentaram, o que fazem nos fins de semana e outras informações básicas que o ajudarão a conhecê-las. Alguns cristãos acham que esses tipos de perguntas são ardilosos e não espirituais, mas a verdade é que conhecer alguém é parte importante do evangelismo. Não faz sentido dizer que ama seus vizinhos se você nem sabe quem eles são.

À medida em que desenvolve um relacionamento com aqueles que o Senhor colocou em sua vida, o tipo de perguntas que você faz deve levar a conversas mais aprofundadas. Procure extrair pensamentos ao mesmo tempo em que oferece a oportunidade de compartilhar sentimentos e ideias pessoais. A seguir estão algumas perguntas que você pode fazer:

1. Como você tomou essa decisão?
2. O que o motivou a escolher esse emprego?
3. Por que isso é tão importante para você?
4. O que você teria feito nessa situação?
5. Você pode me dar um exemplo disso?

Não confirme nem aceite tudo o que o incrédulo disser, mas interfira em cada conversa com o propósito de entendê-lo, buscando a melhor oportunidade para apresentar qualquer porção do evangelho que o Senhor permitir. A maioria das pessoas ama falar sobre si mesma, então ouça. Não tenha pressa de responder às suas próprias perguntas ou de dar sua opinião. Aproveite o tempo para desenvolver uma relação de confiança.

Passo dois: faça uma declaração ou pergunta perscrutadora

Ao longo das conversas que tiver, procure fazer a ponte correta com o evangelho. Para algumas pessoas, esta ponte é natural, mas muitos cristãos encontram dificuldades neste ponto. Uma ferramenta que considero útil é fazer uma pergunta ou declaração que leve a conversa diretamente para o que a pessoa acredita em relação ao pecado e à salvação. Às vezes, a conversa volta-se diretamente para o evangelho, mas, na maioria das vezes, isto não acontece – a menos que a orientemos dessa maneira. A Bíblia oferece vários exemplos desse tipo de evangelismo.

Em João 4, Jesus estava falando com a mulher que encontrara no poço a respeito do assunto em questão: água. Jesus disse: "Quem beber da água que eu lhe der nunca mais terá sede" (João 4:14). Essa afirmação os levou do tópico secular "água" ao tópico espiritual "água da vida".

Simão Pedro estava próximo ao mar, secando redes e conversando com Cristo sobre pesca. Jesus lançou um convite que somente pescadores entenderiam: "Sigam-me, e eu os farei pescadores de homens" (Mateus 4:19). Jesus mudou a conversa do tema secular "pesca" à dimensão espiritual "pesca de homens". Aqui estão alguns exemplos que podem funcionar para você:

1. Com sua saúde enfraquecendo, você pensa sobre onde passará a eternidade?
2. Por que é errado roubar ou matar? De onde vem essa lei moral?
3. Quem determina se algo está certo ou errado?
4. O que você acha que Deus exige para entrar no céu?
5. Por que você acha que as pessoas ricas raramente aparentam ser felizes?
6. Onde você se informa a respeito de [Deus, Cristo, eternidade]?
7. Como alguém de sua religião chega ao céu?

Quanto mais conversa com alguém, mais oportunidades você tem para pular de assuntos normais a assuntos espirituais. Quando você sabe o que a pessoa está passando na vida, fica mais apto a estabelecer uma ponte entre a conversa e o evangelho. Se ela está frustrada com algo no trabalho, pergunte por quê. Se está feliz com algo na vida, compartilhe o sentimento, mas pergunte por que aquilo em particular traz tanta felicidade. Seja intencional ao estabelecer uma conexão entre a vida da pessoa e o evangelho.

Passo três: peça permissão e faça uma pergunta direta

Após perguntar sobre trabalho, família e igreja, e talvez até mesmo compartilhar seu testemunho pessoal, você pode conduzir a conversa para coisas espirituais mais profundas com perguntas diretas. Antes de fazer as perguntas, entretanto, é bom pedir permissão. Isso evita respostas como: "Eu não discuto sobre minhas crenças".

Nesse ponto, faça uma pergunta direta, como: "Se você morresse hoje, onde passaria a eternidade?" ou "Quais são as exigências de Deus para entrar no céu?"

Você provavelmente obterá uma ampla gama de respostas a essas perguntas. Os não crentes costumam responder assim:

1. Acho que Deus vai me aceitar porque eu sou uma pessoa muito boa.
2. O homem é essencialmente bom e pode obter acesso ao céu.
3. Deus ama demais para condenar alguém ao inferno.
4. Eu acho que Cristo era apenas um homem bom, nada mais.

Essas respostas são "baseadas em obras" e podem ser um bom gancho para compartilhar a Palavra de Deus. Você pode responder dizendo:

1. A Bíblia diz que o padrão de Deus para entrar no paraíso é muito diferente. Posso mostrar a você o que Deus exige?
2. Você refletiu bastante em sua resposta, mas ela é diferente do que a Bíblia diz. Posso mostrar o que ela diz sobre este assunto?
3. Ouvi o que disse sobre Deus ser muito amoroso para mandar alguém para o inferno, mas, de acordo com a Bíblia, você está se esquecendo de um fato muito importante. Posso compartilhar com você o que Deus disse sobre si mesmo?
4. Tenho certeza de que você tenta ser uma boa pessoa, mas, segundo a Bíblia, está deixando passar algo. Posso compartilhar com você o que é?

Você pode perguntar: "Por que você acha que Deus permite a entrada de pessoas no céu?" ou "Qual é a chance de você ir para o céu?". Se a pessoa ainda não tiver resposta, você pode dizer: "Essas são perguntas importantes, que você precisa ser capaz de responder. Posso compartilhar com você o que a Bíblia diz sobre o assunto?"

A partir deste ponto, prossiga falando sobre o evangelho, certificando-se de contrastar o que a Bíblia diz com o pensamento prévio da pessoa acerca de tópicos específicos da mensagem. Naturalmente, nem todos estarão interessados, e você pode se deparar com uma resistência bem forte.

Nosso trabalho é apresentar a mensagem do evangelho com clareza. Com esta responsabilidade, nossa eficácia é avaliada pela clareza da mensagem transmitida, não simplesmente pela resposta do incrédulo. Deus é soberano sobre a salvação, e há aqueles que rejeitarão a mensagem do evangelho.

Quando um incrédulo começa a zombar da mensagem, devemos reorientar nossos esforços para outras pessoas. Cristo disse a seus discípulos em Mateus 10:14: "Se alguém não os receber nem ouvir suas palavras, sacudam a poeira dos pés quando saírem daquela casa ou cidade". A questão é que, quando um incrédulo toma a decisão informada de rejeitar o evangelho e se torna hostil, nós devemos voltar nossa atenção a outros – os quais o Senhor pode estar preparando para receber o evangelho.

Se e quando você for rejeitado, lembre-se: não se envolva em discussão infrutífera com o descrente. Não devemos destruir o evangelismo com discussões desnecessárias. Lembre-se de que a soberania de Deus nunca muda. Ele pode usar nosso exemplo de humildade e amor para confrontar um coração duro. O evangelho, não a personalidade do mensageiro, deve ser a rocha de ofensa. Devemos deixar os resultados com Deus. Nossa responsabilidade é simplesmente ser fiéis em proclamar a mensagem do evangelho com clareza.

Além disso, não tome como pessoal a rejeição de um incrédulo. Lembre-se, os incrédulos não podem responder positivamente ao evangelho por conta própria. Quando rejeitam o evangelho, eles estão rejeitando a Cristo, não a nós. Devemos ser fiéis para apresentar a mensagem com precisão e amor e, então, deixar os resultados nas mãos de Deus. O reconhecimento de que a conversão é obra de Deus deve evitar que desanimemos.

Por fim, continue a orar pelo arrependimento do incrédulo. Coloque-se à disposição da pessoa para responder a quaisquer perguntas sobre questões espirituais. Assegure-a de que você continuará se lembrando dela em suas orações. Ore por ela e utilize o testemunho de sua vida transformada para evangelizá-la. Você não sabe como Deus pode usá-lo no processo de atração.

J. I. Packer escreveu:

> "Nós glorificamos a Deus ao evangelizar, não só porque evangelizar é um ato de obediência, mas também porque,

> no evangelismo, contamos ao mundo sobre as grandes coisas que Deus fez para a salvação dos pecadores. Deus é glorificado quando suas poderosas obras de graça são conhecidas."[5]

O objetivo deste capítulo não foi apresentar exemplos de conversas para memorização, mas encorajá-lo a desenvolver relacionamentos de modo fiel e intencional com as pessoas a fim de levar-lhes o evangelho de modo eficaz. Esforce-se para manter sua vida focada em um viver santo e na oração evangelística. Esteja atento às oportunidades de levar o evangelho aos que precisam dele. Se você for disciplinado em espalhar as sementes, o Senhor será fiel em produzir a colheita.

13

Chamado ao arrependimento: Exposição da mensagem à consciência

Tom Patton

Não pode haver conversão sem arrependimento, mas esse talvez seja o aspecto mais negligenciado do evangelismo contemporâneo. Depois de décadas de fé "fácil", o coração da Igreja parece ter sofrido uma parada cardíaca. Em vez de permitir que a Escritura penetre no coração impenitente, a tendência cultural atual é desculpar o pecado e reconhecer o sucesso humano como o segredo da vida abundante. O verdadeiro quebrantamento assemelha-se à relíquia de uma era passada. O lamento profundo pelo pecado, as lágrimas de tristeza e a agonia sob o peso esmagador da iniquidade atualmente são expressões quase inexistentes. Não obstante, o propósito do evangelista continua sendo chamar pessoas ao arrependimento de tudo aquilo que desonra a Deus.

Uma pesquisa recente revela que a maioria dos americanos não acredita na necessidade de arrependimento, pois não reconhece pecado algum do qual deva se arrepender.[1] Visto que o próprio conceito de salvação implica libertação do perigo iminente resultante do pecado, faz sentido que a tendência moderna de redefinir o pecado remova a necessidade de arrependimento da consciência da sociedade. A construção moral de nossa cultura é tal, que até o menor indício de falha ética é rapidamente interpretado pelo critério do relativismo e considerado irrelevante. Poucos ousam expor a ferida central da alma humana como o pecado da incredulidade.

A fim de ser salvas, as pessoas não precisam meramente crer nos fatos básicos do evangelho. Não basta, como alguns evangelistas podem alegar, simplesmente confiar em Deus para ter uma vida melhor. As pessoas precisam se arrepender dos pecados. Isto inclui pecados específicos, como mentira, ganância e justiça própria, mas também é necessário arrepender-se de não crer no Deus do evangelho.

Talvez você se surpreenda ao notar que a maioria das apresentações do evangelho na Bíblia começa com um apelo ao arrependimento. Conforme escreveu Richard Roberts, "a primeira palavra do evangelho não é 'amor'. Não é nem mesmo 'graça'. A primeira palavra do evangelho é 'arrependam-se'.[2]

O primeiro pregador do Novo Testamento foi, sem dúvida, João Batista. As primeiras palavras registradas de seu ministério são: "Arrependam-se, porque o Reino dos céus está próximo" (Mateus 3:2). Jesus começou seu ministério com as mesmas palavras (Mateus 4:17). Marcos descreve a pregação inicial de Jesus como apelos de arrependimento: "Arrependam-se e creiam nas boas-novas!" (Marcos 1:15).

Da mesma forma, quando foram enviados, os 12 apóstolos também começaram seu ministério com este chamado: "Eles saíram e pregaram ao povo que se arrependesse" (Marcos 6:12). Isto não acontecia apenas em relação a grupos, mas também a indivíduos. O primeiro sermão de Pedro foi uma ordem para que as pessoas se arrependessem e fossem batizadas (Atos 2:38). Isto também se aplica a João (Atos 3:19), Paulo (Atos 26:18) e Timóteo (2Timóteo 2:25). No cerne do evangelismo, sempre esteve a ordem para o arrependimento do pecado.

Infelizmente, muitos evangélicos já não se veem como proclamadores do arrependimento com respeito à incredulidade, mas como conhecedores da arte da inspiração e contextualização. A preocupação de hoje está mais ligada à realização de sonhos do que ao reconhecimento da depravação. Não só é comum que nossa sociedade psicologicamente experiente endosse curas superficiais, como a igreja em geral concorda que se evite falar sobre as diretrizes divinas em troca de uma tentativa de simplesmente limpar a vida das pessoas em vez de ardentemente buscar uma transformação radical.

A mensagem central pregada às multidões hoje proclama um evangelho de positividade em lugar de um evangelho de resgate. O clamor de

Deus ao coração humano tem sido lentamente redirecionado para uma espécie de exortação santa, em lugar de uma demanda por transformação total. O verdadeiro arrependimento tem sido lentamente substituído por uma falsificação amigável.

Deus, pessoas e arrependimento

A causa do desdém das pessoas com respeito à doutrina do arrependimento é sua natureza caída (Mateus 13:14; João 8:43). Por causa da desobediência de Adão, o mundo inteiro agora compartilha a culpa do pecado original e, por consequência, herdou uma propensão inata para o pecado (Romanos 5:14). O chamado divino à humanidade caída é um chamado à transformação radical, interior e espiritual. Desde o nascimento, todos se confrontam com o mandamento divino de conhecer Deus e ser como ele é. Por causa da queda, as pessoas são incapazes disso; logo, o chamado ao coração humano é um chamado ao arrependimento.

Todo pecado é uma violação da lei moral de Deus. Assim, quando pecam, as pessoas são a prova viva de que o coração humano se recusa a estar em conformidade com a imagem de Deus. Elas se recusam a ser perfeitas como Deus é perfeito (Mateus 5:48) ou a amar as outras como amam a si mesmas. Por amar o pecado e resistir a Deus, elas demonstram que seu coração incrédulo está longe dele.

Diante da rebelião global, Deus não está em silêncio. Pelo contrário, ele declara constantemente suas próprias excelências por meio de todas as possibilidades imagináveis que sua criação pode sustentar (Salmos 19:1). A própria natureza de Deus pode ser entendida pelo modo como ele determinou conclamar sua criação a reconhecê-lo como Deus e converter-se do pecado da incredulidade. Deus traz glória a si oferecendo a todas as pessoas a oportunidade de reconhecer a reivindicação inerente de seu Criador sobre elas e, assim, capacita-as a afastar-se de seu pecado em arrependimento e fé.

Deus chama continuamente as pessoas ao arrependimento revelando-se mediante a graça comum (Mateus 5:45; Atos 14:17). Esta graça é vista na percepção interna da lei moral e do senso de certo e errado que há na consciência (Romanos 2:12). É o desígnio da criação orientar às pessoas que se voltem a seu Criador por meio da revelação geral (Salmos 19; Romanos 1:20) e mediante a revelação específica da Palavra da Verdade, que salva os que creem (Salmos 119).

Haja vista a profundidade do pecado da rebeldia da humanidade contra Deus, a autorrevelação divina precisava ser inevitável. As pessoas são chamadas a arrepender-se, em todos os níveis de seu ser, da profunda recusa de reconhecer e adorar o Deus que criou os seres humanos, com a esperança de compartilhar a bênção insondável da comunhão com Deus mediante a fé. Deus continua, em sua misericórdia, chamando os homens criados a sua imagem a afastar-se da ilusão de autonomia e aceitar a evidência incontestável de sua soberania divina.

Caráter de Deus e arrependimento

Junto a esse chamado de Deus, há outra verdade vital a se considerar: o caráter de Deus na salvação. A proclamação central da Bíblia é que o Criador do universo condescendeu com sua criação, revelando-lhe a verdade a respeito de sua existência transcendente, suas santas perfeições e seus justos juízos, com vistas a chamar para si um povo que fosse seu (Tito 2:14). Pela graça, Deus estende seu convite à humanidade fazendo, literalmente, chover evidências de seu domínio sobre a criação por todos os meios concebíveis imagináveis, a fim de que os homens possam conhecê-lo e adorá-lo como Deus em vez de permanecer em sua condição de incredulidade.

Todos os que não se conformam à suprema santidade de Deus são colocados, por assim dizer, na sala do tribunal do céu, diante da terrível fúria do julgamento iminente, aguardando a inevitável reação à injusta rebeldia enquanto experimentam os horrores degradantes do abandono divino. A essência da rejeição humana à lei divina é um ato de desafio pessoal contra o caráter de Deus. Walter J. Chantry resume bem isso:

> Os evangelistas devem usar a lei moral para revelar a glória do Deus ofendido. Então, o pecador estará pronto para chorar, não só porque sua segurança pessoal está em perigo, mas também, e principalmente, porque foi culpado de traição contra o Rei dos reis.[3]

Stephen Charnock, em *The Existence and Attribute of God* [A existência e o atributo de Deus], assim declara:

> Negamos sua soberania quando violamos suas leis; desonramos sua santidade quando lançamos nossa imundície diante de sua face; desprezamos sua sabedoria quando estabelecemos outra regra como guia de nossas ações em lugar da lei que ele determinou; desprezamos sua suficiência quando preferimos a satisfação no pecado em vez da felicidade apenas em Deus; e desprezamos sua bondade quando julgamos que ela não é forte o suficiente para atrair-nos a ele.[4]

Para a humanidade, o resultado de suprimir a verdade sobre os atributos de Deus é ser sobrenaturalmente entregue à expressão mais plena de incredulidade – um juízo por recusar-se a ser obediente a Deus (Romanos 1:18-32). Assim, a convocação sobrenatural de Deus para que a humanidade o conheça também é um chamado a ser como ele (Romanos 8:29; 2Pedro 1:4; 1João 3:2).

Convicção de incredulidade no arrependimento

Pelo fato de a autorrevelação de Deus e o chamado para sujeitar-se à sua semelhança estarem no cerne do verdadeiro arrependimento bíblico, o principal pecado do qual a humanidade deve se arrepender é a negação a Deus.

Jesus Cristo é a expressão plena de Deus em forma humana. Assim, é mediante a fé em Jesus Cristo para o perdão dos pecados que o homem fica em paz com Deus. Por isso, em sua essência, o chamado ao arrependimento é um chamado ao abandono do pecado da incredulidade em Jesus Cristo, o qual é a substância do evangelho (João 16:8-9).

James Montgomery Boice faz a seguinte observação a respeito da essência da incredulidade, expressa em João 16:9:

> O pecado do qual o Espírito Santo convence os homens é a incredulidade. "Do pecado, porque os homens não creem em mim", diz Jesus. Note que não é a convicção do pecado do jogo, embora isto possa vir com o tempo. Não é principalmente o pecado do adultério, ou da embriaguez, ou do

> orgulho ou do roubo, mas o pecado de recusar-se a crer em Jesus. Por quê? Não é porque os outros pecados não sejam pecado ou não precisem de arrependimento nem de renúncia; isso deve ocorrer. É simplesmente porque essa crença em Cristo, a única coisa que Deus requer à salvação, é a mais difícil para o homem natural sequer reconhecer, quanto mais atingir.[5]

Portanto, a fim de aceitar completamente a vontade de Deus, o coração humano deve arrepender-se de sua incredulidade em Jesus Cristo. A fim de ser conformada ao caráter de Deus, a pessoa deve confiar nele tanto para o perdão dos pecados quanto para a vida eterna. Não é apenas uma mudança de mente a respeito da existência da pessoa de Cristo. Antes, é uma liberação sincera da verdade a respeito de Deus, outrora suprimida, e uma compreensão totalmente empenhada do horror do próprio pecado ao ser confrontado com as santas perfeições de Cristo. Como disse J. Goetzmann: "O arrependimento já não é mais obediência a uma lei, mas a uma pessoa".[6] Este é o papel principal do Espírito de Deus na convicção e no arrependimento para a vida. É deixar de amar o pecado e odiar Deus para amar Jesus e odiar o pecado. O pastor John MacArthur comenta:

> O Espírito Santo não acusa, primeiramente, os incrédulos de todos os pecados que eles já cometeram. Em vez disso, ele se concentra em convencê-los do pecado de rejeitar Jesus Cristo, e isto é consistente com o ministério do Espírito de revelar Cristo [...]. O problema do homem é o pecado de não crer em Cristo, não os pecados que cometeu.[7]

Martyn Lloyd-Jones escreveu o seguinte sobre a principal obra do Espírito no Pentecostes:

> O Espírito Santo faz você chegar a esta terrível percepção: "Eu devo estar espiritualmente morto! Devo estar sem vida. Devo ter um coração de pedra! Há algo de errado comigo. Estou em apuros. O que posso fazer?" Aquelas pessoas em Jerusalém agora percebiam que sua rejeição a Jesus estava

> baseada em um estado de ignorância e morte, e que, como consequência, eram terrivelmente culpadas diante de Deus.[8]

Zacarias 12:10 proclama o arrependimento desta maneira: "Olharão para mim, aquele a quem traspassaram, e chorarão por ele como quem chora a perda de um filho único, e lamentarão amargamente por ele como quem lamenta a perda do filho mais velho." Cristo declara, em João 8:24: "Eu lhes disse que vocês morrerão em seus pecados. Se vocês não crerem que Eu Sou, de fato morrerão em seus pecados."

A questão não é se alguém "crê" em Cristo – até mesmo os demônios "creem e tremem" (Tiago 2:19) – a questão é se o pecador crê em Cristo como ele se revelou. Arrependimento para salvação é um chamado ao abandono da incredulidade em Cristo (Mateus 11:20-27; João 3:18; Atos 2:36-38; 3:17-19; 5:30-33; 11:17-18; 17:30-31; 20:21), seguido pela renúncia de todos os aspectos da vida associados à incredulidade (2Coríntios 12:21; Efésios 4:17-20).

Terminologia bíblica para arrependimento

No Antigo Testamento, a palavra mais traduzida como *arrepender-se* (בּוּשׁ šub) tem o significado literal de "virar". Ela tem a ideia de voltar-se do pecado para Deus (Joel 2:12).[9] Isto implica deixar para trás todos os embaraços e retornar à justiça. No Antigo Testamento, há "dois requisitos para o arrependimento: afastar-se do mal e voltar-se para o bem, ou seja, voltar-se para Deus (Oseias 14:2; Ezequiel 14:6; Isaías 30:15; 44:22; 55:7; 57:17; 59:20)."[10] O Antigo Testamento apresenta o arrependimento como uma completa mudança de sentimento, a qual gera tristeza pelo pecado cometido contra Deus e um retorno completo ao Senhor.

As palavras usadas no Novo Testamento para *arrependimento* (μετάνοια, metanoia, do verbo μετανοέω, metanoeō) são semelhantes, pois também têm a ideia de "mudança de mente".[11] O que o grego acrescenta é a conotação de mudança em relação a uma posição anteriormente assumida.[12] A ideia essencial de arrependimento encontrada no Novo Testamento é expressa por uma mudança total que afeta sentimentos, desejos e pensamentos daquele que se arrepende.[13]

De acordo com *The Dictionary of New Testament Theology* [Dicionário de teologia do Novo Testamento], o conceito neotestamentário de arrependimento não é "predominantemente intelectual", mas "a decisão do homem como um todo de voltar-se é enfatizada" (Marcos 1:4; Lucas 3:8; 24:47; Atos 5:31; 11:18; 26:20; Romanos 2:4; 2Coríntios 7:9; 2Timóteo 2:25; Hebreus 6:6; 12:17; 2Pedro 3:9).[14] Assim, quando fala de arrependimento, o Novo Testamento está se referindo à mudança mais radical possível na vida de alguém. A raiz prevalecente do mal, da qual o pecador deve se afastar, é sua condição subjacente de incredulidade. Somente quando o pecador reconhece que por trás de sua justiça própria e independência está o pecado da incredulidade, é que será resgatado de todos os mínimos aspectos do mal que o afligem diariamente.

Tudo isso tem profundas implicações para o evangelismo. A pessoa que proclama o evangelho aos incrédulos tem de perceber que não está pedindo a eles que simplesmente mudem de opinião a respeito de Cristo. Pelo contrário, o evangelista está chamando-os a mudar completamente de vida, a fugir de seu estilo de vida anterior e começar de novo.

Aspectos intelectual, emocional e volitivo do arrependimento

O arrependimento é, em primeiro lugar, feito intelectualmente. Isso acontece quando a mente aprende sobre o pecado e vê os males que ele produz em sua própria vida. Antes que haja arrependimento do pecado, deve haver tanto uma compreensão intelectual da exigência de Deus ao arrependimento quanto uma clareza em relação ao peso da rebeldia. Embora o testemunho da consciência sobre o coração humano seja um dos principais instrumentos criados por Deus para a atribuição de culpa, a consciência ainda deve ser sensibilizada a respeito da violação antes que possa haver convicção de culpa.

A convicção de pecado, entretanto, pode não necessariamente levar a uma mudança de coração. Antes da conversão, Paulo disse que não poderia saber que o pecado era pecado se não fosse pela lei de Deus (Romanos 7:7). Ele entendeu que havia pecado contra a lei de uma pessoa. O pecado é pessoal. Por isso, apenas um reconhecimento racional do pecado não o levou ao arrependimento. Em vez disso, Paulo converteu-se porque reconheceu que a incredulidade era pecado contra uma pessoa, Jesus Cristo. Deus usou essa percepção como meio para abrir-lhe os olhos (Atos 26:13-19).

Em segundo lugar, o arrependimento é visto nas emoções. Quando o intelecto entende que o pecado existe, esta compreensão produz tristeza. A mudança segundo o padrão bíblico não acontece quando a pessoa evita o sentimento de tristeza, mas quando acolhe aquela tristeza que enxerga o pecado como ele realmente é.

Como a intensidade da emoção em qualquer ato de arrependimento depende de uma série de fatores, ela será diferente de pessoa para pessoa. Conforme Thomas Watson tão bem expressou: "Alguns pacientes têm suas chagas curadas com uma agulha; outros, com uma lança".[15] Sempre haverá algum grau de tristeza no arrependimento. No entanto, embora sua presença seja esperada, a tristeza nunca é o único barômetro para o arrependimento, pois ele não é a mera presença de lágrimas. Alguns indivíduos nascem com tamanha brandura e suavidade de coração, que chorar é um ato normal, e não indica verdadeira tristeza de arrependimento.

Em 2Corintios 7:10, o apóstolo Paulo revela que há um tipo de tristeza profana que "produz morte". Ele se refere à tristeza do coração que lamenta, que sente muito pelo que fez. É uma tristeza em que há arrependimento por algo que foi perdido e uma dor pela oportunidade desperdiçada de entregar-se ao pecado oferecido livremente pelo mundo. A tristeza deste mundo é a dor que nasce do desejo de ter mais do mundo. É ressentimento por ser descoberto; é ódio por não conseguir escapar impune do pecado.

Há uma observação adicional sobre a tristeza em 2Corintios 7:10. Um tipo de tristeza é produzido como resultado da obra de Deus no coração; o outro, não. O povo de Corinto foi contristado, e sua tristeza foi aquela que produz arrependimento. No entanto, a tristeza do mundo à que Paulo a contrasta não vem de Deus, da mesma forma que "a cobiça da carne, a cobiça dos olhos e a ostentação dos bens" não são do Pai, mas do mundo (1João 2:16).

Tanto o verdadeiro arrependimento bíblico quanto a dor do arrependimento que dele vem procedem diretamente do coração de Deus e não podem ser produzidos em termos humanos. É o próprio Espírito de Deus que produz esta tristeza, não o esforço humano. O arrependimento é de Deus (Atos 5:31; 11:18).

O arrependimento é mais do que uma mudança de mente e mais do que uma mudança de sentimento, pois o verdadeiro arrependimento bíblico exige uma mudança de comportamento e, portanto, uma resposta volitiva. O arrependimento requer uma conversão radical, uma transformação da natureza, um afastamento definitivo da incredulidade e do mal e um ato resoluto de voltar-se a Deus em total obediência. É mais do que uma mudança de mente; é uma determinação de entregar-se a Cristo. São os frutos que mostram o arrependimento (Mateus 3:8).

Em outras palavras, a fim de que alguém se arrependa verdadeiramente, precisa ver tristeza em sua vida, lamentar por ela e, então, fazer algo a respeito.

Principais evidências de arrependimento

O capítulo 7 de 2Coríntios fornece uma lista de sete qualidades do verdadeiro arrependimento bíblico. Paulo escreve: "Vejam o que esta tristeza segundo Deus produziu em vocês: que dedicação, que desculpas, que indignação, que temor, que saudade, que preocupação, que desejo de ver a justiça feita" (v. 11). Cada uma destas características é extremamente útil, vívida e contém verdades mensuráveis que podem ser aplicadas tanto à vida dos incrédulos que vêm à fé quanto aos cristãos que vivem pela fé. Paulo apresenta, nesse texto, um contraste claro entre dois tipos diferentes de tristeza que culminam em dois destinos eternos diferentes.

Dedicação

Quando Paulo descreve o arrependimento produzido com dedicação, ele se refere a um arrependimento diligente e rápido. O apóstolo vira uma diferença marcante na vida dos coríntios, especialmente em contraste com a leviandade com que costumavam ser caracterizados. Agora, aquelas vidas exibiam uma postura de seriedade e gravidade a respeito do pecado. Eles estavam conscientes de como Deus enxergava o pecado e dedicavam-se a ver a vida a partir da perspectiva divina. Os coríntios estavam dispostos e ávidos a seguir o comando de Paulo e a obedecer às suas palavras, sabendo que provinham do Senhor. Eles passaram a ter uma perspectiva divina sobre o pecado.

Desculpas

Depois de se arrepender, os coríntios ficaram desejosos por purificar-se de toda injustiça. Eles queriam mostrar que eram dignos de confiança para livrar-se da culpa. Paulo os havia claramente acusado em sua carta anterior, e agora eles queriam provar que não estavam mais seguindo caminhos pecaminosos. O sentido de tal expressão é que não havia indiferença alguma em sua atitude de voltar-se para Deus.

Indignação

Aqui, Paulo fala do arrependimento como algo tão grave do ponto de vista emocional, que pode até mesmo causar dor física. Quando os coríntios se arrependeram, sentiram uma justa indignação diante da maneira como viviam anteriormente. Eles agora se opunham às próprias ações e odiavam a vergonha que seu pecado trouxera sobre a igreja e sobre Paulo. Estavam irados consigo mesmos por nutrir os pensamentos e as ações rebeldes de que eram culpados. Agora, desprezavam o fato de terem sido levados para longe da justiça.

Temor

Quando o coração responde à grandeza de Deus à luz de sua necessidade desesperadora de perdão, um temor de Deus faz-se presente. Esse temor é visto na alma que sabe que "contigo [Deus] está o perdão para que sejas temido" (Salmos 130:4). Esse é o sinal de uma consciência verdadeiramente desperta, que vê seu pecado primeiro e acima de tudo como uma ofensa contra Deus (Salmos 51:4).

Saudade

O arrependimento traz consigo um profundo desejo de aproximar-se de quem foi ofendido – neste caso, Paulo. Esse é o anseio natural da alma: ser restaurada aos privilégios e relacionamentos no corpo de Cristo dos quais antes desfrutava.

Preocupação

Quando um indivíduo dá as costas ao pecado, ele não se volta para um vazio de desejos. Ele se volta para a santidade. O arrependimento real não é morno ou ambivalente em relação à santidade. Antes, produz uma preocupação, um zelo pelas coisas de Deus (neste caso, reunir-se com Paulo).

Desejo de justiça

Por natureza, as pessoas querem evitar a punição por seus pecados. No entanto, quando o arrependimento é real, misericordioso e verdadeiro, há um novo desejo de corrigir o que estava errado. Um exemplo óbvio disso é Zaqueu, que procurou imediatamente a compensação e restauração como consequência da autenticidade de seu novo nascimento (Lucas 19:8). O verdadeiro arrependimento vai além do que é superficial e informal; ele faz todos os esforços a fim de revelar a graça presente do momento.

Paulo declara tudo isso para mostrar quão radical é o verdadeiro arrependimento. Ele é sincero, ansioso e indignado. Inclui temor, saudade, zelo e aceita a punição. Não é superficial e certamente não é fruto de uma decisão fugaz. A obediência a tal chamado está em contraste direto com a condição anterior de incredulidade, podendo perfeitamente ser descrita como a atitude de voltar-se do pecado para Cristo. Sem dúvida, o evangelista chama pessoas a receber o evangelho. Porém, o ponto de partida é o arrependimento, e é isso o que ele deve explicar-lhes.

Aplicação prática do arrependimento

O evangelista deve compreender as aplicações práticas relativas ao uso da doutrina do arrependimento. Primeiro, é necessário confrontar os incrédulos com a tolice de sua atitude de não aceitar a própria pecaminosidade diante de um Deus santo e justo. Os descrentes devem admitir que já conhecem a Deus, mas, por falta de retidão, o negam. Eles devem perceber, pela graça de Deus, que ele criou todas as coisas e considerou adequado colocar em cada uma de suas criaturas humanas tal consciência. Eles devem saber que, pelo fato de nascer em pecado, precisam tomar conhecimento de que estão suprimindo a verdade sobre Deus dentro de si, negando o fato de que ele os criou, bem como todas as outras coisas que os rodeiam. Eles devem aprender que este estado ativo de negação os engana, fazendo-os crer que qualquer pensamento pode estar isento de referência à verdade que negam. Eles devem ver que seus pensamentos não afirmam Deus, embora, em todo o tempo, utilizem informações internas e externas que inevitavelmente o revelam. Pecado é negar a Deus e desobedecer a sua lei (Romanos 1:28-32; Efésios 2:1-3). Eles devem perceber que um único ato contra a lei moral de Deus equivale a violá-la por completo e afrontar seu santo caráter, revelando, assim, a condição pessoal de incredulidade. Assim, por causa da incredulidade, até mesmo um único ato de pecado é suficiente para condená-los como se tivessem violado todas as leis de Deus (Tiago 2:10).

Depois que o pecado é percebido, é essencial revelar a acusação de Deus contra o pecado e os pecadores. Nenhuma apresentação do evangelho está completa a menos que a ira de Deus contra o pecado seja claramente explicada como um juízo certo àqueles que desobedecem. Os incrédulos devem ver que Deus julgou o pecado e isso deve ser suficiente (Romanos 2:5-8). Eles devem reconhecer que suas boas ações não são moeda de troca diante de Deus (Efésios 2:8). Os descrentes devem ver Deus como santo, bom e inacessível aos seres humanos pecadores (1Pedro 1:15-16). Devem compreender a ira de Deus, revelada pela poluição moral de sua própria alma e do mundo a seu redor (Romanos 1—3). Eles devem ver que Deus é um Deus de santidade, que julga o pecado (João 3:18), e que tal julgamento separa para sempre as pessoas dele (Lucas 16:26).

Por fim, deve haver uma apresentação da identidade de Deus em Jesus Cristo como aquele que salva a humanidade do pecado. As pessoas devem ver que Deus revelou um Salvador que é Senhor (Romanos 3:21-26). Elas devem ver a impecabilidade de Cristo, a perfeição moral de Cristo, a demonstração de sua divindade (João 1:1-5,14-18; 8:58) e a oferta de sua salvação (Mateus 11:28) ou a certeza do juízo. É aqui que a necessidade de arrependimento deve ser revelada, dentro do contexto do juízo, como um afastamento do pecado em direção a Deus em Cristo (Lucas 9:23-26). Não deve haver raciocínio, reflexão filosófica ou consenso algum a respeito da salvação além do que Deus falou sobre o "Homem" Cristo Jesus, o qual provou seu poder sobre a morte pela ressurreição.

A proclamação do arrependimento não deve ser ocultada a fim de atrair alguém ao cristianismo. O evangelho do arrependimento é radical e deve ser apresentado como Deus o projetou: de modo a influenciar radicalmente as vidas.

Seção 4:

Evangelismo na Igreja

14

Da semente ao carvalho: Como desenvolver o coração de seu filho

Kurt Gebhards

O evangelismo cristão começa no lar. Durante os anos de formação da criança, é essencial que os pais transmitam o evangelho com amor e compaixão. Como pais, nossa responsabilidade é plantar a semente da verdade na mente de nossos filhos, pensar em sua condição espiritual com frequência e orar para que Deus abençoe nosso evangelismo. Os pais devem fazer todos os esforços possíveis para proteger a fé da criança e, ao mesmo tempo, confiar que Deus fará a semente transformar-se em uma árvore frondosa.

Certa noite, quando estávamos em família no parque e minhas crianças corriam por ali, eu puxei conversa com uma mãe que estava empurrando seu filho no balanço. Perguntei-lhe sobre sua família, e ela disse que tinha um filho adolescente, o qual nada queria com ela.

— Ele se tranca no quarto e só sai com fones de ouvido. — Disse, desapontada. — Ele nunca quer conversar. Não quer fazer mais nada comigo. Não sei o que aconteceu.

Sua voz se apagou. Pude ver que ela estava profundamente afetada pelo desinteresse do filho e triste por tê-lo "perdido" sem saber por quê.

Falamos um pouco mais de amenidades, e então ela apontou para o menino de quatro anos que empurrava no balanço.

— Joshua vai para a pré-escola este ano. Mal posso esperar. Vai ser um alívio!

Suas palavras me chocaram – tanto pela franqueza quanto pela cegueira. Todos os pais têm momentos de frustração, mas poucos a expressam a um completo estranho. Fiquei muitíssimo abalado com a visível incapacidade da mãe de associar a apatia em relação ao filho mais novo à indiferença do adolescente.

Os pais cristãos precisam ser substancialmente diferentes desse tipo de desinteresse egoísta e limitado. No entanto, muitos temem "perder" os filhos quando estes ficarem mais velhos, isto é, temem perdê-los para o mundo. Contudo, tais perdas e dificuldades não são inevitáveis. Deve servir de incentivo a você saber que os pais cristãos não estão desamparados quando se trata de proteger os filhos de tal pecado e rebeldia.

Considere dois fatos básicos sobre pais e filhos. Primeiro: é natural que os pais amem os filhos. Segundo: é natural que os filhos amem os pais. Deus naturalmente coloca, nos pais e nos filhos, um coração de amor uns pelos outros. Ainda assim, muitos pais sentem-se inadequados e temerosos. Pais, tenham bom ânimo: seus campos de evangelismo estão prontos para a colheita (João 4:35).

É comum que as pessoas se intimidem com o evangelismo. Falar com colegas de trabalho sobre o evangelho pode dar uma impressão de deslocamento. Vizinhos vêm e vão, e nunca parece chegar o momento certo para uma conversa espiritual com eles. Além disso, muitas pessoas ficam aterrorizadas com a ideia de evangelizar estranhos. Não quero concordar com estas desculpas, pois os cristãos devem ser apaixonados pelo evangelho a ponto de superar tais barreiras; contudo, há um campo missionário ainda mais próximo de casa: todo pai cristão recebe o convite divino de evangelizar os filhos.

Quando nascem, as crianças estão separadas de Deus por sua natureza pecaminosa, mas nada sabem sobre o mundo. Embora já estejam moralmente corrompidas, elas são intelectualmente uma página em branco. Os pais cristãos têm o poder de preencher a vida dos filhos e ensinar-lhes a verdade sobre o mundo, Deus e o evangelho. Se pensar bem, isso pode ser muito mais impactante do que uma conversa de três minutos com o vizinho.

Algumas vezes, o apóstolo Paulo também se sentia oprimido pelo ministério que Deus lhe confiara. Todavia, superou suas fraquezas com uma confiança divinamente infundida. Ele escreveu: "Não que possamos reivindicar qualquer coisa com base em nossos próprios méritos, mas a nossa capacidade vem de Deus. Ele nos capacitou para sermos ministros de uma nova aliança" (2Coríntios 3:5-6). A fonte de adequação de Paulo para o ministério evangelístico aos coríntios pagãos é a mesma fonte de nossa adequação para o ministério evangelístico a nossos filhos. A dependência em Deus deu confiança a Paulo e também deve dar a nós.

Definição de paternidade cristã

A paternidade cristã realmente deve ser definida como evangelização, pois a principal responsabilidade do pai cristão é discipular e evangelizar o filho. A grande comissão deve ser posta em prática primeiramente no lar, pois "se alguém não tem cuidado dos seus e especialmente dos da própria casa, tem negado a fé e é pior do que o descrente" (1Timóteo 5:8 ARA). O princípio de cuidar da própria casa não se aplica apenas às necessidades físicas; também se aplica às necessidades espirituais.

Os cristãos têm, naturalmente, o desejo de ver seus filhos andando com Cristo. Assim, os pais devem lembrar-se da responsabilidade do discipulado. Deus concede-nos o privilégio de cuidar de nossos filhos, ensinando-lhes como é uma vida centrada no evangelho. Devemos considerá--los nosso principal campo evangelístico.

O processo de paternidade é exatamente isto: um processo. Os pais têm toda a infância dos filhos para ensiná-los sobre o próprio pecado, o evangelho e a vida cristã. Não é uma oportunidade isolada e não é uma única conversa. Trata-se de algo muito parecido com a descrição que Paulo faz do evangelismo em 1Coríntios 3:6. Lá ele descreve como os coríntios vieram a conhecer a Cristo: "Eu plantei, Apolo regou, mas Deus é quem fazia crescer". A analogia do plantio é apropriada porque, como o evangelismo, ele é um processo que demanda tempo, esforço e, em última instância, depende do Senhor.

O plantio não é sobrenatural, mas o crescimento da semente é. Embora o agricultor não possa fazer suas colheitas crescerem fisicamente, ele pode ser fiel ao plantar, regar e cuidar da semente. O Deus que faz uma minúscula semente tornar-se uma árvore grande e frutífera deve receber toda a glória. No evangelismo, os cristãos têm o privilégio de plantar, regar e cuidar das plantas do crescimento cristão. Porém, é somente de Deus a prerrogativa miraculosa de dar crescimento, e só ele merece a glória por realizar a maravilhosa obra da salvação.

Então, como a descrição de Paulo relaciona-se com a função dos pais? Nisto: o objetivo da paternidade não é a salvação de seus filhos. Ela está além de sua capacidade e de seu controle. O objetivo da paternidade é ensinar fielmente aos filhos o que é o evangelho e como ele deve afetar sua vida. Os pais plantam a semente e regam-na. Deus dá o crescimento. Este versículo simples também fornece aos pais uma tríplice estratégia de evangelismo: preparar o solo do coração dos filhos; plantar sementes da verdade; e orar e proteger dos inimigos essa lavoura.

Prepare o solo do coração de seu filho

Nunca vou me esquecer de uma sexta-feira ensolarada pela manhã, quando eu e alguns amigos próximos fomos tomar café da manhã com o dr. Sinclair Ferguson. Um de nós pediu-lhe conselhos sobre a criação de filhos, e sua resposta foi profunda. Ele disse, com seu forte sotaque escocês: "Como pais cristãos, você devem certificar-se de amarrar mais do que um fio de amor em volta do coração de seus filhos." Então, prosseguiu explicando que conhecia vários pais que catequizavam os filhos muito bem, mas que não haviam construído um relacionamento forte com eles. Falou sobre o valor essencial de se criar com os filhos uma relação de amor bíblica e bem ajustada.

Como pais, devemos fornecer solo para que nossos filhos cresçam. Um fator que muito influencia a produtividade de qualquer planta é o solo em que está plantada. Por exemplo, a hortênsia. Ela tem flores muito bonitas, e já vi hortênsias de muitas cores. Você sabia que a cor desta flor depende da acidez do solo? O solo também é fator determinante na produtividade de uma planta frutífera. Em Mateus 13, Jesus ensina que, embora a semente do evangelho seja pura, nem todos os solos são igualmente receptivos e frutíferos. Assim, como pais cristãos, nosso objetivo é preparar o solo do coração de nossos filhos. Queremos produzir o melhor ambiente possível para que eles sejam receptivos ao evangelho.

O solo do coração de seu filho é o ambiente de relacionamento em casa. Da mesma forma que a hortênsia é influenciada pelo solo em que é plantada, nossos filhos são moldados pelos relacionamentos no lar. Assim como a presença de veneno no solo pode matar uma planta, a hipocrisia em casa poder afetar negativamente o coração de seu filho. Em contrapartida, quando o lar é caracterizado por integridade e amor, os filhos veem a autenticidade do evangelho. No cerne de um relacionamento voltado a Deus está o amor, o verdadeiro amor bíblico. Esse tipo de amor deve encher o lar e pode ser cultivado por meio de disciplina, encorajamento, humildade e prazer.

Disciplina

Uma maneira prática de demonstrar amor pelos filhos é a disciplina. Embora possa parecer contraintuitivo demonstrar amor a um filho por meio da disciplina, o fato é que ela é uma forma de proteção para as crianças. Ensinando-lhes o certo e o errado desde a tenra idade, nós as preparamos para reconhecer o próprio pecado.

Uma casa sem disciplina produz filhos que não reconhecem que certas coisas são simplesmente erradas. A mentira, a desobediência e o egoísmo são erros básicos que as crianças devem não apenas aprender a reconhecer, como também associar à punição. Quando elas veem que o padrão é a verdade, a obediência prazerosa e o altruísmo, podem reconhecer a própria incapacidade de comportar-se adequadamente.

O objetivo da disciplina não é meramente a correção. O pai poderia treinar os filhos como treina os cães – pode mandá-los vir, ficar e deitar. Mas, evidentemente, esse não é o objetivo. A meta da disciplina é preparar a criança para perceber que, quando pecar, receberá punição. Essa associação básica estabelece na mente os conceitos de certo e errado, de pecado e de dor associada ao pecado. Estes conceitos rudimentares são elementos críticos na preparação do solo do coração de uma criança. Além disso, a disciplina prepara-a para perceber que o padrão está além de seu alcance. As crianças não apenas precisam obedecer completamente na primeira vez em que recebem a ordem, como também precisam fazê-lo com alegria. À medida em que elas aprendem isto, seu coração é preparado para entender como deixam a desejar em relação aos mandamentos de Deus.

Sem dúvida, a disciplina voltada a Deus é equilibrada com misericórdia. Tiago escreve: "Será exercido juízo sem misericórdia sobre quem não foi misericordioso. A misericórdia triunfa sobre o juízo!" (Tiago 2:13). O argumento de Tiago é claro: nas condutas de Deus com seus filhos amados, sua misericórdia sobrepõe-se ao juízo. Ao equilibrar disciplina com misericórdia, nós também preparamos o coração de nossos filhos para compreender que, embora estejam aquém do padrão divino, Deus também está preparado para oferecer-lhes misericórdia.

Os pais que relutam em mostrar misericórdia aos filhos correm o risco de criar um ambiente familiar não apenas severo para a criança, mas também antagônico ao evangelho. J. C. Ryle explicou assim: "É perigoso fazer com que seus filhos tenham medo de você. O medo põe fim às posturas abertas; o medo conduz a ocultações; o medo espalha a semente da hipocrisia e conduz a muitas mentiras".[1]

Tal como Paulo cuidava de seus filhos espirituais com ternura, os pais devem ser ternos com os próprios filhos (1Tessalonicenses 2:7).

Certamente, a disciplina é um aspecto integral da paternidade fiel (Provérbios 23:13-14; Hebreus 12:4-11). A disciplina, entretanto, deve ser praticada em um ambiente compassivo e misericordioso. Para mais dicas sobre a disciplina dos filhos, recomendo fortemente o livro *Pastoreando o coração da criança*, de Tedd Tripp.[2]

Encorajamento

Assim como a flor não desabrocha sob um céu escuro, o coração da criança não floresce sob circunstâncias desagradáveis. Nossos filhos precisam de calor, cuidado e encorajamento para ter coragem de se abrir. Queremos que o solo de seu coração seja ricamente fertilizado por incentivos frequentes que engrandeçam a Cristo, pois isto mostra amor de maneira poderosa. Paulo destaca a importância do encorajamento paterno em seu próprio ministério ao escrever: "Vocês sabem que tratamos cada um como um pai trata seus filhos" (1Tessalonicenses 2:11).

Considere Colossenses 3:12-13: "Portanto, como povo escolhido de Deus, santo e amado, revistam-se de profunda compaixão, bondade, humildade, mansidão e paciência. Suportem-se uns aos outros e perdoem as queixas que tiverem uns contra os outros." Aqui, Paulo dá corpo à noção de encorajamento. É o tipo de incentivo que deve encher os lares cristãos tal qual aroma agradável, pois a generosidade e o amor são motivadores poderosos. Reforce o que é positivo. As crianças reagem intensamente à afirmação; então, ame-as encorajando-as.

Ryle indicou corretamente que "as crianças devem ser elogiadas com bondade a fim de que sua atenção seja ganha. [...] Igualmente, você deve apresentar-lhes suas responsabilidades – ordene, ameace, exorte, argumente. Se, entretanto, não houver afeto em seu tratamento, seu trabalho será em vão".[3] Assim, como Ryle sugere, é importante incentivar seus filhos com entusiasmo e alegria.

Humildade

O orgulho inibe o crescimento do evangelho no coração dos filhos e constitui um caminho certo para a destruição. Ele é o oposto do caminho seguro para a salvação (Provérbios 16:18) porque Deus resiste à pessoa orgulhosa (1Pedro 5:5), mas se aproxima das humildes (Salmos 138:6). Sabendo disso, talvez a única maneira pela qual você poderá preparar o solo do coração de seus filhos seja demonstrando humildade.

Jesus deu-nos o exemplo. Em Mateus 11:29, ele disse: "Tomem sobre vocês o meu jugo e aprendam de mim, pois sou manso e humilde de coração, e vocês encontrarão descanso para as suas almas". Particularmente, esta é a única vez nos Evangelhos que Jesus atribui adjetivos a si mesmo. O manso e humilde Mestre manda-nos aprender com ele porque ele é humilde. Devemos seguir seu exemplo e ensinar nossos filhos com humildade, desejando que "aceitem humildemente a palavra implantada" neles, "a qual é poderosa para salvá-los" (Tiago 1:21).

A humildade só pode ser cultivada com passos deliberados. Aqui estão quatro exemplos de ações que podem demonstrar humildade e, assim, servir como meio de preparar o coração de seus filhos para entender o evangelho:

1. Encontre um cristão mais maduro para discipulá-lo. Se deseja mostrar a seus filhos o quanto eles precisam de sabedoria, mostre-

-lhes o quanto você mesmo precisa de sabedoria, quebrantando seu coração e buscando um mentor para ensiná-lo.

2. Reconheça quando estiver errado e busque o perdão quando pecar contra sua família, incluindo seus filhos.
3. Medite sobre contrição, humildade, quebrantamento, fome espiritual e dependência. O livro de C. J. Mahaney, *Humildade: verdadeira grandeza*, é uma ótima fonte de pesquisa.[4]
4. Demonstre dependência da santa Palavra de Deus. Isaías 66:2 ensina uma verdade importante: "A este eu [o SENHOR] estimo: ao humilde e contrito de espírito, que treme diante da minha palavra." Seus filhos devem vê-lo lendo a Bíblia e ouvi-lo falando sobre ela aos outros.

Quando os pais agem deste modo diante dos filhos, estão demonstrando humildade. Estão ensinando que a sabedoria humana tem limite e que a sabedoria divina vem quando buscada com coração humilde. Essas coisas os preparam para constatar que a sabedoria de Deus é mais elevada do que sua compreensão limitada.

Prazer

Cristo gostava da presença de crianças (Mateus 18:1-6; 19:13-15). Você consegue imaginá-lo abençoando os pequeninos de cara amarrada? Não. Ele amava a presença deles.

Criar filhos deve ser divertido. Quando nos deleitamos em ser pais, preparamos o solo do coração de nossos filhos demonstrando a alegria que Deus dá àqueles que lhe são obedientes.

O que significa desfrutar a paternidade? Significa divertir-se com os filhos. Role no chão com eles enquanto são pequenos. Participe daquilo que lhes interessa à medida em que amadurecem. Participe do mundo deles com alegria, apreciando com entusiasmo suas atividades e brincadeiras.

Preparar o solo é crucial para a futura frutificação. Os pais evangelistas devem fertilizar o solo do coração dos filhos com disciplina, encorajamento, humildade e prazer. Toda essa árdua preparação visa a criar o melhor ambiente possível para a semente da verdade.

Plante sementes do evangelho

O aspecto mais importante da agricultura é a semente que você escolhe plantar. Se plantar sementes de pêssego, nunca colherá uma safra de ameixas, não importa o que faça. Agricultores bem-sucedidos tomam grande cuidado com as sementes; muito mais, então, devemos proteger a semente do evangelho. Há duas formas principais de plantar sementes do evangelho no coração de uma criança: falar com palavras de integridade bíblica e viver uma vida que dê credibilidade ao evangelho.

Palavras de integridade bíblica

Gálatas 6:8 ensina um princípio claro e poderoso: "Quem semeia para a sua carne, da carne colherá destruição; mas quem semeia para o Espírito, do Espírito colherá a vida eterna".

Essa passagem destaca que todos os cristãos carregam duas bolsas de sementes, e devemos nos assegurar de que estamos lançando sementes do Espírito, não da carne. A última coisa de que nossos filhos precisam é que semeemos para a carne em sua vida. Muitas coisas na vida deles, incluindo seu coração obstinado e o mundo, semeiam para sua carne. Como pais, somos chamados por Deus a proteger o pomar da vida deles, bem como a plantar e cultivar árvores misericordiosas. Quando agimos constantemente de maneira carnal, que esperança eles têm de produzir uma colheita de misericórdia? Onde obterão sementes do Espírito se não as espalharmos liberalmente em sua vida? Charles Spurgeon disse:

> Você está ensinando crianças; preste atenção ao que lhes ensina. [...] Tome cuidado com o que você procura! [...] É a alma de uma criança que você está formando. [...] Se é errado enganar idosos, é muito pior desviar os pés dos jovens para o caminho do erro, no qual podem andar para sempre.[5]

Quando aproveitamos as oportunidades para explicar o evangelho a nossos filhos, estamos semeando. Isso inclui tudo, desde conversas longas, pacientes e profundas até rápidos comentários diários. Toda referência ao evangelho é uma semente semeada a ser corroborada por ações.

É importante buscar ocasiões para explicar o evangelho aos filhos. Estas conversas podem ser habituais – como um devocional todas as noites ou um culto em família uma vez por semana – ou podem ser espontâneas, conforme os pais ensinam as coisas normais da vida.

Os pais não devem se sentir obrigados a incluir todos os elementos do evangelho em uma única conversa; afinal, serão pais por toda a vida. Com uma visão de longo prazo, eles podem se aprofundar em tópicos específicos (cruz, ressurreição, arrependimento, pecado, natureza de Deus, humanidade de Cristo, entre outros) conforme a necessidade surgir. Os pais têm a vida inteira dos filhos pela frente. Assim, semeie profundamente e, com o passar do tempo, você cobrirá toda a extensão do evangelho.

Com esta abordagem, não há necessidade de diluir ou minimizar a mensagem. Obviamente, deve-se usar uma terminologia apropriada para cada idade. Contudo, quando as Escrituras falam sobre o ensino de verdades espirituais às crianças, a ênfase está nas minúcias: "Que todas estas palavras que hoje lhe ordeno estejam em seu coração. Ensine-as com persistência a seus filhos. Converse sobre elas quando estiver sentado em casa, quando estiver andando pelo caminho, quando se deitar e quando se levantar" (Deuteronômio 6:6-7).

Simplificação exagerada é mais perigoso do que excesso de detalhes. Não suavize as partes que são desagradáveis, como a morte de Cristo, a expiação ou os efeitos do pecado na vida. Use seu tempo explicando cuidadosamente como estes elementos se relacionam com o evangelho, sempre lembrando seus filhos da centralidade do senhorio de Jesus sobre o mundo.

Quando os pais tomam decisões importantes, devem explicar aos filhos como o evangelho as influenciou. Use as diferenças entre sua família e as outras para explicar o evangelho. Explique por que você não compra certas coisas, não faz certas coisas ou não quer certas coisas, e aponte constantemente para o evangelho como motivação. Quando vir notícias perturbadoras na televisão ou for confrontado com sofrimento, aproveite estas oportunidades para explicar o pecado e o perdão. Basicamente, os pais estão sempre à procura de ocasiões certas para ensinar os filhos sobre o evangelho. Todas essas conversas são formas de espalhar a semente.

Vidas que dão credibilidade

Uma vez que espalhamos as sementes de Deus, devemos regá-las com oração e com palavras e obras de Deus. Devemos cultivar o solo com cuidado, amor e amizade bíblicos. Todavia, como a semente é a coisa mais importante, precisamos saber o que ela é e como distinguir a boa semente da ruim. Em outras palavras, precisamos nos tornar especialistas no evangelho.

Se desejamos ensinar nossos filhos corretamente, devemos primeiro dominar o assunto. Como não podemos ensinar bem o que não sabemos bem, precisamos ser especialistas no evangelho. Visto que cristãos e não cristãos precisam igualmente do evangelho, nossos filhos devem ouvir temas relacionados ao evangelho com regularidade. Estude-o e confie em seu poder (Romanos 1:16).

Falar palavras de integridade bíblica é apenas metade da equação do evangelho. É por isso que 1Timóteo 4:16 ordena: "Atente bem para a sua própria vida e para a doutrina, perseverando nesses deveres, pois, fazendo isso, você salvará tanto a si mesmo quanto aos que o ouvem".

Paulo acrescenta uma promessa surpreendente: se nossos lábios pregarem o evangelho com precisão teológica, e se nossa vida for íntegra, outros serão atraídos a Cristo. Palavras do evangelho e vidas consistentemente voltadas para Deus são a combinação mais potente no evangelismo. Se nossos filhos puderem compreender a verdade do evangelho por causa de nossa explicação clara, precisa e amorosa, e se puderem ver o poder do evangelho em nosso desejo sincero de imitar Cristo – desejo esse habilitado pelo Espírito e pelo qual oramos – teremos cumprido fielmente o dever de semear o evangelho na vida deles.

Lembre-se de que nossa responsabilidade é fazer tudo o que pudermos para preparar o campo do coração de nossos filhos. Provérbios 21:31 diz: "Prepara-se o cavalo para o dia da batalha, mas o SENHOR é que dá a vitória". Na época das batalhas, Israel era responsável por depender completamente de Deus e fazer todo o possível para se preparar. De modo semelhante, é nossa responsabilidade como pais fazer tudo o que pudermos para tornar-nos especialistas no evangelho – não só para benefício nosso e das pessoas que evangelizamos, mas também de nossos filhos. Precisamos viver de modo a dar credibilidade ao evangelho, especialmente com os mais jovens que nos observam o tempo todo.

Ore e proteja enquanto Deus dá o crescimento

Na agricultura, depois que o solo é preparado e a semente é lançada, há muita espera. O período de espera pelo crescimento produzido por Deus, entretanto, não é um tempo de inatividade, mas de grande esforço. Lembre-se: há sempre trabalho a fazer no campo do coração de uma criança. Enquanto continua a construir um relacionamento de amor e a enfatizar o evangelho em todas as oportunidades, há também algumas ações que o agricultor fiel e motivado precisa executar. Ele aguarda o crescimento procurando ervas daninhas, regando e cuidando das lavouras. Os pais, após o plantio, esperam orando, protegendo e alimentando as sementes que foram plantadas.

Orar

A oração é nossa responsabilidade mais importante; no entanto, é muito negligenciada. Assim como Samuel considerou pecado não orar por Israel (1Samuel 12:23), não orar por e com nossos filhos é uma abdicação de nossa responsabilidade como pais. Ao orar, trazemos os filhos à presença de Deus e deixamo-los ali para que o Senhor realize sua obra. Nossa confiança deve estar unicamente naquele que pode operar o milagre do renascimento espiritual. Ore para que Deus mude o coração de seus filhos e atraia-os para si.

Você pode fazer isso orando com seus filhos diariamente. Incentive-os a orar sozinhos. Dê-lhes sugestões sobre o que orar e ajude-os a expressar necessidades, fracassos e pecados a Deus. Ore com seu cônjuge pelas necessidades espirituais dele. Compartilhe o fato de que você ora por sua família e que vê o Senhor respondendo a estas orações em sua vida.

Proteger

Embora confiemos no Senhor, também devemos proteger nossos filhos de ervas daninhas que possam crescer e sufocar o broto. Na parábola do semeador, Jesus ensinou que a semente que cai entre ervas daninhas cresce muito rapidamente, mas as ervas do materialismo e das riquezas crescem e sufocam-na (Mateus 13:22). Como agricultores diligentes, devemos cuidar para que as ervas daninhas não suguem os nutrientes do solo, escondam a semente com suas folhas e matem a muda que tenta se desenvolver.

A fim de determinar as ameaças à fé de seu filho, faça-se estas perguntas: (1) O que meu filho mais quer fazer? (2) Em que circunstâncias meu filho responde com pecado? (3) Ele fica irritado quando algo lhe é tirado ou uma atividade é interrompida? Especialmente nessas áreas, os pais devem ser cuidadosos quanto ao excesso e à indulgência das crianças.

Quando se trata de defesa contra as ervas daninhas da idolatria, precisamos ter um forte relacionamento com os filhos. Devemos estar profundamente envolvidos com eles para que, quando os ídolos avançarem em sua direção, possamos intervir com verdade, empatia e amor. Essa proteção é essencial.

Como qualquer pai sabe, não seremos capazes de proteger nossos filhos para sempre. No fim das contas, confiar no poder de Deus é essencial para uma paternidade saudável. Devemos confiar em Deus para que ele faça sua grande obra de salvação.

Nutrir

Uma das perguntas mais comuns que recebo como pastor de crianças é: "Como os pais devem responder à profissão de fé dos filhos?" Os pais cristãos desejam que os filhos se tornem cristãos, mas precisam ser cautelosos quanto às falsas profissões de fé. Portanto, adote o guia a seguir para responder à profissão de fé de seu filho:

1. Defenda-o contra falsas certezas.
2. Renove o interesse dele incentivando-o.
3. Observe os frutos que ele produz.
4. Espere colher frutos maduros de árvores maduras.

Defender

Defenda seus filhos contra falsas certezas, ensinando-lhes a natureza da verdadeira salvação. John MacArthur escreve:

> Certamente não podemos concluir que toda profissão de fé reflete uma genuína obra de Deus no coração, e isso é

> particularmente verdadeiro em relação às crianças. Elas costumam responder positivamente aos convites do evangelho por uma série de razões. Muitas dessas razões não se relacionam à consciência de pecado e estão distantes de qualquer compreensão real da verdade espiritual. Se estimulamos crianças à "fé" por pressão externa, sua "conversão" se mostrará espúria.[6]

A salvação não é alcançada recitando uma oração (ou por qualquer outro ato humano). A salvação é obra de Deus no coração humano e resulta em uma jornada vitalícia de compromisso produtivo com Cristo. Muitos setores do cristianismo evangélico americano aceitam, sem reservas, uma mera profissão de fé. No entanto, Jesus ensinou: "Nem todo aquele que me diz: 'Senhor, Senhor', entrará no Reino dos céus" (Mateus 7:21). Os pais sábios, portanto, não concluirão que o simples fato de a criança ter convidado Jesus a entrar em seu coração significa que ela nasceu de novo.

Tenha consciência de que as crianças provavelmente seguirão a liderança dos pais e imitarão sua fé sem entender o evangelho. Uma vez que desejam agradar os pais por natureza, algumas delas são naturalmente inclinadas a tomar uma decisão por Cristo. Como consequência, é espiritualmente imprudente dar-lhes certeza da salvação com base em uma única oração. Nossa herança evangélica tem causado grande dano ao pedir às crianças que "recebam Jesus em seu coração". É comum aos líderes de jovens fazer com que elas repitam a oração de conversão. Como pais, precisamos entender o evangelismo a ponto de poder zelar pelo florescimento da fé. É muito melhor pensar na salvação como um compromisso de vida do que como uma decisão momentânea.

Mais uma vez, MacArthur escreve: "Ensine às crianças o evangelho – todo ele –, mas entenda que você talvez esteja plantando sementes para uma colheita que só estará madura após muitos anos. Se ceifar a lavoura assim que os brotos surgirem, você nunca terá uma colheita completa."[7]

Renovar

Encorajar seus filhos é uma maneira de renovar o interesse deles pelo evangelho. Tenha cuidado para não desencorajá-los nas coisas de Cristo.

Não coloque uma barreira entre a profissão de fé e as ações posteriores ao dizer coisas como: "Se você fosse cristão, não diria coisas assim" ou "Se você fosse realmente nascido de novo, teria uma atitude diferente". Além disso, muitas vezes não é produtivo dizer "você não é cristão" a uma criança em desenvolvimento. Não tire o interesse dela pelo cristianismo. Quando a criança disser que quer aceitar Jesus no coração, pense mais no que Deus está começando a fazer no coração dela e menos na precisão bíblica de sua fala. Corrija a teologia de seus filhos e explique-lhes sobre a salvação bíblica, mas reforce o que for positivo. Então, se quiser que a fé deles cresça, proteja-os contra a falsa profissão e renove seu interesse com encorajamentos.

Observar

Examine os frutos de seus filhos. Nosso maior desejo é que as crianças glorifiquem a Deus gerando muito fruto espiritual (João 15:8). Se seu filho professa ser cristão, 2Coríntios 13:5 deve aplicar-se a ele: "Examinem-se para ver se vocês estão na fé; provem-se a si mesmos". A advertência de nosso Salvador também se aplica a todos os cristãos professos: "Pelos seus frutos vocês os reconhecerão!" (Mateus 7:20). Recuse-se a dar a seus filhos uma fórmula para a salvação. Se você lhes der uma fórmula focada em obras ou uma receita como "arrependa-se e creia", mesmo que a fórmula seja bíblica, eles podem enfatizar o processo sem lidar com as questões centrais do coração. Aponte constantemente para o fruto da salvação (amor pela Palavra de Deus, sacrifício em júbilo pelos outros, paixão por Cristo, entre outros) para eles que possam avaliar o próprio progresso.

Esperar

Há mais uma consideração para o estímulo da profissão de fé dos filhos: esperar. Os pais cristãos não devem achar que colherão frutos maduros de plantas jovens; eles devem aguardar a maturidade da árvore a fim de que ela produza frutos melhores. Não julgue um broto jovem segundo o padrão aplicável a árvores maduras. Sim, inspecione o fruto da profissão de fé de seu filho. Sim, fique de olho na evidência espiritual. Porém, não espere que uma árvore jovem e saudável produza frutos adultos.

Os agricultores fiéis esperam que Deus produza o milagre do crescimento. "E não nos cansemos de fazer o bem, pois no tempo próprio colheremos, se não desanimarmos" (Gálatas 6:9). Dennis Gundersen acrescenta:

> O fato é que a criança é um produto inacabado. A infância, vista biblicamente, é um estágio durante o qual os pais cultivam com paciência a pessoa que seus filhos devem se tornar. A infância é um tempo de preparação, não um tempo de conclusão; de imaturidade, não de maturidade; de plantio, não de frutificação. Ver as coisas de outra forma é pensar superficialmente sobre as crianças e sobre o evangelismo.[8]

Deus é o autor da salvação. É ele quem nos salva. Ele nos fez viver enquanto estávamos mortos, e é por causa de sua obra que os cristãos são encontrados em Cristo (1Coríntios 1:30). Precisamos trabalhar enquanto esperamos que Deus faça sua obra. Como pais, mais uma vez nos encontramos em uma posição de humilde confiança, esperando que Deus opere seu miraculoso poder de salvação.

Colheita vindoura

No grande trabalho da criação de filhos, Deus capacita os pais evangelistas a preparar o solo e lançar nele a semente. Então, habilita-os a orar e proteger a muda. Por causa desse empenho, Deus com frequência escolhe fazer a semente crescer e opera seu ato milagroso de regeneração. Ryle admoesta os pais, dizendo:

> Preciosos, sem dúvida, são esses pequeninos para você; mas, se os ama, pense com frequência em sua alma. Nenhum interesse deve pesar tanto quanto sua porção eterna. Nenhuma parte de seu ser deve ser tão querida para você como aquela que nunca morrerá. O mundo, com toda a sua glória, passará; os montes derreterão; os céus serão enrolados como um pergaminho; o sol deixará de brilhar. Contudo, o espírito que habita nessas pequenas criaturas, a quem você tanto ama, sobreviverá a todas essas coisas – e depende de você, se na felicidade ou na miséria (falo como homem).[9]

O que Ryle diz é verdade. O grande empenho dos pais cristãos deve ser semear o evangelho na alma dos filhos. Portanto, pais cristãos, preparem o solo, plantem sementes puras do evangelho, orem a Deus com confiança e protejam o coração de seus filhos contra as ervas daninhas deste mundo. Talvez, então, possa ser dito a respeito deles: "Eles serão chamados carvalhos de justiça, plantio do Senhor, para manifestação da sua glória" (Isaías 61:3). É nosso desejo olhar para os campos de nossa família e avistar grandes árvores frutíferas para o Senhor Jesus Cristo.

15

Pastor de jovens como evangelista: O evangelismo mais produtivo da Igreja

Austin Duncan

O ministério de jovens é muitas vezes relegado à segunda ordem entre os ministérios. Os pastores de jovens são estereotipados como pessoas que entretêm os amados alunos com jogos e diversão e que servem principalmente como flautistas de Hamelin, mantendo as crianças da igreja longe de problemas. A caricatura de um grupo secular de jovens, hedonista e movido a eventos é, muitas vezes, justificada por ministérios que não trabalham com uma filosofia bíblica de ministério. Na verdade, esses pseudoministérios prejudicam a causa do evangelismo. Quando compreendido corretamente, o pastor de jovens é, primeiro e antes de tudo, um evangelista.

Havia um jovem proveniente de uma família sem religião; ele era popular no ensino médio de uma escola pública, jogava futebol e fumava maconha. Fora isso, passava o tempo namorando uma garota mórmon e desperdiçando a vida. Ele nunca ouvira o evangelho. Certo dia, seu treinador de futebol – um voluntário de jovens em uma igreja – compartilhou o verdadeiro evangelho com ele e convidou-o para participar do ministério de jovens da igreja. Ali, ele ouviu a mensagem de Cristo pela primeira vez. Deus abriu seu coração para crer no evangelho, e sua vida foi radicalmente transformada. Ele terminou o relacionamento com a moça mórmon, mudou seus hábitos e tornou-se um seguidor devoto de Jesus. Contudo, a mudança não parou por aí. A vida transformada desse aluno passou a ser tão atraente, e seu testemunho era tão convincente, que, em poucos anos, seus pais e irmã também se voltaram para Jesus.

Havia outro rapaz cuja mãe frequentava a igreja, mas as ruas o seduziam. Sua rebeldia contra a fé era nítida. Ele atrapalhava o grupo de jovens com seu constante desdém por qualquer coisa relacionada à igreja. Então, começou a envolver-se com membros de gangues em um dos bairros mais perigosos de Los Angeles. A vida desse jovem começou a desmoronar. Seus amigos viraram-lhe as costas, e ele ficou completamente sozinho. Um dos líderes do grupo de jovens viu que o garoto começara a provar a amarga tristeza do pecado e lembrou-o de que aquela vida só continuaria a trazer dor e insatisfação e, por fim, a ira de Deus desceria sobre ele – a menos que se arrependesse. O garoto estava arruinado pelo pecado e clamou a Jesus por perdão. Ele se reconciliou com a mãe, tornou-se um membro ativo da igreja e hoje é um evangelista que deseja participar de missões no exterior.

Quando realizado com convicções bíblicas e eclesiásticas, o ministério de jovens torna-se um dos mais produtivos focos evangelísticos da igreja. Obviamente, os adolescentes de hoje estão crescendo em uma sociedade que não é cristã. Eles se encontram em um ambiente de hedonismo e relativismo, e a Igreja cristã destaca-se como um farol de esperança. Por essa razão, o ministro de jovens deve ser, em essência, um evangelista. Em vez de edificar um grupo de jovens que seja uma versão diluída do culto principal, expressa na linguagem atual e segundo a cultura popular, o líder precisa ter uma filosofia bíblica de ministério.

O ministro de jovens pode até ser competente em bolar programações, ser especialista em organizar acampamentos, ter grande liderança sobre uma equipe de voluntários, mas, se não for fiel no evangelismo, não está cumprindo seu ministério (2Timóteo 4:5). Ele deve perceber que uma das maneiras mais proveitosas de atuar por sua igreja é sendo um evangelista.

Uma análise superficial do ministério de jovens em nossos dias basta para perceber que, em vez de evangelismo e discipulado, a maioria destes ministérios é caracterizada por propaganda e deserção. A propaganda gira em torno de suas intermináveis atividades, e a deserção da igreja caracteriza seus resultados. Além de não estarmos ganhando os jovens para Cristo, estamos perdendo os que temos. A baixa taxa de retenção de adolescentes que frequentam a igreja é alarmante e amplamente reconhecida. O que quase nunca se reconhece é que aqueles que deixam a igreja fazem-no porque nunca realmente fizeram parte dela. O apóstolo João escreve: "Eles saíram do nosso meio, mas na realidade não eram dos nossos, pois, se fossem dos nossos, teriam permanecido conosco" (1João 2:19).

Em outras palavras, o fato de que a maioria dos jovens abandona a igreja após entrar na faculdade é evidência do fato de que grande parte deles não é salva. Isto significa que um dos principais papéis do líder de jovens é ser um evangelista.

Apesar dessa necessidade urgente, o estereótipo do pastor de jovens é o de um diretor de acampamento e coordenador de eventos. Espera-se que ele dê aos jovens da igreja algo para fazer, e seu sucesso é medido pelo número de pessoas presentes nos eventos sociais. No entanto, o verdadeiro evangelismo – na realidade, o verdadeiro ministério – não tem por objetivo encher cadeiras vazias. O foco do verdadeiro evangelismo deve ser almas, não assentos ocupados.

Quando vejo líderes de jovens entusiasmando-se – com uma disposição quase missionária – em seus apelos para que mais pessoas se inscrevam em um evento, meu coração se parte. O que falta é este mesmo zelo aplicado ao evangelho. Fazer com que adolescentes compareçam não é a meta; em vez disso, o objetivo é proclamar clara e fielmente a mensagem da cruz.

De maneira simples, o que faz um bom ministério de jovens é o mesmo que deve fazer um bom ministério de adultos: a apresentação precisa e persuasiva do evangelho. Todavia, os ministérios centrados em eventos tendem a proteger propositadamente seus jovens do chamado concreto, das verdades duras e das exigências claras de Jesus. Os líderes do ministério de jovens procuram mascarar suas reuniões com a cultura popular a fim de atrair uma multidão de incrédulos e fazê-los sentir-se o mais confortáveis possível dentro da igreja. Em vez de aproveitar ao máximo esses anos de formação para a instrução espiritual, eles desvalorizam as Escrituras e exaltam a diversão, os jogos, as festas e os prêmios. Os adolescentes ficam com a impressão de que seguir a Cristo é fácil, que a santidade é opcional e que a igreja deve ser sempre divertida e voltada a atender às preferências de cada um. Não admira que muitas crianças que crescem com uma ideia de ministério de jovens centrado em diversão e brincadeiras procurem igrejas pastoreadas por apresentadores aclamados e divertidos.

O resultado dessa abordagem errada do ministério de jovens é uma geração de alunos desprovidos de qualquer conceito do senhorio de Cristo, muito menos da compreensão do discipulado. Quando vão para a faculdade, não estão preparados para suportar os ataques à fé. Eles nunca foram integrados à comunidade adulta da igreja como um todo. Participar das atividades de jovens não é a mesma coisa que comprometer-se com Jesus Cristo. Isto é óbvio, e nem mesmo o pastor de jovens mais pragmático discordaria disso. O ministério que se concentra em uma mensagem simplista e secular, em brincadeiras divertidas, e que se esforça para conquistar a assiduidade dos jovens é, na verdade, inimigo do evangelismo. O verdadeiro evangelismo não se concentra em nenhuma destas coisas, mas na proclamação do evangelho.

O ministério de jovens não fez seu trabalho se os alunos saem dali sem nunca ter sido confrontados com as exigências de Jesus Cristo para sua vida. Quando o evangelho é apresentado com clareza, há um chamado que aguarda resposta. Muitos alunos fazem falsas profissões de fé porque receberam um falso evangelho. Foi-lhes dito que, se cressem em Jesus, iriam para o céu. Eles foram levados a crer que as meias verdades apresentadas no grupo eram a história completa. Mas, por nunca terem se afastado do pecado, não aprenderam a valorizar Jesus acima de tudo. O resultado é o mesmo nos adolescentes como nos adultos: com o tempo, o desejo de viver para si passa a ser mais forte do que a certeza obtida com a oração de conversão.

No entanto, quando o evangelho completo é apresentado – aquele que inclui o chamado ao arrependimento, ao discipulado, à santificação e ao encargo de amar Jesus mais do que este mundo –, os alunos são compelidos a responder. Aqueles que não são salvos deixarão o Senhor, como as multidões em João 6. Aqueles que respondem às reivindicações de Cristo não precisam ser mimados pelos pastores de jovens e isolados do corpo da igreja; devem ser, em vez disso, batizados e aceitos como membros. Eles precisam de pastoreio e discipulado. Precisam estar envolvidos no ministério, demonstrando seu amor por Deus, colocando em prática os dons que Deus lhes deu (Efésios 4:12). Tudo isso é possível quando o pastor de jovens se concentra no evangelismo.

Nem todos acreditam que é possível ter um ministério de jovens que produza cristãos fortes, teólogos e evangelistas apaixonados. Os maiores céticos com respeito a um ministério juvenil profundo e sério não são os alunos, mas, frequentemente, os próprios líderes. Com um ministério fundamentado em brincadeiras que visa a alcançar o menor denominador comum de uma cultura juvenil fugaz, o exemplo que os adolescentes recebem na igreja é o de ceder ao mundo, não de seguir o cristianismo.

É um privilégio e uma alegria ministrar aos jovens, e é meu objetivo, pela graça de Deus, encorajar e indicar colegas para tais ministérios, contanto que sejam biblicamente motivados, teologicamente sólidos e predominantemente evangelísticos. Se um aluno do ensino médio é ganho para Cristo, sua vida pode ser um exemplo glorioso de fidelidade. Desejo ver adolescentes cristãos demonstrando esta realidade por meio de uma vida dedicada a Cristo, sua Palavra e sua Igreja. Este capítulo descreverá alguns princípios práticos para a construção de um ministério de jovens que tenha um enfoque evangelístico e que produza adolescentes maduros e misericordiosos.

Edificar sobre as Escrituras

A pergunta "Qual é a melhor maneira de alcançar um jovem com o evangelho?" é, na verdade, bem antiga: "Como pode o jovem manter pura a sua conduta? Vivendo de acordo com a tua palavra" (Salmos 119:9).

A resposta parece simples. Se o jovem quiser manter seu caminho puro, deve meditar na Bíblia, lê-la e estudá-la. Se um pastor de jovens quiser servir a seus alunos, deve, no mínimo, ensiná-los a amar a Palavra de Deus. Sem dúvida, o elemento mais importante de um ministério forte será o ensino bíblico. Eu gostaria que os pastores de jovens abandonassem os vídeos, parassem de desperdiçar o dinheiro da igreja em aulas cheias de atrativos visuais e deixassem de fritar o cérebro pensando no próximo tópico a ser discutido. Se ensinassem aos alunos a suficiência da Palavra modelando o próprio ministério de acordo com ela, o efeito seria profundo.

As Escrituras são a ferramenta mais importante para o pastor de jovens. Não há outro caminho para a pessoa vir a Cristo senão pela pregação do evangelho, e não há lugar em que o evangelho seja apresentado com mais clareza do que nas Escrituras. Quando um ministério juvenil é edificado sobre o ensino da Bíblia versículo a versículo, os alunos aprendem a viver e no que crer. Como efeito colateral ordenado por Deus, eles também aprendem a estudar e a interpretar a Bíblia por si mesmos conforme observam as devidas divisões e explicações da Escritura.

A pregação do pastor deve ilustrar que o evangelho é notícia, não conselho. Jesus Cristo, o Filho de Deus, morreu na cruz como substituto pelos pecados. Ele ressuscitou ao terceiro dia, mostrando que Deus aceitou seu sacrifício, provando que sua vida e suas palavras eram verdadeiras e demonstrando que, a fim de ser justo diante de Deus, é necessário arrepender-se dos pecados e confiar somente em Cristo para a salvação. Esse é o evangelho, o qual deve ser pregado constantemente.

Os adolescentes precisam dessa mensagem. Eles não precisam de relevância cultural e, certamente, não precisam de um líder que os cative. Eles precisam de um ministro que lhes explique que não chegarão ao céu de carona no cristianismo dos pais, que Deus odeia o pecado e que a questão mais importante do universo não é se vão fazer parte do time de futebol, mas se estão reconciliados com Deus. Eles se voltaram do pecado para o Salvador? Eles aceitaram, pela fé, o sacrifício perfeito do querido Filho de Deus? Cristo é a vida deles?

Além do evangelho, o pastor de jovens deve ensinar teologia aprofundada. Os alunos devem aprender mais sobre justificação, santificação, eleição e trindade do que sobre a cultura ou os perigos do sexo. O objetivo do ministério de jovens não é produzir "moralidade", promessas de abstinência ou boas notas. Deus tem algo melhor reservado para os jovens: um compromisso radical com a verdade divina. Por esta razão, usar a Bíblia para ensinar lições morais superficiais simplesmente não basta. O contraponto à superficialidade da cultura jovem que corre atrás de tendências não é a realização de brincadeiras ou a formação de um grupo legal – é a teologia profunda e imutável da Bíblia. Se o pastor de jovens evita ensinar teologia, está zombando de sua vocação e traindo a oportunidade de que dispõe. A longo prazo, está deixando de preparar jovens para contrariar as filosofias seculares que serão ensinadas na faculdade.

Se os alunos que concluírem o ensino médio tiverem sido confrontados com as verdades profundas do evangelho pleno e tiverem sido expostos constantemente aos ensinamentos teológicos da Bíblia, irão para a universidade entendendo que as Escrituras têm as respostas para os dilemas morais e éticos a que serão expostos. Ao ensinar teologia e dar o exemplo da suficiência das Escrituras, o pastor de jovens está dando aos adolescentes uma alternativa à tentação do pecado, e esta alternativa é inerentemente evangelística. Tal ministério com jovens capacita os santos e torna-se luz para os incrédulos.

Edificar na Igreja

A eclesiologia está infelizmente ausente da teologia de muitos líderes de jovens. A Igreja é tão preciosa para Cristo, que ele a chama de noiva. Ele ordenou que a Igreja fosse o principal meio para promover seu Reino na terra. O perigo de organizações paraeclesiásticas usurparem o papel da Igreja talvez esteja mais claro no ministério de jovens. Contudo, para o pastor de jovens, o perigo real é edificar um ministério que funcione exatamente como uma organização paraeclesiástica, exceto pelo fato de se reunir na própria igreja. Não deveria ser possível que os alunos participem fielmente de um ministério de jovens sem participar da igreja. Um dos principais objetivos de um programa de jovens é capacitá-los a viver de modo comprometido com a igreja.

Os jovens devem estar envolvidos com os adultos no serviço aos missionários, participando do evangelismo na vizinhança e visitando idosos. Acima de tudo, devem fazer parte do corpo da Igreja na adoração, na comunhão e no culto. Uma das razões pelas quais os jovens se afastam da igreja é porque ficam de fora daquilo que ela tem para lhes oferecer. Com o tempo, eles se cansam dos jogos e das peças e vão em busca de algo mais profundo. A chave para o ministério estudantil – para o ministério estudantil duradouro – é fazer com que os jovens se envolvam na igreja por estarem apaixonados pelo evangelho. Assim, se deixam a igreja, abandonam uma parte integral de sua vida. A igreja já não será um lugar que os serve, mas um lugar a que pertencem.

Isolar os adolescentes do restante do corpo da igreja é ruim para todos os envolvidos. Assim como o pé não pode dizer à mão que ela não é parte do corpo, o jovem não pode dizer que não faz parte do corpo de crentes

(1Coríntios 12:15). Os cristãos são chamados a usar os dons divinamente concedidos servindo à Igreja, pois é ali que eles colocam em prática o mandamento neotestamentário de amar uns aos outros. Os adolescentes devem ser ensinados a ter afeição pela Igreja, a cuidar de suas necessidades e a dedicar-se à sua saúde e ao seu crescimento.

Oportunidade sem impedimentos é a marca registrada do jovem solteiro. O capítulo 7 de 1Coríntios é paradigmático sobre o ministério de jovens. Embora seja conhecido principalmente por seu ensino sobre casamento e solteirice, o fato é que a maioria dos jovens no ministério é solteira. Como solteiros, eles têm duas vantagens sobre os casados: oportunidade sem obstáculos (v. 32) e devoção sem distração ao Senhor (v. 35). Isto não quer dizer que os jovens não sejam distraídos, mas, por serem solteiros, por causa de sua energia e força, a dedicação pessoal a Cristo pode ser maior do que em outros momentos da vida. Nesta fase, há poucos pretendentes para competir com Jesus Cristo por seu amor. Um relacionamento verdadeiro e amadurecido com o Senhor durante a adolescência pode ser um fundamento bem estabelecido para uma vida de ministério e devoção.

Os jovens não têm cônjuge, financiamentos, filhos, contas ou emprego em tempo integral; assim, pouquíssimas coisas impedem-nos de ser o braço mais ativo do corpo de Cristo. Suas preocupações e seus interesses ainda não são tão divididos como quando se casarem. A maioria deles vai à escola e recebe milhares de oportunidades para evangelizar e ministrar em nome de Cristo. Esportes e atividades extracurriculares são convites "para anunciar as grandezas daquele que os chamou das trevas para a sua maravilhosa luz" (1Pedro 2:9). Estaremos negligenciando um imenso campo missionário se não ajudarmos nossos jovens a alcançar colegas para Cristo.

Os ministros de jovens são muitas vezes considerados obreiros relegados às margens do verdadeiro ministério. Seu papel é infelizmente visto como o de manter os adolescentes ocupados e distraídos. Isto é trágico, pois comunica que os adolescentes podem ser a Igreja de amanhã, mas não fazem parte da Igreja de hoje. Uma alternativa é encorajar os adolescentes, se forem salvos, a usar seus dons para o benefício do corpo da Igreja e para a glória de Deus. Esse é o ministério de jovens feito com convicção eclesiástica.

Edificar com liderança qualificada

"Mas, se eu demorar," diz Paulo, "saiba como as pessoas devem comportar--se na casa de Deus, que é a igreja do Deus vivo, coluna e fundamento da verdade" (1Timóteo 3:15). Esse versículo é um lembrete para nós de que a Bíblia não é omissa no que se refere a quem deve ministrar na igreja. O contexto de 1Timóteo 3 é a liderança. Paulo havia acabado de explicar que tipo de pessoa ele queria que liderasse os irmãos na igreja.

A fim de encorajar adequadamente nossos jovens no evangelismo, devemos desenvolver e formar uma liderança bíblica exemplar. Os voluntários no departamento de jovens devem estar biblicamente qualificados como líderes-servos. Precisamos ser seletivos quanto a quem trabalhará com os jovens, porque nem todos os que querem ajudar estão qualificados para isso. O ministério de jovens oferece oportunidades para que os alunos passem tempo com líderes espirituais maduros, os quais podem estabelecer um relacionamento pessoal com eles. Os adultos que trabalham com jovens devem dedicar-se ao envolvimento na vida deles, pois, conforme sabemos, o discipulado pessoal é mais eficaz com um contato individualizado. Nossos voluntários qualificados precisam servir como modelos vivos do que desejamos para os alunos. É melhor ter poucos líderes do que líderes que não sejam biblicamente qualificados.[1]

É fato que os jovens são facilmente influenciáveis. Se o líder é teologicamente fraco ou faz concessões no tocante à santidade, tais deficiências logo serão refletidas pelos alunos sob sua liderança. Por outro lado, se o líder é apaixonado pelo evangelho e pelos perdidos, esta força será imitada. Evangelismo é fazer discípulos, o que envolve ensiná-los por meio da imitação (Mateus 28:19-20). Os que trabalham com jovens são fazedores de discípulos e devem ser modelos de pastoreio, não de socialização.

Uma das principais áreas em que a maturidade deve ser evidente na vida de qualquer voluntário é o evangelismo. Se o grupo de jovens se transformar em um abrigo para líderes introspectivos ou tímidos, o evangelismo será sufocado. Isto é visto de duas maneiras. Primeiro, os líderes do ministério de jovens precisam saber como falar com os alunos sobre o evangelho. Os líderes precisam conhecer a condição espiritual dos jovens e devem ser capazes de cultivar relacionamentos que permitam conversas diretas sobre a realidade pessoal do evangelho. Segundo, os líderes precisam ser capazes de se comunicar com não cristãos, visitantes, familiares e amigos dos alunos na classe. Eles precisam saber como aproveitar as oportunidades para apresentar o evangelho de forma clara e concisa a pessoas que talvez eles nunca mais voltem a ver. Eles precisam fazer isso com tato, a fim de que os alunos não fiquem constrangidos para convidar amigos, mas com clareza, a fim de que os alunos tenham motivos para fazê-lo. Nossa liderança deve ser competente no aconselhamento bíblico e no evangelismo. Os líderes precisam mostrar aos alunos que a Palavra de Deus é suficiente para todas as questões que enfrentarão na vida.

Sinto-me feliz por participar do mesmo ministério de Paulo quando procuro influenciar adolescentes a seguir a Jesus Cristo. Paulo exortou os coríntios a imitá-lo, assim como ele imitava a Cristo (1Coríntios 11:1). Há alegria em observar os alunos começando a imitar Cristo. Eles não só se tornam bons seguidores dos líderes, como também influenciadores dos demais a seu redor. Liderança é influência, e os líderes de jovens devem lembrar que sua vida e suas palavras estão sendo observadas e seguidas. Esta é uma responsabilidade importante perante Deus.

Edificar pelo evangelismo

Um ministro de jovens sábio é, em essência, um evangelista, e seu desejo é ver os alunos entregando a vida a Cristo. Os jovens em nossas igrejas oferecem uma oportunidade fantástica como campo missionário. Há adolescentes do bairro que frequentam as reuniões e não foram criados em um lar cristão e não conhecem Cristo. Há também aqueles que foram criados na igreja, mas que não são salvos e vivem uma fé que não é deles. As crianças da igreja também precisam de Jesus. Essas realidades motivam--me a cumprir a grande comissão, especificamente no tocante aos jovens. Se negligenciarmos o ministério a eles, perderemos uma oportunidade de pregar o evangelho.

Para um exemplo de como é proveitoso considerar o papel do pastor de jovens algo predominantemente evangelístico, considere a questão da certeza. Adolescentes esforçam-se para obter certezas. Se você não pode declarar com certeza que Deus o salvou, como pode apresentar os mistérios divinos no evangelismo aos outros? Muitas vezes, os adolescentes são inseguros, e fazê-los entender a certeza da salvação é vital. Aqueles que cresceram como "cristãos" e se aproximam da idade da independência começam a questionar se sua fé é válida ou se é apenas um produto da influência dos pais. Eles se perguntam: "A fé que tenho é minha mesmo? Estou frequentando a igreja para agradar a meus pais ou a meu Senhor?" Essas são boas perguntas, e pastores sábios vão ajudá-los a realizar o autoexame.

Crescer como cristão tem benefícios e armadilhas. A familiaridade não deve gerar descaso com as coisas espirituais. Os dois extremos no ministério de jovens são os alunos certos de que são salvos, mas que na verdade não são, e aqueles que questionam sua salvação, mas interpretam a graça de modo equivocado. Ajudar os alunos a praticar 2Coríntios 13:5 é quase uma tarefa semanal: "Examinem-se para ver se vocês estão na fé".

Ao se considerar um evangelista, o pastor de jovens tem uma tarefa hercúlea à frente. Durante a semana, seus alunos espalham-se por diferentes escolas, e a maioria é cercada por milhares de incrédulos. A única esperança que o pastor tem de dar um firme testemunho evangélico na comunidade é treinando seus alunos para ser evangelistas.

Como cristãos, somos embaixadores de Cristo (2Coríntios 5:20). Os jovens cristãos são tão embaixadores quanto os mais velhos. Não importa a idade; todos devem ser treinados para fazer discípulos. Os alunos devem se fazer duas perguntas vitais. Primeira: "Eu sou salvo?" Segunda: "Eu estou aproveitando as oportunidades para evangelizar os outros?"

Os adolescentes devem ser lembrados das verdades encontradas em outras partes deste livro. Devem ser ensinados que vivemos para a glória de Deus, e que nada o glorifica mais do que um pecador que se volta do mundo para Jesus. Os jovens devem entender que têm o privilégio de levar as Boas-novas sobre Jesus a seus amigos, muitos dos quais nunca a ouviram antes.

Se lhes dissermos estas coisas, podemos prepará-los para ser evangelistas. Podemos ensiná-los como evangelizar, o que dizer e quando dizer. Podemos prepará-los orando por eles, encorajando-os e pregando mensagens evangelísticas. Também podemos lembrar o grupo de jovens como um todo que nada prejudica mais rapidamente o evangelismo do que os mensageiros hipócritas e, então, usar tais discussões como oportunidades para os alunos avaliarem a própria fé e o próprio testemunho.

Quando pregamos de modo teológico, e nossa expectativa é que os jovens vivam de forma evangelística, estamos preparando-os apologeticamente. O apóstolo Pedro declara: "Santifiquem Cristo como Senhor no coração. Estejam sempre preparados para responder a qualquer que lhes pedir a razão da esperança que há em vocês" (1Pedro 3:15). Como pastores, precisamos habilitar os jovens a defender o evangelho, a dizer com clareza por que as Boas-novas são tão boas.

Isto se aplica especialmente aos alunos no ensino médio, os quais recebem todos os dias a oportunidade de dar a razão de sua esperança. Eles vivem em um ambiente maduro para o ministério do evangelho. Certa vez, em nosso ministério voltado para adolescentes, organizamos um seminário focado em evangelismo com duração de várias semanas. Foi um de nossos eventos com o maior número de presenças, e os alunos permaneciam horas após o culto para fazer perguntas. Percebemos, pelo entusiasmo deles, como os jovens têm fome de ser preparados para o evangelismo. A salvação dos perdidos e a defesa de sua fé eram preocupações urgentes para eles.

Também podemos preparar nossos alunos para o evangelismo orando por eles fielmente e ensinando-os a ser apaixonados pela oração. O pastor de jovens evangelista ora de modo regular e especifico por seu rebanho e pelos alunos que deseja ver voltando-se para Cristo. Ele os ensina a dirigir-se a Deus em oração a fim de que seu evangelismo seja fortalecido, e a suplicar ao Senhor para que seus colegas perdidos sejam salvos. Ao enfatizar a oração pessoal, demonstramos que ela não se limita às manhãs de domingo ou às cerimônias cívicas. Ensinamos que ela é uma disciplina, não um evento (1Tessalonicenses 5:17). Quando cultivam o relacionamento íntimo com Deus – o qual só pode ser obtido pela oração – os jovens não só crescem em maturidade e humildade, como também se tornam mais evangelísticos.

A oração é o combustível e o trabalho das missões. Incentive os alunos a orar pelos incrédulos que conhecem e a ser específicos na oração. Peça--lhes que orem especificamente pelos indivíduos e por uma oportunidade de apresentar-lhes o evangelho. Ajude-os a aprender a tensão apresentada nas Escrituras entre orações e ações, encorajando-as a orar pelos outros e, então, a levar o evangelho às pessoas pelas quais oraram.

Alegria do ministério de jovens

Colossenses 1:28-29 diz: "Nós o proclamamos, advertindo e ensinando a cada um com toda a sabedoria, a fim de que apresentemos todo homem perfeito em Cristo. Para isso eu me esforço, lutando conforme a sua força, que atua poderosamente em mim." Esses versículos são, talvez, meu maior incentivo como pastor de jovens. Eles me levam a ministrar aos alunos de modo a haver progresso espiritual em sua vida. Amo ver a obra de Cristo amadurecendo e santificando os adolescentes cuja vida lhe é dedicada. Nosso objetivo é o mesmo para cada pessoa na igreja, independentemente da idade. Há grande alegria em ver o povo de Deus crescendo em semelhança ao nosso Senhor.

Eu amo especificamente o ministério de jovens porque sou apaixonado pelo potencial que eles têm. Alegra meu coração ministrar aos futuros membros, ministros, diáconos e anciãos de nossa igreja. Eu olho para os rostos jovens no culto de adolescentes aos domingos e vejo que, diante deles, estão os maiores desafios e bênçãos da vida. Provações, tentações, batalhas e alegrias os aguardam. Esse é o começo de sua caminhada com Cristo. É nesses primeiros anos que eles têm a oportunidade de aprender disciplinas espirituais das quais se beneficiarão pelo resto da vida.

Como subpastores da igreja de Jesus Cristo, temos a responsabilidade de ser bons administradores dos dons espirituais que nos foram dados, das pessoas confiadas a nossos cuidados e dos recursos que o Senhor providenciou para o cumprimento do ministério. Nossas metas para o ministério de jovens não devem ser vistas no número de participantes, na sofisticação dos eventos ou em quão "divertido" é o líder. Nosso padrão deve ser bíblico, fundamentado na salvação e santificação de nosso povo. É assim que o pastor de jovens cumpre sua vocação como evangelista.

16

Faça-os entrar: Testemunho àqueles com necessidades especiais

Rick McLean

Ao encontrar pessoas com necessidades especiais, até o evangelista mais experiente pode hesitar, ficar nervoso ou evitar o contato por insegurança. Como o evangelho deve ser pregado às pessoas especiais? A resposta, com frequência, costuma ser: com pena – não pela condição espiritual, mas pela condição física. No entanto, compreender que "normal" não existe em um mundo cheio de pecado, mas que todo ser humano tem a mesma necessidade essencial, faz com que o evangelista supere a barreira para alcançar aqueles com necessidades especiais.

A história do tratamento dispensado às pessoas com deficiência até hoje não é bonita. Em diferentes épocas, elas foram, muitas vezes, abandonadas no nascimento, banidas da sociedade, usadas como bobos da corte, afogadas e queimadas durante a Inquisição, intoxicadas com gás na Alemanha nazista, segregadas, institucionalizadas, torturadas em nome do controle de comportamento, abusadas, estupradas, submetidas a eutanásia e assassinadas.[1]

A comunidade cristã deve reconhecer sua responsabilidade de alcançar as pessoas com deficiência, especialmente à luz de um passado tão revoltante. Os deficientes precisam ouvir as Boas-novas. Eles precisam saber que Jesus Cristo oferece tanta esperança para eles quanto para qualquer outra pessoa na sociedade. São necessários amor e compaixão; não pena.

As pessoas com deficiência são vistas de várias maneiras, mas raramente como "normais". Por causa das diferenças, muitas vezes não sabemos lidar com elas e as rotulamos como "anormais". A opinião de que pessoas com deficiência são anormais tem sido a justificativa para tantos anos de abuso.

No entanto, não procuramos nosso exemplo na história, mas em Jesus. Ele sentia profunda compaixão pelos perdidos e fracos. É muito comum que muitas igrejas deixem de cumprir seu dever de evangelizar e discipular deficientes. Porém, se desejamos ter uma igreja que honra a Cristo, devemos seguir o exemplo dele.

Perspectiva bíblica sobre as deficiências

Para ministrar da melhor maneira aos deficientes, é importante entender por que algumas pessoas nascem com deficiência e por que Deus permite que outras desenvolvam deficiências à medida que envelhecem. O ponto de partida é um entendimento de que, originalmente, antes de haver pecado no mundo, não havia imperfeições. Gênesis 1:27 afirma: "Criou Deus o homem à sua imagem, à imagem de Deus o criou, homem e mulher os criou". O versículo 31 diz: "E Deus viu tudo o que havia feito, e tudo havia ficado muito bom".

Os seres humanos foram criados à semelhança de Deus. Ele nos criou com a capacidade de governar, amar, raciocinar, relacionar-nos e, o mais importante, obedecê-lo. Quando Deus concluiu sua criação, não havia dor, violência, luta, conflito nem morte. Tudo era perfeito. Uma vez que nosso mundo está repleto de dor e imperfeição, é difícil imaginar como a alegria e a bondade prevaleciam no mundo anterior à queda.

A Bíblia deixa claro que a causa de dor e sofrimento no mundo é o pecado. Sim, fomos feitos à imagem de Deus, mas nos tornamos criaturas caídas. Adão e Eva, os dois primeiros humanos que Deus criou, desobedeceram-no. Em Gênesis 2:16-17, Deus deixou claro a Adão e Eva que eles poderiam comer livremente de qualquer árvore do jardim, exceto uma: a árvore do conhecimento do bem e do mal. Deus disse a Adão que, se comesse daquela árvore, certamente morreria. Mas Eva, enganada por Satanás, desobedeceu a Deus e comeu da árvore. Adão seguiu seu exemplo, e decadência e morte sobrevieram à criação. Adão e Eva nunca poderiam ter previsto o impacto global de seu pecado.

Após a desobediência, eles se esconderam de Deus; pela primeira vez, tiveram maus pensamentos e ficaram conscientes da própria culpa. Por causa do pecado deles, Deus julgou o homem, a mulher e até a terra, trazendo grande dor à maternidade, tristeza, trabalho, angústia, doença e a morte que atormenta toda a criação. O pecado crescia, e seu reinado não teria mais fim no mundo.

O pecado de Adão e Eva afetou toda a criação. Paulo afirma, em Romanos 8:20: "Pois ela [a criação] foi submetida à inutilidade, não pela sua própria escolha, mas por causa da vontade daquele que a sujeitou, na esperança". A desobediência de Adão e Eva deixou o mundo anormal. Pela primeira vez, destruição e sofrimento foram introduzidos ao mundo. Esta destruição afetaria as esferas humana, espiritual, física, intelectual, emocional, psicológica e social. Tal corrupção ainda vigora hoje e afeta todas as áreas de nossa vida. Paulo declara, em Romanos 8:22: "Sabemos que toda a natureza criada geme até agora, como em dores de parto".

A rebeldia de Adão e Eva fez com que o mundo perfeito se tornasse imperfeito com todo o seu caos, dor, luta, conflito e morte. Deus nos criou à própria imagem para um propósito, mas todos sofremos os efeitos debilitantes do pecado nesta vida.

Por causa da queda, todos nós nascemos com algum tipo de deficiência. Algumas deficiências são facilmente detectáveis, ao passo que outras não são visíveis ao olho humano. No entanto, por causa do mundo pecaminoso no qual vivemos, temos de perceber que não existe "normal" ou "anormal". Todos os seres humanos foram incapacitados com o pecado, e todos nós um dia enfrentaremos a morte. Assim, da perspectiva de Deus, toda a humanidade é deficiente, e há apenas uma esperança: o evangelho de Jesus Cristo.

Dificuldades enfrentadas pela comunidade deficiente

Aqueles que não têm deficiência física, por vezes, esquecem-se de como as atividades cotidianas podem ser difíceis, pois suas lutas diárias costumam ser mínimas. A maioria de nós não faz ideia do tipo de batalha enfrentada diariamente por uma pessoa com deficiência (ou por sua família e seus amigos), e tal ignorância pode levar a uma falta de compaixão. A família do deficiente será testada e provada de maneiras que nunca imaginou. Para a família cujo filho é diagnosticado com alguma deficiência no nascimento ou em tenra idade, a notícia inicial pode ser devastadora. A família terá de lidar com profissionais da área médica, com dúvidas, sonhos arruinados e uma série de outros problemas.

As tensões financeiras e emocionais podem ser esmagadoras. Joni Eareckson Tada declarou, certa vez:

> Nestes 30 anos de deficiência, passei mais de 43.800 horas no hospital ou na cama devido a escaras, gastei dezenas de milhares de dólares em despesas médicas e 262 mil horas em rotinas de cuidados diários. Essas questões médicas absorvem tempo, energia e dinheiro que poderiam ser investidos em relacionamentos.[2]

Já os indivíduos que se tornam deficientes em um momento posterior da vida talvez não tenham família para apoiá-los durante o processo de ajuste às novas circunstâncias.

Dificuldade nos relacionamentos

Como a maioria das pessoas, as amizades podem ser muito importantes para os deficientes, e, como o resto do mundo, eles desejam ser aceitos como são. No entanto, um grande número tem dificuldade em fazer amizades, pois muita gente evita fazer contato. O que nos deixa tão desconfortáveis? Por que nos esquivamos de fazer amizade com deficientes? Geralmente, as pessoas se intimidam quando o deficiente tem uma aparência incomum – características faciais diferentes, corpo deformado – ou simplesmente age de forma diferente. O desconforto também provém do medo, sentido por não se saber como aproximar-se desses indivíduos e relacionar-se com eles.

Grande parte de nosso desconforto e medo surge de suposições incorretas. Quando vemos alguém com deficiências físicas ou mentais, costumamos supor que a pessoa é surda ou muda. Não percebemos que a capacidade cognitiva de alguém não está ligada à sua aparência externa. Conheço um homem em nossa igreja que sofre de paralisia cerebral grave. Durante o primeiro ano em que frequentou os cultos, eu achei que ele tivesse confusão mental e não conseguisse falar, mas, certo domingo, ele veio até mim e fez uma pergunta sobre o sermão. Fui pego de surpresa pelo fato de que sua mente era ativa e que ele conseguia falar com clareza sobre o que fora pregado naquela manhã.

Outro equívoco é pensar que as pessoas com deficiência não são capazes de entender o evangelho. Descobri que elas sabem mais do que imaginamos. Muitas talvez não sejam capazes de articular claramente sua fé, mas compreendem muito mais do que pensamos.

Infelizmente, muitas igrejas hoje acreditam que Deus deseja a cura dos deficientes. Algumas chegam a dizer que, se a deficiência não for curada, é porque a fé deles é fraca. Esse tipo de ensino agrava as dificuldades de se relacionar com uma pessoa deficiente.

Tais princípios podem ser resumidos em um tema principal: precisamos pensar sobre pessoas com deficiência e tratá-las da mesma maneira que gostaríamos de ser tratados. A essência delas é a mesma de todos os filhos de Deus que pecaram e precisam da salvação divina. O deficiente continua sendo uma pessoa completa.

Propósito do ministério aos deficientes

Se deficientes continuam sendo pessoas completas, por que deveríamos ministrar especialmente a eles? E o que a Bíblia nos ensina a seu respeito?

O ministério de Cristo demonstrou amor e carinho pelos deficientes. Cristo deu o exemplo de alguém que os amava e lhes estendia a mão. A maioria dos milagres de Jesus foi operada em benefício de alguém com deficiência mental ou física. Jesus curou cegos, surdos, paralíticos e doentes mentais. Ele estendeu a mão com bondade ao cego e ministrou a crianças que lutavam com doenças. Jesus deleitava-se em socorrer os surdos e paralíticos.

Em Marcos 10:46-52, Jesus fez contato com um cego chamado Bartimeu. A cegueira era um problema comum na época de Cristo. Muitos iam às cidades na esperança de encontrar cura. Inúmeras doenças no primeiro século contribuíam para a cegueira, e um grande número de pessoas era cega de nascença.[3]

Bartimeu ganhava a vida mendigando. Certo dia, enquanto Jesus passava, Bartimeu começou a clamar, angustiado: "Jesus, Filho de Davi, tem misericórdia de mim!" (Marcos 10:47). O homem estava desesperado. Ele se lançou completamente à misericórdia de Jesus; provavelmente conhecia seu grande poder de cura.

Bartimeu deu um passo de fé e clamou a Jesus. Muitos na multidão, incluindo os discípulos, repreenderam-no por gritar tão alto e ser tão exigente. Ordenaram-no que "ficasse quieto" (v. 48). A multidão mostrou pouca compaixão pelo cego. Aquelas pessoas, de certa forma, algumas vezes demonstram a maneira como nós tratamos os que são diferentes em nossos discursos e ações.

Então, como Jesus respondeu ao homem? Ele parou e disse: "Chamem-no" (v. 49). Jesus instruiu as multidões a fazer silêncio e buscar o cego. O povo parou de criticar e disse ao homem que Jesus o estava chamando. Bartimeu ficou tão animado, que jogou seu manto para o lado e foi até lá (v. 50). Ele tinha grande fé e cria verdadeiramente que o Senhor poderia curá-lo. Ainda mais importante é o fato de Jesus usar isso como oportunidade para ensinar às multidões a importância da compaixão, do amor e do cuidado para com os deficientes. Os discípulos viram a prioridade de Jesus de ministrar às pessoas com deficiência. Ele não apenas curou os olhos físicos, como também abriu os olhos espirituais de Bartimeu (v. 52). O exemplo de Cristo deixa claro que devemos estender a mão aos que têm deficiência física ou mental.

Somos ordenados a ajudar os deficientes. Em Mateus 25:34-40, Jesus descreve o fruto da pessoa salva. Nesse texto, ele não está falando de fazer boas obras para ser salvo, mas de obras que evidenciam uma vida voltada para Cristo. Jesus descreve seis grupos de pessoas com necessidades: famintos, sedentos, estrangeiros, nus, doentes e aprisionados. Eles representam os que sofrem e padecem necessidade na igreja, e certamente incluem os deficientes.

Tiago 1:27a (AA) afirma: "A religião pura e imaculada diante de nosso Deus e Pai é esta: Visitar os órfãos e as viúvas nas suas aflições". Viúvas e órfãos estão sujeitos a se sentir solitários, explorados ou ter profunda angústia. Esses dois grupos representam dois paradigmas dos necessitados e alienados na sociedade.[4] A palavra aqui traduzida como "visitar", não significa "visitar" no sentido comum. Não se trata de uma ordem para passar na casa deles e cumprimentá-los. A palavra significa literalmente "cuidar, proteger ou ajudar".[5] Da perspectiva de Tiago, é fundamental, para a "religião pura e imaculada", amar e cuidar dos oprimidos.

Jesus explicou o motivo em Marcos 2:15-17. Enquanto faziam uma refeição na casa de Mateus, os escribas e os fariseus ficaram incomodados por Jesus comer com pecadores. Ele respondeu às críticas dizendo: "Não são os que têm saúde que precisam de médico, mas sim os doentes. Eu não vim para chamar justos, mas pecadores" (v. 17b). Em Lucas 19:10, Jesus disse: "Pois o Filho do homem veio buscar e salvar o que estava perdido". Cristo veio à terra para salvar os que estão feridos e perdidos.

Devemos procurar oportunidades para fazer contato com deficientes. Devemos desenvolver uma amizade com essas pessoas; levá-las para almoçar ou providenciar-lhes transporte. Esforce-se para conhecer alguém com deficiência e descubra quais são suas necessidades. Não tenha medo de perguntar como você pode servi-lo. Encoraje outros a fazer o mesmo.

Também devemos levar as Boas-novas da salvação aos deficientes. Quando curava pessoas com deficiência, Jesus estava preocupado com a alma deles, além do corpo. Em Marcos 5:25-34, ele curou uma mulher que sofria de hemorragia havia muitos anos. Por causa da doença, ela era tratada como uma pessoa impura. Era indesejada, desprezada e marginalizada na sociedade. Ela tinha tanta fé em Jesus, que chegou por detrás dele em uma multidão, tocou suas vestes e foi curada. Jesus ficou tão espantado, que olhou em volta para ver quem era a mulher que agarrara seu manto. Então, disse: "A sua fé a curou!" (v. 34).

Há, no mundo, mais de 516 milhões de pessoas com deficiência.[6] Elas precisam da proclamação do evangelho. Somente em Cristo elas podem ser amadas e tratadas com respeito e valor. O evangelho deve estar acessível a todos, inclusive àqueles que sofrem de deficiência grave.

É importante que as pessoas com deficiência recebam o evangelho correto. O fato de terem deficiência não lhes dá entrada gratuita para o céu. Elas são pecadoras, mas Cristo veio ao mundo para morrer na cruz por seus pecados. Se crerem no evangelho para a salvação, receberão perdão e esperança da vida eterna no futuro. O evangelho é a única mensagem que une indivíduos paralíticos, surdos, cegos, não cegos, intelectualmente saudáveis e deficientes mentais.

Infelizmente, muitos dão falsas esperanças aos deficientes, dizendo-lhes que, se entregarem a vida a Cristo, serão fisicamente curados. No entanto, a cura física não é a mensagem que eles precisam ouvir; a mensagem que precisam ouvir é a de que eles podem ser espiritualmente curados e receber a esperança do céu após a morte, onde receberão um novo corpo (Filipenses 3:20-21).

Ao desenvolver relacionamentos, não tenha medo de evangelizar. Tenha conversas honestas sobre o evangelho, fale sobre as bênçãos de ser um cristão e das exigências do discipulado. Com bastante frequência, você constatará que o indivíduo que perdeu a esperança neste mundo está mais do que pronto para encontrar esperança no mundo vindouro.

Se desejamos ministrar com eficácia aos deficientes, precisamos aprender a nos comunicar com eles. Às vezes, a comunicação pode ser um desafio, e requer paciência e vontade de aprender. É preciso ir devagar. Você talvez tenha dificuldade em entender o que a pessoa está dizendo, ou ela talvez tenha dificuldade em entendê-lo. Seria mais fácil desistir e não fazer o esforço necessário. Meus primeiros meses servindo no ministério a pessoas com deficiência na *Grace Community Church* foram desafiadores. Lá estava eu, o novo pastor; contudo, sentia-me muito desconfortável ao conversar com muitos de nossos amigos. Eu lutava para entender alguns deles. O que me ajudou foi aprender a ser paciente, persistente e não ter medo de fazer perguntas.

Por mais de 30 anos, mantemos um programa evangelístico chamado *Grace Club* [Clube da graça]. O propósito do programa é compartilhar o evangelho com adultos que sofrem de deficiências de desenvolvimento. Nós nos encontramos todas as terças-feiras à noite durante o ano letivo. A noite começa com atividades no ginásio por 30 minutos. Em seguida, reunimo-nos em uma sala para adoração e oração e, depois, compartilhamos uma breve mensagem que sempre inclui o evangelho. Nos 15 minutos finais, dividimo-nos em pequenos grupos para uma interação mais íntima. Também temos um ministério para adultos com deficiências físicas chamado *Grace on Wheels* [Graça sobre rodas], no qual fazemos passeios aos sábados, dando aos deficientes cadeirantes oportunidade de ir a parques, museus, feiras, praias e festas temáticas. O propósito de tudo isso é desenvolver amizades e também compartilhar o evangelho. As Boas-novas são compartilhadas não com pena, mas com esperança. É importante lembrarmos que nenhuma condição física ou mental está além do poder transformador do evangelho.

Os deficientes são parte indispensável da igreja. Se verdadeiramente seguimos o exemplo de Jesus, é impossível ignorá-los. Em 1Coríntios 12:22-24, Paulo detalha a importância dos membros mais fracos para o corpo de Cristo. Essa passagem fala sobre os sofredores, frágeis, vulneráveis, fracos e solitários na Igreja. Paulo espera que ela alcance essas pessoas e também ofereça oportunidades para que possam servir ali. Elas têm dons, e precisamos encorajá-las a conhecê-los e aplicá-los na Igreja. Nós não queremos que suas deficiências atrapalhem seu chamado.

Meios para o desenvolvimento de um ministério eficaz aos deficientes

Há várias coisas que sua igreja pode fazer para desenvolver um ministério eficaz aos deficientes.

O que a igreja deve fazer?

Em primeiro lugar, a equipe pastoral precisa criar um objetivo para a igreja. O pastor pode pregar uma mensagem desafiando o rebanho a ajudar os deficientes ou usar alguma outra forma para encorajar a congregação a ser fiel nesta área. Em segundo lugar, a igreja deve informar aos deficientes que eles são bem-vindos e aproximar-se deles para ministrar-lhes.

Como isso se dá?

Disponibilize banheiros com acessibilidade. Identifique um local para que as cadeiras de rodas tenham pleno acesso ao lugar do culto. Solicite a opinião de amigos deficientes sobre o ministério da igreja. Desenvolva um ministério de transporte para dar carona solidária às pessoas com necessidades especiais (na *Grace Community Church*, nós buscamos cerca de 30 pessoas de van e ônibus semanalmente). Procure profissionais treinados na congregação que sejam qualificados em enfermagem, educação especial ou terapia física/ocupacional. Pode ser útil buscar seus conselhos e contribuições. Conscientize a igreja de que não é necessário ser instruído ou experiente para servir; basta amar a Deus e ter um coração voltado aos que sofrem.

Ao longo dos anos, a *Grace Community Church* desenvolveu cursos de escola dominical para pessoas com deficiências de desenvolvimento. As aulas são frequentadas por indivíduos que têm dificuldade de entender o ensino no culto principal ou nas aulas tradicionais da escola dominical. O ensino nessas aulas é simples, com muitos recursos visuais para enfatizar as lições. Aulas como estas proporcionam mais atenção individual enquanto nos esforçamos para possibilitar à Palavra de Deus operar em seu coração.

Alcance de amigos e família

Um aspecto muito importante do ministério aos deficientes é alcançar seus familiares e amigos, os quais podem estar estressados e esgotados tanto física quanto emocionalmente. Sua frequência à igreja pode ser afetada. A igreja precisa conhecer os familiares e amigos e tomar conhecimento de suas necessidades. Ela tem a oportunidade de atuar como as mãos e os pés de Jesus aos que enfrentam a luta de cuidar dos deficientes.

Em Lucas 14:15-24, Jesus conta a história de um homem que convidou muitas pessoas para um banquete. Os convidados eram amigos e pessoas influentes. Contudo, os amigos do homem encontraram desculpas para não comparecer: tinham campos para arar, juntas de bois para experimentar ou uma nova esposa com a qual queriam passar o tempo. O mestre ficou tão zangado, que ordenou ao servo: "Vá rapidamente para as ruas e becos da cidade e traga os pobres, os aleijados, os cegos e os mancos [...] obrigue-os a entrar, para que minha casa fique cheia" (v. 21b,23). Jesus fez entrar todos aqueles cujo coração pudesse estar aberto a ele.

Evangelizar pessoas com deficiência é uma questão de oportunidade e obediência. Os cristãos têm a oportunidade de evangelizar um grande segmento de nossa população que é completamente negligenciado. Hoje em dia existe um foco evangelístico em artistas, atletas, empresários e outros considerados importantes na sociedade. Todavia, muitos desses são como as pessoas influentes em Lucas 14, as quais simplesmente não estavam interessadas no evangelho. Meu desejo é que os cristãos sigam com mais frequência o exemplo do servo em Lucas 14 e encontrem aqueles que estão dispostos a escutar – com muitos dos quais ninguém está falando – e obrigue-os a entrar.

17

Alcance de dependentes: Evangelização de viciados

Bill Shannon

Os vícios podem fazer a tarefa do evangelista parecer impossível. Como se pode dar esperança a alguém que sequer consegue pensar claramente e aparenta não ter controle sobre as próprias ações? Embora todos os pecados levem à morte, as consequências do vício costumam ser mais imediatas e destrutivas. Basicamente, o vício é uma forma de idolatria. Entender como ele funciona ajuda o evangelista a dar esperança ao dependente, uma esperança encontrada apenas no evangelho.

Poucos pecados são mais destrutivos do que os que se tornam vícios. Embora todos os pecados levem à morte, os vícios em particular têm o poder de arruinar vidas e devastar famílias. O vício em drogas pode arruinar carreiras, o vício em álcool pode desintegrar famílias e os vícios de qualquer espécie podem rapidamente fazer com que a vida do indivíduo saia de controle – e, às vezes, ele não recebe solidariedade sequer da família e dos amigos. No entanto, apesar da natureza feroz do vício, nada é mais forte do que o poder transformador do evangelho. Por esta razão, o evangelho pode oferecer livramento da escravidão exercida por esses pecados dominadores.

Esses pecados exercem tamanho controle, que o viciado parece estar sob o domínio de um poder demoníaco. Apesar disso, os vícios não são tão diferentes de outros pecados; afinal, todo pecado, em seu nível mais básico, é uma forma de rebeldia contra Deus. O pecado revela o desejo real do pecador: ser independente de Deus e de seus mandamentos. Nesse sentido, os vícios não são diferentes do primeiro pecado de Adão e Eva no jardim do Éden.

O que o vício é e o que ele não é

Quer seja em drogas, comida, sexo, jogos, álcool, pornografia ou qualquer outra substância ou situação que controle a vida, o vício é uma consequência de decisões pecaminosas. Quando o desejo produz ação, e esta ação vai contra as leis de Deus, ela é pecaminosa – seja ou não rotulada como vício. Esta verdade é frequentemente obscurecida pela confusão que paira sobre o entendimento contemporâneo de *vício*.

Vício tornou-se uma palavra popular empregada para descrever ou desculpar qualquer comportamento repetitivo que parece compulsório. Essas doenças da alma são mais bem entendidas como tendências ou aflições escravizadoras. É fundamental lembrar que todas essas tendências e aflições (pelo menos inicialmente) manifestam-se por escolha pessoal. Embora certamente possa haver componentes biológicos em muitos vícios, ações que violam as leis de Deus são, no final das contas, pecado. Em outras palavras, fatores biológicos podem contribuir para o vício, mas não o causam e não podem ser usados como bode expiatório para evitar a responsabilidade pelo problema. A lei de Deus é violada por atos da vontade, não por reações químicas no corpo.

É essencial que se entenda isso, pois muitos têm o forte desejo de rotular o comportamento pecaminoso e destrutivo de uma pessoa como *vício*. Esse desejo reflete o conceito secular de vício como uma desculpa, como se seu conceito eliminasse a culpa pelo pecado cometido. Nossa opinião, na *Grace Community Church*, é que este rótulo se torna um problema, porque, se o pecado for considerado apenas vício, seriam necessárias terapias ou mesmo drogas psicotrópicas para a cura. Esta noção equivocada – de que o rótulo de *vício* exige terapia ou remédio como esperança de libertação – não compreende a suficiência da Escritura, o poder do Espírito Santo e a comunhão dos cristãos como meios de graça para libertar as pessoas do pecado.

Ed Welch, em seu livro *Addictions: A Banquet in the Grave* [Vícios: um banquete no túmulo], definiu *vício* da seguinte maneira:

> Vício é escravidão ao controle de uma substância, de uma atividade ou de um estado de espírito que passa a ser o centro da vida. Ele se protege da verdade, de modo que nem mesmo consequências ruins trazem arrependimento, levando a um maior afastamento de Deus.[1]

Qualquer coisa que ocupe lugar central na vida de alguém, mesmo se for boa, pode ser considerada uma forma de escravidão ou vício.

A escravidão pode ser poderosa porque, normalmente, a satisfação de certos desejos traz sentimentos de euforia e alegria. Quando alguém busca coisas como drogas, álcool, sexo, comida ou mesmo exercício físico a fim de obter tais sentimentos, o processo de escravização já começou. Algumas indulgências produzem uma sensação de paz e conforto, como jogar videogame, comer ou assistir televisão. Algumas podem fornecer energia, como cafeína, nicotina, açúcar ou chocolate. Outras ações podem proporcionar certa satisfação, como sexo, musculação, corrida, masturbação ou pornografia. Esses efeitos constituem a base do vício. As pessoas desenvolvem vícios porque o comportamento é uma maneira de mudar o que sentem. Elas desejam sentir prazer, aceitação e conforto e, quando determinada atividade oferece tais satisfações temporárias, elas a repetem várias vezes. A Bíblia descreve esse tipo de pessoa como alguém fora de controle, dominado pelo mundo e pelas coisas no mundo (1João 2:15-17).

Provérbios 23:29-35 descreve como é o vício com respeito ao álcool. O atrativo do álcool é sua capacidade de criar felicidade artificial e uma sensação de despreocupação. Quando substâncias assim são usadas repetidamente, surgem desejos que parecem irresistíveis. O fato de haver consequências negativas a cada embriaguez não retifica o alcoólatra. Ele pode ter ressaca ou perder o emprego e a reputação, mas nada disso é suficiente para fazê-lo afastar-se do pecado. Nesse contexto, o alcoólatra representa vividamente uma pessoa escravizada ao pecado. Apesar das consequências de suas ações e do histórico de fracasso, o indivíduo que bebe nutre a esperança de que o vício, de alguma forma, ainda lhe trará satisfação.

Vício como idolatria

Os viciados buscam com afinco seu vício, como se estivessem adorando o objeto dele. Eles se voltam para o vício em busca de paz e prazer, e é nesse sentido que ele é uma forma de idolatria. Na realidade, a adoração de um ídolo real (como os israelitas eram propensos a fazer há 3 mil anos) não é tão diferente do comportamento do viciado moderno. Em ambos casos, o idólatra não quer ser governado por Deus, permitindo, em vez disso, que ídolos assumam o controle de sua vida. O idólatra é consumido pela busca da alegria, e seus desejos são voltados para comportamentos que satisfazem seus anseios. Quanto mais tempo investir em uma busca por significado e alegria no ídolo, mais relutante será em reconhecer que é impotente para libertar-se. Os hábitos são formados, o corpo é maltratado, e a vida é arruinada como consequências da idolatria pecaminosa e rebelde.

A idolatria não se limita aos viciados em drogas ou em álcool, nem mesmo àqueles diagnosticados como viciados em sexo. Ela é vista até mesmo no desejo de envolver-se em comportamentos lícitos e de aparência "normal", particularmente quando o desejo se torna uma fonte de contentamento ou prazer. Eu já aconselhei pessoas que adoram ídolos em forma de raiva, amor, musculação, sono, nicotina, dor, televisão, masturbação, exercícios, jogos de azar, Facebook, trabalho, esportes, açúcar, relacionamentos, conversa, sexo, videogame, cafeína, furto, mentira, chocolate, risco, sucesso, internet e pornografia. Esses pecados costumam ser chamados de vício por causa da maneira poderosa com que conseguem prender a vida do indivíduo. No entanto, como a idolatria, o pecado tem poder somente porque a pessoa se apega a ele, ansiando por felicidade, contentamento ou algum sentimento que possa ocasionar.

Tal anseio faz com que o alvo do vício seja a força motriz da adoração. O desejo pelo sentimento associado ao vício consome tudo o mais e é elevado ao nível de adoração. Drogas e sexo são os bezerros de ouro modernos que os viciados forjam a fim de encontrar significado, poder ou prazer à parte de Deus. Os viciados quase sempre acreditam que encontraram uma vida mais feliz, mas a recompensa é curta e nada agradável. Eles estão cegos e logo perderão o controle. Tornam-se vítimas de sua própria concupiscência e um exemplo de idolatria moderna.

Poder do vício

A fim de entender por que os vícios são tão poderosos e por que o evangelho pode trazer libertação, vale a pena entender sua origem. As pessoas são dependentes por natureza. Deus não intentou que os seres humanos fossem autossuficientes, mas criou-os para viver em sua dependência. Portanto, não é possível ser verdadeiramente feliz ou satisfeito fora da obediência à Palavra de Deus.

Por ser o criador, Deus é a fonte da vida e, portanto, uma vida feliz acontece em sua dependência (veja Colossenses 1:16b-18). Mas, quando uma pessoa rejeita o senhorio de Cristo e a reivindicação que Deus tem sobre sua vida, ela é forçada a suprimir a verdade sobre Deus (Romanos 1:18; 3:10-12). Não há como viver em dependência de Deus ao mesmo tempo em que se suprime a verdade a seu respeito. Ao recusar-se a viver em obediência a Deus, o indivíduo torna-se dependente dos próprios desejos, mesmo que sejam pecaminosos e destrutivos. O ser humano caído fica em conflito. Por um lado, ele foi criado para adorar a Deus, mas, por outro lado, ao entregar-se aos desejos pecaminosos, está rejeitando completamente a adoração a Deus. Quando isso ocorre, o não cristão se vê em busca de adoração própria e conforto pessoal. A busca fútil por prazer em outras coisas que não Cristo é o que controla o ser humano não regenerado.

Certa vez, evangelizei um viciado em heroína. Ele me disse que a razão pela qual ainda usava a droga era porque gastava a vida na tentativa de reproduzir a sensação que tivera na primeira vez em que ficara drogado, 17 anos antes de nos conhecermos. O prazer ilusório tornou-se seu ídolo, e ele estava consumido por "esse desejo" . A busca tornou-se escravidão, e a escravidão tornou-se vício. Por não pensar que a verdadeira alegria pudesse vir do Deus que o havia criado, o homem desperdiçara 17 anos da vida perseguindo um deus de prazer. O viciado acredita na mentira de que há algo no mundo que satisfaz mais do que Deus. Essa é a mesma mentira que Eva ouviu no jardim do Éden, e é uma mentira que transforma o viciado em um adorador de si mesmo, em um idólatra e, ironicamente, em alguém incapaz de adorar o único que pode trazer alegria e significado verdadeiros à vida. À medida que a dependência afasta Deus da vida do viciado, este passa a ser consumido pela busca pecaminosa por satisfação, acreditando na mentira de Satanás de que Deus não é capaz de satisfazê-lo totalmente. Essa é a mentira que perpetua o pensamento do viciado.

Deus criou as pessoas para adorá-lo, e, quando elas se recusam a fazê--lo, colocam seu foco em outra coisa. Dessa forma, os viciados são como qualquer outro tipo de pecador: eles rejeitaram Deus e passaram a servir outra coisa em seu lugar. Para o viciado, entretanto, essa busca concentra-se em um comportamento intenso, consumidor e geralmente autodestrutivo. Trata-se de uma adoração desvirtuada que, em vez de produzir satisfação, produz escravidão.

Vício como escravidão autodestrutiva

O vício pode fazer com que o arrependimento genuíno pareça impossível. Já aconselhei indivíduos que vinham ao meu gabinete em prantos, inconsoláveis por estarem tão longe de Deus, por maltratarem a família e por desonrarem a igreja. Contudo, assim que a conversa terminava, eles deixavam meu escritório e, antes mesmo de sair do estacionamento da igreja, eu os via usando drogas novamente. O viciado frequentemente subestima o poder da escravidão do pecado. Ele acha que o hábito pode ser quebrado – na realidade, o hábito o quebrou.

Uma das razões por que esses pecados são tão destrutivos é o fato de fazer com que os viciados se concentrem no desejo de obter gratificação instantânea. O viciado quer se sentir bem imediatamente. Quando o indivíduo está focado no curto prazo e no sucesso etéreo oferecido por uma emoção ou por uma experiência breve, ele se dispõe a fazer coisas que, a longo prazo, serão destrutivas. O viciado em drogas não está preocupado com o modo como suas ações imediatas afetarão seu trabalho amanhã. Ele está tomado pelo momento. É por isso que a analogia da escravidão é tão apropriada. O vício consome o usuário, e o usuário parece perder a própria vontade. As ações do viciado tornam verdadeira a expressão: "Não é ele, são as drogas". Quando o dependente é governado pelo desejo a ponto de sacrificar família, emprego, amigos e até mesmo a consciência pessoal, o poder de seu pecado é manifesto.

Drogas, álcool, desejos sexuais e outros pecados que dominam não são bons senhores. Eles exploram o pecador. Eles se aproveitam dos seguintes fatos:

1. As pessoas foram feitas para adorar a Deus, e rejeitá-lo faz com que elas o substituam por outra coisa.
2. Quando alguém substitui a adoração a Deus pela busca por prazer em outra coisa, a substituição é ineficaz.
3. No entanto, quanto mais uma pessoa busca prazer em determinado vício, mais dependente se torna desta breve sensação de alegria, satisfação, contentamento ou realização.
4. Essa dependência é uma forma tanto de adoração quanto de escravidão.

O texto de 2Pedro 2:19 pinta um retrato dessa escravidão: "O homem é escravo daquilo que o domina". Ao servir o vício, a vida da pessoa passa a ser dominada pelo pecado, e o pecado invariavelmente traz consigo resultados destrutivos. O salário do pecado é a morte, e vícios não só pagam seu salário, como também cegam a pessoa quanto à forma de pagamento. Enquanto isso, a vida do viciado é destruída, seus amigos desaparecem, e ele se sente preso em um ciclo de desesperança.

As pessoas que lutam contra esse tipo de pecado costumam viver em um mundo de culpa e vergonha. Drogas, álcool ou qualquer que seja o vício pode servir-lhes de fuga, perpetuando o ciclo. Em lugar de enfrentar os problemas segundo os preceitos bíblicos, elas se voltam para uma alternativa pecaminosa em busca de paz. Uma ação que traz consigo culpa, e, a fim de lidar com a culpa, os dependentes são lançados de volta ao mesmo pecado. À medida em que o ciclo continua, a vida sai de controle, Deus é esquecido, e, repentinamente, eles são escravizados e se sentem sem esperança. No cerne da questão, está a falta de confiança em Deus. Os viciados não creem que só Deus pode dar paz.

Em alguns casos, os dependentes são motivados por medo do fracasso, e as drogas entorpecem a dor de decepções passadas. Além disso, eles se agarram a padrões e hábitos construídos mesmo quando o comportamento não traz qualquer prazer ou alívio; mesmo quando trazem dor e sofrimento. Eles se sentem em um cativeiro porque acreditam não ter liberdade para fazer qualquer outra coisa. Essa escravidão, ainda, é agravada pelo fato de que os viciados nem sequer acham que têm um problema. Eles podem se tornar tão cegos por seus desejos, que não veem a vida desmoronando a seu redor. Às vezes, chegam a negar o alcance de sua escravidão. Eles podem até pedir ajuda, fazer profissões de fé – talvez com boas e nobres intenções – mas, assim que seus desejos retornam, a escravidão vem junto. Tal ciclo gera uma sensação de desesperança não apenas para os escravizados, mas também para aqueles os cercam. É como se nada pudesse libertá-los dos laços do pecado e da vergonha.

A fonte definitiva do vício não está na substância em si, mas no coração do dependente. Quando toma a decisão de usar uma droga ou de agir de certo modo como hábito, a pessoa demonstra que o vício flui de dentro para fora. É por isso que somente o evangelho pode oferecer esperança – somente ele pode transformar o coração, que, por sua vez, transforma desejos. Sem esta mudança, não pode haver libertação permanente da escravidão dos pecados.

Nossa opinião é que, se alguém deposita a confiança em fontes médicas ou em terapia para ser liberto dos vícios – ou se rotula o comportamento como doença – sua esperança é realmente diminuída. As doenças têm fontes físicas (como genética ou infecção) e podem ser tratadas com tratamentos físicos. Se a causa for física, o tratamento pode ser físico. Contudo, no caso do vício, uma vez que a fonte é o desejo do coração de se rebelar contra Deus, só os meios espirituais proporcionam esperança verdadeira e duradoura.

No fim das contas, o objetivo não é apenas dominar o vício. É possível que a pessoa participe de um programa secular, encontre apoio em terapia de grupo ou passe por uma mudança na vida de modo que o vício seja controlado. Se isso acontecer sem o evangelho, ela poderá até estar limpa das drogas, mas continuará sendo inimiga de Deus.

O evangelista que lida com um indivíduo escravizado por um pecado dominador tem a importante e difícil tarefa de descobrir sua situação interna. O que está acontecendo na vida dele? No que o viciado pensa? Do que ele não gosta nas ações de Deus? Quais são os problemas ou pressões que ele está enfrentando na vida diária? O que ele quer de Deus, da vida ou dos outros? Fazer perguntas assim pode ajudar a revelar o que a pessoa realmente idolatra. Além disso, provavelmente indicará que ela tem uma visão imprecisa de si mesma; pode ser que o viciado espere coisas e tratamento melhores do que os que recebe. Por não compreender o pecado

– ou a santidade de Deus – o viciado não percebe que merece o inferno. Esta visão inflada do ego leva a pessoa a buscar satisfação por meio de ídolos que podem dominar sua vida.

A verdade é que Jesus veio para ser o Salvador dos pecadores. Uma vez que apenas o evangelho pode fazer um coração que ama o pecado e odeia Deus simplesmente amar Deus e odiar o pecado, e pode proporcionar salvação até mesmo ao indivíduo mais desesperado. Quando disse: "Não são os que têm saúde que precisam de médico, mas sim os doentes" (Mateus 9:12), Jesus estava comunicando boas-novas aos escravizados por pecados dominadores. Jesus não veio à terra para salvar pessoas normais, com vida boa e um futuro cheio de esperança. Ele veio à terra para encontrar os rejeitados, os doentes, os sofredores e os que enfrentam problemas sérios. Ele veio para buscar e salvar os perdidos, e talvez ninguém esteja mais perdido do que um viciado.

Evangelismo e viciados

Então, como devemos apresentar o evangelho a uma pessoa que é escravizada dessa maneira? Em primeiro lugar, compreenda que, para que ela se arrependa verdadeiramente e confie no evangelho, a escravidão ao pecado deve ser reconhecida. O viciado deve aceitar o fato de que sua vida está sendo gasta na busca de prazeres pecaminosos. Ele deve ver que o pecado o qual busca é incapaz de proporcionar satisfação duradoura. Se o evangelista puder mostrar ao incrédulo que ele está buscando desejos pecaminosos e que esta busca é uma ofensa ao Deus santo, é mais provável que o viciado expresse arrependimento genuíno do que meramente remorso.

A tarefa do evangelista é convencer os indivíduos escravizados a ver quão destrutivos são os prazeres do mundo e quão gloriosa é a glória de Deus no evangelho. Por exemplo, Paulo descreve os que passam a vida em busca desses pecados dominadores como homens que "vão para a destruição no inferno porque o deus deles são os desejos do corpo. Eles têm orgulho daquilo que devia ser uma vergonha para eles e pensam somente nas coisas que são deste mundo" (Filipenses 3:19 NTLH). Eles foram treinados para se satisfazer sem pensar sobre as consequências de suas ações de modo geral ou em sua eternidade de modo específico. O aqui e agora, os prazeres deste mundo e a busca por alegria – são estas as coisas que escravizam o viciado.

É neste ponto que a apresentação do evangelho aos viciados é, talvez, mais fácil do que a um pecador qualquer. É possível que o não cristão comum esteja sob a ilusão de que sua vida está em ordem e, portanto, pode não estar interessado em ouvir sobre aquele que salva do pecado. O viciado geralmente não se enquadra nessa categoria. Embora existam muitos viciados que se recusem a ver como sua vida está despedaçada, nem todos os casos são assim. Alguns viciados chegam ao fundo do poço e perdem tudo aquilo em que confiavam. Empregos, familiares e amigos – todos se foram. Quando isso acontece, eles muitas vezes são capazes de reconhecer que a vida está desmoronando e se sentem impotentes em face de seu pecado. Se o cristão puder apontar-lhes as consequências da obediência contínua aos desejos pecaminosos, eles poderão ser alertados quanto à destruição que os aguarda. Ao indicar o julgamento que Deus trará àqueles que rejeitam sua vontade e insistem em viver para o pecado, o evangelista pode alertar os viciados a respeito do juízo.

João 3:36b (AA) diz: "O que, porém, desobedece ao Filho não verá a vida, mas sobre ele permanece a ira de Deus". Para muitas pessoas, esse versículo pode parecer impossível ao extremo e excessivamente severo. Mas, para o viciado, o conceito de um julgamento poderoso por causa do pecado pode parecer possível e até mesmo razoável. Quando alguém conhece em primeira mão a destruição e o mal que o pecado pode trazer à vida, o julgamento severo e repentino de Deus não parece irreal. Muitas vezes, o viciado está preparado para perceber que há consequências eternas para o pecado, especialmente para o pecado específico que o está escravizando. Reconhecer o pecado pode prepará-lo para receber as Boas--novas do evangelho.

O julgamento pelo pecado parecerá razoável, e a oportunidade de salvação soará preciosa se o indivíduo perceber a escravização da humanidade ao pecado. É por isso que uma apresentação clara do evangelho é essencial. Quando alguém percebe que não há esperança nesta vida, entende que está espiritualmente morto.

A situação do dependente deve ser examinada a fim de que ele seja realmente ajudado a superar as várias tentações que se apresentam. Portanto, faça a ele perguntas a fim de conhecer a natureza de seu pecado. O que está acontecendo na vida dele? Quais são os problemas familiares, as questões profissionais e os relacionamentos na igreja que talvez o estejam colocando para baixo? Existe alguma coisa na vida que ele esteja tentando evitar? Verifique as falsas crenças que o viciado tem a respeito de Deus. Será que ele vive de um jeito entre amigos e de outro com estranhos? Ele crê na onisciência de Deus? Ele sequer se importa com Deus?

As pessoas geralmente acreditam que estão melhor do que realmente estão. Ao explicar ao indivíduo que o vício é uma forma de escravidão ao pecado, você constrói uma ponte a fim de explicar o evangelho. Destaque o fato de que Jesus morreu para libertar os viciados e que ressuscitou do sepulcro porque venceu a morte. Se ele tem poder sobre a morte, certamente tem poder sobre os pecados que mantêm as pessoas cativas. Se o pecador se sente desesperado e desamparado, explique que o evangelho é a única coisa no mundo que pode dar esperança duradoura para os verdadeiramente desamparados. Reitere que Jesus chama o pecador à sua presença e ajude a pessoa a entender que o evangelho transforma vidas. Peça-lhe para abandonar o pecado e crer no evangelho, mesmo que isso signifique fugir do pecado e dos hábitos atuais. Desafie o viciado a ver todas as reivindicações que o evangelho faz à vida do pecador.

O chamado para vencer um pecado dominador não é um pré-requisito para a fé no evangelho. As Escrituras não mandam que os dominados lutem contra o pecado com as próprias forças. Não é necessário que um pecado seja derrotado, que a tentação seja ignorada e que os hábitos sejam quebrados a fim de que se creia no evangelho. Na verdade, o oposto é verdadeiro: a fé no evangelho dá o poder e a motivação para combater o pecado. O autocontrole é um fruto da fé, não o contrário. As pessoas podem ser incentivadas pelo fato de que não precisam ser perfeitas para ser cristãs; em vez disso, elas simplesmente precisam odiar o pecado e crer que Jesus morreu e ressuscitou para libertá-las do poder do pecado.

O evangelista deve ter cuidado para não minimizar a gravidade do pecado sem, contudo, pregar uma salvação baseada em obras. Esse equilíbrio é alcançado por oração e dependência em frases bíblicas no evangelismo. Enfatize que o evangelho justifica o ímpio (Romanos 4:5), pois Cristo veio para salvar até o pior dos pecadores (1Timóteo 1:15). Ao mesmo tempo, é bom contar sobre o custo de vir a Cristo (Lucas 14:28), porque esta atitude exige que se fuja da idolatria do mundo (1Coríntios 10:14). Em certo sentido, esta é a tensão inerente a todo o evangelismo: o evangelho é de graça, mas custa tudo (Mateus 10:38; 11:30). A presença de pecados dominadores apenas torna esta tensão mais aguda e evidente.

Os pecadores podem encontrar esperança, e o relacionamento com Deus pode ser restaurado graças ao poder do evangelho. Uma das muitas razões por que o indivíduo definha sob o peso do pecado é o fato de não conhecer a Deus e de ter o acesso a ele cortado pelo poder do pecado. Porém, quando veio à terra, Jesus sofreu pelos pecados dos injustos a fim de trazê-los de volta a Deus (1Pedro 3:18). Quando não é salva, a pessoa luta sozinha contra o pecado e está condenada ao fracasso. Mas, em Cristo, o poder da oração e a esperança da santificação podem dar nova vida à luta contra o pecado.

Lembre-se: quando o evangelista chama alguém à fé em Cristo, ele está, na verdade, chamando-o a uma nova vida, uma nova esperança, um novo poder e à realidade de se tornar uma nova criação.

O viciado arrependido precisa entender a dinâmica do relacionamento com o ídolo. Ele deve perceber que o vício era, na realidade, um problema de adoração e, como novo cristão, precisa afastar-se ativamente das coisas anteriores às quais costumava apegar-se como ídolos. (Levítico 19:4 e Deuteronômio 11:16 explicam isso com referência a ídolos literais, de madeira.) Os recém-convertidos devem arrepender-se no coração e na mente. Devem confessar todas as transgressões. Eles devem assumir a responsabilidade pela renovação diária por meio da oração e da Escritura. Devem conscientemente levar todo pensamento e imaginação cativos (2Coríntios 10:5). O texto de Tito 2:12 ordena que o cristão renuncie "à impiedade e às paixões mundanas". Quando o viciado sente o impulso de cometer um pecado antigo ou simplesmente o imagina, deve recorrer à Palavra de Deus para encorajamento e esperança na batalha contra a carne e o antigo "eu".

É quase certo que ele terá de lidar com idolatria em outras áreas além daquela que estava mais visível inicialmente. Em outras palavras, haverá a necessidade de uma reestruturação total da vida. O dependente deve iniciar um processo de renovação por meio de novos pensamentos, de modo que o pecado que dominava sua vida não volte ao coração. Em 1Coríntios 6:12, lemos que o cristão não deve ser dominado por nada. O pecado deve ser reconhecido como um ladrão de alegria, felicidade, conforto, paz e sanidade. Na vida do novo cristão, o pecado é visto como um intruso, como um ladrão que invade uma casa que já não lhe pertence.

O novo crente deve entender que a mudança permanente é um processo duplo, que envolve abandonar hábitos e pensamentos relacionados à vida anterior e adotar novas maneiras de pensar que agora glorificam a Deus (Efésios 4:22-24). Deve haver um tempo de treinamento para que o novo cristão aprenda sobre piedade (1Timóteo 4:7b-8). Quando houver tentação, ele precisa lembrar-se de que agora está separado para propósitos divinos e não é mais dominado pelo pecado.

Aqueles que eram escravizados tinham certos hábitos, e é disso que o perigo do pecado está mais próximo, à espreita. O novo cristão terá medo de cair novamente no vício se determinados comportamentos, atitudes e padrões permanecerem os mesmos. Tais hábitos podem fazer com que evitar o pecado pareça impossível. Provérbios 7:8 revela que a proximidade traz a tentação: "Ele vinha pela rua, próximo à esquina de certa mulher, andando em direção à casa dela". Se o trabalho ou a rotina leva uma pessoa para perto do lugar da tentação, arrume um mapa e ajude-a a encontrar novos caminhos de casa para o trabalho ou para os lugares aonde tem de ir. Você deve explicar-lhe o tipo de mudanças necessárias para evitar a tentação.

O viciado recém-salvo deve estar disposto a sofrer uma amputação radical e a lidar duramente com o pecado, implementando uma nova abordagem às provações da vida (Mateus 5:29-30). É preciso haver uma reestruturação total da vida. Por causa do estilo de vida anterior, é provável que haja muitas pessoas a quem o ex-viciado tenha roubado ou magoado de modo significativo, e a restituição deve ser feita na medida do possível. Enquanto isso, as coisas que provocavam o pecado devem ser abandonadas. Será um perigo manter algumas amizades por causa da tentação que as acompanha. O usuário de drogas, o alcoólatra, o viciado em sexo ou em jogos de azar talvez precise abandonar amigos ou lugares que os lembre de seu envolvimento com a substância ou a atividade viciante. O texto de 1Coríntios 15:33 lembra-nos de que "as más companhias corrompem os bons costumes". Outras amizades, por sua vez, podem proporcionar um solo fértil para o evangelismo. Todas essas coisas devem ser explicadas e tratadas com oração e sabedoria.

Todo novo convertido deve envolver-se no ministério da igreja local, mas aqueles que costumavam ser escravizados por pecados dominadores devem prestar contas à comunhão na igreja local de modo particular (Gálatas 6:1-2). A boa notícia é que os vícios não surgem do nada. Eles são produto de desejos e afeições que estimulam a imaginação e a concupiscência. Assim, podem ser combatidos com novos desejos e novas afeições. Visto que a natureza do antigo pecado é a idolatria, os viciados têm esperança em Cristo, pois agora, pela primeira vez, sua adoração é dirigida corretamente ao Deus que os criou.

Romanos 6:16-19 apresenta uma imagem clara de como as concupiscências que dominam a vida são mudadas em Cristo. Por causa da obra de Jesus Cristo na salvação, do poder presente do Espírito Santo e da obra de Deus, aqueles que antes eram escravos do pecado agora devem ser escravos de Cristo. Romanos 6:22 diz: "Mas agora que vocês foram libertados do pecado e se tornaram escravos de Deus, o fruto que colhem leva à santidade, e o seu fim é a vida eterna". O incentivo das Escrituras é maravilhoso porque ela apresenta Deus como alguém disposto a ajudar-nos a vencer as várias concupiscências ou os desejos que nos fazem pecar.

Colossenses 3:5 descreve os cristãos como mortos para os pecados de "imoralidade sexual, impureza, paixão, desejos maus e a ganância". Para o verdadeiro cristão, essas são experiências passadas. A Bíblia compreende a escravidão ao pecado, mas, pelo poder do Espírito Santo e pela verdade do evangelho, escravidões ou vícios podem ser vencidos. Essa é a esperança que o evangelista tem de levar aos escravizados. Não se trata de um chamado superficial à mudança, mas de uma proposta séria para que pessoa dominada seja reconciliada com Deus, fuja do inferno e escape da armadilha do pecado. Não será fácil, mas este é o caminho para a vida eterna e uma mudança permanente.

18

Quando as nações vêm até nós: Ordem ao evangelismo de imigrantes

Michael Mahoney

Houve uma mudança nas missões durante a década passada graças a uma alteração na imigração mundial. Com a inundação de imigrantes às nações com forte testemunho cristão, existe potencial para se treinar um exército de missionários nativos alcançando-se esse grupo. As missões não mais se limitam ao envio de pessoas a uma terra estrangeira, pois, em muitos lugares, as nações têm vindo até nós. Este capítulo ajudará os pastores a tirar melhor proveito desta nova oportunidade para evangelização global.

"Jovem, sente-se, sente-se! Você é um entusiasta. Quando Deus quiser converter o pagão, ele o fará sem nos consultar."[1] Essas foram as palavras que William Carey ouviu após lembrar que a ordem de Cristo para "ir por todo o mundo" continuava pesando sobre a Igreja. O hipercalvinismo desenfreado nas Igrejas Batistas da Inglaterra durante o século 18, entretanto, não foi o único obstáculo que Carey enfrentou antes de conseguir chegar à Índia.

Antes de haver centenas de organizações missionárias, antes de as igrejas terem comitês de evangelismo ou mapas cheios de tachinhas pelos corredores e antes de elas receberem missionários de todas as partes do planeta, Carey tentava descobrir como um garoto extremamente pobre do interior poderia arrecadar o sustento necessário para atravessar o mundo como missionário.

A solução de Carey foi um panfleto, o *Inquérito*, que acabou convencendo igrejas a fazer parceria com ele em algo nunca antes feito na história das missões: ajudar igrejas pequenas a arrecadar uma quantia de dinheiro aparentemente impossível para o envio de um missionário pelo mundo.[2]

No entanto, Carey e seu parceiro, John Thomas, não faziam ideia de que outra tarefa aparentemente impossível ainda os aguardava. Uma coisa era angariar o dinheiro e definir aonde ir, outra bem diferente era encontrar os meios para chegar lá. A Companhia das Índias Orientais não permitia que europeu algum pusesse o pé em solo indiano sem uma licença especial, algo impossível para missionários batistas aventureiros.

Então, eles tiveram a ideia de ir como passageiros clandestinos em um navio cujo capitão era amigo de Thomas. O capitão concordou, mas, momentos antes da partida, ele recebeu uma carta informando-o das consequências legais de seus planos. Com os olhos marejados, Carey assistiu ao prospecto de ser um missionário literalmente partindo mar a dentro.

Por fim, eles encontraram um navio dinamarquês disposto a levá-los a bordo. Confiado na proteção do capitão, os sonhos de Carey – de finalmente alcançar o mundo perdido e agonizante com o evangelho – pareciam finalmente estar se tornando realidade.

Todavia, os problemas não cessaram assim que Carey e sua família subiram a bordo do *Krön Princessa*. Ele e Thomas haviam embarcado em uma perigosa viagem que duraria cinco meses. Eles foram atingidos por correntes severas que os levaram até a costa brasileira; depois, navegaram de volta à África, onde uma tempestade no meio da noite quase virou o navio. Foram necessários 11 dias para reparar a embarcação danificada antes que pudessem finalmente se dirigir ao porto indiano de Bengala.[3]

Somando todos os atrasos, levou quase dez anos para Carey encontrar igrejas parceiras e arrecadar fundos para ir à Índia, mais dois anos para arrumar um jeito de chegar lá e, depois, mais cinco meses para, de fato, chegar ao seu destino.

Hoje em dia, é possível ir de Londres a qualquer país do mundo em 24 horas. Isto não significa que os missionários deixaram de enfrentar obstáculos significativos. O que revolucionou as missões no último século não foi meramente a viabilidade de se viajar pelo mundo. O que mudou na abordagem ao evangelismo global é que, além de enviar homens como William Carey às nações, as nações estão vindo a nós.

Essa mudança afeta radicalmente nossa maneira de fazer missões. Com centros urbanos do mundo todo inundados por imigrantes, a demografia mundial está mudando. Muito embora certamente houvesse imigração antes, o que diferencia a tendência atual é a frequência com a qual ela ocorre. As pessoas podem vir de várias partes do mundo a fim de trabalhar e voltar para casa várias vezes ao ano. A realidade é que, se um imigrante é salvo e torna-se parte de uma igreja bíblica forte, ele passa a ser um possível missionário. Conforme esses imigrantes são discipulados e treinados, há a possibilidade de retornarem ao lar e compartilharem o evangelho com amigos e familiares.

As possibilidades de evangelismo mundial associadas a esse afluxo de imigração demandam a resposta urgente e apaixonada de alcançar aqueles que residem nas cidades onde ministramos. Não é mais possível pensar em missões apenas como uma extensão além-mar de nossa igreja. Agora é mandatório que o coração da Igreja bata fortemente pelo alcance daqueles que Deus tem colocado no raio de nossa igreja e influência, independentemente da origem étnica da comunidade.

Contudo, pelo fato de muitos novos imigrantes terem um conhecimento mínimo do idioma local, é ilógico esperar que alguém que não domine o idioma frequente cultos ministrados nesta língua.[4] Assim, além de preparar nosso povo para evangelizar, os pastores devem ficar atentos às oportunidades de evangelizar e até mesmo de criar igrejas que visem alcançar aos que não falam a língua local. Esta é uma abordagem que, para muitos, parece nova ou mesmo desnecessária. No entanto, a realidade é que o fruto deste tipo de ministério é simplesmente grande demais para ser negligenciado. As nações estão vindo a nós, e, se respondermos de modo evangelístico, teremos a oportunidade de criar uma geração de missionários completamente subsidiados que falam o idioma necessário, prontos para voltar ao país de origem com o evangelho.

Desde sua criação, a Igreja tem lutado para encontrar uma maneira de cumprir a tarefa de evangelismo global. Já em 115 d.C., Inácio de Antioquia registrou como a Igreja primitiva estava se organizando para enviar missionários pelo mundo.[5] Fica claro, em sua carta, que a questão da evangelização global havia atraído a atenção da Igreja primitiva. A cidade natal de Inácio, Antioquia, foi onde os seguidores de Jesus Cristo foram chamados de "cristãos" pela primeira vez (Atos 11:26). É compreensível que, no segundo século, a luta contínua para levar o evangelho a todas as nações estivesse focada ali.

A dificuldade que a Igreja enfrentava vinha dos cristãos judeus, que queriam manter-se separados dos cristãos gentios. Paulo, que acabou se envolvendo no conflito, escreveu sua epístola aos gálatas estando em Antioquia, onde esse problema teve um sério impacto sobre a igreja.[6] Quando Pedro visitou Antioquia pela primeira vez, ele aceitou os gentios de bom grado, a ponto de comer com eles. Porém, quando os legalistas de Jerusalém chegaram, Pedro se intimidou e recuou na aceitação dos cristãos gentios. O apóstolo Paulo, então, confrontou Pedro "face a face" por tal atitude (Gálatas 2:11). Nenhuma intimidação, por maior que fosse, deveria fazer Pedro retirar sua aceitação dos cristãos gentios. O encontro dilacerante prenunciou as lutas que a Igreja continuaria travando com a realidade da grande comissão.

Assim como Paulo, Pedro e Inácio foram desafiados quanto à maneira como a Igreja deveria realizar a tarefa de alcançar todas as nações com o evangelho, nós, que seguimos após eles, nos encontramos diante de um desafio igualmente envolvente: como cumprir a grande comissão com eficácia.

Na época de Pedro, a questão era como judeus alcançariam gentios. Na época de Carey, a questão era se os ocidentais deveriam evangelizar os orientais. Em nossa época, a nova situação é como os cristãos nos Estados Unidos devem evangelizar aqueles que chegam ali. O campo missionário chegou à nossa porta e precisa de nossa atenção especial.

Considerando somente Los Angeles, as estatísticas já são espantosas. De acordo com o U.S. Census Bureau (Departamento de Censo dos EUA) de 2000, 58% dos residentes de Los Angeles falam outra língua que não inglês, e 10% deles nasceram na Ásia. No código postal que abrange o endereço da *Grace Community Church*, há 40 línguas diferentes listadas como idioma principal no lar. Nos Estados Unidos como um todo, essas cifras são menores, mas ainda perceptíveis: 18% da população fala uma língua diferente do inglês em casa. Essa nova faceta das missões é uma realidade, e a Igreja precisa entender suas implicações.

O desafio é evidente, e a necessidade é grande

Apenas um pequeno número de cristãos costumava sentir o chamado para deixar tudo e partir para outro país, aprender outra língua, adotar outra cultura e levar o evangelho a um povo estrangeiro. Hoje, entretanto, o chamado para evangelizar o mundo repentinamente deixou de ser uma ideia romântica e passou a ser tangível para praticamente todos os cristãos americanos.

Uma resposta das igrejas a esta grande oportunidade seria fundar ministérios específicos com o objetivo de alcançar pessoas imersas em um idioma não nativo. Estes grupos deveriam ser conduzidos na língua materna do público-alvo. Além disso, deveriam ser evangelísticos, visando a levar o evangelho às pessoas que não falam inglês, chamá-las à fé, instruí-las e, então, usá-las para alcançar seus familiares e compatriotas.

Antes de continuar desenvolvendo o conceito de evangelismo a imigrantes, desejo fazer um alerta: não estou defendendo a ideia de que as igrejas excluam pessoas de outras origens culturais. A igreja deve ser composta por pessoas de diferentes culturas, línguas e nações (ver Atos 2). O coração de Deus é claramente a favor de que as nações sejam unidas por meio da Igreja (ver Mateus 28:19-20; Apocalipse 21:24). Quanto mais diversa for a igreja, mais Deus recebe glória, porque o evangelho é a causa da unidade em Cristo. Na diversidade, a natureza transcendente do evangelho é manifesta.

Enquanto a igreja que se concentra em uma cultura específica certamente demonstra falta de entendimento do poder do evangelho, a igreja que negligencia oportunidades para alcançar grupos de diferentes línguas – especialmente quando tais grupos moram na rua de trás – mostra que não percebeu o potencial de tal oportunidade. Há implicações práticas relacionadas à habilidade da língua. Visto que a fé vem por ouvir o evangelho, a pessoa que não fala a língua do mensageiro não tem como crer na mensagem. A afluência de falantes de língua estrangeira necessita de um esforço em conjunto das igrejas a fim de alcançar esses grupos que nos cercam. Se não o fizermos, estaremos deixando de cumprir a grande comissão.

Preparação para a missão

A fim de que esse tipo de ministério voltado a um idioma específico funcione bem, é essencial uma abordagem intencional da liderança da igreja. A igreja precisa encontrar a pessoa certa para liderar esse ministério. Ela precisa ser fluente na língua do grupo que deseja alcançar e ser capaz de comunicar-se claramente com os outros presbíteros da igreja. Se for bem-sucedida, se pessoas forem ganhas para Cristo, ela será considerada o pastor do grupo.

O ministério voltado a uma língua específica ou a grupos étnicos específicos terá a mesma força de seu líder. Se você estiver considerando um destes ministérios, é prudente atentar às admoestações feitas por Paulo a Tito e Timóteo concernentes aos líderes bem qualificados dentro da igreja. Um ponto particularmente importante para o ministério étnico é insistência para que seja encontrado um líder bem respeitado dentro da igreja. Se o líder não tiver credibilidade dentro da própria igreja, isto acabará com a viabilidade de qualquer esforço ao alcance dos de fora.

Basicamente, este capítulo é um apelo para que os pastores encontrem homens qualificados e bilíngues na congregação e os empreguem neste tipo evangelismo. Se houver um novo convertido que seja bilíngue, instrua-o com o objetivo de torná-lo apto para alcançar outros falantes da mesma língua. O líder do ministério de imigrantes não deve estar sozinho nessa tarefa; será responsabilidade do restante da liderança da igreja demonstrar solidariedade dando suporte à nova obra. Algumas vezes, isto inclui até mesmo ensinar aos membros nativos a importância da grande comissão para a comunidade local. No entanto, a fim de que qualquer programa de evangelismo voltado a um grupo de imigrantes seja bem-sucedido, algumas qualidades precisam compor sua base.

Apoio de toda a igreja

Antes de começar um ministério com imigrantes, o pastor principal e a liderança da igreja devem respaldá-lo com solidez. Será responsabilidade deles ensinar os membros da igreja sobre as necessidades da comunidade e sempre oferecer foco e encorajamento. Esse tipo de evangelismo nunca será eficaz sem o apoio da liderança da igreja. O pastor principal deve ser o catalisador que possibilita ao povo de Deus cumprir a missão divina de alcançar a comunidade para Cristo. Se o pastor se apropriar dessa nova obra, as pessoas entenderão sua importância. Uma igreja apaixonada por seu trabalho de evangelismo tem uma liderança que serve de exemplo desse forte compromisso com o ministério.

Desde os dirigentes até a congregação, todas as partes da igreja devem trabalhar na construção de relacionamentos com a comunidade imigrante. O corpo da igreja deve aceitar e acolher a nova iniciativa. Se a igreja não a apoiar, certamente haverá divisão. Seria devastador para uma igreja ter novos convertidos que não fossem respeitados nem recebessem a sensação de acolhimento por parte do restante da congregação.

Alex Montoya, professor que ensina sobre fundação de igrejas no *The Master's Seminary*, comparou tal esforço a um transplante de órgãos: "Como em qualquer transplante, a menos que o corpo esteja disposto a aceitar o órgão, tudo está perdido".[7] A responsabilidade pelo ministério de imigrantes não pode ser delegada a um pequeno grupo seleto. Toda a congregação deve ser convencida a envolver-se na evangelização do campo missionário que se encontra à sua porta. Todos os membros da igreja, independentemente de sua habilidade linguística, devem ficar entusiasmados com a iniciativa.

Oração

Em qualquer iniciativa de movimento evangelístico, é preciso lembrar que apenas Deus pode abençoar a obra. A oração deve sempre ser a base do ministério, e o corpo inteiro deve demonstrar a seriedade dele. Um ministério eficaz para estrangeiros não acontece por acidente. As pessoas envolvidas no ministério devem unir-se para pedir a Deus o crescimento da obra. C. H. Spurgeon faz um lembrete pertinente da importância da oração: "Não conheço termômetro melhor para medir sua temperatura espiritual do que este: a medida da intensidade de sua oração".[8] O suporte de oração para esta iniciativa deve ser enfatizado e continuamente fortalecido.

Teologia

A igreja nativa e a congregação de imigrantes devem compartilhar da mesma teologia e, inclusive, da mesma declaração de fé. O pastor e os líderes do novo ministério devem responsabilizar-se por supervisionar a tradução da declaração doutrinária da igreja para a língua do grupo que está sendo evangelizado. Isto é importante, pois ter a mesma declaração doutrinária confirma ainda mais a unidade do ministério de língua local e de língua estrangeira. Além do mais, reforça o padrão doutrinário da igreja e evita surpresas no ministério de ensino. Isso também coloca no devido lugar as bases para o ensino sobre disciplina, o lugar da mulher no ministério e assim por diante.

Quando a igreja reconhece a necessidade de alcançar comunidades imigrantes, dispõe de liderança qualificada e percebe o desejo de responder a esta necessidade, a principal tarefa da liderança é desenvolver um plano exequível. O plano precisa abordar o método (considere estudos bíblicos, campanhas de evangelismo, interpretação de mensagens dominicais ou cultos paralelos). Questões básicas sobre filosofia devem ser tratadas nessa etapa. Há inúmeras opções para explorar, e não há uma única solução. A seguir, veja algumas das principais opções que a liderança deve considerar ao enfrentar o desafio de estabelecer um ministério para imigrantes.

Cultos separados

A abordagem mais óbvia – e também mais complexa – a este tipo de ministério é a realização de dois cultos separados dentro da mesma igreja. Esse é provavelmente o método mais comum para alcançar grupos de outra língua, mas tem suas desvantagens. Esteja consciente de que realizar cultos separados pode gerar o sentimento de que duas igrejas estão se reunindo na mesma instalação.[9]

Se a igreja decide fazer dois cultos em línguas diferentes, quanto mais semelhanças houver entre os ministérios, melhor. Por exemplo, os pastores e presbíteros de ambos os ministérios devem servir no mesmo quadro de presbitério. Os membros de ambos os grupos devem ser membros da mesma igreja. As finanças devem ser conjuntas. Tudo isso ajuda a evitar o sentimento de "duas igrejas".

Há outras armadilhas também. Se o novo ministério for relegado a uma instalação inferior ou a um horário não muito ideal, não espere que ele funcione. Por causa deste erro, sobram histórias de tentativas fracassadas de evangelismo voltado a imigrantes. Fiquei sabendo de uma igreja que tentou iniciar um ministério com tailandeses no subsolo do templo, sem ar-condicionado, às 13h. A gota d'água foi quando a igreja pediu ao ministério que cancelasse as reuniões durante uma semana, pois precisava usar o local para armazenar suprimentos para um acampamento de jovens na semana seguinte. Obviamente, se a abordagem da igreja para lançar um programa evangelístico em língua estrangeira confere-lhe um senso de inferioridade, ele logo é desvalorizado e perde as esperanças de funcionar.

Estudos bíblicos

Uma abordagem mais fácil e menos intensa é a realização de um estudo bíblico em língua estrangeira. Em vez de iniciar com um culto completo, a ideia de começar com uma reunião menor, liderada por um presbítero ou professor que ensine a Bíblia de modo evangelístico, pode ser uma solução. Atualmente, na *Grace Community Church*, temos nove estudos bíblicos diferentes para estrangeiros, ministrados nas línguas dos participantes. Muitos desses membros também frequentam o culto dominical pela manhã, realizado em inglês. Embora possam sentir mais dificuldade nisso, eles têm o conforto de receber o ensino no meio da semana em sua própria língua.

Um estudo bíblico é provavelmente o ponto de partida mais prático para a maioria dos ministérios com imigrantes. Muitos ministérios não têm pessoas suficientes nem a liderança necessária para lidar com um culto completo ministrado em língua estrangeira.

Possíveis armadilhas

Como em qualquer igreja, há perigos e riscos a serem evitados. As mesmas ciladas estão presentes quando se estabelece um ministério, estudos bíblicos ou uma igreja voltados a imigrantes. Só porque a igreja é sadia e tem boa liderança não significa que estes perigos deixarão de existir. Pelo contrário, eles se tornam mais eminentes, e as consequências e os resultados, mais trágicos.

Questões financeiras

Sabemos que nossa oferta pertence a Deus, mas, quando o gazofilácio é recolhido, para onde o dinheiro vai? Ele deve ir para a igreja toda ou permanecer com o ministério que o coletou? Uma possível fonte de conflito nesse tipo de ministério é a ideia de dependência financeira. Se o alvo da oferta for suprir as necessidades de ambas as congregações, a que fala inglês e a que fala outro idioma, então é melhor manter todo o dinheiro junto. O dinheiro doado por qualquer pessoa na igreja deve ser destinado ao ministério da igreja toda, que inclui ambos os grupos linguísticos.

É neste ponto que a unidade entre a liderança do ministério de imigrantes e a igreja nativa é crucial. Ela ajuda a garantir que as necessidades do ministério de língua não inglesa sejam claramente representadas e não relegadas à segunda ordem. O orçamento do novo ministério deve ser submetido ao presbitério e aprovado, como os demais ministérios dentro da igreja. As ofertas do ministério de imigrantes podem ir para esse orçamento, mas, especialmente no início, a congregação principal deve suplementar onde houver necessidade.

Estilo de música

Sem dúvida, a música pode ser uma fonte de discórdia em qualquer igreja, mas é importante lembrar que, assim como ministérios realizados na língua local têm preferências quanto ao tipo de música, os ministérios em língua estrangeira também têm. É importante que o ministério principal não tente impor suas preferências ao ministério de imigrantes. Se você colocou presbíteros e líderes qualificados nas devidas funções, dê-lhes autonomia de tomar decisões baseadas nos gostos e desgostos de sua audiência, e não se apresse em criticar.

Sempre deve ser lembrado que o conteúdo é muito mais importante do que o estilo. Estilos vêm e vão. Eles variam até mesmo dentro de uma mesma comunidade étnica, mas o conteúdo deve sempre conduzir o ministério de música de modo a conferir o suporte adequado à pregação da Palavra de Deus. A transmissão de verdades bíblicas que motivem pessoas a adorar a Deus é o mais importante. Quando um estilo se torna o foco condutor de um ministério, ele pode facilmente prejudicar o compromisso com o alto padrão de proclamação da verdade bíblica.

Preconceito

As pessoas são egocêntricas por natureza. Nesta época do politicamente correto, é fácil pensar que estamos acima da intolerância, mas, em geral, esse não é o caso. Infelizmente, até mesmo cristãos sucumbem a este pecado. Há uma grande necessidade de aplicar as palavras de Paulo registradas em Gálatas 3:28: "Não há judeu nem grego, escravo nem livre, homem nem mulher; pois todos são um em Cristo Jesus".

Imigrantes ilegais, por exemplo, são alvo de uma grande dose de ódio. Há debates acalorados em muitos países sobre como as igrejas devem agir diante desta questão. Cuide para que sua igreja não esteja dividida sobre essa questão. Se você está iniciando um ministério com imigrantes, esteja preparado para ter uma resposta a esse problema. Recentemente, o corpo pastoral da *Grace Community Church* abordou essa questão em seu desejo de pastorear um número crescente de pessoas que enfrentam dificuldades em sua condição de imigração.[10] É pertinente que a liderança de sua igreja responda àqueles que, por preconceito ou motivo político, querem manter os imigrantes ilegais do lado de fora, bem como àqueles que têm perguntas cabíveis sobre a relação entre a condição de cidadania de alguém e o relacionamento da igreja com as autoridades.

O pastor e a liderança devem não apenas mostrar solidariedade ao ministério de imigrantes e sua liderança, como também sutilmente reforçar a verdade bíblica de que todos somos criados à imagem de Deus e que não deve haver distinção entre etnias. Entenda que, em algumas localidades, você e sua liderança podem se tornar impopulares por associar-se a determinadas comunidades imigrantes, mas não deixem que essas coisas os detenham na missão ordenada por Deus de pregar o evangelho a todo o homem, escravo ou livre, ilegal ou legal.

Expectativas irreais

Um ministério focado em um idioma pode ser mais difícil do que muitas pessoas imaginam. Muitos imigrantes vêm de países onde sua religião é associada à nacionalidade. A simples ideia de frequentar uma igreja diferente da religião de seu país natal é muito radical para eles. O sucesso deve ser medido em termos de anos, não meses. Pode levar anos para que a igreja desenvolva a reputação de um grupo que realmente se importa com os imigrantes. Por essa razão, paciência é absolutamente necessária. Crie expectativas que tanto sejam bíblicas quanto estejam de acordo com a liderança do ministério voltado a imigrantes. Não se concentre em "números", mas enfatize a qualidade do ministério que está sendo oferecido.

O lembrete mais importante é a instrução encontrada em Efésios 5:1-2: "Portanto, sejam imitadores de Deus, como filhos amados, e vivam em amor, como também Cristo nos amou e se entregou por nós como oferta e sacrifício de aroma agradável a Deus". Tendo isto como alvo da liderança, cada uma das armadilhas mencionadas anteriormente pode ser evitada. O processo exigirá esforço rápido; ele não acontecerá sem obstáculos. Contudo, pela graça de Deus, é possível realizar esta tarefa tão importante.

Lidando com o sucesso

Caso esteja iniciando um ministério com estrangeiros em sua igreja e ele comece a crescer, talvez você logo perceba que a liderança não tem tempo suficiente (nem, em geral, habilidades linguísticas) para lidar com comunicados, piqueniques, eventos voltados a determinada cultura ou até alguns aconselhamentos. Neste ponto, você se deparará com a necessidade de aumentar a liderança do ministério voltado a imigrantes. A questão passa a ser esta: qual é a melhor forma de fazê-lo?

O propósito de iniciar um ministério para estrangeiros deve sempre estar em primeiro plano: promover o crescimento do corpo de Cristo. A menos que você deseje que ele se torne uma igreja completamente diferente, é melhor não ter um grupo separado de presbíteros e líderes. Em vez disso, o ministério de imigrantes deve ser incentivado a desenvolver os dons de seus membros e permitir que eles comecem a exercer alguns desses papéis. Se determinado membro do novo ministério destaca-se por um dom excepcional, foque-se nele e treine-o com o objetivo de acrescentá-lo ao quadro do presbitério da igreja.

Se esta obra atrair pessoas bilíngues à igreja, permita-lhes escolher o culto ou o ministério do qual participarão. Não se sinta ameaçado caso algumas delas decidam frequentar o culto na língua local. Ao mesmo tempo, ao desenvolver os dons dos membros que não falam esse idioma, você lhes possibilita cumprir o mandamento bíblico de servir à igreja, e, ao ter mais presbíteros, aumenta a prestação de contas entre o ministério na língua local e o na língua estrangeira.

O plano de Deus sempre foi levar o evangelho a todas as nações. No Antigo Testamento, fica claro que o coração de Deus estava voltado a estender a adoração a ele por todo o mundo. Deuteronômio 32:43 declara: "Cante de alegria, ó nações, com o povo dele [do Senhor]". Salmos 117:1 revela claramente esse plano: "Louvem ao SENHOR, todas as nações; exaltem-no, todos os povos!"

O Novo Testamento dá continuidade a esta clara indicação de que o coração de Deus é a favor de que todas as nações sejam alcançadas com as Boas-novas de Jesus Cristo (Gálatas 3:28). Paulo também destaca que, em Cristo, agora conhecemos "o mistério da sua vontade, de acordo com o seu bom propósito que ele estabeleceu em Cristo, isto é, de fazer convergir em Cristo todas as coisas, celestiais ou terrenas, na dispensação da plenitude dos tempos" (Efésios 1:9-10). A importância da grande comissão perpassa a trama das Escrituras. A Igreja não pode hesitar em sua implacável busca pelo cumprimento da ordem de alcançar o mundo para Cristo.

Em Atos 1:8, Deus nos dá o poder de cumprir seu chamado para alcançar o mundo com o evangelho: "Mas receberão poder quando o Espírito Santo descer sobre vocês, e serão minhas testemunhas em Jerusalém, em toda a Judeia e Samaria, e até os confins da terra". O plano divino é claro, e precisamos perceber que os confins da terra chegaram até nós, e imigrantes de outras nações estão à nossa porta.

No desejo de cumprir a grande comissão, precisamos de uma demonstração da presença do Espírito em nossa vida que produza uma disposição apaixonada e ardente pelo alcance de todas as comunidades imigrantes que se encontram dentro da abrangência de nosso ministério. Precisamos de uma dedicação fervorosa e de um anseio sincero para que Deus alcance o mundo para Cristo. Nada mais transformará a igreja, lhe dará propósito e fortalecerá suas resoluções a não ser um plano de ação determinado a alcançar a comunidade imigrante que Deus colocou nas proximidades. Ser parte integral no cumprimento do chamado divino a alcançar as nações é um ato que estende a glória divina não apenas aos lugares mais distantes do globo, como também às nações que estão bem à nossa porta.

19

Aos pequeninos: Ministério aos marginalizados

Mark Tatlock

Há uma tendência, em muitas igrejas, de achar que o evangelismo aos perdidos conflita com os atos de compaixão e misericórdia para com os pobres. O fato de muitas igrejas com boa teologia evitarem o ministério de misericórdia é resultado de coincidências históricas, não de motivos bíblicos. A Bíblia vê a compaixão aos pobres como parte essencial do cristianismo, e negligenciá-la é pecar gravemente contra o Senhor. A compaixão é exemplificada em Jesus, ordenada por Tiago e evidenciada na verdade do evangelho.

Por alguma razão, muitos cristãos veem o ministério aos necessitados e o evangelismo como expressões opostas de amor aos perdidos. O cristianismo evangélico americano possibilitou a existência do estereótipo de que as igrejas que se concentram no ministério aos pobres estão, de alguma forma, negligenciando a pregação do evangelho e vice-versa. Isso, entretanto, não poderia estar mais distante do modelo bíblico, segundo o qual o ministério de misericórdia está inextricavelmente associado à pregação do evangelho. Se os cristãos são receptores da vasta compaixão e misericórdia de Deus, eles deveriam ser os primeiros a demonstrar compaixão e misericórdia aos outros. Ao fazê-lo, dão um exemplo da realidade espiritual mais ampla do coração de Deus e de sua disposição em estender a misericórdia e a compaixão mediante a redenção que eles mesmos já receberam.

A fim de que o evangelismo seja levado a sério em uma comunidade, é essencial que esteja conectado ao testemunho de vidas transformadas. Se alguém experimentou a misericórdia de Deus, é necessário, em uma discussão sobre o evangelismo, incluir uma visão apropriada dos ministérios de misericórdia. Quando as pessoas na igreja se arrependem do mundanismo e do egoísmo, contentam-se com Deus e com a misericórdia aos outros. Tal santificação é uma proclamação pública da veracidade do evangelho. Infelizmente, na igreja evangélica americana contemporânea, surgiu um grande debate sobre a legitimidade dos ministérios de misericórdia como parte do testemunho da igreja.

Perspectiva histórica sobre o ministério de misericórdia

Em 1907, Walter Rauschenbusch, professor de história cristã no Seminário Teológico de Rochester, escreveu o influente livro *Christianity and the Social Crisis* [Cristianismo e a crise social].[1] Como proponente do amplamente aceito etos pós-milenista da América na virada do século, Rauschenbusch sustentava que a melhoria das condições sociais do mundo era parte essencial do Reino de Deus, a ser concretizado em breve na terra. Enquanto o país enfrentava todos os desafios sociais relacionados ao aumento da imigração, à industrialização e ao crescimento urbano, as principais denominações foram tomadas pelo pensamento da época, acreditando que a ciência e a tecnologia prometiam o melhoramento da sociedade por meio de eficiência e progresso. Enquanto isso, a promessa de uma sociedade mais civil contrastava com a realidade apresentada pelo número assustador de órfãos, viúvas, prisioneiros e enfermos que compunham a força de trabalho por trás do progresso.

Por ter ministrado no bairro periférico de Hell's Kitchen [Cozinha do inferno] em Manhattan, Rauschenbusch conhecia bem o drama dos pobres. Ele trabalhara incansavelmente para beneficiá-los com o ministério por meio de sua igreja. O compromisso de cuidar dos pobres oferecia esperança para o futuro de acordo com as proposições hermeneuticamente inadequadas do pós-milenismo. Com a Primeira Guerra Mundial ainda no horizonte, os principais grupos protestantes estavam ansiosos por abraçar a promessa de que o Reino de Deus poderia acontecer, não em uma eternidade futura, mas de forma plena no presente. Essas denominações estavam cada vez mais focadas em questões sociais, e o livro de Rauschenbusch tornou-se a ponte que fundiu o conceito de ministério de misericórdia à teologia cada vez mais liberal de denominações que se concentravam na mudança social em lugar da pregação do evangelho.[2] Essa teologia passou a ser conhecida como evangelho social, e foi o produto da crescente aceitação do pós-milenismo naquela época. O evangelho social aplicava a linguagem da redenção aos atos de bondade e conferia-lhes implicações soteriológicas. Nesse movimento, o evangelho dizia mais respeito à luta contra a pobreza como meio para inaugurar o Reino do que à salvação do indivíduo por intermédio de Cristo.[3]

Embora muitos cristãos conservadores nessa época trabalhassem incansavelmente em favor dos pobres, a associação do ministério de misericórdia às principais denominações liberais começou a fazer com que se questionasse se ele tinha qualquer parte legítima na igreja fundamentalista. O evangelho social tornou-se a antítese das boas práticas evangelísticas bíblicas, prometendo que a redenção deveria ser entendida não apenas em termos salvíficos pessoais, mas também em termos sociais e estruturais.[4] A linguagem do Reino assumiu diferentes significados para diferentes protestantes, e a hostilidade dos conservadores contra os liberais veio a impedir que a igreja conservadora mantivesse o aspecto social como parte de sua estrutura eclesiológica.

As questões do mundo secular também influenciaram essa divisão. Quando o presidente Franklin D. Roosevelt implementou um período de maior participação governamental na vida cívica com o *New Deal* [Novo acordo], a nação voltou sua atenção para o drama dos pobres. Com o tempo, atender às necessidades dos pobres tornou-se uma obrigação do governo, o que correspondeu à ausência de ministérios sociais na igreja. Visto que o governo providenciava moradia, alimentação, formação profissional, cuidados com órfãos, saúde e assim por diante, um senso decrescente de dever dominou o cristianismo conservador americano.

Essa ausência de preocupação aumentou exponencialmente com o deslocamento da maioria das igrejas conservadoras para fora dos centros urbanos. Ao final da Segunda Guerra Mundial, a criação de automóveis com preço acessível e a habitação suburbana produziram uma igreja conservadora geograficamente distante dos lugares com as maiores manifestações de pobreza, encontradas nos centros urbanos do país. Enquanto isso, as igrejas que permaneceram no contexto urbano eram caracteristicamente liberais em seus pontos de vista doutrinários.[5]

O curioso fato de que as igrejas nos centros urbanos tinham a tendência de ser liberais é, por si só, o fascinante resultado de ocorrências históricas. No século 19, os imigrantes que vieram para a América eram predominantemente da Europa ocidental e, na maior parte, protestantes. Mas, no início do século 20, houve um influxo intenso de europeus não ocidentais. Juntamente com os efeitos da emancipação dos afro-americanos após a Guerra Civil, as cidades estavam se tornando cultural e religiosamente diversificadas. Quando as igrejas conservadoras se afastaram dos centros urbanos, as principais igrejas liberais permaneceram, bem como as gerações de líderes etnicamente diversificadas que, por sua vez, eram treinadas pelos principais seminários.[6]

Como essas igrejas urbanas costumavam ser mais pobres do que suas contrapartes suburbanas, elas tinham mais oportunidades e necessidade de ministrar aos pobres. O resultado foi que as igrejas mais ativas no ministério social eram também as de tendência liberal. Da perspectiva conservadora, esta realidade reforçou uma imagem do ministério de misericórdia afiliado exclusivamente ao liberalismo teológico.[7] O termo "evangelho social" tornou-se um eufemismo para liberalismo, e a associação resultante era muitas vezes empregada pelos conservadores ao longo do final do século 20 como justificativa para não serem ativamente engajados com os pobres.[8]

Essa transição marca uma mudança na história da Igreja. Antes do século 20, os ramos calvinista e wesleyano do protestantismo conservador enfatizavam o ministério social dentro de suas prioridades eclesiológicas.[9] Ambas as tradições manifestavam o mesmo compromisso de servir aos pobres como expressão do amor e da misericórdia de Deus. Essa história foi rapidamente perdida à medida em que o pós-milenismo e o liberalismo tornaram-se sinônimos de ministério de misericórdia. Evidentemente, havia muitas igrejas conservadoras que tentavam praticar atos de compaixão e misericórdia voltados aos pobres, mas este resumo simplificado da história retrata com precisão o fato de que, em sua maioria, as igrejas conservadoras deixaram de ministrar aos oprimidos.

Essa transição teve um efeito profundo nas estratégias evangelísticas da igreja evangélica no século 20.[10] Em meados desse século, as igrejas centraram seu trabalho evangelístico na distribuição de literatura de porta em porta, nas universidades, em visitas domiciliares aos visitantes da igreja e na pregação de rua. Embora cada uma dessas estratégias proclamasse o evangelho com fidelidade, muitas vezes faltava a demonstração correspondente do amor de Deus pelo perdido, mostrada no ministério de misericórdia.

Exemplo de Jesus

O efeito negativo dessa história é que, em muitas igrejas contemporâneas, a compaixão de Deus foi separada da grande comissão. Essa é uma mudança radical em relação ao exemplo de Jesus, que combinava perfeitamente ambos elementos. Ele foi enviado para buscar e salvar os que estavam perdidos, e fez isso de maneira diferente da cultura predominante ao viajar pela terra de Israel. Se ele tivesse se estabelecido em Cafarnaum ou em Nazaré, seus discípulos teriam ficado dentro de uma sala de aula ou sinagoga, sentados a seus pés. Em vez disso, Jesus escolheu viver de modo simples e caminhar entre os pobres e necessitados. Pelos caminhos de terra e nas estradas, ele serviu aos que sofriam de necessidades físicas e espirituais.

Foi dessa maneira que ele pôde ilustrar como eram a cura, o perdão e a misericórdia. Mateus explica que a compaixão de Jesus pelos pobres foi o que o motivou a enviar seus discípulos por toda a terra para pregar:

> Jesus ia passando por todas as cidades e povoados, ensinando nas sinagogas, pregando as boas-novas do Reino e curando todas as enfermidades e doenças. Ao ver as multidões, teve compaixão delas, porque estavam aflitas e desamparadas, como ovelhas sem pastor. Então disse aos seus discípulos: "A seara é grande, mas os trabalhadores são poucos. Peçam, pois, ao Senhor da seara que envie trabalhadores para a sua seara." (Mateus 9:35-38)

Mateus 9 termina assim, mas, em 10:1, Jesus respondeu à própria oração, enviando seus discípulos ao mundo para "curar todas as doenças e enfermidades". Note que sua motivação para enviar os discípulos foi a compaixão pelos pobres. Tal compaixão por aqueles que se encontravam nessa condição financeira provocou uma compaixão ainda maior por sua condição espiritual, inspirando nosso Senhor a orar ao Pai, pedindo que muitos evangelistas fossem aos campos a fim de colher a grande colheita de frutos espirituais.

Esse envolvimento com pobres, desamparados e doentes deu a maravilhosa chance a Jesus de ser uma parábola viva das promessas mais amplas do Reino, concernentes à salvação. Obviamente, havia elementos no ministério de Jesus e no envio dos discípulos que eram milagrosos e estavam ligados ao milagre da encarnação. No entanto, Jesus ensinou aos discípulos que uma marca permanente do verdadeiro ministério cristão seria unir a pregação do evangelho ao ministério aos pobres. Em sua descrição do juízo de ovelhas e bodes, ele disse que a marca da fé verdadeira seria o cuidado com os doentes, os cegos, os prisioneiros ou os famintos (Mateus 25:32-40). Além disso, conforme a descrição do juízo feita por Jesus continua, a recusa em cuidar dos pobres é a única razão que ele dá para destinar alguns ao castigo eterno (Mateus 25:41-46). É evidente, na vida e no ministério de Jesus, que cuidar dos pobres não era tangencial a sua mensagem, mas uma comprovação necessária e essencial da veracidade da liberdade que ele proclamava.

Bênçãos da pobreza

A epístola de Tiago contém o que talvez seja a repreensão mais longa do Novo Testamento àqueles que negligenciam os pobres. É interessante observar que o autor fala da pobreza explicando, primeiramente, as bênçãos provenientes dela.

Para começar, ele explica que Deus escolheu destinar seu amor eletivo, em grande parte, aos mais pobres. Tiago pergunta: "Não escolheu Deus os que são pobres?" (Tiago 2:5). Ele, é claro, não afirma que todos os pobres serão salvos. Contudo, a pobreza não coloca a pessoa em desvantagem espiritual em comparação com os ricos. Também é verdade que a escolha de Deus não implica mérito algum inerente à pobreza. Quando alguém se encontra em pobreza, sua desesperança não pode ser mascarada. Ao passo que os ricos têm meios para mascarar temporariamente a dor da vida em um mundo caído, os pobres não têm tal refúgio.

O fato de os pobres não terem recurso algum neste mundo (além de Deus) fornece uma imagem da verdade contida em Efésios 2:8-9. Ali, Paulo explica que as pessoas não têm capacidade para fazer qualquer coisa que mereça a graça de Deus. Todos estão espiritualmente falidos e necessitados. Quando Paulo diz, em Romanos 5:8, que "Cristo morreu em nosso favor quando ainda éramos pecadores", a implicação é que nossos melhores esforços são trapos imundos incapazes de nos ajudar a alcançar a misericórdia de Deus. Isso corresponde à verdade de que, fora de Cristo, todo homem é um indivíduo verdadeiramente miserável que nada pode fazer para ajudar-se, dependendo da graça de Deus para o sustento da vida. É por isso que a pobreza proporciona uma imagem tão clara da graça de Deus na salvação.

Outra bênção da pobreza é vista na dependência que os pobres têm de Deus para o sustento diário: quanto mais pobre for o indivíduo, mais fé precisa para confiar na provisão divina de suas necessidades físicas. Isso demonstra a visão contracultural do Reino de Deus: enquanto o mundo busca riqueza e prosperidade, está rejeitando o maior tesouro que pode ser encontrado. Ao confiar nas riquezas, ele rejeita o único meio de ter um relacionamento com Deus. Quem tem grande riqueza pessoal pode viver sem a experiência de conhecer intimamente um Deus que cuida de seus filhos. O rico não precisa orar pelo pão de cada dia e está satisfeito com o que o mundo oferece.

Na pobreza, os cristãos encontram não só riquezas mediante a fé, como também herdam o Reino (Tiago 2:5). Essa promessa coloca o foco não nas bênçãos materiais, mas na vida escatológica futura. É a isto que Paulo se referia ao escrever que os sofrimentos da vida presente não são comparáveis à glória futura (Romanos 8:18). Paulo e Tiago dizem que esse é o fundamento da esperança para o cristão na pobreza (Romanos 8:24-25). Quando vive em pobreza, ele tem uma esperança maior no Reino futuro de Deus.

Em resumo, a pobreza pode ser uma bênção porque: Deus escolheu os pobres para a salvação, os cristãos pobres podem expressar uma fé mais profunda em Deus quanto à provisão diária e esses mesmos indivíduos dispõem de uma esperança mais sincera na vida futura.

Ateísmo funcional

Compreender a bênção da pobreza é necessário para perceber a força do que Tiago escreve: "Mas vocês têm desprezado o pobre" (Tiago 2:6). O tratamento que a Igreja dispensava aos pobres era muito diferente do tratamento que Deus dispensava a ela. Os cristãos ali haviam endurecido o coração às necessidades de seus irmãos em Cristo, e, ao fazê-lo, desonraram as mesmas pessoas que Deus procurara honrar por meio da salvação. Suas ações revelavam orgulho e o fato de que não se lembravam da realidade da própria pobreza espiritual. Ao negligenciar os pobres, eles estavam deixando de cumprir a exigência do evangelho de reconhecer a própria pobreza espiritual.

Quando o cristão deixa de demonstrar compaixão aos pobres, não só abandona o modelo de ministério deixado por Jesus, como também demonstra "ateísmo funcional". O ateu funcional professa seguir a Cristo, mas vive de um modo que contradiz o exemplo dele.

É irônico quando um "cristão" rico vê seu irmão em necessidade e endurece o coração. Quando ele se apega à riqueza material, rejeita o próprio dono de sua salvação e recusa-se a confiar em Deus para a provisão. Ao endurecer o coração para os pobres, ele está, na verdade, endurecendo o coração para Deus e agindo como se, sozinho, fosse suficiente para satisfazer as próprias necessidades. Isto é ateísmo funcional e é a antítese da vida no evangelho.

Tiago destaca essa disparidade apresentando uma imagem impressionante da pobreza dentro da Igreja. Para isso, ele descreve um irmão e uma irmã que são pobres (Tiago 2:15-16). Ao usar a palavra grega *adelphoi* (ἀδελφοί, irmãos), mostra que eles fazem parte da família cristã. Além de serem cristãos, eles estão tão mal vestidos, que Tiago os descreve como "necessitados de roupas". Estão com tanta fome, que são descritos como necessitados "do alimento de cada dia". E, enquanto estão sentados ali, do lado de fora da igreja, os cristãos passam por eles e dizem: "Vá em paz, aqueça-se e alimente-se até satisfazer-se". É difícil imaginar uma resposta mais fria a um irmão necessitado.

Esta cena chocante é usada por Tiago para desafiar os cristãos a cuidar dos pobres ou a reconhecer a inutilidade da própria fé. Ao fazê-lo, ele descreve o ministério aos necessitados como uma marca da fé autêntica. Ele repreende os cristãos que ignoravam os pobres, dizendo que a fé deles estava "morta" (Tiago 2:17). Para o cristão, não pode haver um veredito mais terrível do que este. Tiago diz, em suma, que alguém pode chamar a si mesmo de cristão o quanto quiser, mas, se tiver o coração endurecido para um irmão em necessidade, sua fé é morta. Esse indivíduo não é um verdadeiro cristão, mas um ateu funcional.

Gravidade da negligência

Por que Tiago trata o cuidado aos pobres como uma questão tão decisiva? Porque é ao ministrar aos pobres que a fé do cristão é manifestada com mais transparência. Só quem abandonou a própria postura egoísta e orgulhosa diante de Deus pode compreender a verdadeira misericórdia. Ao mostrar misericórdia, mesmo em um contexto terreno e físico, a pessoa mostra a própria transformação. Na misericórdia, o amor-próprio é substituído pelo amor aos outros e demonstra o reconhecimento de que o amor de Deus pelo pecador é imerecido e, não obstante, existe.

Em sua carta, Tiago já havia escrito: "A religião que Deus, o nosso Pai aceita como pura e imaculada é esta: cuidar dos órfãos e das viúvas em suas dificuldades e não se deixar corromper pelo mundo" (Tiago 1:27). Essa é a maneira de o autor ordenar aos leitores que sejam santos como Deus é santo (ver 1Pedro 1:15). É um desafio deixar de lado os valores do mundo e viver de acordo com os valores do Reino. Assim como as crianças devem refletir o caráter do pai, os filhos de Deus devem refletir o caráter de Deus, e Deus cuida dos pobres. Se o cristão deve imitar a Deus, então deve ministrar aos pobres.

Por trás da recusa de alguém – ou de uma igreja – de ministrar aos pobres, está a recusa de imitar Deus nessa área. A compaixão de Deus pelos pobres é um de seus atributos imitáveis, os quais (como a bondade, o amor, a misericórdia, a paz, a retidão, a justiça, a veracidade, a paciência e o perdão) os cristãos têm a capacidade de refletir. Todos os atributos imitáveis de Deus podem ser manifestados pelos cristãos, e todos eles são demonstrados com maior clareza no contexto dos relacionamentos humanos. Ao amar os outros, os cristãos imitam o Pai e, ao mesmo tempo, mostram ao mundo o amor de Deus segundo o evangelho.

Isso é significativo, porque é no evangelho que a natureza de Deus é apresentada de modo mais claro. O evangelho é a ilustração ativa da revelação que Deus faz de sua própria imagem, proclamada em sua Palavra e manifesta por seu Filho. Deus ama os cristãos que, por sua vez, amam uns aos outros, e este amor é mais bem demonstrado no sacrifício de Jesus na cruz. Deus mostra misericórdia aos cristãos, e eles, por sua vez, devem mostrar misericórdia uns aos outros, e a misericórdia de Deus é vista mais claramente na cruz. Quão incongruente é quando os próprios destinatários da compaixão, da graça e da misericórdia de Deus recusam-se a demonstrar a compaixão, a graça e a misericórdia de Deus àqueles que precisam delas no mundo. A antiga acusação de hipocrisia, bem conhecida a qualquer um que já tentou compartilhar o evangelho com frequência, encontra sua validade na falta de vontade ou no desinteresse da igreja em cuidar dos membros fisicamente empobrecidos.

É por isso que Jesus distingue ovelhas e bodes com base no cuidado deles com os pobres, e é por isso que Tiago escreve que o suposto cristão que ignora um irmão em necessidade tem fé morta. Esse é um assunto que diz respeito ao evangelho. O salvo deseja proclamar o evangelho ao mundo, e aquele que se recusa a mostrar misericórdia aos pobres recusa-se a fazer exatamente isso.

A recusa em ministrar aos pobres é uma admissão tácita de que a pessoa se preocupa mais com a própria riqueza material do que com ter os atributos de Deus refletidos em sua vida. Quando alguém ignora os cristãos necessitados, está testemunhando que não segue os passos de Jesus, que não compartilha do coração de Deus com respeito aos indefesos e que sua fé está morta.

Aplicações práticas

Em algumas formas extremas de hinduísmo, as pessoas recusam-se a ajudar os pobres. Alguns hindus acreditam que os pobres encontram-se nessa condição porque tomaram decisões ruins em vidas anteriores e precisam sofrer para purificar-se das consequências. Por esta lógica, ajudar os pobres seria realmente contraproducente, pois eles teriam de sofrer novamente na próxima vida.

Infelizmente, tal atitude é compartilhada por cristãos com muita frequência. Considere as seguintes respostas comuns à pobreza: "Essas pessoas estão enfrentando as consequências de seu pecado", "Elas merecem o que estão recebendo" ou "Se realmente quisessem mudar de vida, mudariam". Atitudes como estas estão mais próximas do hinduísmo do que do cristianismo. Tais desculpas são uma maneira conveniente de ignorar o seguinte fato: as circunstâncias reais da pobreza costumam ser irrelevantes para a forma como os cristãos devem reagir a ela.

Os cristãos devem reconhecer que nenhum de nós merece a ajuda de Deus, contudo Deus nos salvou. Sem Cristo, estávamos perdidos, famintos, culpados e destituídos. Espiritualmente, éramos órfãos, abandonados e fugitivos. Deus nos responsabilizou por nossos pecados e, ainda assim, experimentamos sua amorosa obra de redenção. Quando os cristãos se recusam a ajudar o irmão em necessidade, um princípio incoerente está sendo aplicado. O evangelho baseia-se na imerecida misericórdia de Deus demonstrada aos pecadores, e aqueles que foram salvos por ela devem demonstrar misericórdia aos outros.

Não se trata de um apelo à transformação cultural; ela não acontecerá até que Cristo volte. A ordem para o ministério não é uma exortação ao ativismo político; esse tipo de ação é ineficaz e revela prioridades erradas. A exigência de cuidar dos pobres não implica que a igreja deva procurar erradicar a pobreza; sempre teremos pobres conosco (Marcos 14:7).

Além disso, não se trata de um chamado a darmos tudo, indiscriminadamente, a todos os que pedirem. Dar a alguém a opção de não trabalhar é, além de má administração dos próprios recursos, uma atitude pecaminosa. As Escrituras ordenam: "Se alguém não quiser trabalhar, também não coma" (2Tessalonicenses 3:10). A Bíblia chama os cristãos a ter discernimento, não a ser mesquinhos. Se endurecem o coração para os pobres, estão pecando (1João 3:17). Quão trágico seria se endurecessem o coração com base em suposições erradas sobre a necessidade da outra pessoa.

Por fim, há uma ordem para atender às necessidades do mundo. Os cristãos são chamados a cuidar primeiramente dos próprios familiares (1Timóteo 5:8), depois de outros crentes (Gálatas 6:10). Quem evita um irmão em necessidade é hipócrita e desprovido da compaixão de Deus (Tiago 2:15-17; 1João 3:17). A Igreja primitiva não alimentava todas as viúvas; apenas as mais velhas, que eram membros da igreja e tinham reputação de boas obras (1Timóteo 5:9-16). A igreja em Jerusalém não atendia às necessidades de todos na rua, mas as dos irmãos ali presentes (Atos 2:45). Por último, após suprir as necessidades da família e dos cristãos, os crentes devem ser mordomos do que possuem de modo a demonstrar amor e compaixão ao mundo a seu redor.

A questão é que Cristo estendeu o Reino a gentios, prostitutas, ladrões e adúlteros. Ainda hoje, alguns dos mais ricos frutos do evangelismo são vistos nas pessoas mais pobres. O pecador pobre costuma ser o mais rápido em aceitar a salvação, pois não tem esperança terrena. O cristão deve estar mais presente nos lugares onde os pobres estão. Isto é o oposto da estratégia de crescimento da Igreja contemporânea. Os pobres não são o público-alvo de ninguém.

Os mandamentos para exercer misericórdia e evangelizar não são proposições conflitantes ou mutuamente excludentes. A fim de que o evangelho tenha máxima eficácia, é preciso haver coerência entre a vida de quem evangeliza e a mensagem. É crítico que compaixão e comissão se complementem, pois a ordem de mostrar misericórdia é a mesma de fazer missões. Sem a pregação do evangelho, homens e mulheres, ricos e pobres nunca terão a chance de experimentar as maiores riquezas da misericórdia e da graça de Deus. Alimentar os famintos, ministrar aos doentes e servir aos pobres não são fins em si mesmos, mas um meio pelo qual os cristãos encontram pessoas que precisam da obra transformadora de Deus. A misericórdia não é um meio para fazer avançar o Reino. A misericórdia é o meio para promover a glória do evangelho levando-se pessoas a Cristo.

20

Missões internacionais: Seleção, envio e pastoreio de missionários

Kevin Edwards

Existe um modelo bíblico para missões. Ele envolve selecionar, treinar, enviar e apoiar cuidadosamente os missionários. O processo inteiro – quando feito de modo correto – constitui uma parceria íntima entre o missionário e a igreja emissora. Tal parceria é o alicerce das missões e pode ser uma fonte imensurável de encorajamento tanto para os missionários quanto para as igrejas. Ela confere mais foco ao empenho missionário do corpo e o torna mais eficaz na causa do evangelismo.

No final do século 19, iniciou-se um movimento de missões sem precedentes. Nunca antes, nem depois, uma geração de alunos demonstrou tamanha disposição evangelística pelos perdidos ao redor do mundo. Mais de 20 mil homens e mulheres navegaram por todo o planeta no Movimento Estudantil Voluntário, enquanto mais de 80 mil apoiadores incentivavam-nos e sustentavam-nos financeiramente. Esses estudantes constituíram quase metade da força missionária protestante no início do século 20, muitos deles servindo em sociedades bem desenvolvidas, e uma grande parte concentrando-se na China e na Índia. Os voluntários "eram impulsionados por um propósito de intensidade raramente vista e estavam comprometidos em evangelizar o mundo por quaisquer meios que se fizessem necessários".[1]

O Movimento Estudantil Voluntário, que começou em 1886, atingiu o auge em 1920 e repentinamente começou a declinar. A história do declínio de uma disposição missionária tão intensa serve como exemplo vívido do que pode acontecer quando uma iniciativa missionária é realizada sem seguir o processo estabelecido por Deus nas Escrituras.

Lições da história

Embora muitos fatores possam ser considerados, existem três causas principais para o declínio do Movimento Estudantil Voluntário. Primeiro, apesar da disposição evangelística dos alunos que serviam como missionários, muitos deles tinham uma base teológica deficiente. Sua teologia diferia da de seus predecessores missionários, visto que não nascera de uma educação centrada na Bíblia.[2] Fortemente influenciado pelo liberalismo protestante e pelo interesse nas religiões mundiais, o desvio teológico dos alunos resultou em um ecumenismo comprometedor. "O movimento teve uma origem frutífera, mas terminou em um vácuo teológico, pois os líderes originais tinham uma filosofia de base pragmática associada a um treinamento teológico deficiente".[3]

Segundo, a igreja local não era a origem dos alunos enviados para o campo missionário. O fundamento teológico instável do Movimento Estudantil Voluntário incluía não apenas uma eclesiologia defeituosa, como também uma falta de compreensão do papel que a igreja local deveria desempenhar nas missões. Isso acarretou no envio de missionários sem a homologação de igrejas locais ou parceria com elas. "Muitos livros foram escritos sobre a história do MEV, e pouquíssimos sequer sugerem uma preocupação por parte dos líderes em incentivar os voluntários a retornar às igrejas locais a fim receber autorização e, só então, ser enviados ao campo missionário".[4]

Terceiro, o movimento perdeu de vista a missão da igreja. Por causa da falta de perspectiva e discernimento teológicos, o evangelho social tomou o comando do Movimento Estudantil Voluntário. Em seu auge, no ano de 1920, o movimento realizou uma convenção na qual até mesmo a salvação dos alunos participantes foi questionada. "Havia mais interesse em relações raciais, melhorias econômicas e paz internacional do que no compartilhamento do evangelho".[5] A história do Movimento Estudantil Voluntário é uma história de como o ministério social substituiu o chamado para proclamar o poderoso evangelho da salvação em Cristo.

Essas três lições da história do Movimento Estudantil Voluntário revelam as armadilhas nas quais as igrejas comumente caem quando estão considerando um tipo de movimento missionário para se envolver e as pessoas para enviar ao campo. Quando escolhem parceiros para a obra missionária, as igrejas precisam selecionar cuidadosamente candidatos provenientes de organizações teologicamente fundamentadas, centradas na edificação da igreja local e no cumprimento da grande comissão.

Enviar missionários é parte do que significa ser uma igreja.[6] Se um grupo de cristãos e seus presbíteros buscam o crescimento em Cristo e esforçam-se para ser fiéis ao plano bíblico de evangelismo, são, por consequência, apaixonados por missões. A fidelidade ao mandamento do Senhor para fazer discípulos de todas as nações inclui um esforço direcionado, independentemente da magnitude, para se chegar às regiões além do alcance imediato da igreja local. Esta deve ter um programa missionário no qual participa selecionando, enviando, sustentando e intercedendo pelos cristãos especiais enviados para alcançar os perdidos em outros lugares.

A Igreja primitiva considerava as missões uma questão de extrema importância (Atos 13:1-3; 14:27; 15:36-40). Elas não eram um programa secundário ou menor. Os apóstolos sabiam que estavam envolvidos com algo global e monumental no plano redentor de Deus. A grande comissão foi transmitida a eles pelo menos cinco vezes, se não mais (Mateus 28:18-20, Marcos 16:15, Lucas 24:46-48, João 20:10, Atos 1:8). Esses homens haviam deixado tudo para seguir a Cristo, e agora deveriam levar a mensagem ao mundo. Eles, então, entregaram o bastão para outros, que o passaram a nós. Por essa razão, toda igreja, seja grande ou pequena, deveria ter seu próprio envolvimento no grande empreendimento missionário do corpo de Cristo.[7]

Hoje há uma variedade de missionários e ministérios com os quais podemos nos associar. Toda semana, eu recebo cartas pedindo apoio e parceria de ministérios esportivos, ministérios de justiça social, acampamentos de língua inglesa, iniciativas evangelísticas de jovens, projetos de construção, treinamentos de liderança, evangelismo musical, implantação de igrejas, publicações, ministérios radiofônicos e similares. Diante de tantos pedidos, é essencial ter uma compreensão de qual deve ser a prioridade da igreja nas missões.

Ao escolher missionários, a Escritura estabelece três princípios a serem seguidos: seleção pela oração, validação da seleção e confirmação da seleção.

Seleção pela oração

Primeiro, a liderança deve fazer uma seleção por meio de oração. Os líderes precisam buscar a direção do Senhor. Enquanto a igreja de Antioquia considerava o envio de ajuda, seus líderes permaneciam em jejum e oração (Atos 13:2-3). A razão pela qual este princípio deve ser seguido é que as missões são o derramamento do caráter e propósito do Deus Triúno. Ele deve ser buscado porque a difusão do evangelho é obra do Espírito soberano multiplicando a Palavra de Deus ao redor do mundo.

Validação da seleção

Segundo, a liderança da igreja deve validar sua seleção. Isso significa que os líderes devem escolher pessoas qualificadas e dotadas para o ministério do evangelho.[8] As qualificações bíblicas para o presbítero em uma igreja local, destacadas em Tito 1:5-9 e 1Timóteo 3:1-7, devem aplicar-se a qualquer missionário.[9] Se o missionário for enviado para proclamar o evangelho e acompanhar o estabelecimento de novas igrejas locais, deve ser particularmente capacitado para liderar a tarefa de plantar e liderar novas igrejas. A posição dos missionários envolvidos nesse tipo de ministério deve ser considerada equivalente à dos presbíteros da igreja local, especialmente em relação ao dom de ensinar a verdade (1Timóteo 3:2; Tito 1:9). Não faz sentido uma pessoa não qualificada ou sem dons para pastorear uma igreja no próprio país ser enviada para plantar uma igreja no exterior.

Efésios 4:11-13 deixa claro que o Deus que nos deu a grande comissão também dá à Igreja os meios para realizar essa tarefa; para tanto, ele confere dons a determinadas pessoas ali, como evangelistas, pastores e professores. Ao selecionar os missionários, a liderança da igreja deve avaliar cuidadosamente o talento do indivíduo conforme evidenciado em sua igreja local. Isso inclui analisar as habilidades da pessoa e seu chamado ao ministério. Quando a igreja de Antioquia enviou Paulo e Barnabé, em Atos 13:1-3, esses dois homens aparentemente faziam parte da equipe de ensino. Eles não eram simplesmente indivíduos com dons que os qualificavam para o ministério; eles também faziam parte da equipe de líderes da igreja em Antioquia. A igreja de Antioquia enviou seus melhores homens para pregar o evangelho.

Despender tempo em um exame minucioso dos candidatos, tanto no aspecto do caráter quanto no aspecto dos dons, evita futuras tristezas e ajuda a garantir que o missionário esteja apto para lidar de maneira misericordiosa com os desafios de ministrar a uma cultura estrangeira. Os missionários enviados devem ser exemplos para o rebanho, particularmente nas áreas de santidade, humildade e oração. Além disso, os homens enviados precisam ser exemplos de coragem, dotados no ministério da Palavra e capazes de realizar sua obra em um contexto repleto de desafios novos. Sem isso, sua liderança não será eficaz, e a missão sofrerá.

Se a igreja local decidir delegar a autoridade concernente ao ministério missionário associando-se a uma agência – talvez por causa da experiência da agência no campo ou do nível de cuidado que ela pode oferecer em um campo específico – a igreja não deve permitir que a agência usurpe seu papel de avaliar os dons e o caráter dos candidatos. Muitas agências missionárias reduzem esse tipo de avaliação e pré-preparação de campo a uma bateria de testes psicológicos e alguns treinamentos rudimentares. O único lugar em que o missionário pode ser efetivamente habilitado para a obra é o contexto de uma igreja local cuja liderança esteja voltada ao preparo de homens para o ministério de forma amorosa e intencional.

Confirmação da seleção

Terceiro, o processo de seleção culmina no comissionamento da seleção. Este passo, muitas vezes conhecido como ordenação, reconhece a obra de Deus no preparo e na demonstração dos dons do indivíduo a ser enviado como ministro do evangelho. Normalmente, a liderança da igreja declara sua parceria com a pessoa que está sendo enviada por meio da imposição de mãos (Atos 13:3), momento este em que a igreja demonstra visualmente seu papel como agência mediadora de Deus. Curiosamente, há um envio duplo em Atos 13:3-4. No versículo 3, a igreja de Antioquia envia os missionários, mas, no versículo 4, lemos que o Espírito Santo os envia. Por meio da imposição de mãos, a igreja expressa afirmação, apoio e identificação em relação ao missionário como representante do Senhor. Peters escreve:

> Pela imposição de mãos, a igreja e o missionário passam a estar ligados em um vínculo de propósito comum e responsabilidade mútua. Não é, portanto, apenas um privilégio e serviço; é também o exercício de uma autoridade e a aceitação de uma tremenda responsabilidade.[10]

Parceria com missionários

A relação entre missionário e igreja é mais bem explicada como uma parceria. Ao enviar um missionário, a igreja fica responsável por manter uma parceria com ele de, pelo menos, quatro maneiras. Primeiro, ela é obrigada a treiná-lo para o ministério. Independentemente do tipo de trabalho missionário em que ele estará envolvido, a maior parte de seu treinamento deve ser no ministério da Palavra. Quer esteja envolvido em plantar novas igrejas ou treinar líderes de igrejas nacionais, o missionário frequentemente desempenha papel fundamental na igreja nacional. Como alguém a quem a igreja nacional se voltará com frequência em busca de respostas, especialmente na formação de líderes, o missionário deve estar capacitado a explicar a Bíblia quando surgirem perguntas relacionadas à vida da igreja, à liderança bíblica e à teologia. Um missionário mal treinado e despreparado falhará neste ponto, levando a consequências que podem ser desastrosas.

Como se pode aprender com o Movimento Estudantil Voluntário, uma disposição missionária inicial não é a única qualificação para o ministério. Um fundamento teológico insuficiente ou errado resultará no afastamento das pessoas da Palavra de Deus, muitas vezes em direção a um evangelho pragmático ou social. Independentemente do ministério específico ao qual são nomeados, todos os missionários devem ser treinados e capacitados para manusear as Escrituras com precisão.

Em termos práticos, isso significa que os missionários devem ter um treinamento aprofundado em teologia e na interpretação correta da Bíblia, preferencialmente sendo capazes de estudar e explicar o texto da Escritura a partir das línguas hebraicas e gregas originais. Embora certamente existam outros tipos de treinamento necessários ao missionário, deixar de treiná-lo de modo adequado neste aspecto fundamental irá impedi-lo de realizar sua tarefa principal. A igreja demonstra sua parceria com o missionário ao prover, investir e garantir que os candidatos sejam treinados de modo apropriado para manejar as Escrituras com precisão (2Timóteo 2:15).

Segundo, a igreja deve orar pelo missionário. Em várias ocasiões, Paulo buscou a parceria das igrejas por meio da oração. O apóstolo pediu à igreja em Éfeso que orasse para que ele fosse destemido (Efésios 6:18-19), à igreja em Colossos que orasse por uma porta aberta e pela clareza da mensagem (Colossenses 4:2-4), à igreja romana que orasse por proteção (Romanos 15:30-31) e à igreja em Tessalônica que orasse pela propagação e glorificação da Palavra, bem como pela sua proteção contra homens maus (2Tessalonicenses 3:1-2). Assim, a parceria nas missões exige que aqueles que enviam o missionário sejam guerreiros de oração, sempre cientes das necessidades no campo e orando fervorosamente para que o Deus Todo-poderoso faça o que somente ele pode fazer.

Terceiro, a igreja deve pastorear o missionário. A submissão do missionário à liderança da igreja designada por Deus para enviá-lo não termina depois do comissionamento ao ministério do evangelho. O retorno de Paulo à igreja de Antioquia após as duas primeiras viagens missionárias (Atos 14:26-27; 18:22-23) ilustra sua submissão contínua. Por causa da parceria existente no sentido de prestação de contas, os missionários precisam manter sua igreja informada sobre o que Deus está fazendo por meio de seu ministério e devem solicitar conselhos sobre planos futuros.

Peters também acrescenta que o missionário

> reconhece a autoridade delegatória da igreja, identifica-se com a igreja, submete-se à direção e disciplina da igreja e compromete-se a ser um representante verdadeiro e responsável da igreja. Ele opera dentro da estrutura doutrinária e do espírito da igreja, consciente do fato de que é um represen-

> tante de seu Senhor, bem como de sua igreja, à qual também deve prestação de contas.[11]

Embora alguns missionários possam iniciar igrejas locais autônomas, ele mesmo nunca se torna autônomo de sua igreja de origem. As decisões críticas concernentes ao ministério do indivíduo devem ser levadas perante a igreja para consideração dos líderes.

O relacionamento de prestação de contas entre igreja e missionário funciona em ambos os sentidos. A igreja deve estar ativamente envolvida no pastoreio do missionário durante as dificuldades do ministério em um país estrangeiro. Ela deve proporcionar encorajamento e cuidado pastoral. O apóstolo Paulo enfrentou grandes desencorajamentos no ministério. Além da oposição e perseguição física, ele também carregou o fardo do crescimento das igrejas que havia fundado. Às vezes, ele se referia a si mesmo como abatido (2Corintios 7:6) e necessitado de alívio espiritual (1Coríntios 16:18). Se o grande apóstolo Paulo estava suscetível a tais necessidades e desafios, quanto mais o estão os missionários hoje? Da mesma forma que Paulo era frequentemente incentivado pela visita de algum cristão, os missionários de hoje também são incentivados por aqueles que se associam a eles no evangelho.

Quarto, a igreja deve associar-se ao missionário financeiramente. O missionário precisa saber que a igreja está verdadeiramente com ele, em plena parceria, enquanto serve. O apóstolo João disse que os missionários devem ser enviados de uma maneira digna de Deus (3João 6). Assim, a glória de Deus está em jogo na forma como enviamos nossos missionários.

É um precedente bíblico e uma ordem bíblica que as igrejas participem no apoio financeiro dos missionários. João escreveu à Igreja primitiva que os homens que saíssem por causa do Nome não deveriam esperar receber dinheiro daqueles a quem viessem a ministrar (3João 7). Além disso, o apóstolo Paulo contava com o apoio da igreja em Roma enquanto tentava ir para a Espanha com o evangelho (Romanos 15:24). Uma das principais maneiras pelas quais a igreja de Filipos expressou sua parceria no evangelho foi por meio do apoio financeiro ao apóstolo Paulo (Filipenses 4:15-16).

Há, na verdade, apenas duas possibilidades quando se trata de sustentar missionários financeiramente. A igreja pode sustentar vários missionários em níveis reduzidos de contribuição ou sustentar poucos missionários em níveis elevados de contribuição. Certamente, se a igreja for fiel nos três primeiros elementos de sua parceria (treinamento, oração e pastoreio), haverá um limite de missionários que poderá ajudar financeiramente com fidelidade. Uma igreja que dispõe de um comitê de cinco pessoas, mas tenta fazer parceria com 25 missionários, provavelmente não se envolverá totalmente.

Da mesma forma, a parceria com o missionário tem de englobar mais do que uma oferta mensal simbólica. A verdadeira parceria missionária envolve cuidar do missionário financeiramente de uma maneira digna do Senhor. Poucas igrejas podem pagar o custo total do envio de um missionário. A bem da verdade, para muitos missionários (dependendo de seu campo), o custo do sustento excede o pagamento do pastor da igreja. No entanto, mais igrejas podem e devem aceitar a responsabilidade financeira de cobrir boa parte das despesas envolvidas no sustento de um missionário em campo.

As igrejas geralmente causam um impacto maior para o Reino de Deus quando direcionam seu envolvimento a poucos missionários do que quando adotam uma abordagem ampla e geral voltada a muitos. Uma igreja que contribui com 5% do sustento de 20 missionários não está pastoreando missionário algum. Aparentemente as igrejas têm um maior engajamento na grande comissão quando podem se envolver plenamente com um ou dois missionários, em vez de diluir o foco, o dinheiro e a liderança em um grande grupo de homens.

Isso funciona do mesmo jeito em uma igreja pequena e em um ministério maior. Os presbíteros devem identificar o missionário certo, fazer com que ele demonstre seu dom e fidelidade no contexto da igreja local e, então, comissioná-lo, enviá-lo e apoiá-lo/pastoreá-lo por meio do ministério. Essa abordagem exige um investimento substancial de tempo e energia da igreja.

Os benefícios de um investimento contínuo no missionário são grandes tanto para a igreja quanto para o missionário. A igreja oferece incentivo em um nível mais profundo e possibilita um relacionamento de prestação de contas e pastoreio mais intenso entre ela e o missionário. Isso também permite aos missionários passar mais tempo com a igreja antes de um novo período fora ou de uma nova atribuição, sem precisar atravessar o país visitando brevemente um número vertiginoso de igrejas apoiadoras.[12] Desta forma, o corpo é mais incentivado com relatórios detalhados de como o Senhor está usando o missionário para fazer discípulos de Cristo, e o missionário é mais capacitado, encorajado e revigorado para um serviço ainda mais eficaz. As parcerias superficiais perdem isso. Parcerias mais profundas entre igrejas e missionários honram melhor o Senhor.

Exemplo da *Grace Community Church*

Quero compartilhar com você como a *Grace Community Church* lida com o departamento de missões, não por ser a única maneira, nem necessariamente a melhor. Tenho certeza de que outras igrejas executam certos aspectos melhor do que nós. No entanto, nossa igreja procura pôr em prática os princípios bíblicos que este capítulo explicou. Além disso, ela direciona uma quantidade significativa de recursos a missões e tem um corpo muito grande de missionários. Espero que nosso exemplo seja útil para que você pense em maneiras de lidar com missões em sua própria igreja.

Consideramos as missões como um processo composto por duas partes distintas: a seleção dos missionários e o apoio aos missionários.

O processo de envio da igreja começa com a seleção dos missionários. Esse processo não ignora o chamado divino individual para missões internacionais; em vez disso, este chamado subjetivo é examinado à luz do dom espiritual do candidato conforme demonstrado e desenvolvido na igreja. Como o chamado de Deus para missões é um chamado ao ministério da Palavra, os candidatos são logo eliminados caso não sejam qualificados como presbíteros ou não tenham dom, pelo menos em um sentido elementar, no ensino da Palavra. Todos os esforços do ministério nascem a partir do contexto e da vida da igreja. Isso possibilita que os presbíteros da *Grace Community Church* selecionem pessoas que Deus claramente dotou como líderes para pregar e ensinar a Palavra.

Em nossa igreja, esses dons são principalmente evidenciados no contexto de nossos grupos de comunhão, o que alguns chamam de classes de escola dominical. Esses grupos realizam vários estudos bíblicos caseiros durante a semana, e é nestes pequenos grupos de 15 a 40 pessoas que os jovens são capazes de praticar e desenvolver seu dom de fazer discípulos de Cristo no corpo. Por meio de tais grupos, eles também podem liderar os demais na apresentação do evangelho àqueles que residem na região de Los Angeles e ainda não conhecem Cristo. Existem muitas oportunidades para o ministério intercultural em nossa igreja e comunidade, incluindo muitos estudos bíblicos e grupos de evangelismo voltados a imigrantes. Os indivíduos com dom evidente de ensino e evangelismo, acompanhado de um claro chamado de Deus para o exercício deste dom em um contexto intercultural, são os que se tornam candidatos a missionários.

Intimamente ligado à evidência de dom espiritual no candidato está seu crescimento no treinamento na Palavra. Todos os candidatos passam por uma preparação rigorosa na maneira de estudar e pregar a Palavra, e os presbíteros da *Grace Community Church* devem vê-los crescer na habilidade de ensinar a verdade durante o treinamento para manusear as Escrituras com mais destreza. Essa formação ocorre no *The Master's Seminary*, convenientemente localizado no próprio campus da igreja. Poucas igrejas têm esse privilégio, mas esta é essencialmente uma etapa obrigatória em nosso processo de preparar missionários para um trabalho eficaz. Portanto, a evidência inicial de um dom é verificada por seu crescimento sob treinamento intensivo na Palavra.

Assim que o dom de um indivíduo é visto com clareza em nossa igreja, os presbíteros começam a procurar um campo missionário com oportunidades que melhor atendam aos dons dele. Alguns homens têm mais habilidade para ser pastores, e outros para ensinar e treinar líderes. A realidade é que qualquer homem no ministério da Palavra, independentemente do país no qual ministre, se envolverá em ambos aspectos do ministério: o ministério de linha de frente, que envolve a plantação e o pastoreio de igrejas, e o ministério nos bastidores, que envolve o treinamento de fiéis. Assim, os presbíteros procuram colocar o candidato em uma equipe missionária cuja missão seja mais bem complementada com seu dom específico, seja ela evangelismo, plantação de igrejas, fortalecimento da igreja, desenvolvimento de liderança ou tradução da Bíblia.

A capacidade do candidato de trabalhar em uma equipe é outro aspecto importante da avaliação e preparação para o campo. Os missionários devem ser capazes de funcionar em vários níveis dentro de uma equipe, incluindo trabalhar sob autoridade, servir lado a lado com colegas e liderar equipes. Uma vez mais, os estudos bíblicos de nossa igreja fornecem a oportunidade perfeita para a avaliação e desenvolvimento da capacidade que o candidato tem de trabalhar em uma equipe de ministério – seja ao servir sob a supervisão de um líder de grupo, trabalhar com colegas no estudo bíblico ou levar as pessoas a compreender e viver a verdade de Deus.

Decidir aonde enviar um missionário envolve vários aspectos. Escolher um campo e escolher uma agência costumam ser decisões simultâneas. Na Grace, quase todos os nossos missionários saem a campo por meio da divisão/agência de missões de nossa igreja, a *Grace Ministries International*. A principal decisão que enfrentamos é aonde nossos missionários devem ir. Alguns deles, especialmente os que são dirigidos para um ministério técnico como tradução da Bíblia, vão por outras agências missionárias, que podem fornecer treinamento e apoio ao ministério especializado para o público-alvo do missionário. Muitas vezes, o candidato, juntamente com membros da equipe evangelística de nossa igreja, fazem várias viagens preliminares antes de escolher uma nação. Preferencialmente, um líder qualificado recruta outros para ir com ele, pois sua paixão pode contagiar outros possíveis companheiros de equipe com o desejo de levar o evangelho a determinada nação. Desta forma, o Senhor faz surgir uma equipe missionária dentro da igreja, por vezes incluindo homens qualificados de igrejas parceiras.

Depois que o Senhor forma a equipe, o passo final antes de o missionário ser comissionado e enviado é conseguir o apoio financeiro necessário. Todo o processo de conseguir apoio é uma parte importante do treinamento. É então que os candidatos aprendem lições valiosas sobre como confiar pacientemente em Deus enquanto desenvolvem as habilidades de comunicação necessárias para transmitir sua paixão pelo ministério. O novo missionário busca apoio de pessoas dentro de nossa igreja e de outras igrejas conhecidas. Quando for para o campo, ele terá desenvolvido uma equipe de apoio financeiro e espiritual composta por igrejas e indivíduos com quem cultivou um relacionamento. À medida em que o Senhor traz os apoiadores, o candidato aprende a importância de contar fielmente aos outros sobre o plano divino por todos os meios possíveis. Embora nossa igreja forneça grande parte do apoio financeiro necessário para nossos missionários, não queremos privar o missionário nem seus apoiadores da alegria de participar na provisão do Senhor para sua obra.

A *Grace Community Church* faz parceria financeira com nossos missionários de três maneiras. Primeiro, todos os nossos missionários são sustentados corporativamente por meio das doações regulares de nossos membros à igreja.

Segundo, nossos missionários são encorajados a procurar o apoio de indivíduos em nossa igreja. Isto se dá principalmente por meio do grupo de comunhão e estudo bíblico no qual o candidato ministra, mas também inclui outros grupos que o convidam a falar sobre seu futuro ministério. Os participantes desses grupos ficam animados quando ouvem sobre o ministério evangelístico em outro país e invariavelmente desejam contribuir e orar. Tal prontidão é resultado evidente do empenho do pastor em pregar sobre missões e entusiasmar-se com elas.

Terceiro, nossa igreja recebe ofertas regulares especiais para financiar o envio de missionários ao campo e mantê-los ali enquanto estiverem enfrentando contratempos financeiros. Essas três vias de apoio financeiro não fornecem 100% do apoio necessário a um missionário, mas, juntas, somam a maior parte. Em nossa igreja, nunca vimos o Senhor deixar de fornecer o sustento necessário para um missionário chegar ao campo. Louvamos ao Senhor pela provisão contínua para mais de 60 missionários em seis continentes.

Antes de um candidato e sua família partirem para o campo, ele recebe treinamento especializado em aprendizagem de idiomas. O missionário também passa pelo processo de ordenação em nossa igreja.[13] O passo final antes da partida é o comissionamento, que geralmente acontece no final do culto no último domingo antes de o missionário partir para o campo. Ele é comissionado para o ministério do evangelho pela imposição de mãos dos presbíteros enquanto o pastor ora. Após o comissionamento, uma recepção é realizada para celebrar a importante ocasião e dar ao corpo da igreja mais uma chance de expressar seu amor à família missionária antes de sua partida para o exterior.

Depois que os missionários partem para o campo, o apoio de nossa igreja sobe mais um nível. Todo o processo de preparação para o campo já foi cercado de oração, mas, uma vez que eles saem, é possível orar por seus ministérios no destino, incluindo alegrias e desafios. Mais uma vez guiado pelo exemplo de cuidado e preocupação genuínos de nosso pastor pelos missionários, o corpo da igreja sustenta-os em oração. Todas as semanas, nosso boletim destaca necessidades atuais de uma equipe missionária diferente. Sempre temos artigos especiais no boletim escritos por missionários ou equipes que foram servir com eles por um curto período. Os artigos destacam seus ministérios e encorajam nossa igreja a orar por necessidades específicas, ajudando a promover o evangelho em todo o mundo. Quando se reúnem para orar aos domingos pela manhã, nossos presbíteros estão sempre atentos a qualquer necessidade especial de oração que nossos missionários possam ter.

Duas reuniões por mês concentram-se unicamente em ouvir relatórios de nossos missionários e orar longamente por suas necessidades específicas. Uma noite por mês, o corpo da igreja reúne-se para orar pelas necessidades atuais dos missionários e ouvir relatos encorajadores da obra do Senhor, tanto de candidatos quanto de missionários que estão na cidade. As mulheres na igreja também se reúnem semanalmente durante o dia para o mesmo propósito – orar e ouvir relatos missionários em primeira mão.

Nossa igreja distribui cartões de oração, calendários com fotos dos missionários e panfletos mostrando suas famílias e necessidades. Nós nos esforçamos para encontrar maneiras de lembrar a igreja de sempre orar pelos missionários. Nossa parceria também inclui o pastoreio diligente desses homens, uma tarefa supervisionada por presbíteros da igreja responsáveis especialmente pelo cuidado deles. Além de atualizações regulares via e-mail e telefone, nossos presbíteros visitam os missionários quando necessário. As visitas são simplesmente para encorajar e ajudar a família missionária. Muitas vezes, elas abordam alguma decisão futura importante do ministério, à qual o conselho da liderança da igreja é necessário. Todos esses fatores são levados em conta na força missionária visitada pela liderança de nossa igreja.

Quando os missionários retornam do campo para dar seu relato, descansar ou pedir conselho, os presbíteros se reúnem com eles. As questões mais frequentes dizem respeito à vida pessoal e familiar, a decisões fundamentais do ministério envolvendo novas direções e à busca por continuidade nos estudos. Nossos missionários apreciam o envolvimento ativo da liderança em sua vida e seu ministério e também dependem dele.

Todos os missionários, hora ou outra, voltam ao país de origem. Alguns não se sentem mais em casa e precisam de pastoreio e cuidado enquanto procuram um ministério para estabelecer-se. Uma igreja que celebra o retorno dos missionários, dando-lhes boas-vindas e pastoreando-os, é de grande ajuda à família no processo de realocação a um local que muitas vezes lhe parece um país estrangeiro.

Essas práticas são baseadas nos princípios bíblicos descritos na primeira metade deste capítulo. Elas não são exclusivas a igrejas maiores; podem ser implementadas em qualquer igreja, independentemente do tamanho. Quando as igrejas se voltam ao pastoreio e cuidado de seus missionários, elas mesmas se beneficiam imensamente, o missionário é servido e capacitado, e o Senhor recebe glória máxima.

E, claro, todo o processo tem a seguinte cena como objetivo:

> Uma grande multidão que ninguém podia contar, de todas as nações, tribos, povos e línguas, em pé, diante do trono e do Cordeiro, com vestes brancas e segurando palmas. E clamavam em alta voz: "A salvação pertence ao nosso Deus, que se assenta no trono, e ao Cordeiro". Todos os anjos estavam em pé ao redor do trono, dos anciãos e dos quatro seres viventes. Eles se prostraram com o rosto em terra diante do trono e adoraram a Deus, dizendo: "Amém! Louvor e glória, sabedoria, ação de graças, honra, poder e força sejam ao nosso Deus para todo o sempre. Amém!" (Apocalipse 7:9-12).

21

MISSÕES DE CURTA DURAÇÃO: SUSTENTO DOS ENVIADOS

Clint Archer

A nova moda em missões na igreja é substituir os missionários de longa permanência por equipes de missões de curta duração (MCD). Muitas dessas equipes não são preparadas, treinadas e, por conseguinte, úteis. Isso é uma vergonha, porque as equipes de MCD podem ser uma parte muito valiosa da iniciativa missionária da igreja. Este capítulo explica o papel que estas viagens devem desempenhar na busca pelo cumprimento da grande comissão.

William Carey, amplamente considerado o pai das missões modernas, ao voluntariar-se para sua missão pioneira na Índia, comparou sua partida a uma perigosa descida em uma mina muito profunda. "Vou me aventurar a descer", disse ele a seus parceiros de ministério mais próximos enquanto se despedia, "mas lembrem-se de que vocês devem segurar as cordas."[1] Eles seguraram as cordas por 40 anos, até Carey falecer.

O eco desse desafio é ouvido ainda hoje. É um apelo para que as igrejas apoiem aqueles a quem enviam ao campo. Carey dispôs-se a deixar seu país, sua família e tudo o que conhecia. O que ele pediu em troca foi o apoio das igrejas que o enviaram. Esse chamado é o que leva as igrejas a explorar continuamente maneiras mais eficazes de incentivar e ajudar seus missionários. Missões de curta duração são uma forma importante de fazer com que a igreja segure as cordas de apoio com mais firmeza.

O termo "curta duração" pode trazer à mente ideias mal concebidas, metas limitadas e impressões superficiais. As missões de curta duração, entretanto, refletem o eterno esforço de Deus para estender seu nome a todos os grupos de pessoas sobre a terra. O efeito de um ministério breve, porém impactante, pode durar toda a eternidade. O poder de uma bala não é medido pelo tempo gasto no trajeto, mas pelo impacto causado no alvo. As MCD provam que a eficácia deste ministério nunca pode ser medida por um cronômetro; ela é vista no encorajamento dos missionários de longa permanência no campo.

Equívocos das MCD

Talvez nada impeça mais a eficácia das MCD do que ideias erradas quanto ao propósito destas viagens. As ideias que se têm a respeito das viagens de MCD são tão abundantes quanto pastores de jovens em busca de uma aventura no exterior. Porém, entender o que essas viagens são e o que elas não são pode ajudar a criar uma estratégia eficaz para a igreja e fazer com que uma pequena explosão de energia produza resultados duradouros para o reino de Deus.

Em primeiro lugar, as MCD não substituem missionários de longa permanência. Uma visita anual de duas a seis semanas ao exterior não tem o mesmo efeito do trabalho de um missionário vitalício. O equívoco de que uma viagem de MCD é o mesmo que apoiar missões de longa duração leva igrejas a achar, equivocadamente, que estão fazendo missões. Como pastor na África, vejo que não faltam igrejas nos Estados Unidos com zero missionários em tempo integral acreditando estar ativas nas missões simplesmente porque enviam um grupo de pessoas ao exterior para passar algumas semanas por ano. Um pastor chegou a me dizer que sua igreja envia mais missionários do que qualquer outra em sua cidade porque organiza dezenas de viagens de MCD ao exterior. No entanto, tais viagens não são missões.

Missões ocorrem quando cristãos chamados, treinados e comissionados e deixam seu lar e estabelecem-se com a família em solo estrangeiro. Eles sacrificam o conforto, a familiaridade e a segurança do lar com um único propósito: impulsionar o evangelho de Cristo para outro canto do globo. Chamar de "missão" uma viagem de três semanas para cavar um poço em uma aldeia é subestimar o sacrifício daqueles que tiveram de deixar "casas, irmãos, irmãs, pai, mãe, filhos ou campos" por causa de Jesus (Mateus 19:29). Isto não quer dizer que as MCD não estejam relacionadas ao trabalho missionário. Embora não vivamos no "poço" de Carey com os missionários, podemos segurar as "cordas" de apoio financeiro, oração fervorosa e assistência material.

Em segundo lugar, as MCD não são uma forma válida de plantação de igrejas. O esforço das MCD nunca pode ser isolado da igreja local. Separar o trabalho de uma equipe de MCD em campo da igreja local pode fazer com que falsos mestres e falsos convertidos se espalhem por terras estrangeiras fazendo mais mal do que bem. Sem cristãos experientes no campo ajudando os visitantes, o potencial para mal-entendidos culturais, ofensa aos poucos cristãos que talvez existam ali e danos de longo prazo ao testemunho do evangelho são possibilidades reais. Nem a agência nem o grupo deve estar livre da supervisão cuidadosa de uma igreja local estabelecida.

"Mas", diz a objeção, "e se não houver uma igreja estabelecida para onde possamos enviar uma equipe?" Afinal, o desejo dos cristãos com intenções missionárias é, naturalmente, plantar igrejas. Contudo, as viagens de MCD não são a ferramenta certa para este objetivo. O plantio de igrejas é um ministério que requer treinamento, estratégia de longo prazo e apoio permanente. Ele exige entendimento cultural, aquisição de linguagem e formação de cristãos locais para a função de presbíteros. A equipe de MCD não deve usurpar esse ministério, mas apoiá-lo.

Infelizmente, algumas viagens são menos eficazes do que poderiam ser porque as equipes são enviadas para uma região "não alcançada". Ali, a equipe prega o evangelho, almas são "salvas" e os voluntários voltam para casa, abandonando recém-convertidos a uma nova vida espiritual sem uma igreja para educá-los. A equipe pode até mesmo relatar, com grande entusiasmo, que "plantou uma igreja" em sua excursão de duas semanas. Porém, na melhor das hipóteses, o que há é um grupo vagamente formado de novos cristãos desprovidos de líderes qualificados e de um pastor adequado.

É por isso que o evangelismo de MCD é mais eficaz em conjunto com uma igreja local já estabelecida, nativa, dedicada ao ensino e à instrução dos novos convertidos. Missões de curta duração têm um papel importante a desempenhar na plantação de igrejas: em vez de fundá-las, devem concentrar-se em apoiá-las e edificá-las.

Em terceiro lugar, uma viagem de MCD não é uma oportunidade para cristãos imaturos ganharem maturidade. Algumas igrejas tratam as MCD como uma ferramenta para ajudar cristãos com dificuldades ou com a vida espiritual estagnada a ter uma experiência que impulsione sua caminhada com o Senhor. Nestes casos, as MCD são consideradas um dia de spa cristão para revigoramento espiritual, como se a solução para os que sentem que sua caminhada com o Senhor estagnou fosse uma dose de adrenalina espiritual. É desastroso, em muitos níveis, pensar que as MCD são a ferramenta apropriada para revitalizar a paixão desvanecente de uma pessoa por Cristo.

Uma equipe composta principalmente por cristãos imaturos é propensa a ter problemas. As viagens de MCD costumam ser difíceis; exigem grandes doses de paciência, sabedoria, humildade, sacrifício e até resistência física. Elas podem até alcançar o resultado desejado – que os membros da equipe aprendam e cresçam muito –, mas isto acontecerá à custa da eficácia da viagem. A utilidade da equipe depende, em grande medida, da maturidade espiritual dos membros. A viagem não é o momento de o cristão *tornar-se* espiritualmente maduro, mas de *ser* espiritualmente maduro. Certifique-se de que toda equipe de MCD formada e enviada seja composta por membros fortes e espiritualmente maduros da igreja.

Por fim, viagens de MCD não são um mau uso de fundos se realizadas corretamente. Algumas igrejas recusam-se a participar de MCD por achar que estas viagens são perda de dinheiro. Tal objeção comum decorre do equívoco de se pensar que, se não houvesse uma viagem de MCD em determinado ano, o dinheiro seria alocado a um projeto mais digno. No entanto, os membros da equipe geralmente arrecadam os fundos de MCD pedindo a família e amigos, não apenas à igreja. A realidade é que o dinheiro não está sendo desviado de um projeto para outro; ele está sendo arrecadado e direcionado para a MCD.

A experiência mostra que o dinheiro recolhido para viagens de MCD é quase sempre doado por aqueles que têm uma ligação pessoal com os viajantes. Os doadores costumam colaborar com alguém que conhecem por causa de seu relacionamento com essa pessoa. Se o viajante não participasse da viagem de MCD, não necessariamente o doador aumentaria sua contribuição para o fundo de construção da igreja. Além disso, muitas doações para viagens de MCD vêm de fora da igreja. Um membro provavelmente não pediria aos colegas de trabalho ou aos familiares que contribuíssem para um fundo de construção, mas pediria contribuições para apoiar viagens internacionais voltadas a missões.

Outra razão pela qual as pessoas objetam ao custo envolvido é o fato de parecer um desperdício de dinheiro executar um projeto que os moradores locais poderiam realizar de modo mais barato. A lógica é a seguinte: uma equipe de 20 pessoas viajando do Colorado para a Guatemala com o objetivo de cavar um poço precisa arrecadar cerca de US$ 30.000. Se este valor fosse simplesmente enviado para a Guatemala, o poço poderia ser construído por menos dinheiro e por pessoas que precisam do trabalho mais do que os norte-americanos. Sem dúvida, algumas viagens de MCD desperdiçam dinheiro; são basicamente um jeito caro de realizar o que o cheque de um doador poderia fazer ao pagar trabalhadores locais.

A culpa disto é da igreja que envia. Quando um missionário precisa consertar o telhado, ele pode solicitar os US$ 2.000 referentes ao custo dos materiais e contratar desempregados e trabalhadores locais qualificados, ou pode pedir que sua igreja envie dez adolescentes sem qualificação ao preço de US$ 2.000 a passagem de cada um para remendar o telhado. Infelizmente, conforme mostra a experiência, é mais provável que a igreja fique empolgada com a ideia de uma ineficiente viagem de MCD do que com a ideia de passar um simples cheque.

A fim de ser um bom mordomo de seus recursos, a equipe de MCD precisa ver seus objetivos como algo maior do que um trabalho manual superfaturado. Uma equipe de MCD cuidadosamente selecionada pode fazer o que os trabalhadores locais não podem: ministrar à família missionária, encorajar os cristãos locais, ser um exemplo de sacrifício e altruísmo aos jovens crentes e desempenhar outros papéis de apoio espiritual. Em certo sentido, a torre de água que eles constroem é secundária aos relacionamentos que criam, às vidas que afetam e ao incentivo espiritual que levam. Isso não tem preço.

MCD na Bíblia

Missões de curta duração não são uma ideia nova. O conceito não foi elaborado por um guia turístico aposentado; na verdade, o livro de Atos é que ensina esse conceito. Embora a Escritura não ordene viagens de MCD, certamente vemos exemplos de visitas breves sendo realizadas na disseminação inicial do evangelho na Europa e na Ásia Menor. O apóstolo Paulo era o líder arquetípico de MCD em seu tempo. Ao longo do livro de Atos, acompanhamos o apóstolo passando três sábados aqui, três meses ali e assim por diante, visitando igrejas para fortalecer a fé dos irmãos, encorajá-los e vê-los face a face (Atos 17:2; 19:8). Também vemos coletas sendo realizadas para ajudá-lo em suas viagens (Romanos 15:24; 1Coríntios 16:6; 2Coríntios 1:16). A maior parte do que chamamos de "viagens missionárias de Paulo" poderia ser mais precisamente chamada de "viagens de MCD de Paulo".

Algumas das jornadas do apóstolo não visavam a plantar igrejas nem eram de natureza evangelística, a princípio. Em vez disso, ele tinha o objetivo de encorajar aqueles que estavam em igrejas plantadas. Um exemplo é encontrado em Atos 15:36: "Algum tempo depois, Paulo disse a Barnabé: 'Voltemos para visitar os irmãos em todas as cidades onde pregamos a palavra do Senhor, para ver como estão indo'."

Lemos que, quando Paulo ficou detido por longos períodos, longe de casa e precisando de comunhão, pediu que pequenos grupos de cristãos fossem até ele com o propósito de trazer-lhe suprimentos e ministrar-lhe. Por exemplo, Paulo pediu que Marcos levasse pergaminhos e uma capa (2Timóteo 4:13). Isso é o que as MCD fazem melhor: encorajar, ministrar e levar recursos para aqueles que estão trabalhando pelo evangelho fora de casa.

Embora sempre seja preciso ter cuidado ao extrair instruções de uma narrativa, fica evidente que a igreja do Novo Testamento considerava viagens de MCD esforços valiosos. Quando enviavam as pessoas certas pelas razões certas, as igrejas apoiavam-nas financeiramente, mesmo que fosse uma viagem de curta duração.

O mandamento de Deus aos cristãos para levar o evangelho até os confins da terra é claro. As relações duradouras entre igrejas, incluindo visitas de igrejas estabelecidas a igrejas plantadas, são um método eficaz de parceria global para o evangelho. As viagens de MCD são uma forma de apoiar e fortalecer estes relacionamentos.

Objetivos das MCD

Quando bem executadas, as MCD são uma ferramenta valiosa para o evangelismo internacional. Em vez de ser um fardo para a igreja que as recebe, as viagens de MCD podem oferecer inventivo para o casal missionário desmotivado, companhia a crianças missionárias solitárias, exemplos de piedade para a comunidade e ajuda em projetos de construção, escolas bíblicas de férias e iniciativas de evangelismo comunitário.

Viagens missionárias de curta duração exportam o bálsamo calmante de comunhão e encorajamento aos missionários e levam a eles uma fatia de sua pátria. O papel das MCD é reforçar a capacidade dos missionários para o ministério e fortificar seus ataques na linha de frente à fortaleza do inimigo. *Nossa* missão é ajudá-los na missão *deles*.

Por outro lado, uma viagem de MCD mal planejada pode colocar fardos desnecessários sobre os missionários. Imagine que você tenha de acolher 12 adolescentes indisciplinados e imaturos, constantemente reclamando da comida local e exigindo passeios por lugares turísticos. As três semanas não lhe parecerão "de curta duração".

Há escolhas no início do processo de planejamento de uma viagem de MCD que fazem toda a diferença na eficácia do empreendimento. Um planejamento cuidadoso e decisões ponderadas podem contribuir muito para que a viagem valha a pena para todos os envolvidos.

Escolha do alvo certo

Como acontece com tudo na vida cristã, o objetivo final das MCD é promover o evangelho e aumentar a glória de Deus. No campo, as MCD podem causar impacto em cinco grupos básicos. Eu os organizei em uma ordem de importância: os missionários, os cristãos locais, a igreja que envia, os incrédulos locais e, por fim, o viajante em MCD. É possível e preferível que a viagem cause impacto em todos estes alvos. Sempre há sobreposições, mas o alvo primário precisa ser o missionário. Concentrar-se no alvo errado faz com que a viagem perca a marca de plena eficácia para o Reino, e isso pode deixar doadores, missionários e viajantes desiludidos. Examinaremos a lista de trás para frente.

Viajante em MCD. Talvez você já tenha visto anúncios de viagens de MCD em boletins da igreja prometendo uma experiência transformadora como principal atrativo para a viagem. Isso me lembra os cartazes alegres da Marinha dos Estados Unidos convidando recrutas com as seguintes palavras: "Venha para a Marinha, conheça o mundo!", como se o objetivo preliminar da Marinha fosse oferecer oportunidades de passeios a jovens entediados. Infelizmente, essa estratégia de marketing de viagem é o que está desviando o ponto focal da MCD. Sim, haverá benefício pessoal para quem viajar (e obviamente a viagem como um todo é impossível sem os membros da equipe), mas, se enriquecer o viajante for o objetivo, a viagem será organizada em torno do que é melhor para a equipe, não do que produz o maior benefício para o missionário e o campo.

Incrédulos locais. Outro grupo-alvo que pode ser beneficiado, mas não deve ser o foco principal dos esforços da equipe, é o dos incrédulos locais. Converter perdidos para que eles tragam glória a Deus é o objetivo final das missões, mas não é o foco principal da equipe de MCD. Os incrédulos são mais alcançados pelo testemunho a longo prazo de um missionário fiel do que pelo evangelismo relâmpago dos viajantes. Quando os líderes da MCD têm isso em mente, podem planejar uma viagem que apoie a estratégia a longo prazo do missionário para aquela região.

Se o objetivo é evangelizar os incrédulos, uma viagem pode ser organizada separadamente de qualquer igreja local nativa. Por exemplo, uma igreja pode enviar dez viajantes a uma área "necessitada" aleatória a fim de pregar o evangelho sem conhecimento das igrejas locais existentes. Isso pode resultar em três cenários. Primeiro: a equipe fica desapontada com a falta de convertidos, e a despesa e o esforço são vistos como desperdício. Segundo: ansiosa por resultados, a equipe interpreta o menor sinal de interesse como uma história certa de conversão a ser relatada à igreja na volta. O grupo declara, cheio de confiança: "Tivemos 50 convertidos!", porque 50 pessoas repetiram a oração de conversão após uma pregação ao ar livre. Terceiro: muitas pessoas se convertem, mas depois são deixadas como órfãs espirituais, sem a liderança de uma igreja local para orientá-las. Evangelismo sem conexão com uma igreja local é extremamente problemático. É por isso que viagens de MCD, na verdade, fortalecem seu evangelismo por meio do trabalho com uma igreja local.

A igreja que envia. A igreja que envia a equipe MCD, sem dúvida, será abençoada pela doação sacrificial. Ela também ganhará um destaque pelo evangelismo global, uma percepção ampliada da obra redentora de Deus em todo o mundo e um grupo de viajantes entusiasmados que, ao voltar, injetará ânimo à obra de missões. Todavia, como os grupos já mencionados, a igreja que envia não deve ser o alvo principal.

Se a igreja é tratada como foco principal, a equipe pode acabar se tornando um fardo para o missionário. A igreja enviará equipes para ministérios ou locais mais exóticos, onde o fruto do ministério seja mais tangível. Ela ficará extremamente animada quando receber relatos de conversões, vir imagens de lugares e pessoas com aparência diferente e ficar sabendo que templos foram construídos (por mais precariamente que o trabalho tenha sido feito). Contudo, o ministério mais necessitado talvez seja algo sem muito glamour. É possível que as pessoas sejam da mesma cor dos membros da igreja. O fruto pode ser simples, como missionários encorajados e um testemunho maior na comunidade, em vez de resultados facilmente exibidos em uma apresentação de slides. Deste modo, importantes oportunidades na Europa podem ser obscurecidas pelo burburinho levantado durante a emocionante construção de um exótico celeiro na África.

Cristãos locais. Com frequência, os planejadores não enxergam os cristãos nativos (por exemplo, convertidos que foram salvos sob o ministério do missionário) como um grupo-alvo viável para viagens de MCD. No entanto, esta é uma das atividades mais úteis com que uma equipe pode se envolver. Muitas vezes, esses cristãos locais são uma minoria que precisa ter contato com outras pessoas que acreditam nos mesmos ensinamentos que eles. Não há como mensurar o valor de uma equipe de estrangeiros piedosos que abrem mão de férias e dinheiro para passar tempo em comunhão e discipulado com esses convertidos isolados. É imensamente encorajador conhecer pessoas com a mesma mentalidade e provar o vínculo instantâneo de amor desfrutado pelos cristãos.

Relacionamentos com visitantes estrangeiros engajados em serviço e comunhão que começam em viagens de MCD podem durar a vida toda e ser uma grande fonte de encorajamento. Além disso, a congregação pode ver que aquilo que o missionário lhes ensinou não é tão estranho como parece em seu país. Ao desenvolver amizades com cristãos de mentalidade semelhante provenientes de todo o globo, as verdades transcendentes do evangelho são enraizadas na vida dessa pessoa.

Missionários. Então, como uma missão de curta duração pode ter um impacto duradouro que sirva ao Reino de Deus? Talvez a melhor resposta esteja relacionada ao missionário em campo. Ele é o alvo da equipe de MCD. Ele é quem tem a formação, a experiência e o conhecimento intercultural para traçar uma estratégia de longo prazo a fim de alcançar os perdidos em seu campo. A política de um programa eficaz de MCD é simples: dar ao missionário o que ele precisa. Sua tarefa é apoiar a tarefa dele.

Comece com as necessidades e desejos expressos do missionário, não com o que você pode oferecer. Caso as duas coisas não coincidam, diga-lhe que não tem como atender àquela necessidade específica no momento. Não tente unir desesperadamente um par incompatível.

A seguir, estão algumas perguntas para fazer ao missionário como forma de garantir que sua equipe atenda uma necessidade real:

1. Você quer enviar uma equipe de MCD este ano? Não pule esta pergunta. Muitas igrejas pressupõem que sua equipe é um presente de Deus para o missionário. Muitos missionários, entretanto, consideram as equipes como testes de santificação. Lembre-se de que seu missionário é quem conhece melhor o campo de trabalho dele. Algumas situações são voláteis e requerem sensibilidade à cultura, para as quais uma equipe de MCD pode não ser adequada.
2. Em que época do ano a equipe seria mais útil? Com frequência, a estratégia de longo prazo do missionário requer uma equipe em um momento do ano que seja adequado ao calendário escolar do país. Nosso recesso de Natal pode não ser a melhor hora para um calendário muçulmano, e nosso período de férias pode coincidir com um formidável inverno russo (de acordo com minha experiência, um grande obstáculo ao evangelismo ao ar livre).
3. Quantos membros de MCD você quer? Se você convidar todos os que tiverem passaporte, o missionário talvez precise requisitar um ônibus escolar para levá-los do aeroporto para casa. Pense em quantas pessoas ele poderá conduzir. Ele terá de encontrar outro

motorista? Alugar uma van? Onde todos ficarão? É seguro ou legal ter um grupo hospedado na igreja? Esses números diferem drasticamente de campo para campo; portanto, consulte seu missionário antes de dizer aos candidatos que eles serão aceitos.

4. Quais são seus objetivos e de quem você precisa para ajudá-lo a atingir essas metas? Um missionário na Irlanda talvez não se anime tanto com sua sugestão de enviar um grupo de senhoras idosas para ensinar inglês como segunda língua. É possível que ele queira organizar uma iniciativa evangelística esportiva naquele ano e estivesse esperando que você enviasse seu grupo dinâmico de jovens. A equipe de professores idosos de inglês pode ser uma bênção enorme se sua igreja tiver um missionário que deseje fazer um acampamento ministrado em inglês na Croácia, por exemplo. Descobrir do que exatamente o missionário precisa, e quando precisa, é fundamental para a organização de uma viagem bem-sucedida.
5. Quanto você acha que a viagem vai custar ao missionário? Após obter o máximo de informações possível, certifique-se de falar sobre finanças. Muitos missionários não falam espontaneamente que as equipes lhes custam dinheiro, a menos que sejam pressionados. Alguns acham que isso não é um assunto espiritual – até precisarem alimentar um exército de adolescentes famintos. Obter uma estimativa mais precisa de quanto a viagem vai custar, levando em consideração o contexto econômico do país para o qual o missionário viajará, ajuda a calcular o preço da viagem e a garantir que a equipe de MCD abençoe o missionário em vez de ser uma despesa para ele.

Uma vez que a equipe de MCD esteja em campo, faça tudo o que puder para que a viagem não custe dinheiro algum ao missionário. Reembolse cada tanque de combustível e pague cada conta de restaurante antes que ele o faça. Leve bastante presentes para a família e pense no que ela pode estar precisando, incluindo livros, mantimentos, revistas locais e camisas de futebol para as crianças. Esforce-se para tornar a experiência não só espiritualmente proveitosa, mas também uma bênção material.

Seleção da tarefa certa

A fim de que a equipe seja útil, ela precisa ter expectativas realistas e metas organizadas. Não é possível fazer tudo. Portanto, decidam o que vocês podem fazer e esforcem-se para fazê-lo com excelência. Alguns exemplos de tarefas normalmente realizadas pelas equipes de MCD incluem evangelismo, trabalho manual, acampamentos e ministérios especializados.

Evangelismo. Viagens voltadas ao evangelismo são mais proveitosas no contexto de uma igreja local. Siga a liderança do missionário em relação a quando, onde e como alcançar as pessoas com o evangelho. Em alguns países, o testemunho de estrangeiros é novidade e pode ser bastante eficaz. Em outros, ele poderia representar um fardo para o missionário e para a igreja local.

Trabalho. Projetos de construção só podem ser feitos se a equipe tiver trabalhadores qualificados. As viagens podem ser úteis se os projetos de construção fizerem parte da estratégia do missionário para testemunhar à comunidade e se oferecerem habilidades não disponíveis no local. Se o trabalho da equipe puder ser substituído por trabalhadores locais a um custo menor, a viagem de MCD talvez esteja perdendo de vista o ponto central de seu ministério. Às vezes, oferecer trabalho é apenas o pano de fundo para o verdadeiro ministério que o missionário deseja para a equipe. Certifique-se de que a equipe esteja preparada para, enquanto estiver empunhando o martelo, realizar as outras tarefas que o missionário tiver em mente, como compartilhar testemunhos, conversar com incrédulos no canteiro de obras e discipular anfitriões cristãos.

Acampamentos. Às vezes, a presença de estrangeiros atrai pessoas, acrescenta empolgação e até mesmo credibilidade a um projeto da igreja local. Por exemplo, quando norte-americanos dirigem uma escola bíblica de férias no Japão, é provável que mais pais da comunidade enviem os filhos a fim de que pratiquem o inglês. Enviar norte-americanos para dar aulas de futebol na França com fins evangelísticos talvez seja visto com ceticismo, mas empregá-los para organizar um acampamento de basquete pode ser um sucesso. O missionário no campo é a melhor pessoa para determinar qual ministério alcançará mais resultados.

Ministério especializado. O missionário local talvez precise de pessoas com habilidades especializadas para realizar uma tarefa. Exemplos de viagens desse tipo incluem aquelas que oferecem atendimento médico, ensino em seminários, evangelismo musical e aulas de inglês com professores qualificados.

Seleção da equipe certa

Organizadores de excursões aceitam qualquer um disposto a pagar pela viagem, mas a seleção de equipes de MCD precisa ser feita com mais discriminação para que haja sucesso.

Qualificações espirituais. Se você selecionar uma equipe cheia de cristãos imaturos, esteja ciente de que o líder precisará supervisionar a viagem de MCD extensivamente. Isto não quer dizer que todo mundo na viagem precisa ter um certificado de curso bíblico ou ser um presbítero qualificado. Viagens de MCD podem ser uma boa experiência de crescimento para um jovem cristão contanto que o líder esteja ciente desta necessidade e ele possa ser usado de forma eficaz. Já estive em muitas viagens nas quais um único incrédulo derrubou toda a equipe, pois o líder não foi capaz de manter as queixas do indivíduo sob controle.

Habilidades. Certifique-se de que a equipe tenha pessoas com as habilidades necessárias para realizar as tarefas desejadas. Se a torre de água que você construir desmoronar, ninguém se lembrará do conhecimento bíblico da equipe, apenas do custo para reparar o trabalho mal feito.

Experiência de viagem. Sempre deve haver alguém na equipe com experiência em viagens. Uma voz experiente tranquilizadora pode ajudar quando as pessoas se perderem no metrô (isto vai acontecer), quando perderem passaportes ou até mesmo paciência. Há poucas chances de alguém que tenha negociado uma tarifa de riquixá em Calcutá cair em prantos quando o motorista do táxi da equipe passar o preço da corrida.

Uma vez que o alvo certo, a tarefa certa e a equipe certa tiverem sido selecionados, organize tantas sessões de treinamento quanto forem necessárias. Os encontros devem incluir a familiarização da equipe com a família missionária, a preparação para as tarefas e o estreitamento de laços entre os participantes – tudo em espírito de oração.

Um presente atencioso

Os missionários de tempo integral fazem tremendos sacrifícios pela causa do evangelho. Eles deixaram para trás família, cultura e vizinhança. Estão servindo dentro do poço e precisam do apoio daqueles que os enviaram para lá.

As equipes de MCD podem beneficiar os missionários se a iniciativa contar com ponderação e planejamento cuidadosos. Elas podem fazer com que se sintam amados, apreciados, lembrados e apoiados. Porém, quando são enviadas sem a estratégia correta, o dinheiro é desperdiçado, os esforços são frustrados e o fardo dos missionários é aumentado em vez de ser aliviado. As viagens de MCD devem ser tratadas como uma forma valiosa de prolongar e aprofundar o ministério dos missionários.

Quanto mais firmemente segurarmos a corda, mais profundamente os missionários poderão levar a luz de Deus poço a dentro.

Notas

Capítulo 1

1. Para mais informações, consulte: MACARTHUR, John. *Hard to Believe: The High Cost and Infinite Value of Following Jesus.* Nashville: Thomas Nelson, 2003, p. 19.
2. Ian Murray descreve o erro do hipercalvinismo especialmente bem e concentra-se em como Charles Spurgeon respondeu a isso em: *Spurgeon v. Hyper-Calvinism: The Battle for Gospel Preaching.* Edinburgh: Banner of Truth, 1995.
3. HOFFMAN, Gail. *The Land and People of Israel.* Filadélfia: Lippincott, 1963, p. 25.
4. EDWARDS, Jonathan. *A Treatise Concerning Religious Affections.* Filadélfia: G. Goodman, 1821, p. 266.
5. Ibid., p. 293.
6. Ibid., p. 326-327.

Capítulo 2

1. PETERS, George. *A Biblical Theology of Missions.* Chicago: Moody, 1984, p. 173.
2. Para mais informações sobre como essa promessa se relaciona a Jesus, consulte: HAMILTON, James. "The Skull Crushing Seed of the Woman: The Inner-Biblical Interpretation of Genesis 3:15". *SBJT* 10, n. 2 (verão de 2006), p. 31.
3. Para ver um exemplo, consulte: HICKS, W. Bryant Hicks. "Old Testament Foundations for Missions". In: TERRY, John Mark; SMITH, Ebbie; ANDERSON, Justice (Orgs.). *Missiology.* Nashville: Broadman & Holman, 1998, p. 61.
4. KAISER JR., Walter C. *Mission in the Old Testament: Israel as a Light to the Nations.* Grand Rapids: Baker, 2004, p. 17. Kaiser chama o dilúvio e a separação em Babel de duas "grandes crises no plano/promessa de Deus" (p. 16).

5. MOREAU, Scott A.; CORWIN, Gary R.; MCGEE, Gary B. *Introducing World Missions*. Grand Rapids: Baker, 2004, p. 30.
6. Walter C. Kaiser Jr. explica o impacto dessa promessa nas missões. Consulte: KAISER. "Israel's Missionary Call". In: WINTER, Ralph D.; HAWTHORNE, Steven C. (Orgs.). *Perspectives.* 4 ed. Pasadena: William Carey Library, 2009, p. 12.
7. Desta forma, a aliança abraâmica tem implicações tanto universais quanto exclusivas. Ela é exclusiva no sentido de que somente o Deus de Abraão pode restaurar a paz entre Deus e o homem. Ela é universal porque ele será uma bênção para as "nações". Ninguém pode ser salvo fora do Deus de Abraão, e ninguém está fora desta exclusividade.
8. Para mais informações sobre esse plano, consulte: VAN RHEENEN, Gailyn. *Missions.* Grand Rapids: Zondervan, 1996, p. 29.
9. Justice Anderson observa que a expressão "luz do mundo" tem implicações éticas e sugere uma referência às boas obras, especificamente obras de compaixão, que são a luz (ANDERSON, Justice. "An Overview of Missiology". In: *Missiology*, p. 21-22).
10. WRIGHT, Christopher J. H. *The Mission of God*. Downers Grove, IL: InterVarsity, 2006, p. 368-369.
11. Gustav Stählin escreve que o objetivo da obediência em geral e da benevolência com estranhos e estrangeiros em particular, era "transformar estrangeiros em povo de Deus" (STÄHLIN, Gustav. "ξένος". *TDNT* 5:11).
12. KAISER. *Mission in the Old Testament*, p. 22.
13. WRIGHT. *The Mission of God*, p. 371.
14. PATTERSON, Richard D. "The Widow, Orphan, and the Poor in the Old Testament and Extra Biblical Literature". *BSac* 130, n. 519 (julho-setembro de 1973), p. 224.
15. WRIGHT. *The Mission of God*, p. 377.
16. Alguns talvez argumentem que Jonas foi uma exceção à regra. David J. Bosch explica por que este não é o caso: "Jonas nada tem a ver com missão no sentido normal da palavra. O profeta é enviado a Nínive não para proclamar salvação a incrédulos, mas para anunciar maldição". Ele acrescenta: "Nem ele mesmo está interessado em missão; está interessado apenas em

destruição" (consulte: BOSCH. *Transforming Mission: Paradigm Shifts in Theology of Mission*. Maryknoll, NY: Orbis, 1996, p. 17).

17. Kaiser argumenta o contrário em *Mission in the Old Testament*, mas, no fim das contas, é pouco convincente. As passagens que ele cita como exemplos do imperativo de ir pelo mundo são não apenas limitadas a Isaías, como também messiânicas, e, portanto, futuras.
18. Michael Grisanti apresenta uma explicação cuidadosa deste termo. Consulte: GRISANTI, Michael A. "Israel's Mission to the Nations in Isaiah 40–55: An Update". *MSJ* 9, n. 1 (primavera de 1998), p. 39-61.
19. PETERS. *A Biblical Theology of Missions*, p. 21.
20. WRIGHT. *The Mission of God*, p. 378-379.
21. Sou grato a John MacArthur por indicar esse exemplo e por observar o absurdo (e a impossibilidade) do pedido de Jesus para que a família permanecesse em silêncio quanto à ressurreição.
22. Evidentemente, existem questões textuais na passagem de Marcos. No entanto, mesmo se a passagem em si não for canônica, a adição da grande comissão continua sendo evidência de sua importância para a Igreja primitiva.
23. ANDERSON. "Missiology", p. 22.
24. Peters chama isso de "reviravolta na metodologia, mas não no princípio e propósito" (PETERS. *A Biblical Theology of Missions*, p. 21).

CAPÍTULO 3

1. HASTINGS, James; SELBIE, John Alexander; LAMB, John Chisholm (Orgs.). *Dictionary of the Apostolic Church*. Nova York: Charles Scribner's Sons, 1918, p. 2:665.
2. TZU, Sun. *The Art of War*. Traduzido para o inglês por Lionel Giles. Charleston, SC: Forgotten Books, 2007, p. 3.
3. HOGELAND, William. *The Whiskey Rebellion: George Washington, Alexander Hamilton, and the Frontier Rebels Who Challenged America's Newfound Sovereignty*. Nova York: Simon & Schuster, 2006, p. 238.

CAPÍTULO 4

1. REYMOND, Robert L. *Faith's Reasons for Believing*. Ross-shire, Escócia: Mentor, 2008, p. 18.

2. CRAIG, William Lane. "Faith, Reason, and the Necessity of Apologetics". In: BECKWITH, Francis; CRAIG, William Lane; MORELAND, J. P. (Orgs.). *To Everyone an Answer.* Downers Grove, IL: InterVarsity, 2004, p. 19.
3. VAN TIL, Cornelius. *Christian Apologetics.* Phillipsburg, NJ: P&R, 2003, p. 17.
4. SPROUL, R. C.; GERSTNER, John; LINDSLEY, Arthur. *Classical Apologetics.* Grand Rapids: Academie, 1984, p. 13.
5. EDGAR, W. "Christian Apologetics for a New Century". In: CAMPBELL-JACK, W. C.; MCGRATH, Gavin J. (Orgs.). *New Dictionary of Christian Apologetics.* Downers Grove, IL: InterVarsity, 2006, p. 3.
6. MAYERS, Ronald B. *Both/And: A Balanced Apologetic.* Chicago: Moody, 1984, p. 8-9.
7. MCDOWELL, Sean. *Apologetics for a New Generation.* Eugene, OR.: Harvest House, 2009, p. 17.
8. Para mais informações sobre estas abordagens diferentes, consulte: COWAN, Steve B. (Org.). *Five Views on Apologetics.* Grand Rapids: Zondervan, 2000.
9. Só no Antigo Testamento aparece mais de 2 mil vezes a alegação de que Deus falou aquilo que se encontra na Escritura (Êxodo 24:4; Deuteronômio 4:2; 2Samuel 23:2; Salmos 119:89; Jeremias 26:2). O tema continua no Novo Testamento, onde a expressão "palavra de Deus" é encontrada mais de 40 vezes (por exemplo, Lucas 11:28; Hebreus 4:12; veja também 2Timóteo 3:16-17). Repetidamente, ao longo das suas páginas, a Bíblia afirma ser a própria Palavra de Deus – inspirada por seu Espírito (1Pedro 1:21) e suficiente para toda necessidade espiritual (2Timóteo 3:16-17; 1Pedro 1:3).
10. OLIPHINT, K. Scott. *The Battle Belongs to the Lord.* Phillipsburg, NJ: P&R, 2003, p. 13.
11. OLIPHINT, K. Scott; TIPTON, Lane G. *Revelation and Reason.* Philippsburg, NJ: P&R, 2007, p. 1.
12. BAUCHAM JR., Voddie. "Truth and the Supremacy of Christ in a Postmodern World". In: PIPER, John; TAYLOR, Justin (Orgs.). *The Supremacy of Christ in a Postmodern World.* Wheaton, IL: Crossway, 2007, p. 68.
13. Consulte: GRENZ, Stanley J. *A Primer on Postmodernism.* Grand Rapids: Eerdmans, 1996. Grenz observa que o pós-modernismo é caracterizado pelo "abandono da crença na verdade universal" (p. 163) e pela "perda de

qualquer critério final para avaliar as diversas interpretações da realidade que competem no campo intelectual contemporâneo" (p. 163). O conceito também questiona "o pressuposto de que o conhecimento é certo" (p. 165). Já os cristãos afirmam que Deus e sua palavra são o critério final de verdade absoluta.

14. WELLS, David F. "Culture and Truth". In: PIPER, John; TAYLOR, Justin (Orgs.). *The Supremacy of Christ in a Postmodern World*. Wheaton, IL: Crossway, 2007, p. 38.
15. REYMOND. *Faith's Reasons for Believing*, p. 18.
16. CRAIG. "Faith, Reason, and the Necessity of Apologetics", p. 19.
17. SCHAEFFER, Francis. *The God Who Is There*. Chicago: InterVarsity, 1968, p. 140.
18. FRAME, John. *Apologetics to the Glory of God*. Phillipsburg, NJ: P&R, 1994, p. 54.
19. PIPER, John. *Let the Nations Be Glad*. Grand Rapids: Baker, 1993, p. 14.
20. Ibid.
21. FLEW, Antony. *There Is a God*. Nova York: HarperCollins, 2007, p. 158.
22. FLEW, Antony; HABERMAS, Gary R. "My Pilgrimage from Atheism to Theism: An Exclusive Interview with Former British Atheist Professor Antony Flew". *Philosophia Christi* 6, n. 2 (inverno de 2004). Disponível em: http://www.biola.edu/antonyflew/flew-interview.pdf.
23. Se nos esquecermos da mensagem do evangelho centrada em Cristo, corremos o risco de unir-nos a outros teístas – incluindo cristãos não evangélicos – em um esforço para persuadir não teístas a tornar-se teístas.
24. FRAME, John. *Apologetics to the Glory of God*. Phillipsburg, NJ: P&R, 1994, p. 6-7.
25. FRAME, John. "Presuppositional Apologetics". In: COWAN, Steven B. (Org.). *Five Views of Apologetics*. Grand Rapids: Zondervan, 2000, p. 209.
26. Para uma explicação de como um compromisso pressuposicional com a autoridade bíblica pode funcionar em conjunto com um apelo às evidências extrabíblicas secundárias, consulte: BUSENITZ, Nathan. *Reasons We Believe*. Wheaton, IL: Crossway, 2008.
27. Ao longo destas linhas, R. C. Sproul, John Gerstner e Arthur Lindsley observam: "A objeção mais frequente à apologética é que ela é um exercício

fútil, dado o fato de que ninguém pode entrar no reino de Deus por meio de argumentos. A obra de regeneração é obra do Espírito Santo, e não pode ser alcançada com apologética, por mais persuasiva que seja" (*Classical Apologetics*. Grand Rapids: Academie, 1984, p. 21).

28. SCHAEFFER. *The God Who Is There*, p. 140-141.
29. Humildade não significa falta de confiança. Devemos descordar enfaticamente daqueles que igualam humildade à falta de certeza sobre o evangelho. Aqui está um exemplo de uma abordagem à qual devemos objetar: "Nós, cristãos, acreditamos que Deus nos deu o privilégio de ouvir e aceitar as boas-novas, de receber a adoção à sua família e de unir-nos à Igreja. [...] Acima de tudo, acreditamos que encontramos Jesus Cristo. [...] [Mas], até onde sabemos, podemos estar errados sobre alguns ou todos esses aspectos, e esta é uma possibilidade que reconheceremos humildemente. Assim, seja lá o que fizermos ou dissermos, devemos proceder com humildade" (STACKHOUSE, John G. *Humble Apologetics*. Nova York: Oxford University Press, 2002, p. 232.
30. TAYLOR, James E. *Introducing Apologetics*. Grand Rapids: Baker Academic, 2006, p. 25.
31. H. Wayne House observa os efeitos da depravação na apologética com estas palavras: "Toda apologética evangélica concorda que a depravação humana é total e que o pecado permeou a totalidade de cada ser humano. Isto separa os homens da associação necessária com Deus para a vida eterna e também faz com que eles arrazoem de forma incorreta. [Mas] deve porventura ser reconhecido que o não regenerado nada pode fazer no plano humano? Certamente não!" (Consulte: HOUSE. "A Biblical Argument for Balanced Apologetics: How the Apostle Paul Practiced Apologetics in the Acts". In: GEISLER, Norman; MEISTER, Chad V. (Orgs.). *Reasons for Faith*. Wheaton, IL: Crossway, 2007, p. 60).
32. Isso não significa dizer que os esforços apologéticos para mostrar a razoabilidade de crer em Deus são inúteis. Pelo contrário, podem ser muito proveitosos e confirmadores à fé dos cristãos. No entanto, com base nestes pressupostos bíblicos, não é necessário realizar discussões filosóficas detalhadas sobre a existência de Deus a fim de ser um evangelista fiel.

CAPÍTULO 5

1. BRIGHT, Bill. "The Four Spiritual Laws". Orlando, FL: Campus Crusade for Christ, 2009. KENNEDY, D. James. *Evangelism Explosion.* 4 ed. Carol Stream, IL: Tyndale House, 1996.
2. Este drama foi registrado pelo historiador romano Tácito nos Anais. Consulte também: DURY, Victor. *History of Rome and the Roman People.* v. 5. Editado por J. P. Mahaffy. Boston: C. F. Jewett, 1883.
3. Observe o tempo perfeito na gramática grega de 1Pedro 2:4 expressando ação passada com resultados presentes. Consulte: JOBES, Karen H. *1 Peter.* BEC. Grand Rapids: Baker Academic, 2005, p. 152-157.
4. GOPPELT, Leonhard. *A Commentary on 1 Peter.* Editado por Ferdinand Bahn. Traduzido por John E. Aslup. Grand Rapids: Eerdmans, 1993, p. 144,146.
5. Pedro emprega a partícula negativa mais forte em grego para afirmar esta promessa, "οὐ μὴ" (uo mē).
6. Diário de Jim Elliot, 28 de outubro de 1949. Consulte: ELLIOT, Elisabeth (Org.). *The Journals of Jim Elliot.* Old Tappan, NJ.: Fleming H. Revell Company, 1978, p. 174.
7. *De captivitate Babylonica ecclesiae praeludium* [Prelúdio sobre o cativeiro babilônico da igreja]. Weimar Ausgabe 6, 564.6. Para mais informações relacionadas à compreensão de Lutero sobre este conceito, consulte: NAGEL, Norman. "Luther and the Priesthood of All Believers". *Concordia Theological Quarterly* 61 (outubro de 1997).
8. FERGUSON, Everett. *Backgrounds of Early Christianity.* 3 ed. Grand Rapids: Eerdmans, 2003, p. 80.

CAPÍTULO 6

1. PRATT JR., Richard L. *1 and 2 Corinthians.* Holman New Testament Commentary. Nashville: Broadman & Holman, 2000, p. 151.
2. BLOMBERG, Craig L. *1 Corinthians.* NIVAC. Grand Rapids: Zondervan, 1994, p. 184.
3. A versão ARC traduz o v. 19 como "fiz-me servo de todos". A ARA, entretanto, está mais próxima do grego ao apresentar "fiz-me escravo de todos".

A palavra grega aqui significa literalmente "escravizar" ou "sujeitar" e é muito mais forte do que "servo".

4. Outra distinção sutil, porém importante: se alguém pensasse que as restrições alimentares ou a observância do sábado ainda fossem obrigatórias aos cristãos, Paulo haveria de opor-se e denunciaria tal ensinamento (cf. Colossenses 2:16-20). Em Romanos 15 (bem como Atos 15), a questão não era o pensamento de que essas leis eram obrigatórias, mas de que era prudente segui-las.
5. É triste e, ao mesmo tempo, digno de atenção o fato de que o impulso recente para uma forma mais secular de evangelismo vem de pessoas que costumam defender a soteriologia reformada. Contudo, a ideia de que é preciso imitar a vida de alguém a fim de ganhá-lo para o evangelho é absolutamente contrária ao ensinamento reformado de que Deus é soberano na salvação. Se o indivíduo acredita que Deus é quem atrai pessoas a si, simplesmente não faz sentido acreditar que o evangelista precisa viver como o mundo para que o evangelho seja difundido.
6. PAUSANIAS. *Description of Greece*, p. 5.24.
7. BEVAN, William L. "Games". *Dictionary of the Bible*. Editado por William Smith. Nova York: Hurd & Houghton, 1868, p. 1:864-866.

CAPÍTULO 7

1. Certamente Deus ainda responde orações de cura nos dias de hoje. A diferença é que os acontecimentos de Atos 5 confirmavam a autoridade de Pedro; agora, quando anciãos oram pela cura, é o Senhor quem cura com base na oração, não um apóstolo com base em um dom (Tiago 5:14). Para mais informações sobre essa distinção, bem como uma explicação mais completa sobre o fim dos dons de sinal, consulte: MACARTHUR, John. *1 Corinthians*. MNTC. Chicago: Moody, 1984, p. 358-362; e MACARTHUR, John. *Hebrews*. MNTC. Chicago: Moody, 1983, p. 48-50. Para uma compreensão do motivo por que tais dons eram concedidos aos apóstolos, veja 2Coríntios 12:12, e uma explicação mais detalhada em: MACARTHUR, John. *2 Corinthians*. MNTC. Chicago: Moody, 2003, p. 414-416.

CAPÍTULO 8

1. Das 61 ocorrências de pregação no Novo Testamento, todas, menos nove, referem-se diretamente à proclamação do evangelho. Das nove, três referem-se à pregação de João Batista (Mateus 3:1; Marcos 1:4,7); três referem-se a testemunhos pessoais de indivíduos que interagiram com Jesus (Marcos 5:20; 7:36; Lucas 8:39); duas referem-se a comentários sarcásticos de Paulo sobre o falso evangelho (Romanos 2:21; Gálatas 5:11); e uma refere-se à proclamação angélica do Cordeiro abrindo o livro com sete selos (Apocalipse 5:2). Os dois sinônimos de kēryssō, κήρυγμα (kērygma, mensagem) e κῆρυξ (kēryx, pregador), aparecem oito e três vezes no Novo Testamento, respectivamente. O substantivo kērygma sempre se refere à mensagem do evangelho, exceto em Mateus 12:41 e Lucas 11:32, onde se refere à pregação de Jonas. O substantivo kēryx refere-se duas vezes a Paulo como pregador do evangelho e uma vez a Noé como pregador da justiça. Consulte: KOHLENBERGER III, John R.; GOODRICK, Edward W.; SWANSON, James A. *The Greek-English Concordance to the New Testament*. Grand Rapids: Zondervan, 1997, p. 427-428.
2. Em Efésios 4:11, Paulo diz que Jesus deu dons a apóstolos, profetas, evangelistas, pastores e mestres. No Novo Testamento, Filipe é a única pessoa chamada de "evangelista" (Atos 21:8); no entanto, em Mateus 28:18-20, todos os cristãos são ordenados a proclamar o evangelho, e 2Timóteo 4:5 ordena isso especialmente aos pastores. O dom do evangelismo manifesta-se em êxitos numéricos na pregação evangelística, seja ela particular ou pública. Consulte: THOMAS, Robert. *Understanding Spiritual Gifts*. Grand Rapids: Zondervan, 1999, p. 192-194,206-207.
3. CARSON, D. A. *The Cross and Christian Ministry: An Exposition of Passages from 1 Corinthians*. Grand Rapids: Baker, 1993, p. 38. Ele prossegue dizendo que a pregação de Paulo é "centrada no evangelho" e que o apóstolo é "centrado na cruz".
4. RYLE, J. C. *Holiness*. Moscow, ID: Charles Nolan, 2002, p. 376.
5. JENNINGS, John. "Of Preaching Christ". In: *The Christian Pastor's Manual*. Editado e revisado por John Brown. S.l., 1826. Reimpressão: Ligonier, PA: Soli Deo Gloria, 1991, p. 34.

6. Orígenes era um defensor do método alegórico e enxergava três sentidos na Escritura: literal (acepção terrena), moral (relacionada à vida religiosa) e espiritual (relacionada à vida celestial) (*De Principiis*. p. 4.2.49; 4.3.1). Consulte também: ZUCK, Roy B. *Basic Bible Interpretation*. Colorado Springs: Cook, 1991, p. 36.
7. DRUMMOND, Lewis. *Spurgeon: Prince of Preachers*. Grand Rapids, Kregel: 1992, p. 222-223. Para mais informações sobre a filosofia de Spurgeon sobre a pregação nessa linha, consulte: MOHLER JR., R. Albert. "A Bee-Line to the Cross: The Preaching of Charles H. Spurgeon". *Preaching* 8, n. 3 (nov/dez de 1992): p. 25-30.
8. Dale Ralph Davis fornece um dos exemplos mais úteis de como conectar cada passagem ao evangelho de modo a honrar a intenção original do autor e evitar alegorias ou simbolismos desnecessários e significados ocultos. Consulte especialmente: DAVIS. *1 Samuel*. Ross-Shire, Inglaterra: Christian Focus, 2008. Ele também tem livros semelhantes que abordam desde Josué até 2Reis.
9. BROOKS, Thomas. *The Works of Thomas Brooks*. 4 v. Carlisle, PA: Banner of Truth, 2001, p. 4:35.
10. GARVIE, A. E. *The Christian Preacher*. Edinburgh: T & T Clark, 1920, p. 311.
11. Veja também Gálatas 4:12. GREEVEN, Heinrich. "δέομαι". *TDNT*. p. 2:40-42.
12. SPURGEON, Charles. "The Wailing of Risca: A Sermon Delivered on Sabbath Morning, December 9th 1860". In: *The Metropolitan Tabernacle Pulpit*. Pasadena, TX: Pilgrim Publications, 1986, p. 7:11.
13. PINNOCK, Clark. "The Destruction of the Finally Impenitent". *CTR* 4, n. 2, 1990, p. 246-247.
14. NICHOLS, William C. *The Torments of Hell: Jonathan Edwards on Eternal Damnation*. Editado por William C. Nichols. Ames, IA: International Outreach, 2006, p. ii,iv.
15. FRAME, John. *The Doctrine of God*. Phillipsburg, NJ: P&R, 2002, p. 122-123.
16. BONAR, Horatius. *Words to Winners of Souls*. Boston: The American Tract Society, 1814, p. 33.

CAPÍTULO 9

1. MACARTHUR, John. *Ephesians*. MNTC. Chicago: Moody, 1986, p. 143.
2. KENT, JR., Homer. *Ephesians: The Glory of the Church*. Chicago: Moody, 1971.
3. *b. B. Bat*. 8b.Ver também: *m. Pe'ah* 8:7; *b. B. Metz*. 38a.
4. Vale notar que os apóstolos colocavam a própria oração e o estudo da Palavra acima do envolvimento pessoal no ministério de misericórdia da igreja. Essas prioridades vão de encontro a grande parte do sentimento popular antipregação que está tomando o mundo evangélico moderno.

CAPÍTULO 10

1. http://www.jesus2020.com/
2. http://www.creativebiblestudy.com/knowchrist.html

CAPÍTULO 11

1. Elementos deste capítulo foram adaptados de: MACARTHUR, John F. *The Gospel According to the Apostles*. Nashville: Thomas Nelson, 2000, p. 193-212.
2. GRAHAM, Billy. *Six Steps to Peace with God* [Seis passos para ter paz com Deus]. Wheaton, IL: Crossway, 2008; SMITH, Al. *Five Things God Wants You to Know* [Cinco coisas que Deus quer que você saiba]. Voice of Faith, 1980; BRIGHT, Bill. *Have You Heard of the Four Spiritual Laws Pocket Pack* [Você já conhece o conjunto das quatro leis espirituais?]. Peachtree City, GA: New Life Publications, 1993; "Three Truths You Can't Live Without" [Três verdades sem as quais você não pode viver]. Disponível em: http://3things.acts-29.net/; MEDIA, Matthias. "Two Ways to Live" [Duas formas de viver]. Disponível em: http://www.matthiasmedia.com.au/2wtl/; GetYourFreeBible.com. "One Way to Heaven" [Um caminho para o céu]. Disponível em: http://www.getyourfreebible.com/onewayenglish.htm. Isto não é uma crítica a estas apresentações específicas; é apenas uma observação de que, ao que parece, somos ávidos por produzir e utilizar "planos de salvação" que enumeram e consolidam a mensagem do evangelho.

3. Um recurso particularmente útil é: METZGER, Will. *Tell the Truth*. 2. ed. Downers Grove, IL: InterVarsity, 1984. Além de apresentar informações bem práticas, Metzger também condena a tendência reducionista no evangelismo que descrevi. Ele também inclui uma seção muito criteriosa diferenciando o evangelismo centrado em Deus do evangelismo centrado no homem. Outro livro proveitoso é: DEVER, Mark. *O evangelho e a evangelização*. São José dos Campos: Fiel, 2011. Ele fornece uma abordagem muito prática ao evangelismo pessoal.
4. Para um excelente livro que mostra como as conversas evangelísticas na Bíblia começam, consulte: ROBERTS, Richard Owen. *Arrependimento: A primeira palavra do Evangelho*. São Paulo: Shedd Publicações, 2011.
5. Quando emprego o termo lei, não quero dizer necessariamente a lei levítica ou os dez mandamentos, mas qualquer ensinamento bíblico que confronte o pecado. Para mais explicações sobre isso, consulte: MACARTHUR, John F. *Romans 1-9*. MNTC. Chicago: Moody, 1991, p. 107-110,138-143.
6. A noção de cristão como escravo só faz sentido quando Jesus é considerado Senhor. Consulte meu livro *Escravo* (São José dos Campos: Fiel, 2012), especialmente o capítulo 2, para mais informações sobre o relacionamento entre cristãos como escravos e Jesus como Senhor.
7. TOZER, A.W. *The Root of the Righteous*. Harrisburg, PA: Christian Publications, 1955, p. 34. Veja também p. 63-65.
8. Se o batismo fosse necessário à salvação, Paulo certamente não teria escrito: "Dou graças a Deus por não ter batizado nenhum de vocês, exceto Crispo e Gaio [...]. Pois Cristo não me enviou para batizar, mas para pregar o evangelho" (1Coríntios 1:14,17).
9. SPURGEON, Charles Haddon. *The Soul Winner* (Reimpressão: Grand Rapids: Eerdmans, 1963, p. 38).
10. CHRISOPE, T. Alan. *Jesus Is Lord*. Hertfordshire: Evangelical, 1982, p. 57.
11. Ibid., p. 61.
12. Ibid., p. 63.

CAPÍTULO 12

1. GARLAND, David E. *2 Corinthians*. NAC. Nashville: Broadman & Holman, 2001, p. 295.

2. SPURGEON, C. H. "A Sermon and a Reminiscence". In: *The Sword and the Trowel*. Londres: Passmore & Alabaster, março de 1863), p. 127.
3. SPURGEON, C. H. "One Antidote for Many Ills" (sermão n. 284, 9 de novembro de 1859).
4. Um excelente livro sobre este tópico é: NEWMAN, Randy. *Questioning Evangelism*. Grand Rapids: Kregel, 2004. Newman apresenta comentários e conselhos muito úteis para começar e conduzir conversas evangelísticas.
5. PACKER, J. I. *Evangelism and the Sovereignty of God*. Downers Grove, IL: InterVarsity, 1961, p. 75.

Capítulo 13

1. MOHLER, Al. "Sin by Survey? Americans Say What They Think". Disponível em: http://www.ellisonresearch.com/releases/20080311.htm.
2. ROBERTS, Richard Owen. *Repentance: The First Word of the Gospel*. Wheaton, IL: Crossway, 2002, p. 23.
3. CHANTRY, Walter J. *Today's Gospel: Authentic or Synthetic?* S.l., 1970. Reimpressão: Carlisle, PA: Banner of Truth Trust, 2001, p. 52.
4. CHARNOCK, Stephen. *Discourse upon the Existence and Attributes of God*. Londres: Richard Clay, 1840, p. 49.
5. BOICE, James Montgomery. *The Gospel of John*. Grand Rapids: Baker, 2005, p. 4:1211.
6. GOETZMANN, J. "Conversion". *NIDNTT*, p. 1:358.
7. MACARTHUR, John. "The Holy Spirit Convicts the World, Part 2". Disponível em: http://www.gty.org/Resources/Sermons/1559_The-Holy--Spirit-Convicts-the-World-Part-2 (sermão n. 1.559); cf. MACARTHUR, John. *John 12–21*. MNTC. Chicago: Moody, 2008, p. 197.
8. LLOYD-JONES, Martyn. *Authentic Christianity*. Wheaton, IL: Crossway, 2000, p. 58.
9. HARRIS, R. L. *Theological Wordbook of the Old Testament*. Editado por R. L. Harris, G. L. Archer e B. K. Waltke. Chicago: Moody, 1999, p. 571.
10. Ibid., p. 909.
11. ABBOTT-SMITH, George. *A Manual Greek Lexicon of the New Testament*. Edinburgh: T & T Clark, 1981, p. 287.

12. VINE, W. E. *Vine's Expository Dictionary of the Old and New Testament Words*. Nashville: Thomas Nelson, 2003, p. 525.
13. BEHM, Johannes. "μετανοέω, μετάνοια". *TDNT*, p. 4:978.
14. GOETZMANN, J. "Conversion". *NIDNTT*, p. 1:358.
15. WATSON, Thomas. *The Doctrine of Repentance*. S.l., 1668. Reimpressão: Carlisle, PA: Banner of Truth Trust, 2002, p. 23.

CAPÍTULO 14

1. RYLE, J. C. *The Duty of Parents*. S.l., 1888. Reimpressão: Sand Springs, OK: Grace and Truth, 2002, p. 5.
2. TRIPP, Tedd. *Shepherding a Child's Heart*. Wapwallopen, PA: Shepherd, 1995, p. 99-114.
3. RYLE. *The Duty of Parents*, p. 4.
4. MAHANEY, C. J. *Humildade*. São José dos Campos: Fiel, 2008.
5. SPURGEON, Charles H. *Come Ye Children: A Book for Parents and Teachers on the Christian Training of Children*. Charleston, SC: BiblioBazaar, 2008, p. 74.
6. MACARTHUR, John. *The Gospel According to the Apostles*. Nashville: Thomas Nelson, 2000, p. 209.
7. Ibid., p. 210.
8. GUNDERSEN, Dennis. *Your Child's Profession of Faith*. Amityville, NY: Calvary Press, 2004, p. 31.
9. RYLE. *The Duty of Parents*, p. 8.

CAPÍTULO 15

1. Na *Grace Church*, todo voluntário no ministério de jovens tem qualificação de diácono e passa por entrevistas escritas e orais antes de se juntar à equipe de voluntários. Além disso, todos os membros da equipe mantêm uma relação obrigatória de prestação de contas e discipulado para servir de exemplo aos alunos.

CAPÍTULO 16

1. HUBACH, Stephanie O. *Same Lake Different Boat: Coming Alongside People Touched by Disability*. Phillipsburg, NJ: P&R, 2006, p. 25.
2. TADA, Joni Eareckson; JENSEN, Steve. *Barrier Free Friendships*. Grand Rapids: Zondervan, 1997, p. 25.
3. SCHRAGE, Wolfgang. "τυφλός". *TDNT*, p. 8:271–3.
4. MARTIN, Ralph. *James*. WBC 48. Nashville: Thomas Nelson, 1988, p. 52.
5. HIEBERT, D. Edmond. *James*. Winona Lake, IN: BMH, 1992, p. 126-127.
6. TADA, Joni Eareckson. "Social Concern and Evangelism". In: *Proclaim Christ Until He Comes*. Editado por J. E. Douglas. Mineápolis: World Wide, 1990, p. 290.

CAPÍTULO 17

1. WELCH, Edward T. *Addictions: A Banquet in the Grave: Finding Hope in the Power of the Gospel*. Phillipsburg, NJ: P&R, 2001, p. 35.

CAPÍTULO 18

1. Esta citação foi atribuída a John Ryland (GARRETT, James Leo. *Baptist Theology: A Four Century Study*. Macon, GA: Mercer University Press, 2009, p. 169; UNDERWOOD, Alfred Clair. *A History of the English Baptists*. Londres: Carey Kingsgate, 1947, p. 142). Vale ressaltar que, após a morte do pai, o filho de Ryland insistiu no fato de que ele foi erroneamente associado à repreensão a Carey (MCKIBBENS, Thomas. *The Forgotten Heritage*. Macon, GA: Mercer University Press, p. 58). No entanto, Thomas Wright, biógrafo do próprio Ryland, atribuiu-lhe a citação. S. Pearce Carey, a principal autoridade sobre William Carey, conclui com Wright que "a explosão [foi], muito provavelmente, do rude hipercalvinista [Ryland]. O próprio Carey, em diferentes ocasiões, dissera a seu sobrinho Eustace e Marshman que havia recebido uma repreensão desconcertante" (CAREY, S. Pearce. *William Carey*. Londres: The Wakeman Trust, 1993, p. 470). Com efeito, S. Carey descreve o efeito dessa repreensão na formação da filosofia de missões de William Carey (ibid.).

2. Outros grupos que estavam envolvidos em missões, como os morávios e os puritanos, receberam importante apoio financeiro ora do Parlamento ora de denominações preeminentes. Porém, a sociedade de missões que Carey propôs foi fundada e totalmente sustentada por igrejas de pequenas aldeias desconhecidas, passando despercebida ou sendo abertamente criticada pela maioria das igrejas britânicas.
3. Para outras leituras sobre a notável jornada de William Carey ao campo missionário, consulte: CAREY, S. Pearce. *William Carey*. Londres: The Wakeman Trust, 2008; GEORGE, Timothy. *Fiel Testemunha: Vida e Obra de Willian Carey*. São Paulo: Vida Nova, 1998; CARTER, Terry G. *The Journal and Selected Letters of William Carey*. Macon, GA: Smyth & Helwys, 2000.
4. Essa dinâmica não é exclusiva aos Estados Unidos. Igrejas em centros urbanos por toda a África, Europa e Ásia também são cercadas por grandes populações de imigrantes étnica e linguisticamente distintas da constituição histórica da cidade.
5. LITFIN, Bryan M. *Getting to Know the Church Fathers*. Grand Rapids: Brazos, 2007, p. 32-35.
6. BRUCE, F. F. *The Epistle to the Galatians*. NIGTC. Grand Rapids: Eerdmans, 1982, p. 19.
7. MONTOYA, Alex D. *Hispanic Ministry in North America*. Grand Rapids: Zondervan, 1987, p. 68.
8. SPURGEON, C. H. *The Complete Gathered Gold*. Editado por John Blanchard. Webster, NY: Evangelical, 2006, p. 457.
9. Na *Grace Community Church*, o único ministério étnico com culto dominical próprio pela manhã é o de língua espanhola. Ele passou a existir por causa da explosiva demografia de falantes de espanhol em nossa cidade.
10. Para conhecer a perspectiva da *Grace Community Church* quanto à presença de imigrantes ilegais na igreja, consulte: MACARTHUR, John (Org.). *Right Thinking in a World Gone Wrong*. Eugene, OR: Harvest House, 2009, p. 169-175.

CAPÍTULO 19

1. RAUSCHENBUSCH, Walter. *Christianity and the Social Crisis*. Londres: The MacMillan Company, 1907.

2. HIMMELFARB, Gertrude. *Poverty and Compassion*. Nova York: Vintage Books, 1991, p. 2-24. Ela escreve que estas mudanças sociais, juntamente com uma oposição à escravatura e ao trabalho infantil, produziram uma "compaixão ardente" nos cristãos norte-americanos (p. 4).
3. Consulte: HORTON, Michael "Transforming Culture with a Messiah Complex". *9Marks*. Nov/dez de 2007. Disponível em: http://www.9marks.org/ejournal/transformingculture-messiah-complex. Horton escreve: "Os protestantes norte-americanos não queriam definir a igreja primeira e principalmente como uma comunidade de pecadores perdoados, destinatários da graça, mas como um exército triunfante de ativistas morais."
4. O livro de referência de John Stott, *A missão cristã no mundo moderno*, serve de fundamento para muitos dos mais graves exemplos disso (STOTT, John R. W. *A missão cristã no mundo moderno*. Viçosa: Ultimato, 2010). A ideia de que suprir "necessidades identificadas" na área da justiça social é um componente necessário ao evangelismo foi posteriormente reforçada por Harvey Conn (CONN, Harvie M. *Evangelism: Doing Justice and Preaching Grace*. Phillipsburg, NJ: P&R Publishing, 1982, p. 41-56).
5. Tennent fornece um breve resumo de como isso aconteceu nos EUA a partir da década de 1960. Consulte: TENNENT, Timothy C. *Invitation to World Missions*. Grand Rapids: Kregel, 2010, p. 391.
6. FUDER, John. *A Heart for the City: Effective Ministries to the Urban Community*. Chicago: Moody Publishers, 1999, p. 64.
7. Norris Magnuson registra alguns dos resultados mais conhecidos disso, tais como o Exército de Salvação e a YMCA (MAGNUSON, Norris. *Salvation in the Slums*. Grand Rapids: Baker Books, 1990). Ele se concentra em algumas das tentativas deliberadas de atacar a ordem social em vez de meramente satisfazer necessidades físicas (p. 165-178).
8. A propósito, D. L. Moody destacou-se como uma exceção. Ele tentou viver de modo a demonstrar aos cristãos mais conservadores que era possível ser ativo no ministério de misericórdia e, ao mesmo tempo, preocupar-se com a salvação das almas. Consulte: MOODY, William R. *The Life of D. L. Moody by His Son*. Nova York: Fleming H. Revell, 1900, p. 85-90.
9. Um elemento frequentemente ignorado na doutrina de João Calvino é a sua "teologia da pobreza". Calvino acreditava que uma das principais

funções da igreja é cuidar dos pobres. Ele enfrentou muita oposição por causa disso e era acusado de recompensar a preguiça. Calvino incentivava as pessoas a viver em pobreza para que doassem às outras o tanto quanto fosse possível, e via isso como um elemento básico do discipulado cristão demonstrado pela decisão de Jesus de vir à terra em pobreza. Um resumo fascinante da questão encontra-se em: PATTISON, Bonnie. *Poverty in the Theology of John Calvin*. PTMS 69. Eugene, OR: Pickwick Publications, 2006. Da mesma forma, o lado wesleyano do protestantismo também se preocupava com o ministério de misericórdia. Consulte: MARQUARDT, Manfred. *John Wesley's Social Ethics: Praxis and Principle*. Traduzido para o inglês por John E. Steely e W. Stephen Gunter, 1981. Reimpressão: Nashville: Abingdon, 1992, esp. p. 123.

10. Para descrições desse efeito, consulte: SMITH, William H. "Kyrie Eleison". MR 15, n. 6, nov/dez de 2006, p. 21; e BRADLEY, Ian. *The Call to Seriousness*. Oxford: Lion Books, 2006, p. 30.

CAPÍTULO 20

1. TUCKER, Ruth A. *From Jerusalem to Irian Jaya: A Biographical History of Christian Missions*. Grand Rapids: Zondervan, 1983, p. 262.
2. "Muitos haviam começado sua obra como leigos, completamente despreparados para o tipo de ministério que haviam sido enviados para realizar" (Ibid., p. 262).
3. ECKMAN, Benjamin G. "A Movement Torn Apart". In: DORAN, David M. (Org.). *For The Sake of His Name: Challenging a New Generation for World Missions*. Allen Park, MI: Student Global Impact, 2002, p. 40.
4. Ibid., p. 29.
5. Ibid., p. 26.
6. "Missões não são uma iniciativa opcional; são o fluxo da vida da Igreja. A Igreja existe pelas missões assim como o fogo existe pelo combustível. A parceria missionária deve ser construída na igreja desde o início, pois, sem ela, igreja alguma alcançará maturidade plena" (PETERS, George W. *A Biblical Theology of Missions*. Chicago: Moody, 1972, p. 238).

7. MONTOYA, Alex D. "Approaching Pastoral Ministry Scripturally". In: MACARTHUR, John (Org.). *Pastoral Ministry: How to Shepherd Biblically*. Nashville: Thomas Nelson, 2005, p. 62.
8. Para um panorama sobre liderança bíblica, veja as diretrizes da *Grace Community Church* sobre o assunto (http://www.gracechurch.org/distinctives/eldership/).
9. Para uma análise dos princípios bíblicos fundamentais e uma explicação detalhada das qualificações do presbítero, consulte: MACARTHUR, John. *The Master's Plan for the Church*. Chicago: Moody, 2008, p. 203-225,243-264.
10. PETERS. *A Biblical Theology of Missions*, p. 221.
11. PETERS, p. 222.
12. Recentemente, conheci um missionário na Itália que tinha mais de quarenta igrejas sustentando-o.
13. Para detalhes sobre o processo de ordenação na *Grace Community Church*, consulte: MAYHUE, Richard. "Ordination to Pastoral Ministry". In: MACARTHUR, John (Org.). *Pastoral Ministry: How to Shepherd Biblically*. Nashville: Thomas Nelson, 2005, p. 107-117.

CAPÍTULO 21

1. MILLER, Basil. *William Carey, Cobbler to Missionary*. Grand Rapids: Zondervan, 1952, p. 42.

Colaboradores

Clint Archer	Pastor da *Hillcrest Baptist Church* em Durban, África do Sul; ex-diretor do departamento de missões de curta duração na *Grace Community Church*
Brian Biedebach	Pastor da *International Bible Fellowship Church* em Lilongue, Malauí; Professor na *African Bible College*, campus de Lilongue
Nathan Busenitz	Professor de Teologia no *The Master's Seminary* *Austin Duncan High School*
Austin Duncan	Pastor do ministério de alunos no ensino médio na *Grace Community Church*
Kevin Edwards	Pastor do ministério de missões internacionais na *Grace Community Church*
Kurt Gebhards	Pastor da *Harvest Bible Chapel* em Hickory, Carolina do Norte; ex-pastor de crianças na *Grace Community Church*
Rick Holland	Pastor executivo na *Grace Community Church*; diretor do departamento de Doutorado em Ministério no *The Master's Seminary*
Jesse Johnson	Pastor do ministério de missões nacionais na *Grace Community Church*; professor de Evangelismo no *The Master's Seminary*
John MacArthur	Pastor/professor na *Grace Community Church*; presidente da *The Master's College* e do *The Master's Seminary*
Michael Mahoney	Pastor do ministério em língua espanhola na *Grace Community Church*
Rick McLean	Pastor do ministério de portadores de necessidades especiais na *Grace Community Church*

Tom Patton	Pastor do ministério de afiliação e membresia na *Grace Community Church*
Jonathan Rourke	Pastor administrativo na *Grace Community Church*; diretor da *Resolved Conference* e da *Shepherd's Conference*
Bill Shannon	Pastor do ministério de aconselhamento bíblico na *Grace Community Church*; professor de Aconselhamento Bíblico na *The Master's College*
Jim Stitzinger III	Pastor da *Grace Community Church* em Naples, Flórida; ex-pastor do ministério de missões nacionais na *Grace Community Church*
Mark Tatlock	Reitor da *The Master's College*

Este livro foi impresso em 2017, pela RR Donnelley,
para a Editora Thomas Nelson Brasil.
A fonte usada no miolo é Bembo, corpo 12/15.
O papel do miolo é Chambril Avena 80g/m²,
e o da capa é cartão 250g/m².